Aiden Thomas

Wendy & Peter

Verloren im Nimmerwald

Aus dem Englischen von
Michaela Link

Dragonfly

Bisher bei Dragonfly erschienen:
Yadriel & Julian. Cemetery Boys

1. Auflage 2022
Deutsche Erstausgabe

Originaltitel: »Lost in the Never Woods«
A Swoon Reads Book, an imprint of Feiwel and Friends
and Macmillan Publishing Group, LLC.

Gesetzt aus der Sabon LT Pro
von Fotosatz Amann, Memmingen
Druck und Bindung: GGP Media GmbH, Pößneck
Printed in Germany · ISBN 978-3-7488-0207-5

www.dragonfly-verlag.de
Facebook: facebook.de/dragonflyverlag
Instagram: @dragonflyverlag

Klimaneutral
Druckprodukt
ClimatePartner.com/15109-2009-1001

MIX
Papier
FSC FSC® C014496

Für jedes schwere Herz,
das zu schnell erwachsen werden musste

Kapitel 1
Sternschnuppen

Als Wendy Darling durch die Tür trat, brachen die Unterhaltungen ab, und alle Blicke richteten sich auf sie. Während sie da stand, einen Stapel Akten auf dem Arm, setzte gedämpftes Getuschel ein. In Wendys Nacken kribbelte es. Als unbedeutende ehrenamtliche Kraft im einzigen Krankenhaus der Stadt hatte sie den ganzen Tag damit verbracht, im Keller Akten zu kopieren. Diese Seite ihrer Arbeit war zwar langweilig, aber schließlich wollte Wendy Krankenschwester werden. Für den durchschnittlichen Teenager gab es wahrscheinlich spannendere Möglichkeiten, seinen achtzehnten Geburtstag zu verbringen, aber Wendy versuchte, sich unauffällig zu verhalten und auf keinen Fall Aufmerksamkeit zu erregen.

Das war ihr allerdings spektakulär misslungen.

Im Stationszimmer wimmelte es von Leuten in Krankenhauskitteln und Polizisten in Uniform, und alle schauten zu Wendy, die unschlüssig in der Tür stand und versuchte, ihren Aktenstapel nicht fallen zu lassen. Ihre schweißnassen Hände machten es ihr nicht gerade leichter, die Plastikordner festzuhalten, und obwohl eine leise Stimme in ihr sie beschwor, auf dem Absatz kehrtzumachen, eilte Wendy durch den Raum und ließ die Akten hinter den Empfangstresen fallen. Neugierige Blicke folgten ihr, und das unverständliche Knistern aus den Funkgeräten der Polizisten machte sie nervös.

»Gott, bist du etwa schon fertig?« Wendy schrak zusammen, als Schwester Judy plötzlich neben ihr erschien.

»Äh – ja, bin ich.« Wendy trat schnell einen Schritt zurück und fuhr sich mit den Händen durch ihre unauffällige Kurzhaarfrisur. Oberschwester Judy war eine kleine Frau mit starker Präsenz, gekleidet in einen Snoopy-Schwesternkittel. Sie hatte eine dröhnende Stimme – wie geschaffen, um den Lärm von vollen Wartezimmern zu übertönen – und ein lautes, unbefangenes Lachen, das häufig zu hören war, wenn sie die Ärzte aufzog.

»Verflixt, Mädchen! Du lässt uns andere ziemlich alt aussehen.« Judy ließ sich nichts gefallen und sagte gewöhnlich, was sie dachte, weshalb sich Wendy bei ihrem angespannten Lächeln und ihren gestikulierenden Händen der Magen zusammenkrampfte.

Wendy zwang sich zu einem leisen Lachen, das ihr allerdings schnell im Hals stecken blieb. Hinter Schwester Judy auf der anderen Seite des u-förmigen Schwesternempfangs stand Officer Smith. Das fahle Neonlicht wurde von seinem kahlen Schädel reflektiert, er reckte die Brust vor und hatte die Daumen in die Gurte seiner kugelsicheren Weste gehakt. Er sah Wendy an, sein Mund ein gerader Strich, während seine Kiefer einen Kaugummi bearbeiteten. Ganz gleich zu welcher Jahreszeit, Officer Smith' wachsame Augen waren immer von weißen Ringen umgeben, die durch seine Sonnenbrille verursacht wurden. Er hatte so eine Art, einen anzusehen, dass man sich automatisch schuldig fühlte, auch wenn man gar nichts falsch gemacht hatte. Es war ein Gesichtsausdruck, den Wendy in den letzten fünf Jahren ziemlich oft zu spüren bekommen hatte.

»Wendy.« Aus seinem Mund klang ihr Name immer schroff, als ärgere es ihn schon, sie überhaupt erwähnen oder ansprechen zu müssen.

Sie nickte nervös zur Begrüßung. Sie hätte gern gefragt, was eigentlich los war, aber so, wie alle sie die ganze Zeit ansahen …

»Da bist du ja!« Ein kräftiger Ruck an ihrem Arm ließ Wendy

herumwirbeln, und sie schaute in Jordans strahlendes Gesicht. »Ich habe dich schon überall gesucht!« Jordan Arroyo war seit der 7. Klasse Wendys beste Freundin. Wenn Wendy je etwas außerhalb ihrer Komfortzone unternahm, dann nur, weil Jordan sie dazu ermutigte – und sie manchmal auch in die richtige Richtung schubste. Jordan war diejenige, die sie dazu überredet hatte, sich bei namhaften Colleges zu bewerben, und die vor Freude geschrien und getanzt hatte, als sie beide an der University of Oregon angenommen worden waren. Als Wendy sich daraufhin Sorgen gemacht hatte, dass Oregon doch recht weit von Astoria und ihren Eltern entfernt sei, hatte Jordan Wendy versprochen, die vierstündige Autofahrt nach Hause mit ihr zu unternehmen, so oft sie nur wollte.

Wendy beruhigte sich ein wenig. »Ich …«

»Bist du fertig für heute?« Der Blick aus Jordans dunklen Augen fiel auf den Aktenstapel. Sie war groß, und auf ihrer Haut mit dem warmen Braunton zeigten sich niemals Unreinheiten. Ihr dunkles Haar, das ihr Gesicht normalerweise mit dichten Locken umrahmte, hatte sie heute zu einem Pferdeschwanz zurückgebunden.

»Ja, schon …«

»Wunderbar!« Bevor Wendy Einwände erheben konnte, schnappte sich Jordan mit einer Hand ihre Taschen und zog Wendy mit der anderen in den Flur. »Dann komm!« Wendy rechnete halb damit, dass die drei Polizeibeamten sie aufhalten würden, aber auch wenn sie ihnen nachschauten, als sie gingen – ganz besonders Officer Smith –, sagte niemand etwas.

Nachdem die Tür sich hinter ihnen geschlossen hatte und sie im Flur allein waren, holte Wendy tief Luft. »Was hatte das zu bedeuten?« Sie warf einen schnellen Blick über ihre Schulter, um festzustellen, ob ihnen jemand folgte.

»Was meinst du?«, fragte Jordan.

Wendy musste sich beeilen, um mit Jordans langen, entschlossenen Schritten mitzuhalten. »Die Cops und all die anderen.«

»Tja, wer weiß das schon!« Jordan zuckte mit den Schultern und tippte dann an der Tür zum Pausenraum des Pflegepersonals den Zugangscode ein.

Wendy runzelte die Stirn. Jordan ließ sich nie eine Gelegenheit zum Tratschen entgehen. Wann immer im Krankenhaus etwas Interessantes passierte – wie zum Beispiel, wenn ein Junge aus der Gegend seinem Freund beim illegalen Jagen im Wald den Zeh abschoss oder ein Arzt eine Assistenzärztin zum Weinen brachte –, stürzte sich Jordan darauf. Sie fragte überall nach, bohrte nach Details und grub Informationen aus, bevor sie sich auf die Suche nach Wendy machte und ihr alles, was sie herausgefunden hatte, brühwarm erzählte.

Und jetzt verheimlichte sie ihr irgendetwas.

»Hey, warte«, sagte Wendy, und ihre Schultern verkrampften sich vor Anspannung.

»Setz dich!« Jordan drückte sie auf einen Stuhl an dem schiefen, runden Tisch, der mit Papptellern, Plastikbesteck und Fast-Food-Verpackungen übersät war. »Okay, ich weiß, du feierst deinen Geburtstag nicht gern …« Jordan schoss durch den Raum, schnappte sich zwei Plastikgabeln und holte eine Tupperdose aus dem alten Kühlschrank. »Aber du wirst heute *achtzehn!* Also musste ich einfach *irgendetwas* tun.«

»Jordan.«

»Ich habe dir deinen Lieblingskuchen gebacken!« Jordan schaute nicht einmal auf, während sie an dem Tupperdosendeckel herumfummelte. »Schau mal!«

Das Lächeln auf Jordans Gesicht konnte man bestenfalls unsicher nennen, als sie einen gelben Cupcake auf einen kleinen Teller hob und Wendy hinstellte. Ein dicker Klecks Schokoladenglasur lief an dem Papierförmchen herunter. »Er ist nicht ganz so geworden, wie ich wollte, aber du weißt ja, was für eine Niete ich im Backen bin.«

Wendy pochte das Herz bis zum Hals. Warum wollte Jordan sie nicht ansehen? »Jordan.«

»Aber mein Dad hat ungefähr drei gegessen und ist nicht in der Notaufnahme gelandet«, überlegte Jordan laut und steckte eine violette Kerze in den Cupcake und zündete sie mit einem gelben Feuerzeug an. »Also können sie so schlimm nicht geworden sein!«

»Jordan.« Wendy ließ nicht locker.

Jordan schob ihr den Cupcake hin, ihr breites Lächeln jetzt eher eine Grimasse. »Wünsch dir was!«

»JORDAN!« Jordan zuckte zusammen, und selbst Wendy erschrak über die Lautstärke ihrer eigenen Stimme. Endlich schaute Jordan auf, zog die Augenbrauen in die Höhe und biss sich auf die Lippe. »Was ist los?«, fragte Wendy noch einmal und beugte sich vor, jetzt sehr beunruhigt. Die Hitze der Kerze streifte ihr Kinn. »Warum sind hier so viele Cops? Was ist passiert?«

Als Jordan jetzt sprach, klang ihre Stimme ganz sanft. »Ashley Ford ist verschwunden.«

Es fühlte sich an, als presse eine riesige Hand alle Luft aus Wendys Lungen. »Verschwunden?« Automatisch holte Wendy ihr Handy hervor. Sie hatte keine offizielle Vermisstenmeldung bekommen, aber im Aktenraum hatte ihr Handy auch kein Netz gehabt.

»Vor ein paar Stunden.« Jordan ließ Wendy nicht aus den Augen, während sie sprach.

Das Zimmer kippte zur Seite. Wendy umklammerte mit schweißnassen Händen die Tischkante. »Aber ich habe sie doch heute Morgen noch gesehen.«

»Angeblich hat sie im Garten gespielt. Ihre Mom ist ins Haus gegangen, um etwas zu holen, und als sie zurückkam, war Ashley verschwunden.«

Wendy kannte Ashley gut. Wenn sie nicht mit Papierkram beschäftigt war, verbrachte Wendy den größten Teil ihrer Zeit im Krankenhaus auf der Kinderstation, las den Kleinen vor oder leitete

Bastelstunden. Mrs. Ford war eine Patientin, die regelmäßig zur Dialyse ins Krankenhaus kam, und wenn sie einen Termin hatte, ließ sie Ashley im Kinderspielzimmer bei Wendy. Ashley war erst acht Jahre alt, aber sie war klug und besaß ein geradezu enzyklopädisches Wissen über Bäume. Heute Morgen erst hatte Ashley auf einem der riesigen Sitzsäcke gesessen, der ihre zierliche Gestalt förmlich verschluckte, und die Namen der Bäume heruntergerasselt, die sie durch die großen Fenster gesehen hatte.

»Sie können sie nicht finden?«, fragte Wendy. Jordan schüttelte den Kopf. Kein Wunder, dass alle sie angestarrt hatten. »Und Benjamin Lane?«

»Den haben sie auch noch nicht gefunden.« Jordan kaute auf ihrer Unterlippe herum, während sie Wendy beobachtete. »Das macht schon zwei verschwundene Kinder in den letzten vierundzwanzig Stunden. Aber sehr viele Leute suchen nach ihnen«, beeilte Jordan sich hinzuzufügen, doch ihre Stimme klang gedämpft, als ob Wendy sie unter Wasser hören würde. »Deshalb sind die Cops hier – sie wollen wissen, wer sie als Letzter gesehen hat, und ob jemandem etwas Verdächtiges aufgefallen ist.« Jordan verstummte, aber Wendy wusste, was sie dachte.

Wendy schwirrte der Kopf. Benjamin Lane, ein Junge aus der Gegend, war am vergangenen Nachmittag verschwunden. Er war erst zehn Jahre alt, aber er hatte eine rebellische Ader. Benjamin war schon einmal von zu Hause weggelaufen, und alle schienen anzunehmen, dass er sich bei einem Freund versteckte. Das war eine einfache Erklärung, die jeder in der Stadt schnell akzeptiert hatte, um dann über schlechte Erziehung und »die Jugend von heute« zu schimpfen.

Denn in Astoria, Oregon, gab es praktisch keine Verbrechen. Schon gar keine von der finsteren Sorte. Und erst recht keine verschwundenen Kinder. Es sei denn natürlich …

Wendys Schultern sackten nach unten. »Meine Brüder.« Sie schluckte. »Denken sie …?«

Jordan schüttelte energisch den Kopf und drückte Wendys Schulter. »Das hat überhaupt nichts mit euch zu tun. Sie ist wahrscheinlich nur zu einer Freundin gegangen. Oder man findet sie putzmunter auf irgendeinem Spielplatz.« Sie bemühte sich, zuversichtlich zu klingen. Doch das funktionierte bei Wendy nicht.

Es war ein beklemmender Gedanke, noch einmal von der Polizei befragt zu werden und sich vorstellen zu müssen, dass Ashley irgendwo allein umherirrte oder etwas noch Schlimmeres mit dem kleinen Mädchen passiert war.

Wendy ließ den Kopf in die Hände sinken, doch dann spürte sie einen scharfen Schmerz am Kinn. Mit einem Zischen fuhr sie zurück, weg von der Kerzenflamme.

Rasch blies Jordan die Kerze aus. Violettes Wachs tropfte über die Schokolade. Leise fluchend ließ Jordan schnell etwas Wasser über ein braunes Papierhandtuch laufen und reichte es Wendy. »Ist alles okay?«

Wendy drückte das kühle Tuch auf die schmerzende Stelle an ihrem Kinn. »Ja, schon gut.« Sie ächzte. »Es ist nur eine kleine Verbrennung.«

»Das meinte ich nicht«, sagte Jordan.

Wendy wich ihrem Blick aus. »Ich will nach Hause.«

Auf dem Weg durch die Eingangshalle nach draußen spürte Wendy wieder, wie sämtliche Blicke ihr folgten. Jordan füllte Wendys Schweigen, indem sie von ihren haarsträubenden Cupcake-Abenteuern erzählte und davon, dass die erste Ladung noch flüssiger geworden war, *nachdem* sie sie in den Ofen geschoben hatte.

Auf dem Parkplatz angekommen, verschwand die Sonne gerade hinter dem zerklüfteten Kamm der baumbestandenen Hügel im Westen. Wendy betrachtete die letzten Sonnenstrahlen, die den Wald in der Ferne in ein dunkles Rot tauchten, während Jordan sie zu ihrem Wagen begleitete. Sie hatte eigentlich gar nicht vorgehabt, so lange zu bleiben, doch in dem fensterlosen Untergeschoss hatte sie wohl jegliches Zeitgefühl verloren.

Wendys Pick-up hatte sich die Beschreibung »alt und klapprig« absolut verdient. Der einst hell grün-blaue Lack war größtenteils verblasst, und stellenweise schimmerten orangebraune Rostflecken durch. Der Wagen war älter als sie, aber dank Jordan und ihrem Dad lief er noch. Mr. Arroyo betrieb eine der beiden Autowerkstätten der Stadt und er brachte Jordan alles bei, was er wusste. Und Jordan kümmerte sich ihrerseits auf jede erdenkliche Weise um Wendy.

Wendy wollte gerade die Wagentür öffnen, aber Jordan lehnte sich dagegen. »Schaffst du es alleine nach Hause?« Sie blinzelte mit ihren braunen Augen in das schwindende Sonnenlicht.

»Klar, das geht schon«, versicherte Wendy sowohl Jordan als auch sich selbst.

»Ich wünschte, ich müsste heute Abend nicht arbeiten«, sagte Jordan und zog ihre völlig symmetrischen Brauen zusammen.

»Ist schon gut«, sagte Wendy. Im tief stehenden Licht der Sonne musste sie die Augen zusammenkneifen.

»Weißt du, ich könnte ohne Probleme meine Schicht sausen lassen«, fügte Jordan hinzu und sprach jetzt schneller, wie immer, wenn sie sich selbst zu irgendetwas überreden wollte. »Wir könnten uns mit Tyler treffen. Sie kurven auf den Straßen rum – oder ins Gateway gehen und uns einen Film ansehen.«

»Schon in Ordnung, wirklich.« Wendy mochte Jordans Freund Tyler, aber ihr war einfach nicht danach, mit ihm und seinen Freunden durch die Gegend zu fahren. Tyler besaß einen Toyota Pick-up-Truck mit riesigen Rädern, und Wendy hatte immer Mühe beim Einsteigen. Er fuhr zu schnell durch die verwinkelten Straßen der Stadt, und die lauten Stimmen und der Geruch nach Bier bereiteten ihr Übelkeit. Und was das Kino betraf, Jordan wollte immer die neuesten Horrorfilme sehen, und obwohl Wendy wusste, dass Jordan ihr zuliebe eine Indie-Doku über Krokodile im Regenwald des Amazonas über sich ergehen lassen würde, lagen ihre Nerven zu blank, um ein ähnliches Opfer für sie zu bringen. »Mir ist sowieso nicht nach feiern zumute.«

Diese Antwort schien Jordan nicht zufriedenzustellen, aber zu Wendys Erleichterung beließ sie es dennoch dabei. »Dann komm gut nach Hause.« Jordan stieß sich vom Wagen ab und zupfte liebevoll an einer Locke von Wendys dunkelblondem Haar. »Und schreib mir, falls du irgendetwas brauchst, okay?«

Wendy fuhr sich mit der Hand durchs Haar, bevor sie die Tür öffnete und einstieg. »Mach ich.«

»Und iss den Kuchen und sag mir, wie er dir geschmeckt hat!«, befahl Jordan und reichte ihr die Tupperdose mit dem hineingequetschten Cupcake. »Oh! Das hätte ich fast vergessen!« Jordan wühlte in ihrer Tasche und förderte ein rechteckiges Päckchen zutage, das nachlässig in dunkelblau glänzendes Papier gewickelt war. »Mach es auf! Mach es auf!«

Wendy konnte sich ein Lachen über ihre beste Freundin, die aufgeregt auf der Stelle hüpfte, nicht verkneifen. Sie riss das Geschenkpapier herunter, worauf ein Skizzenblock zum Vorschein kam. Auf dem Deckblatt war eine Zeichnung von einem Vogel im Flug zu sehen, und Jordan hatte eine Schachtel mit Stiften darauf geklebt.

»Ein Zeichenblock?«, fragte Wendy überrascht und auch ein wenig verwirrt.

»Ja, ein Zeichenblock!«, bestätigte Jordan triumphierend. »Mir ist aufgefallen, wie oft du in letzter Zeit irgendetwas vor dich hin kritzelst«, fügte sie hinzu. Sie hob stolz das Kinn und verschränkte die Arme vor der Brust.

»Du hast meine Zeichnungen gesehen?«, fragte Wendy.

»Ähm, ja, natürlich!«, sagte Jordan mit einem Schnauben, dann grinste sie. »Ich hab nur so getan, als würde ich es nicht mitkriegen, damit du super überrascht bist, wenn ich dir dein Geschenk gebe. Ich dachte mir, ein Zeichenblock ist besser als irgendwelche Zettel, findest du nicht auch?«

Wendy lachte verlegen, während sie die dicken Seiten befühlte. »Doch, klar.«

»Jede Menge Bäume, stimmt's?« Das Lächeln auf Jordans Gesicht machte klar, dass sie versuchte zu beweisen, wie viel sie mitbekommen hatte. »Und wer ist der Junge?«

Wendys Augen weiteten sich. »Junge?«

»Ja, der Junge, den du immer zeichnest ...« Jordan beugte sich vor und klaubte ein Stück Papier aus der Mittelkonsole. »Genau, das ist er! Siehst du?« Sie hielt Wendy den Zettel hin. Es war die Zeichnung eines Jungen, der in einem Baum saß, im Begriff, ein Bein über einen Ast zu schwingen. Er hatte Grübchen in den Wangen, und sein zerzaustes Haar hing ihm in die Augen, sodass es einen Teil seines Gesichts verdeckte. In der Ecke befand sich eine unvollendete Skizze eines alten, verkrüppelten und kahlen Baumes mit knorrigen Wurzeln.

Hitze schoss Wendy in die Wangen. »Das ist niemand!« Sie riss Jordan das Papier aus der Hand und zerknüllte es.

Jordans Gesicht leuchtete auf. »Oh mein *Gott* – Wendy Darling, wirst du etwa gerade rot?«

»Nein!«, protestierte Wendy. Jetzt stand ihr Gesicht in Flammen.

Jordan warf den Kopf in den Nacken und lachte. »Okay, jetzt *musst* du es mir erzählen! Wer ist der Junge?« Sie hielt einen Finger hoch. »Und wage es nicht, mich anzulügen!«

Wendy ließ den Kopf gegen die Kopfstütze fallen und stöhnte. Wenn sie log, würde Jordan es merken und sie einfach weiter in die Enge treiben. Aber die Wahrheit war ihr schrecklich peinlich.

Jordan zog erwartungsvoll eine Augenbraue nach oben.

»Puh!« Wendy seufzte. »Das ist Peter Pan«, murmelte sie leise.

»Peter Pan?«, wiederholte Jordan stirnrunzelnd. »Peter – Moment mal, du meinst den Jungen aus den Geschichten deiner Mom?«, hakte sie nach.

»Ja«, gestand Wendy.

Bei Michaels Geburt war John drei gewesen und Wendy fünf. Ihre Mutter hatte ihnen jeden Abend vor dem Schlafengehen von Peter Pan, seinen Abenteuern mit Piraten, Meerjungfrauen und von seiner Bande verlorener Kinder erzählt. Den Tag hatten Wendy, John und Michael hinter dem Haus im Wald verbracht und so getan, als kämpften sie an Peter Pans Seite gegen Bären und Wölfe. Und nachts hatten sie sich mit einer Taschenlampe unter einer Decke zusammengedrängt, während Wendy von Peter und den Feen erzählte. Peter Pan war ein magischer Junge, der auf einer Fantasie-Insel am Himmel lebte, und das Wichtigste: Er konnte fliegen und wurde niemals erwachsen.

Als sie älter wurde, übernahm Wendy zur Schlafenszeit die Rolle der Geschichtenerzählerin. Sie griff die Erzählungen ihrer Mutter auf, erfand aber auch ihre eigenen Peter-Pan-Abenteuer für ihre kleinen Brüder.

Doch nach dem, was mit John und Michael passiert war, erwähnte Wendy Peter nur noch in der Geschichtenzeit im Krankenhaus. Wenn sie zusammen mit Jordan im Krankenhaus bei den Kindern aushalf, spielte ihre Freundin normalerweise Brettspiele mit den Älteren, aber manchmal hörte sie auch Wendys Geschichten zu.

»Ich träume auch manchmal von ihm.« Wendy glättete das Papier über dem Lenkrad, um die unvollendete Zeichnung zu betrachten. »Jedenfalls irgendwie. Wenn ich aufwache, habe ich immer vergessen, was passiert ist, aber ich erinnere mich an Kleinigkeiten wie schwüle Dschungel, weiße Strände und Eicheln.« Sie rutschte unruhig auf ihrem Sitz herum. »Vor ein paar Nächten habe ich angefangen, ihn so zu zeichnen, wie er in meiner Vorstellung aussieht.«

»Und die Bäume?«, fragte Jordan leise.

»Ich habe keine Ahnung. Es sind wahrscheinlich einfach nur Bäume.«

Einen Augenblick lang war Jordan ganz still. Wendy hasste das. Sie hatte das Gefühl, dass Jordan es immer merkte, wenn sie etwas vor ihr verheimlichte. Aber dann zuckte Jordan nur mit den Schultern. »Vielleicht fühlst du dich alt und möchtest einfach für immer jung bleiben, wie dieser Peter Pan«, schlug sie vor. »Möglicherweise willst du ja mit ihm nach Nimmerland durchbrennen?« Ein Lächeln stahl sich auf ihre Lippen.

Wendy verdrehte die Augen. »Haha.«

Jordan beugte sich plötzlich in den Pick-up und umarmte Wendy ganz fest. Bevor diese erstarren konnte, ließ Jordan sie schon wieder los und trat einen Schritt zurück. Wendy stand nicht besonders auf Umarmungen. Für sie fühlten sie sich immer unbeholfen und erzwungen an. Im Laufe der letzten fünf Jahre hatte sie irgendwann vergessen, wie man so etwas machte. Dafür wurde sie oft gehänselt. Es war schmerzhaft offensichtlich, wie unwohl sie sich bei körperlichem Kontakt fühlte, aber Jordan machte sich nie über sie lustig. Und wenn sie schon von jemandem umarmt werden musste, dann doch am ehesten von ihrer besten Freundin.

Jordan schlug mit der Hand auf das Dach des Pick-ups. »Herzlichen Glückwunsch zum Achtzehnten!«, rief sie, bevor sie den Parkplatz überquerte und zu ihrem eigenen Auto ging.

Wendy wartete, bis Jordan weggefahren war, und winkte ihrer Freundin ein letztes Mal nach, als diese um die Ecke verschwand.

Dann sackte sie auf dem Fahrersitz zusammen und stieß langsam den Atem aus. Da die Luft jetzt rein war, beugte sie sich vor und legte den Zeichenblock auf den Beifahrersitz. Darunter war der Boden übersät von Papieren. Einige gefaltet, andere zusammengeknüllt, manche sogar zerrissen. Ja, Wendy hatte angefangen zu zeichnen, aber es steckte noch viel mehr dahinter.

Sie konnte einfach nicht damit aufhören.

Angefangen hatte alles ganz harmlos. Manchmal, wenn sie im Krankenhaus in Gedanken versunken war, schaute sie plötzlich ein auf die Ecke einer Akte gekritzeltes Augenpaar an. Oder sie saß mit Jordan beim Mittagessen, und ließ sich vom Klatsch über ihre Freunde ablenken, und stellte plötzlich fest, dass sie einen Baum auf die Quittung gezeichnet hatte, die sie eigentlich unterschreiben sollte. Das passierte immer häufiger, und Wendy merkte es nie, bis sie nach unten schaute und das Gesicht des Jungen sah, der sie anzublicken schien.

Peters Gesicht. Oder eines, das ihm ähnelte. Sie wusste, dass er es sein *sollte*, aber irgendetwas stimmte immer nicht. Etwas an den Augen, das sie nicht richtig hinbekam.

Und es waren nicht irgendwelche Bäume. Es war *ein* Baum. Ein ganz bestimmter Baum.

Wendy wusste nicht, was es damit auf sich hatte. Sie erinnerte sich nicht daran, jemals so einen Baum gesehen zu haben, er wirkte beinahe wie aus einer anderen Welt. Während die Skizzen von Peter Pan ziemlich realistisch waren – viel realistischer, als Wendy es sich je zugetraut hätte –, war mit dem Baum etwas nicht in Ordnung. Etwas stimmte nicht mit seinen krummen und spitzen Ästen. Aus irgendeinem Grund bekam sie von seinem Anblick eine Gänsehaut, auch wenn sie nicht wusste, warum.

Genauso wenig konnte sie erklären, warum sie ihn immer wieder zeichnete oder wieso ihr nie bewusst war, dass sie es tat, bis es bereits geschehen war. Und jetzt gab es haufenweise Zeichnungen auf Servietten, Quittungen und sogar auf Werbeflyern. Sie wollte nicht, dass jemand die Zeichnungen fand, daher hatte sie sie in ihren Wagen geworfen, aber offensichtlich war Jordan das nicht entgangen.

Wendys Magen krampfte sich zusammen. Es gefiel ihr nicht, dass ihr Gehirn und ihre Hände in der Lage waren, Dinge hervorzuzaubern, ohne dass sie es merkte. Sie schnappte sich ihren Kapuzenpulli und warf ihn über die Zeichnungen, damit sie sie nicht aus dem Augenwinkel sehen musste. Wenn sie nach Hause kam, würde sie sie in den Mülleimer werfen. Das Letzte, was sie brauchen konnte, war ein weiterer Grund für die Leute, sie für seltsam zu halten. Für ein schlechtes Omen, wenn nicht gar für verflucht.

Wendy glaubte langsam, dass sie alle recht haben könnten.

Astoria war nur eine kleine Felszunge umgeben von Wasser, und der Wald ein großer grüner Tintenklecks auf der Landkarte, der sie von den Nachbarstädten abschnitt. Die Williamsport Road – oder wegen des Mülls, der hier gerne abgeladen wurde, von den Einheimischen auch Dump Road genannt – schlängelte sich quer durch den Wald bis zum äußersten Stadtrand, wo Wendy wohnte. Sie schmiegte sich eng an die Hügel, weswegen sie nur von Ortskundigen befahren wurde. Mehrere, von vielen Reifen zerfurchte Forstwege zweigten von der Asphaltstraße ab. Sie zogen sich kreuz und quer durch die Bäume und führten entweder im Kreis zurück oder endeten einfach mitten im Wald. Ständig verirrten sich dort Touristen, und Eltern ermahnten ihre Kinder immer wieder, sich von dort fernzuhalten, aber sie hörten nicht darauf. Doch auch wenn sie es hasste, durch den Wald zu fahren, ganz besonders bei Dunkelheit, kam Wendy auf diesem Weg schneller nach Hause, als wenn sie die Hauptstraßen nahm.

Seit Wendy denken konnte, hatte man allen Kindern in Astoria eingeschärft, niemals die Pfade zu betreten. Man sagte ihnen, der Wald sei gefährlich und sie sollten sich davon fernhalten. Auch Wendys Eltern hatten ihr und ihren Brüdern verboten, die Forstwege zu erkunden, obwohl sie direkt im Wald hinter ihrem Haus begannen.

Nach dem, was passiert war, wurde Wendy zu einem abschreckenden Beispiel erklärt.

Der Motor des Wagens heulte auf, als Wendy ihn so sehr beschleunigte, wie sie es sich zutraute. Je schneller sie fuhr, desto eher könnte sie den Wald hinter sich lassen. Die Zweige der verwilderten Bäume und Büsche reckten sich ihr entgegen und streiften gelegentlich das Beifahrerfenster, obwohl sie sich dicht an die gelbe Mittellinie hielt. Die grauen Augen weit geöffnet, warf sie ängstliche Blicke auf die Bäume. Ihre trockenen, rissigen Finger krampften sich mit bleichen Knöcheln um das Lenkrad. Die Schlüsselkette, die von der Zündung herabhing, schlug rhythmisch gegen das Armaturenbrett.

Sie wollte einfach nur nach Hause, vielleicht noch ein Buch lesen und dann ins Bett gehen, damit ihr Geburtstag endlich vorbei war. Wendy schaute auf ihre Tasche auf dem Beifahrersitz, die bei jeder Bewegung des Wagens hin und her rutschte. Auf der unteren Ecke war ein blauer Tintenfleck von einem ausgelaufenen Füller, und die verstellbare Schnalle, einst glänzend und messingfarben, wies jetzt ein stumpfes Grau auf. Aber sie liebte das alte Ding, weil ihre Brüder sie extra für sie ausgesucht und von ihrem eigenen Geld gekauft hatten. Es war das einzige Geburtstagsgeschenk, das sie jemals von ihnen bekommen hatte.

In die Tasche hineingestopft waren weitere Zeichnungen von Peter Pan und dem mysteriösen Baum.

Der Abend war sehr warm, und im Wagen war es stickig, aber die Klimaanlage in ihrem zerbeulten Pick-up hatte wahrscheinlich schon vor der Zeit ihrer Geburt den Geist aufgegeben, und die Fenster wollte Wendy nicht herunterkurbeln. Ein Schweißrinnsal lief ihr über den Rücken, und sie beugte sich nach vorne. Musik wäre eine schöne Ablenkung. Sie würde sogar das Gejaule eines der vielen Country-Sender ertragen, wenn sie dadurch ihr Gedankenkarussell anhalten könnte. Sie schaltete das Radio ein, und eine Stimme drang durch die knisternden Lautsprecher.

»In Clatsop County wurde die achtjährige Ashley Ford als vermisst gemeldet. Sie verschwand heute um zwölf Uhr fünfundvierzig von zu Hause …«

Wendy fummelte am Radio herum, um einen anderen Sender einzustellen. Nicht, weil es ihr egal war – es ging ihr sogar sehr nahe –, aber sie hielt es einfach nicht aus. Nicht heute, nicht jetzt. Wendy spürte bereits das Beben in ihrer Brust, und es kostete sie all ihre Konzentration, es in Schach zu halten.

Sie wollte nur noch raus aus dem Wald und nach Hause. Wendy klickte auf einen anderen voreingestellten Sender, aber wieder kam die gleiche Stimme aus den Lautsprechern.

»Ashley hat blondes Haar und braune Augen. Sie wurde zuletzt im Garten ihres Elternhauses gesehen, bekleidet mit einer weiß-gelb karierten Bluse und einer blauen Hose. Ihrem Verschwinden geht das eines Jungen aus dem Ort am vergangenen Nachmittag voraus. Benjamin Lane wurde gestern vermisst gemeldet. Die Behörden haben nichts darüber verlauten lassen, ob die beiden Fälle in Zusammenhang stehen …«

Wieder drehte sie an der Senderauswahl. Die Stimme wurde leiser und ging dann in lautes Rauschen über. Wendy holte tief Luft, um sich zu beruhigen, und spähte auf die flackernde Hintergrundbeleuchtung des Autoradios.

Sie kannte jeden Winkel und jede Kurve der Strecke und hätte sie mit geschlossenen Augen fahren können, also umfasste sie das Lenkrad fest mit der linken Hand und schlug mit der rechten gegen das Radio. Das löste normalerweise die meisten Probleme des Pick-ups, aber noch immer erfüllte lautes Rauschen den Wagen.

Wendy biss die Zähne zusammen und schaute hoch. Sie wusste, dass gleich die weite Kurve kommen würde, aber das laute Knistern machte sie nervös. Wieder sah sie zum Radio und drehte am Knopf für die Senderauswahl, aber kein einziger ließ sich einstellen. Sie wollte gerade auf AM umschalten, als das Radio verstummte und nur noch das gleichmäßige Rumpeln des Motors zu hören war.

Ein Zweig schlug auf der Beifahrerseite gegen das Fenster.

Wendy fuhr so heftig zusammen, dass es wehtat.

Ein Schatten fiel auf die Motorhaube ihres Pick-ups und versperrte ihr die Sicht. Er war pechschwarz und fest. Etwas Dunkles, Gekrümmtes wie Finger wurde über die Windschutzscheibe gezogen. Ein schreckliches Kreischen drang an ihre Ohren.

Wendy kreischte, und das schattenhafte Ding glitt gerade noch rechtzeitig von der Motorhaube, dass sie etwas mitten auf der Straße liegen sehen konnte, beleuchtet von ihren Scheinwerfern. Ein Schrei löste sich aus Wendys Kehle, und sie trat mit aller Kraft auf die Bremse. Sie umklammerte das Lenkrad, und alle Muskeln in ihrem Körper spannten sich an, als der Wagen nach rechts ausbrach.

Die Reifen rasten über losen Untergrund, bevor der Pick-up zwischen Straße und Wald ruckartig zum Stehen kam. Wendy starrte durch die Windschutzscheibe in ein Gewirr von Ästen. Ihre keuchenden Atemzüge beraubten die Fahrerkabine jeglicher frischer Luft. Adrenalin rauschte durch ihre Adern. In ihrem Hals und ihren Schläfen pochte es.

Wendy fluchte leise.

Sie löste ihre steifen Finger vom Lenkrad. Zitternd tastete sie ihren Oberkörper und ihre Oberschenkel ab, um sich zu vergewissern, dass sie unverletzt war. Dann vergrub sie das Gesicht in den Händen.

Wie konnte sie bloß so dumm sein? Sie hatte ihre Nervosität die Oberhand gewinnen lassen. Sie wusste, dass sie den Blick keine Sekunde lang von der Straße wenden durfte, wenn sie fuhr, besonders bei Dunkelheit. Ihr Dad würde ausflippen! Und was wäre gewesen, wenn sie ihren Pick-up zu Schrott gefahren hätte? Wendy hätte sterben können – oder schlimmer noch, jemand anders.

Dann fiel ihr wieder die dunkle Gestalt auf der Straße ein.

Wendy stockte der Atem. Natürlich konnte es auch ein totes Tier sein, aber ihr Bauchgefühl sagte ihr, dass es keins war. Sie drehte sich auf ihrem Sitz um und versuchte, durch die Heckscheibe zu blicken, aber der rote Schein ihrer Rücklichter beleuchtete kaum die Umrisse von was auch immer sie fast überfahren hätte.

Bitte, lass es keinen Menschen sein.

Wendy hatte Mühe, sich aus dem Sicherheitsgurt zu befreien. Sie taumelte aus dem Wagen und blickte sofort in den Wald. Ohne die Bäume aus den Augen zu lassen, ging sie einige Schritte zurück. Aber sie standen still und reglos in der drückenden Sommerluft. Die einzigen Geräusche waren die schwache Brise in den Blättern und ihr eigener schwerer Atem.

Ängstlich betrachtete sie den vorderen Teil ihres Pick-ups. Der Wagen ragte auf den unbefestigten Seitenstreifen, die vordere Stoßstange gefährlich nahe an einem dicken Baum, aber der Motor lief noch. In der Motorhaube war eine Delle von was immer darauf gelandet war. Die Windschutzscheibe hatte einen Riss – oder nein, keinen Riss.

Waren das Kratzer?

Wendy strich mit den Fingern über die Furchen. Es waren vier, die parallel zueinander quer über die Scheibe verliefen. Wovon konnten diese Kratzer stammen? Sicher von keinem Reh und auch von keinem Ast.

Was hatte sie da bloß auf der Straße beinahe angefahren? Sie riss den Kopf herum, um über ihre Schulter zu schauen, zu dem Haufen mitten auf der Straße. Was es auch war, es hatte sich immer noch nicht bewegt.

Um so wenig Lärm wie möglich zu machen, ging Wendy auf Zehenspitzen auf die Gestalt zu. Langsam schob sie sich mit weit aufgerissenen Augen vorwärts, um die Dunkelheit besser durchdringen zu können. Sie reckte den Hals, als eine Wolke den Mond freigab, der daraufhin einen auf der Seite liegenden Jungen in sein silbernes Licht tauchte.

Ein Schauer durchlief Wendy, als sie losrannte und sich neben der

Gestalt auf die Knie fallen ließ. Spitze Kieselsteine drückten sich durch ihre Jeans.

»Hallo?« Mit bebender Stimme und zitternden Händen beugte sie sich über den Jungen. Sie wusste nicht, was sie tun sollte. »Geht es dir gut?«

Bist du noch am Leben?

Er stieß ein gequältes Stöhnen aus.

Sie riss die Hände zurück. »Oh mein Gott.« Wendy stand auf, um von der anderen Seite einen Blick auf sein Gesicht zu werfen. Sie hatte von ihrer Mom gelernt, dass man einen Bewusstlosen niemals bewegen sollte.

Er hatte die Arme an die Brust gezogen, als würde er schlafen. Er war mit irgendeinem Stoff bekleidet, der fest um seine Schultern und seinen Oberkörper gewickelt war und bis zu den Knien herunterhing. Sie konnte in der Dunkelheit nicht erkennen, um was für ein Material es sich handelte, aber es hatte grob gezackte Ränder und roch wie das Laub, das sie im Frühling immer aus der Dachrinne fischte.

Wendy ging in die Hocke, stützte sich mit einer Hand auf dem Boden ab und beugte sich dichter zu ihm vor. Langsam und vorsichtig schob sie ihm das nasse Haar aus dem Gesicht und strich ihm mit dem Daumen über die Stirn. Die Sommersprossen auf der Nase und um die geschlossenen Augen herum waren ihr irgendwie vertraut …

Bevor sie das Rätsel lösen konnte, kam ein tiefes Stöhnen aus der Brust des Jungen. Er rollte sich auf den Rücken, öffnete die Augen und sah sie an.

Wendy wollte instinktiv zurückweichen, aber sie konnte sich nicht bewegen.

Seine Augen waren atemberaubend. Sie hatten einen dunklen Kobaltton mit kristallblauen Tupfen, die um seine Pupillen herum explodierten.

Sie kannte diese Augen. Es waren dieselben, die sie wieder und wieder gezeichnet, aber nie richtig hinbekommen hatte. Doch das war unmöglich. Es konnte einfach nicht sein …

»Wendy?«, hauchte der Junge, und der süße Geruch von Gras wehte über ihr Gesicht.

Wendy fuhr zurück. Gleichzeitig rollten die kosmischen Augen des Jungen in ihren Höhlen nach hinten und schlossen sich wieder.

Wendy presste sich eine Hand auf den Mund.

Er war älter als der Junge in ihren Zeichnungen. Sein Gesicht war nicht so rund und seine Wangen nicht so voll wie in den Dutzenden von Skizzen, die in ihrem Auto verstreut lagen, aber die Linien seiner Nase und seines Kinns waren unverkennbar.

Sie keuchte. Woher kannte er ihren Namen? Ihr Herz hämmerte wie ein wildes Tier gegen ihre Rippen. Es war nicht möglich, dass sie ihn kannte. Es war unmöglich, dass der Junge, den sie gerade vor sich sah, derselbe Junge war wie auf ihren Zeichnungen.

Peter Pan war nicht *real*. Er war nur eine Geschichte, die sich ihre Mutter ausgedacht hatte. Sie verlor gerade einfach die Nerven, und ihr Verstand spielte ihr Streiche. Sie konnte unmöglich auf ihr Bauchgefühl vertrauen.

Obwohl jede Faser ihres Seins ihr zuschrie, dass er es war.

Doch es ergab keinen Sinn. Ihre Fantasie ging mit ihr durch. Und jetzt musste sie ihm Hilfe holen.

Wendy versuchte, sich zu konzentrieren und die Benommenheit in ihrem Kopf beiseitezuschieben. Sie wühlte in ihrer Tasche und holte ihr Handy heraus. Das Display war verschwommen, und ihr wurde klar, dass sie Tränen in den Augen hatte, aber es gelang ihr dennoch, den Notruf zu wählen.

Sobald das Klingeln verstummte, und noch bevor die Frau von der Zentrale auch nur ein Wort sagen konnte, brach aus Wendy ein ersticktes »Hilfe!« hervor.

Kapitel 2
Peter

»Wie heißen Sie, Miss?«

»Wendy Darling«, sagte sie und beugte sich zur Seite, um einen Blick auf den immer noch bewusstlosen Jungen zu erhaschen, den die anderen Sanitäter gerade auf eine Trage legten.

»Wissen Sie, wo Sie sich befinden?«

»Ich bin eine Meile von zu Hause entfernt und sitze hier bei *Ihnen.*« Sie riss ihre Hand weg, als er versuchte, den Puls an ihrem Handgelenk zu fühlen.

»Ich heiße Dallas. Ich bin Sanitäter.«

Wendy betrachtete das glänzende Abzeichen an seiner dunkelblauen Uniform, den Aufnäher an seinem Ärmel mit der Aufschrift: *ASTORIA, OREGON, FEUERWEHR – SANITÄTER.* »Das sehe ich.«

»Ich führe lediglich ein paar Tests durch, um sicherzugehen, dass Ihnen nichts fehlt«, fuhr er fort. Nachdem sie den Notruf gewählt hatte, war die Feuerwehr vor Ort eingetroffen, dicht gefolgt von einem Krankenwagen. Sie waren direkt zu dem Jungen gegangen, bevor man sie beiseitegenommen hatte, um sie zu befragen.

»Es geht mir gut, Sanitäter Dallas«, erklärte sie und schob die Stiftlampe weg, die er ihr ins Gesicht hielt. Durch ihre ehrenamtliche Arbeit im Krankenhaus und die Tatsache, dass ihre Mom in der Notaufnahme arbeitete, kannte Wendy alle Mitarbeiter des medizinischen Rettungsdienstes in Astoria. Wenn sie raten müsste und gemessen an den Fragen, die wie aus dem Lehrbuch klangen, würde sie vermuten, dass er immer noch seinen Freiwilligendienst ableistete.

»Tut Ihnen irgendetwas weh?«

»Nur mein Hintern, weil ich so lange am Straßenrand gesessen habe.« Sie reckte wieder den Hals, um zum Krankenwagen hinüberzuschauen. Die Trage klapperte laut, als die Sanitäter den Jungen in den Wagen schoben. Wendy hätte sie am liebsten angebrüllt, sie sollten vorsichtiger sein.

»Haben Sie sich bei dem Unfall den Kopf gestoßen?«

»Es war kein Unfall. Mir geht es gut und meinem Pick-up auch.« Sie holte tief Luft. »Es gab keinen Unfall.«

»In Ordnung, Miss«, sagte er, stand auf und steckte das Stethoskop wieder in seine Tasche. Die Türen des Krankenwagens wurden zugeschlagen.

Sie brachten ihn weg. Panik stieg in Wendy auf. Sie musste ihn sehen, mit ihm reden und herausfinden, wer er war. Sie musste sich selbst beweisen, dass er nicht Peter Pan war, sondern einfach nur irgendein Junge. Ein sehr verlorener Junge, der irgendwie auf der Straße gelandet war.

»Ich will ins Krankenhaus«, platzte Wendy heraus.

Dallas blinzelte. »Was?«

»Das Krankenhaus. Ich will da hin. Kann ich Ihnen nachfahren? Wie gesagt, mit meinem Pick-up ist alles in Ordnung, er steht direkt am Straßenrand.« Der unbezähmbare Drang, dem Krankenwagen zu folgen, wurde nur noch stärker, als dieser anfuhr.

Dallas runzelte die Stirn. »Ich halte es für keine gute Idee, dass Sie fahren, wenn Sie meinen, sich im Krankenhaus untersuchen lassen zu müssen …«

Frustration stieg in ihr hoch. »Nein – meine Mom arbeitet dort.

Ich will zu meiner Mom. Sie ist Krankenschwester«, erklärte sie. Die Lichter des Krankenwagens verschwanden hinter der Kurve.

»Oh.« Erneut blinzelte er. »In Ordnung.« Er zögerte kurz, sah dann aber zu seinem Sergeant, der im Feuerwehrwagen saß und etwas in sein Funkgerät sprach. »He, Marshall«, rief Dallas. »Sag den Polizeibeamten, dass sie dem Rettungsdienst ins Krankenhaus folgen sollen.«

Polizei. Toll. Sie würde mit ihnen reden müssen. Die Härchen auf ihren Armen stellten sich auf, und sie spürte, wie der Schweiß durch ihr Shirt drang.

Mit verkniffenem Gesicht drehte Dallas sich wieder zu Wendy. »Sind Sie sich sicher, dass Sie fahren können?«

Wendy sah ihm fest in die Augen. »Ich bin im Vollbesitz meiner geistigen Kräfte und lehne medizinische Versorgung und eine Fahrt ins Krankenhaus ab«, rezitierte sie.

Er zog die Augenbrauen zusammen, aber dann seufzte er und holte sein Klemmbrett aus Metall hervor. »Unterschreiben Sie hier, dass Sie …« Wendy riss es ihm aus der Hand und kritzelte schnell ihren Namen auf die Linie, bevor sie ihm das Klemmbrett an die Brust drückte. Nur mit Mühe konnte er verhindern, dass es ihm herunterfiel.

Dallas betrachtete mit zusammengekniffenen Augen ihren Führerschein, bevor er ihn ihr hinhielt. »Übrigens, alles Gute zum Geburtstag.«

»Danke.« Wendy lief zu ihrem Pick-up zurück. Sie ließ den Motor aufheulen, setzte rückwärts aus dem Dickicht aus Ästen und fuhr zurück in Richtung Stadt. Der Wald verschwand hinter ihr in der Nacht.

Wendy tippte den Code ein, um durch die Nebentür im Wartezimmer in die Notaufnahme zu schlüpfen. Diese war klein und altmodisch, und komplett in Blau und Grün gehalten. Die Plastikschirme über den grässlichen Neonröhren waren blau und mit weißen Wolken bemalt, als würde das das grelle Licht irgendwie weicher erscheinen lassen. Das Stationszimmer lag in der Mitte, und die sechs Behandlungsräume der Notaufnahme waren in einem u-förmigen Ring darum herum angeordnet. Vorhänge und Schiebetüren aus Glas umschlossen sie. Sie ging geradewegs zu einem der an der Wand hängenden Desinfektionsmittelspender, gab genau drei Pumpstöße in ihre Hände und rieb sie kräftig aneinander. Es ließ die Risse in ihren Fingern brennen.

Niemand schenkte ihr große Beachtung. Die Notaufnahme war überfüllt und chronisch unterbesetzt. Es gab nicht genug Lagermöglichkeiten, daher waren die Wände gesäumt von fahrbaren Regalen mit medizinischem Material, die man von Raum zu Raum fahren konnte.

Zumindest waren hier alle viel zu beschäftigt, um Wendy zu bemerken. Sie erhaschte noch einen kurzen Blick auf den Jungen, der in einer Behandlungsnische weiter hinten auf einer Trage lag, dann zog eine Krankenschwester auch schon den Vorhang zu.

Wendy setzte sich auf einen der Plastikstühle an der Wand und beobachtete die Füße des Pflegepersonals und der Ärzte, die das Bett umringten. Immer wieder sagte sie sich, dass das nur irgendein Junge war, der sich im Wald verirrt hatte. Die Straße war dunkel gewesen, und sie hatte ihn nicht richtig sehen können. Sie war müde und gestresst, und ihr Kopf verknüpfte irgendwelche wilden Vorstellungen miteinander. Sobald sie sich selbst beweisen konnte, dass es sich bei ihm nur um einen Fremden handelte, konnte sie nach Hause fahren und ein wenig schlafen.

Aber sie würde nicht gehen, ohne ihn gesehen zu haben.

»Schon wieder da?«

Die vertraute Stimme von Schwester Judy riss Wendy in die Gegenwart zurück. Sie stand hinter dem Empfangstresen des Stationszimmers und hielt ein Tablett mit Spritzen in den Händen. Sie musterte Wendy über den Rand ihrer Brille hinweg und lieferte ihr eine Ausrede, bevor sie eine erfinden musste. »Oh, wartest du auf deine Mom?« Ihre Züge entspannten sich. »Sie ist im Pausenraum und sollte gleich kommen.«

»Danke.« Das schien Schwester Judy zu genügen, denn sie wandte sich sofort wieder ihrer Arbeit zu. Manchmal, wenn sie die gleiche Schicht hatten, fuhren Wendy und ihre Mom zusammen nach Hause.

Wendy verkrallte die Finger im Saum ihres Tanktops. Sie musste den Jungen nur noch ein einziges Mal sehen. Dann konnte sie von hier verschwinden, bevor irgendjemand stutzig wurde und anfing, Fragen zu stellen.

Aber das war natürlich zu viel gehofft.

Die Türen der Notaufnahme schwangen auf, und herein kamen Dallas, Marshall, Officer Smith und ein weiterer Cop, den sie nicht kannte. Wendy rutschte das Herz in die Hose. Sie zog die Füße auf den Stuhl und schlang sich die Arme um die Knie. Vielleicht würden sie sie ja gar nicht sehen.

Dallas reichte Officer Smith einige Papiere und nickte dann in Wendys Richtung. Officer Smith warf ihr einen strengen Blick zu, und Wendy schaute schnell wieder zu den geschlossenen Vorhängen.

Na toll.

Wendy mochte keine Cops. Nach allem, was im Wald passiert war, vertraute sie ihnen nicht mehr. Sie hatten nichts anderes getan, als ihr Angst zu machen und ihr immer wieder dieselben Fragen zu stellen. Niemand hatte ihr geglaubt, als sie gesagt hatte, sie könne sich an nichts erinnern.

Und es war ihnen auch nicht gelungen, ihre Brüder zurückzubringen.

Officer Smith war einer dieser Cops gewesen.

Wendy hörte das Klappern ihrer schweren Gürtel und das Quietschen ihrer Stiefel auf dem fleckigen Linoleum. Sie blieben vor ihr stehen. Sie versuchte, ihre Gesichtsmuskeln zu entspannen und eine gelangweilte Miene aufzusetzen, während sie weiter stur geradeaus schaute. Aber ihr Herz flatterte verräterisch in ihrer Brust.

Der ihr unbekannte Beamte sprach als Erster. »Miss Darling?« Seine Stimme war zu sanft. Er hatte den falschen Beruf gewählt.

Wendy brummte zur Bestätigung.

»Wir haben nur noch ein paar Fragen an Sie«, fuhr er fort. Papierrascheln war zu hören, als er einen Notizblock hervorholte.

»Ich habe bereits mit den Sanitätern geredet«, sagte Wendy tonlos.

Officer Smith trat vor. Die Handschellen an seinem Gürtel funkelten. »Nun, wir haben trotzdem noch ein paar Fragen.«

Zorn und Trotz übermannten Wendy. »Sollten Sie nicht da draußen sein und nach den verschwundenen Kindern suchen, statt mich zu belästigen?« Kaum dass ihr diese Worte über die Lippen gekommen waren, bereute sie sie auch schon.

»Ja, das sollten wir, Wendy.« Bei seinem unfreundlichen Ton schaute sie auf. Officer Smith runzelte finster die Stirn und stützte die Fäuste in die Hüften. Der andere Cop – jung, mit ordentlichem, kurz geschnittenem Haar – wirkte, als fühlte er sich nicht wohl in seiner Haut.

Auf dem Namensschild an seiner Uniform stand CECCO. Wendy kannte den Namen. Auf ihrer Highschool war ein Mädchen mit dem Nachnamen Cecco. Das musste ihr älterer Bruder sein.

Officer Cecco schaute zwischen Wendy und Smith hin und her.

»Und genau deshalb solltest du mit uns kooperieren, damit wir herausfinden, ob dieser Junge auch ein Opfer ist«, fügte Officer Smith hinzu.

Wendy schluckte, zog aber erwartungsvoll eine Augenbraue hoch. »Also?«

Cecco räusperte sich. »Sie haben gesagt, etwas sei auf die Motorhaube Ihres Wagens gefallen?«

»Ja.«

»Etwas wie ein Ast?«, hakte er nach.

»Nein – kein Ast, eher etwas wie …« Wendy dachte an das seltsame schwarze Ding, das sie gesehen hatte. Für einen Ast war es nicht fest und schwer genug gewesen. Es war trüb gewesen, und es hatte gewirbelt und gewabert, als würde es einem einfach durch die Finger gleiten, wenn man es anfassen wollte.

Aber wie um alles in der Welt sollte sie das den Polizisten beschreiben? »Das Ding hat eine Beule in meiner Motorhaube hinterlassen und meine Windschutzscheibe zerkratzt.«

»Wie ein Ast«, beharrte Smith und trat missmutig von einem Fuß auf den anderen.

Wendy hob das Kinn und gab sich Mühe, energisch zu klingen. »Nein.« Natürlich glaubte er ihr nicht. »Ich weiß nicht, was es war, aber ein Ast war es nicht.«

»Die Sanitäter sagten, es habe keine Anzeichen dafür gegeben, dass das Opfer« – Wendy verzog bei dem Wort das Gesicht – »von einem Auto angefahren worden sei«, fuhr Cecco fort. »Und Sie haben ausgesagt, er habe mit Ihnen geredet. Hat er gesagt, was passiert ist?«

»Nein.«

»Sie haben ausgesagt, er habe Ihren Namen gekannt.« Seine Stimme wurde wieder ganz sanft. »Kennen Sie ihn?«

Sie öffnete den Mund, um Nein zu sagen, aber das Wort blieb ihr in der Kehle stecken. Sie zögerte.

Wendys Blick wanderte zum Empfangstresen des Stationszimmers.

Dort stand Schwester Judy und beobachtete verwundert, wie die beiden Beamten mit Wendy redeten. Sie bekam rote Flecken im Gesicht, und für einen Moment dachte Wendy, sie würde herüberkommen und den Beamten die Leviten lesen. Doch stattdessen ging sie schnell in Richtung Pausenraum.

Wendy legte die Arme noch fester um ihre Knie. Ihre Atmung beschleunigte sich, und sie hoffte, dass Smith und Cecco es nicht bemerkten. »Nein.« Aber sie klang nicht einmal annähernd so sicher wie zuvor. Sie konnte ihnen schließlich nicht sagen, dass sie glaubte, sie hätte beinahe einen Jungen mit ihrem Pick-up überfahren, den sie nur aus erfundenen Geschichten kannte.

Wendys Herz machte einen schmerzhaften Satz.

»Sind Sie sich sicher?«

»Ja.«

Smith' kalte graue Augen verengten sich. »Wie ist er dann auf der Straße gelandet?«, fragte er. »Kam er von einer der Forststraßen?«

Endlich schaute Wendy den beiden Beamten direkt ins Gesicht. Sie lächelte und blinzelte. »Vielleicht ist er ja vom Himmel gefallen?«

Smith presste die Lippen zu einem festen Strich zusammen, und ein Muskel in seiner Wange zuckte. Die Regung bescherte Wendy ein kurzes Gefühl der Befriedigung. Cecco rieb sich ratlos den Nacken. Nachdem er Smith einen nervösen Blick zugeworfen hatte, richtete er seine Aufmerksamkeit wieder auf Wendy. »Woher kennt er Ihren ...?«

»Was ist hier los?« Die Stimme war leise, aber streng.

»Mom«, hauchte Wendy.

Ihre Mutter trat zwischen die beiden Beamten.

Mary Darling trug ein ausgeblichenes blaues Hemd und eine passende Hose, ihr hellbraunes Haar hatte sie zu einem unordentlichen Knoten aufgesteckt. Sie hielt die zitternden Hände an den Seiten, während der scharfe Blick ihrer braunen Augen zwischen den Beamten hin und her huschte. Die Autorität, die sie einst ausgestrahlt hatte, wurde durch die hängenden Schultern und die dunklen Ringe unter ihren Augen Lügen gestraft.

Wendy stand auf und zwängte sich an Smith und Cecco vorbei, um sich neben ihre Mutter zu stellen.

»Geht es dir gut?«, fragte Mrs. Darling mit einem Seitenblick auf Wendy. »Was ist passiert? Dein Vater …?«

»Nein, alles in Ordnung«, beteuerte Wendy schnell. Ihre Mom konnte das Problem lösen, konnte alldem einen Sinn geben. »Da war ein Junge …«

»Mrs. Darling, wir müssen mit Ihrer Tochter reden«, unterbrach Smith sie.

»Und warum müssen Sie das, Officer Smith?«

Er nahm seine Mütze ab und machte sich offensichtlich bereit, eine Erklärung abzugeben.

»Wendy!«

Alle drehten sich um. Die blauen Vorhänge um das Bett des Jungen raschelten. Schwestern und Pfleger kamen angelaufen und verschwanden hinter den Vorhängen.

»WENDY!«

Sie konnte nicht verstehen, was die Ärzte sagten, weil irgendjemand völlig hysterisch ihren Namen schrie. Es knallte zweimal laut, als Metalltabletts zu Boden geworfen wurden.

Alle starrten sie an. Die Krankenschwestern und Pfleger, die Ärzte, die Beamten, ihre Mom.

»WENDY!«

Ihre Gedanken überschlugen sich. Alle anderen Geräusche waren jetzt gedämpft und verzerrt, alle bis auf seine durchdringenden Schreie.

Sie fühlte sich wie in einem Albtraum. Ihr Brustkorb hob und senkte sich hektisch, und ihre Hände ballten sich zu Fäusten. Sie ging auf das Bett hinter dem Vorhang zu.

»Wendy.« Diesmal war es ihre Mutter, die ihren Namen sagte, und sie legte ihr sanft eine Hand auf die Schulter, doch Wendy schüttelte sie ab. Sie schob sich an Krankenschwestern und Pflegern vorbei, die sie unverhohlen anstarrten, ihr jedoch Platz machten.

»WENDY!«

Sie war jetzt nah genug bei ihm, um nach dem Baumwollvorhang zu greifen. Sie zögerte, als sie bemerkte, wie heftig ihre Hand zitterte. Dann riss sie den Vorhang zurück.

Schwestern und Pfleger liefen durcheinander. Männer in blauer Krankenhauskleidung zu beiden Seiten des Jungen versuchten, ihn an den Armen festzuhalten. Er trat mit den Beinen unter der Leinendecke wild um sich. Ein Arzt mit einer Spritze und einer kleinen Glasflasche stand über ihm.

Aber dann blieb plötzlich die Zeit stehen: Wendy sah den Jungen an, und er erwiderte ihren Blick. Jetzt erkannte sie, dass sein Haar von einem dunklen Rostrot war und selbst in der trüben Krankenhausbeleuchtung rötlich schimmerte. Wie Blätter im Spätherbst. Er trug ein blaues Krankenhaushemd. Sie hatten ihn anscheinend aus den Kleidern herausgeschnitten, die er angehabt hatte.

»Wendy?« Er brüllte nicht mehr. Stattdessen neigte er den Kopf zur Seite und blinzelte sie mit seinen strahlend blauen Augen an.

Wendy verschlug es die Sprache. Sie hatte keine Ahnung, was sie sagen sollte. Ihr Mund war geöffnet, aber kein Laut kam heraus.

Ein breites Lächeln glitt über seine Züge und entblößte einen Schneidezahn, von dem eine kleine Ecke abgebrochen war, und tiefe Grübchen. Seine klaren Augen leuchteten auf – die Augen, die sie in ihren zahlreichen Zeichnungen nie hatte einfangen können. Aber das war unmöglich ...

»Ich habe dich gefunden«, sagte er triumphierend. Er wehrte sich immer noch gegen die beiden Männer, die ihn festhielten, doch er hörte dabei keine Sekunde auf zu lächeln. Unter seinem Blick wurden Wendys Wangen ganz heiß, und ihr Magen schlug Purzelbäume.

Der Arzt stach ihm die Nadel in den Arm und drückte den Kolben herunter.

»Nein, tun Sie das nicht!« Die Worte flogen aus ihrem Mund, aber es war zu spät. Der Junge zuckte zurück, konnte der Nadel jedoch nicht entkommen. Fast augenblicklich wurden seine strahlenden Augen glasig.

Sein Kopf fiel zur Seite, und er sank zurück auf das Krankenhausbett. »Ich wusste, dass ich dich finden würde.« Seine Worte waren kaum zu verstehen, und sein Blick irrte benommen im Raum umher, aber er wirkte so glücklich – so erleichtert.

Wendy schob sich an einer Krankenschwester vorbei und trat neben ihn. »Wer bist du?«, fragte sie und umklammerte das Bettgitter.

Der Junge runzelte die Stirn und zog die Augenbrauen hoch, während er versuchte, wach zu bleiben. »Du hast mich vergessen?« Seine Augen versuchten verzweifelt, sie zu fokussieren.

Wendys Herz raste. Sie wusste nicht, was sie tun sollte, und sie war sich bewusst, dass die anderen im Raum sie beobachteten. Sie hatte so viele Fragen, aber das Beruhigungsmittel entfaltete rasch seine Wirkung bei ihm.

»Wie heißt du?«, fragte sie drängend.

Seine schläfrigen Augen fanden endlich ihre. »Peter.« Er blinzelte langsam, dann sank sein Kopf zurück auf das Kissen. Er ließ ein kleines, betrunken klingendes Lachen hören. »Du bist so alt …« Seine Lider schlossen sich, und plötzlich lag er regungslos da. Nur seine Brust hob und senkte sich langsam.

Peter.

Bewegungen um sie herum ließen sie erneut zusammenzucken. Man stellte ihr Fragen, doch sie hörte sie kaum. Sie wurde von Menschen in Kitteln sanft von Peters Seite weggezogen. Plötzlich hatte Wendy das Gefühl, sich übergeben zu müssen. Speichel sammelte sich in ihrem Mund, während der Raum sich um sie zu drehen begann.

Du hast mich vergessen?

Wendy vergrub das Gesicht in den Händen. Ihr Herz hämmerte. Sie konnte noch immer die Erde und das nasse Gras auf seiner Haut riechen. Fest presste sie die Augen zusammen, und Bilder von Bäumen und Zwielicht zwischen Blättern blitzten vor ihrem inneren Auge auf.

Jemand massierte ihr den Rücken und führte sie zu einem Stuhl, wo sie den Kopf zwischen die Knie sinken ließ, die Hände in ihrem verschwitzten Nacken verschränkte und die Unterarme auf ihre Ohren presste.

Woher kannte er sie? Warum hatte er nach ihr gesucht? Und wer war er? Das konnte nicht Peter Pan sein, *ihr* Peter. Er war nicht real, war nur eine ausgedachte Geschichte. Oder?

Du hast mich vergessen?

Es gab so vieles, das sie vergessen hatte – riesige Zeitspannen, die in ihrer Erinnerung fehlten. Was, wenn er eine von diesen Erinnerungslücken war? Was, wenn er wusste, was passiert war?

Plötzlich machte ihr der Gedanke, er könnte aufwachen, schreckliche Angst.

Die Menschen um sie herum wichen zurück, und sie spürte einen leichten Druck auf dem Kopf, bei dem es sich nur um eine Berührung ihrer Mutter handeln konnte. Wendy schaute zwischen ihren Armen hindurch zu ihrer Mom hoch.

»Ich bring dich nach Hause, okay?« Die Schwestern und Pfleger hinter Mrs. Darling starrten sie noch immer an, aber Mrs. Darling wickelte sich nur eine Locke von Wendys Haar um den Finger und zog sanft daran.

Wendy nickte.

»Mrs. Darling.« Smith war immer noch da. »Wir haben noch weitere Fragen an Ihre Tochter.« An die Stelle des Argwohns war jetzt ein Ausdruck wachsamer Besorgnis getreten, mit dem er auf Wendy hinabschaute.

Mrs. Darling verschränkte die Arme vor der Brust. »Nicht heute Abend. Meine Tochter hat schon genug durchgemacht. Aber morgen sprechen wir gern noch einmal mit Ihnen.«

Officer Cecco trat zurück und murmelte rasch einige Worte in sein Funkgerät.

»Es tut mir leid, Ma'am, aber ...«

Wendy hörte gar nicht mehr zu.

Sie legte die Wange aufs Knie und schaute wieder zu Peters Bett hinüber.

Jemand hatte die heruntergefallenen Tabletts aufgehoben, und sie konnte gerade noch eine Hand erkennen, um deren Gelenk eine gepolsterte Ledermanschette gelegt worden war. Sie hatten ihn ans Bett gefesselt.

Sie dachte daran, wie diese Fesseln sich an ihren eigenen Handgelenken angefühlt hatten, nachdem man sie an ihrem dreizehnten Geburtstag im Wald gefunden hatte.

Zuerst war sie nur ins Krankenhaus gebracht worden, damit ihre leichten Verletzungen untersucht werden konnten, aber als sie nicht aufhören konnte zu weinen und immer wieder mitten in der Nacht schreiend und um sich schlagend aufgewacht war, hatte man sie an den Handgelenken und Knöcheln fixiert. Zu ihrem eigenen Schutz, hatten sie gesagt. Danach konnte sie sich nicht mehr an viel erinnern, nur an den stetigen Strom von Ärzten, Sozialarbeitern und Psychologen.

Ihre Brüder waren immer noch verschwunden, und das war ihre Schuld.

Eine Krankenschwester stand gerade neben Peter und maß seinen Puls. Wendys Mutter und Officer Smith waren noch immer ins Gespräch vertieft. Sein Gesicht war puterrot, und ihre Mutter reckte stur das Kinn vor. Der andere Beamte hatte ihnen den Rücken zugewandt und sprach in sein Handy.

Als die Krankenschwester den Raum verließ, erhob Wendy sich von ihrem Stuhl.

Sie trat wieder ans Bett. Ihr Blick flog über sein Kinn, seine Ohren, sein Haar. Sie suchte nach irgendeinem Beweis, dass er Peter

Pan war. Er war definitiv älter als der Junge in ihren Geschichten und Zeichnungen. Der Peter Pan, den sie kannte, war ein Kind, das niemals alterte. Der Junge hier im Krankenhausbett war definitiv ein Teenager. Sich an die Vorstellung zu klammern, dass dies nicht Peter Pan sein konnte, weil Peter Pan niemals erwachsen wurde, war zwar albern, aber besser als nichts.

Der Junge hatte ausgeprägte Wangenknochen, und selbst im fahlen Licht der Neonröhren war seine Haut sonnengebräunt. Seine Sommersprossen stachen inmitten der Dreckflecken hervor wie kleine Fetzen zerrissener Herbstblätter.

Zwischen seinen Augenbrauen war eine kleine Falte zu sehen. Wendy beugte sich dichter über ihn. Er runzelte im Schlaf die Stirn, als hätte er einen bösen Traum.

Wendy strich sachte mit dem Daumen über die Falte zwischen seinen Augen, wieder und wieder, bis seine Stirn sich entspannte und die Furchen sich glätteten.

Noch einmal schaute sie auf sein gefesseltes Handgelenk hinunter und ließ ihren Blick dann über seinen Handrücken bis zu seinen langen, schlanken Fingern wandern. Seine Nägel waren abgekaut, das Nagelbett dreckverkrustet.

Das Bild von ihren eigenen Fingernägeln, als man sie gefunden hatte, stieg in ihr auf. Schmutzig, abgebrochen, mit irgendetwas Rotem darunter.

Wendy fuhr zurück, und ein Beben durchlief sie. Sie gab von dem an der Wand angebrachten Pumpspender einige Spritzer Desinfektionsmittel in ihre Handfläche und rieb sie kräftig aneinander. Der scharfe Geruch stach ihr in der Nase.

»Wendy.«

Sie zuckte zusammen und wirbelte herum. Ihre Mutter stand im Flur, wo sie ihr zuwinkte, um ihr zu bedeuten, dass sie kommen sollte.

»Wir gehen jetzt«, verkündete ihre Mom, die ihre Handtasche

fest umklammert hielt. Wendy fand, dass ihre Mutter plötzlich viel älter aussah. Als würde eine schwere Last ihre Schultern nach unten drücken, ihr Kopf gesenkt und ihr Rücken gebeugt.

Wendy wischte sich mit der Hand über ihre schweißnasse Stirn. »Was ist mit meinem Pick-up?«

»Den kannst du morgen früh abholen«, entschied ihre Mutter und wühlte in ihrer Handtasche nach ihren Schlüsseln.

Wendy nickte. »Okay.«

Mrs. Darling entfernte sich mit schnellen Schritten, und Wendy folgte ihr. Im selben Moment, als sie durch die Schiebetüren aus Glas nach draußen traten, kamen zwei Personen in Anzügen herein.

Die Türen schlossen sich, und Wendy dachte an Peter, der im Bett lag, und an das Lächeln, das seine Lippen umspielt hatte.

Kapitel 3

Geschlossene Türen

Auf der Heimfahrt saß Wendy auf dem Rücksitz des Wagens hinter ihrer Mutter. Sie zog die Beine an und drückte die Stirn gegen die kühle Scheibe, den Rücken dem Wald zugewandt. Um ihre Gedanken daran zu hindern abzuschweifen, schloss sie die Augen und sagte sich im Kopf immer wieder den Text ihres Lieblingssongs vor.

Über Kies rollende Reifen verrieten ihr, dass sie zu Hause waren. Wendy setzte sich auf und öffnete vorsichtig die Tür, um keine Beule in das neben ihnen geparkte Auto ihres Vaters zu schlagen.

»Ich muss noch einmal zurück und meine Schicht beenden«, sagte ihre Mom.

»In Ordnung.«

»Wir reden morgen früh.«

»Okay.« Wendy zögerte. So etwas wie Neugier, oder vielleicht waren es auch nur Gewissensbisse, hielten sie im Auto. »Mom, geht es dir gut?«

Mrs. Darling seufzte. Wendy suchte im Rückspiegel den Blick ihrer Mutter, aber diese starrte weiterhin bloß auf das Lenkrad. »Mir geht es gut. Alles ist gut.«

Sie wusste nicht, wen ihre Mutter zu überzeugen versuchte, sich selbst oder Wendy.

Ihre Mom fuhr los, noch bevor Wendy ihren Schlüssel aus der

Tasche holen konnte. Ihr Vater hatte wieder einmal vergessen, die Verandalampe einzuschalten, also fummelte sie einen Moment lang mit dem Schlüssel am Schloss herum, bevor es ihr gelang, die Haustür aufzuschließen.

Im Wohnzimmer war es bis auf den Lichtstreifen dunkel, der unter der Tür des Arbeitszimmers ihres Vaters drang. Sie drückte das Ohr an den Türrahmen und lauschte. Es war alles still, das Einzige, was man hören konnte, war das tiefe, sonore Schnarchen ihres Vaters.

Gut. Zumindest musste sie sich nicht von ihm mit Fragen löchern lassen. Jedenfalls noch nicht.

Wendys Geist und auch ihr Körper schwirrten von nervöser Energie. Sie musste sich irgendwie ablenken, musste ihren rastlosen Händen etwas zu tun geben, daher räumte sie die Küche auf. Sie leerte die Spülmaschine, die sie am Abend zuvor eingeräumt hatte. Dann legte sie die Bierkartons zusammen und stapelte sie mit dem Rest des Papiermülls auf einen Haufen. An der Spüle schrubbte sie sich erneut die Hände, die Haut rot und rissig von ihrer zwanghaften Angewohnheit.

Das Aufräumen lenkte sie ab, bis sie sich hinsetzte, um eine Einkaufsliste zu schreiben. Sie starrte auf den kleinen Notizblock, über dem die Spitze des blauen Stiftes schwebte, aber sie konnte sich einfach nicht darauf konzentrieren, was sie diese Woche an Lebensmitteln einkaufen musste. Das war eine der vielen Pflichten, für die sie zu Hause zuständig war. Jetzt, da sie still dasaß, rasten ihre Gedanken. Sie überlegte, den Fernseher einzuschalten, um sie zu übertönen, aber sie wollte unter keinen Umständen die Gesichter von Benjamin Lane und Ashley Ford auf dem Bildschirm sehen.

Und sie wollte ihren Dad nicht wecken.

Wendy schloss die Augen und zwang sich, tief einzuatmen. Ihre Schläfen pochten. Sie freute sich nicht gerade darauf, dass er herausfand, was heute Abend passiert war. Verdammt, sie konnte ja nicht einmal selbst genau sagen, was passiert war. Wie sollte sie es dann jemand anderem erklären? Das Einzige, was sie mit Bestimmtheit wusste, war, dass jemand auf der Motorhaube ihres Autos gelandet war und sie einen Jungen gefunden hatte, der mitten auf der Straße gelegen hatte. Der Peter hieß.

Aber das bedeutete noch lange nicht, dass es auch *ihr* Peter war.

Wendy schüttelte kaum merklich den Kopf. Sie musste sich konzentrieren.

Lebensmittel. Sie könnte Nudelauflauf machen. Das ging schnell, und ihre Mom und ihr Dad konnten sich davon etwas zur Arbeit mitnehmen.

Wendy schaute auf den Notizblock und wollte gerade *Tomatensoße* aufschreiben, als sie erst stutzte und dann nach Luft schnappte. Eine Gänsehaut raste an ihren Armen hinab.

Sie hatte es schon wieder getan.

Der Notizblock war vollgekritzelt mit blauer Tinte. In skizzenhaften Strichen war der knorrige Baum umrissen. Der Stamm war dick und die Rinde zerklüftet. Die Wurzeln wanden sich in der Erde unter ihm. Die Zeichnung hatte sich über die Ränder des Papiers hinaus ausgebreitet, und einige Äste erstreckten sich in scharfen Winkeln über den Holztisch.

»*Scheiße.*« Wendy schnappte sich das Putzmittel, das unter der Spüle stand, und eine Handvoll Papiertücher. Dann schrubbte sie den Tisch ab. Zwar verschwand die blaue Tinte, doch sie hatte mit dem Stift so fest aufgedrückt, dass er Rillen in dem weichen Holz hinterlassen hatte. Sie fluchte erneut und schrubbte noch kräftiger.

Die geisterhaften Umrisse der Äste ließen sich nicht entfernen. Wendy zog die Schublade auf, wo sie die hübschen Tischdecken für die Festtage aufbewahrten, und holte das Set grüner Platzdeckchen heraus. Sie verteilte sie so auf dem Tisch, dass die Linien verdeckt waren.

Wendy drückte sich die Handballen gegen die Augen. Was passierte nur mit ihr? Flippte sie jetzt völlig aus? Sie musste sich der Realität stellen. Der Junge, den sie gefunden hatte, war nicht Peter Pan. Die verschwundenen Kinder hatten nichts mit ihr oder ihren Brüdern zu tun. Sie war einfach erschöpft und musste mal wieder richtig ausschlafen.

Wendy ging die Treppe hoch und blieb oben für einen Moment stehen. Rechts von ihr befand sich die Tür, die in das Zimmer führte, das sie sich früher mit ihren Brüdern John und Michael geteilt hatte. Mittlerweile war es einfach nur eine Tür, die während der letzten fünf Jahre geschlossen geblieben war. Nach den Ereignissen von damals hatte Wendy sich geweigert, das Zimmer noch einmal zu betreten, daher hatten ihre Eltern sie sofort ins Spielzimmer umgesiedelt.

Sie hatten ihr lauter neue Kleider und Möbel gekauft. Der Einkaufsbummel hätte ein vergnügliches Mutter-Tochter-Abenteuer werden können, aber Wendy war in den ersten Wochen ständig zu irgendwelchen Untersuchungen im Krankenhaus gewesen und hatte nicht viel gesprochen. Also musste ihre Mom die meisten Einkäufe allein erledigen – und angesichts der vielen unterschiedlichen Stilrichtungen und Holzfarben vermutete Wendy, dass sie einfach auf die erstbesten Dinge gezeigt und sie sich nach Hause hatte liefern lassen. Wendy wandte der Tür den Rücken zu, fuhr sich mit den Fingern durch ihr kurzes Haar und betrat ihr Zimmer auf der linken Seite des Flurs. Allein durch den Anblick ihres Bettes mit den aufeinandergetürmten Kissen und der dicken Daunendecke unter der glatten hellblauen Tagesdecke fühlte sie sich erschöpft.

Das Bett stand an der gegenüberliegenden Wand mittig unter dem Fenster. Aus einem kleinen Papierkorb neben dem Beistelltisch quollen weitere zerknüllte Zeichnungen von Peter und dem krumm gewachsenen Baum.

In ihrem kleinen Badezimmer spritzte Wendy sich Wasser in Gesicht und Nacken. Sie klammerte sich an den Waschbeckenrand und starrte auf ihr Spiegelbild am Medizinschränkchen. Abgesehen davon, dass sie ein wenig blass war, sah sie aus wie immer. Zu große Augen, aschblondes Haar, das keinerlei Glanz hatte, und zu breite Schultern vom Schwimmen. Völlig gewöhnlich und uninteressant, was ihr absolut recht war.

Wendy schlüpfte in ihr weißes Nachthemd. Die Luft auf ihrer feuchten Haut verschaffte ihr eine kleine Atempause von der Hitze.

Die Kommode war das Einzige in Wendys Zimmer, das man als unordentlich bezeichnen konnte. Darauf lagen lauter kleine Schätze verteilt, die sie im Lauf der Jahre gesammelt hatte: ihre Lieblingsbücher, eine Plüschrobbe, die ihre Großmutter ihr in San Francisco gekauft hatte, eine violette Badekappe mit dem Maskottchen ihrer Schule darauf – einem kämpfenden Fischer – und ihre Silber- und Bronze-Medaillen von Schwimmwettkämpfen.

Wendy griff nach der Badekappe, um sie in ihre Tasche zu werfen, woraufhin die kleine, hölzerne Schmuckschatulle zum Vorschein kam, die darunter verborgen gewesen war. Sie hielt inne.

Es war ein schlichtes Kästchen aus altem Holz. Sie hatte es vor einigen Jahren, in dem Sommer vor dem Verschwinden ihrer Brüder, in einem kleinen Laden an der Küste entdeckt. Meistens benutzte sie es als Bücherstütze, aber es befanden sich auch einige Schmuckstücke darin.

Wendy beugte sich vor und öffnete den Deckel. Dort lag eine alte Kette aus billigem Metall, das angelaufen war und nach Kupfer roch. Daneben lagen einige Münzen, ein kleines Stück violetter Quarz und, in der Ecke, eine Eichel.

Sie nahm die Eichel heraus und ließ den Deckel mit einem leisen Klicken wieder zufallen. Vorsichtig hielt sie die Eichel hoch und drehte sie zwischen den Fingerspitzen. Sie war dunkel vom Alter und glänzte von den vielen Malen, die Wendy die Finger darüber hatte gleiten lassen. Der kleine Hut der Eichel war vertrocknet, und einige Stückchen waren abgebrochen.

Mit dieser Eichel in der Hand hatte der Parkranger sie vor fünf Jahren im Wald gefunden. Dem Polizeibericht zufolge hatte sie sie so fest umklammert, dass ihre Handfläche von der kleinen Spitze aufgekratzt gewesen war.

Sie hatte die Eichel schon lange nicht mehr aus ihrem Versteck geholt. Früher hatte Wendy sie jeden Abend vor dem Einschlafen in der Hand hin und her gedreht, auf der Suche nach einer geheimen Botschaft oder vielleicht einem unsichtbaren Riegel, der sie öffnen und ein Geheimnis offenbaren würde, das ihr etwas über diese sechs Monate erzählte. Es war das Einzige, was sie von damals behalten hatte. Ihre Kleidung von damals hatte sie weggeworfen, ihre langen blonden Haare abgeschnitten, bloß die Eichel hatte sie behalten.

Während sie sie vorsichtig mit den Händen umschloss, ging Wendy zu ihrem Bett und ließ sich rückwärts darauf fallen. Sie sank in die Decke ein, die sie sanft wie eine Wolke einhüllte. Wendy griff hinter sich und schaltete die Lichterkette ein, die das Fenster über dem Kopfende ihres Bettes umrahmte und einen warmen Schein über sie und ihre glänzende Eichel warf.

Der heutige Tag war eine einzige Katastrophe gewesen.

Ihrem Geburtstag konnte niemand etwas abgewinnen. Ihre Eltern mochten ihn nicht, weil er sie daran erinnerte, dass ihre beiden Söhne verschwunden waren. Wendy mochte ihn aus dem gleichen Grund nicht. Das einzig Gute an diesem Geburtstag war, dass sie jetzt achtzehn war, dass Sommer war und sie in ein paar Monaten aufs College gehen würde. Weg von den Gespenstern der Vergangenheit, die ihr auf Schritt und Tritt folgten.

Sie konnte nicht aufhören, an Benjamin Lane und Ashley Ford zu denken. Wendy fragte sich, ob die Polizei Suchtrupps in den Wald schicken würde, wie damals, als sie und ihre Brüder vermisst wurden … Konnten die Ereignisse der Gegenwart mit dem zusammenhängen, was ihr und ihren Brüdern zugestoßen war?

Sie hoffte, dass es nicht so war. Aber sie befürchtete es. Die ganzen letzten fünf Jahre hatte Wendy versucht, diesem bedrohlichen Schatten zu entkommen, nur um jetzt erneut von ihm verschlungen zu werden.

Und dann war da auch noch Peter.

War es nur ein seltsamer Zufall, dass ein Junge direkt am Wald bewusstlos mitten auf der Straße gelegen hatte? Hing alles irgendwie miteinander zusammen? War er entführt worden? War er vor jemandem davongelaufen, kurz bevor sie ihn gefunden hatte?

Sie legte den Kopf in den Nacken und schaute zu den kleinen Lichtern empor. Als sie noch klein war, hatte ihre Mutter immer gesagt, dass die Lämpchen der Lichterkette über die Kinder wachten, wenn sie schliefen, und sie beschützten. Die Vorstellung erschien ihr heute einfach nur lächerlich. Sie rollte sich auf die Seite, während sie immer noch mit der Eichel in ihren Händen spielte.

Trotzdem ließ sie immer noch jede Nacht die Lichterkette brennen, wenn sie einschlief. Mit ausgeschaltetem Licht wollte sie nicht schlafen – oder konnte es vielmehr nicht. Jordan hatte sie einmal zu einer Übernachtungsparty eingeladen, das war ein paar Monate nach ihrer Entlassung aus dem Krankenhaus gewesen. Aber als es Zeit war, das Licht auszuschalten, hatte Wendy eine so heftige Panikattacke gehabt, dass es sie beide so erschreckt hatte, dass sie es nie wieder versucht hatten.

Wendy schmiegte die Wange in ihre Kissen und zog sich das Nachthemd über die Knie. Vielleicht würde sie noch einmal ins Krankenhaus fahren, um mit Peter zu reden. Vielleicht war ihr Kopf nach einer ruhigen Nacht klarer, und sie würde feststellen, dass er nur ein x-beliebiger, ganz gewöhnlicher Junge war. Sie hielt die Eichel zwischen Daumen und Zeigefinger.

Wo kommst du her?, fragte sie stumm. Wendy legte sie auf ihren Nachttisch und betrachtete sie noch ein wenig, bevor sie endlich einschlief.

Am nächsten Morgen legte Wendy die Eichel zurück in ihr Versteck, wusch sich die Hände, kämmte sich das Haar und ging nach unten. Ihre Mutter saß in der Küche am kleinen Esstisch. Sie hatte die Hände um einen weißen Becher mit heißem Wasser, Zitrone und Honig gelegt. Der Becher stand auf dem grünen Platzdeckchen, das die Rillen verbarg. Ihre Mom hielt den Kopf gesenkt und die Augen geschlossen. Das Bild erinnerte Wendy an die still aneinandergedrängten Menschen in Wartezimmern.

»Morgen«, sagte Wendy, die Fliesen des Küchenbodens kühl unter ihren nackten Füßen.

Mrs. Darling seufzte und hob den Kopf. »Guten Morgen.« Sie rührte vorsichtig mit einem Teelöffel in ihrem Becher.

Wendy lehnte sich an die Küchentheke. »Bist du gerade erst nach Hause gekommen?«

»Ja.« Ihre Mutter kniff sich in den Nasenrücken.

Wendy hätte sie gern nach Peter gefragt, ob er aufgewacht sei, ob er etwas gesagt habe, aber Mrs. Darling brauchte gar keine Ermutigung zum Reden.

»Sie haben den Jungen verloren«, sagte sie.

Ein Abgrund tat sich unter Wendy auf. »Er ist tot?«, stieß sie hervor.

»Nein! Er ist verschwunden«, korrigierte Mrs. Darling sich schnell. »Er muss irgendwann in der Nacht weggelaufen sein.« Sie schloss die Augen und rieb sich die Schläfen. »Niemand weiß, wie er das geschafft hat. Eben noch war er da gewesen, und im nächsten Augenblick …« Sie ließ ihr Handgelenk kreisen und ihre Finger durch die Luft tanzen.

Weggelaufen. Verschwunden. Verloren.

Diese Information machte Wendy unruhig, beinahe panisch. Aber ein Teil von ihr, ein sehr feiger Teil, war auch erleichtert.

»Ist er entführt worden? Hat er deshalb mitten auf der Straße gelegen? Ist man sich sicher, dass er nicht aus dem Krankenhaus gekidnappt wurde?« Die Worte sprudelten ihr nur so über die Lippen, während ihr unterschiedliche grauenhafte Szenarien durch den Kopf jagten.

»Nein, nein, nichts dergleichen«, sagte ihre Mutter sanft. »Das Seltsame ist, keiner hat jemanden hinaus- oder hineingehen sehen. Sogar die Bänder der Überwachungskameras wurden überprüft, aber darauf war auch nichts zu erkennen. Es ist, als hätte er sich einfach in Luft aufgelöst.« Stirnrunzelnd starrte sie in ihren Becher.

Das war merkwürdig. Das Krankenhaus verfügte zwar nicht über die beste technische Ausstattung, aber zumindest eine der Kameras hätte ihn beim Verlassen des Gebäudes festhalten müssen. »Hat ... hat er noch irgendetwas gesagt?«, fragte Wendy und hielt nervös den Atem an.

»Ein paar Stunden, nachdem er das Beruhigungsmittel bekommen hatte, ist er aufgewacht.« Ihre Mom seufzte und presste einen weiteren Zitronenschnitz über ihrem Becher aus. »Ich habe ihn nicht gesehen, aber die anderen Schwestern meinten, er habe wirres Zeug geredet, vielleicht eine Nachwirkung des Beruhigungsmittels ... Er hat ständig von einem Schatten gesprochen.« Sie runzelte auf eine Weise die Stirn, die sie viel älter aussehen ließ. »Ich weiß nicht. Vielleicht hat er sich einfach nur auf den Forststraßen verirrt und war dehydriert, im Delirium ... sie hatten eine Sozialarbeiterin da, aber sie konnte auch nichts Aufschlussreicheres aus ihm herausbekommen.«

Sie schwieg für einen Moment, bevor sie schließlich zu Wendy hochschaute. Der scharfe Blick aus ihren braunen Augen bohrte sich mit neugieriger Intensität in den von Wendy. »Außerdem hat er sich immer wieder nach dir erkundigt.«

»Das ergibt keinen Sinn«, sagte Wendy, denn das tat es wirklich nicht. Sie verschränkte die Arme vor der Brust, ließ sie wieder sinken und verschränkte sie dann erneut.

Mrs. Darling strich mit einer Fingerspitze über ihre Unterlippe, während sie Wendy für einen Moment ruhig beobachtete. »Kennst du ihn?«, fragte sie schließlich.

»Nein, natürlich nicht!«, sagte Wendy ein wenig zu nachdrücklich. Frustration machte sich in ihr breit. Der geheimnisvolle Junge ließ es so aussehen, als würden sie einander kennen, obwohl *das nicht der Fall war.* Aber was noch wichtiger war: Er ließ sie wie eine Lügnerin dastehen. Jetzt *fühlte* sie sich sogar wie eine, als würde sie etwas verbergen. Aber wie konnte das sein, wenn sie ihn doch noch nie gesehen hatte? Und nein, ihre Fantasie, wie ein erfundener Junge aussehen *könnte,* zählte nicht!

»Er ist bloß irgendein Junge, der aus dem Wald gekommen ist. Woher sollte ich ihn kennen?«, beharrte Wendy, und Verzweiflung kroch ihr die Kehle empor. Sie konnte es absolut nicht gebrauchen, wenn ausgerechnet ihre Mom ebenfalls an ihr zweifelte.

»Wie …«

Es klopfte.

Wendy zuckte zusammen, und sie beide drehten sich zur Haustür um.

Mrs. Darling runzelte die Stirn, erhob sich jedoch vom Tisch und öffnete die Tür. Auf der Veranda standen ein Mann und eine Frau, beide in Anzug und Krawatte.

»Mary Darling?« Der Mann sprach als Erster, während er in seiner Jacketttasche wühlte. Er war groß und hatte breite Schultern.

Mrs. Darlings Finger krampften sich um den Türknauf. Wendy ließ sich auf einen Stuhl am Tisch sinken und beugte sich vor, um einen Blick auf die beiden zu werfen, die vor ihrer Mom standen. »Ich habe den Beamten gesagt, dass wir später aufs Polizeirevier kommen würden. Ich muss …«

»Ich bin Detective James, und das ist meine Kollegin, Detective Rowan«, sagte der Mann. Wendy verspannte sich. Er zeigte eine Marke vor, und die Frau tat es ihm nach. Ihr schwarzes Haar war fast kahl rasiert und betonte jeden Zentimeter ihres kantigen Gesichts: scharfe Wangenknochen, dunkle Augen und tiefbraune Haut. Sie blickte mit völlig unbewegtem Gesichtsausdruck an Mrs. Darling vorbei zu Wendy.

»Detective?«, wiederholte Mrs. Darling verwirrt.

»Ja, Ma'am. Wir sind Mitarbeiter des Sheriffs von Clatsop County. Hätten Sie etwas dagegen, wenn wir hereinkommen?« Seine haselnussbraunen Augen richteten sich nun auch auf Wendy. »Wir haben einige Fragen an Ihre Tochter.«

Im Geiste flehte Wendy ihre Mutter an, einfach Nein zu sagen und die beiden wegzuschicken. Es war offensichtlich, dass ihre Mutter sie nicht hereinlassen wollte, aber hatte man Detectives gegenüber überhaupt eine Wahl?

Zu Wendys Entsetzen trat ihre Mutter zur Seite, und die beiden kamen herein. Mrs. Darling kam zu Wendy, stellte sich neben sie und verschränkte die Arme vor der Brust.

»Wendy?«, fragte Detective James.

Sie wusste nicht, warum er fragte, obwohl er doch offensichtlich Bescheid wusste.

»Ja.« Wendy, die immer noch am Tisch saß, fühlte sich plötzlich sehr klein. Detective Rowan hatte die Hände vor dem Bauch gefaltet, während Detective James wieder in seine Tasche griff und einen Notizblock und einen Stift hervorholte.

»Wir haben nur noch ein paar Fragen an Sie, dann sind Sie uns auch schon wieder los.« Er lächelte sie an, aber es war ein falsches Lächeln, bei dem sich die Haut um seine Augen herum nicht kräuselte. Sein Haar war dunkel, er hatte Bartstoppeln auf dem Kinn, und eine Narbe durchschnitt seine linke Augenbraue. Wendy fragte sich, wie er wohl dazu gekommen war.

»Klar.« Sie wusste, dass es nie so einfach war.

»Wir haben bereits den Bericht der Sanitäter und der Polizei«, begann er und blätterte durch mindestens fünf Seiten mit Notizen.

»Wir müssen das alles also nicht noch einmal durchgehen. Was wir aber wissen müssen, ist, ob Sie den Jungen, Peter, kennen?«

So viel zum Thema Fragen, die nicht noch einmal durchgegangen werden mussten.

»Nein, ich kenne ihn nicht.« Oder kannte? Sollte sie in der Vergangenheitsform über ihn sprechen oder in der Gegenwartsform?

»Sind Sie sich sicher?«, hakte er nach, während sein Stift noch immer wartend über dem Block schwebte.

»Ja, bin ich.«

»Ist er Ihnen wirklich überhaupt nicht bekannt vorgekommen?« Diesmal war es Detective Rowan, die sprach.

Wendy blinzelte. Auf diese Weise hatte sie das noch niemand gefragt.

»Nein«, sagte Wendy ein wenig zu zögerlich. Kam der Junge ihr bekannt vor? Ja, aber sie konnte ihnen nicht erklären, warum. Niemand würde ihr glauben. Es klang unmöglich – es *war* unmöglich.

»Haben Sie keinerlei Erinnerung an ihn? Er sah auch niemandem ähnlich, dem Sie schon einmal begegnet sind?«, fuhr Detective Rowan fort, langsam und in leichtem Ton. Wendy fühlte sich unter ihrem Blick wie gefangen.

»Nein«, antwortete sie zu schnell. »Ich …« Sie presste für einen Moment die Augen zusammen. »Nein, ich weiß nicht, wer er ist.«

Detective James sah Detective Rowan an. Wendy konnte nicht deuten, was die beiden dachten, aber diese Art nonverbaler Kommunikation war das Ergebnis jahrelanger enger Zusammenarbeit. Das erkannte Wendy sofort, denn sie konnte mit Jordan quer durchs Klassenzimmer einen Blick wechseln und wusste immer, was ihre beste Freundin gerade dachte.

Detective James wandte sich wieder Wendy und ihrer Mutter zu. Er verschränkte die Hände vor dem Bauch. Jetzt spiegelten die beiden Detectives sich gegenseitig. Über ihr aufragende Wächter, die auf sie herabstarrten.

»Vor ungefähr fünf Jahren sind Sie und Ihre Brüder verschwunden, ist das korrekt, Wendy?«, fragte Detective James.

Mrs. Darling schnappte nach Luft.

Die Härchen auf Wendys Armen stellten sich auf.

Er hatte so beiläufig gesprochen, als würde Wendy nicht jeden einzelnen Tag mit der Bürde der damaligen Ereignisse leben müssen. Als wäre es kein dunkler Fleck auf ihrer Kindheit, ein Fluch, über den innerhalb der Familie nie ein Wort gesprochen wurde.

Als wenn nichts gewesen wäre.

»J...Ja«, krächzte Wendy.

»Laut den ursprünglichen Polizeiberichten sind Sie und Ihre Brüder – John und Michael – sowie Ihr Hund in der Nacht des dreiundzwanzigsten Dezembers aus Ihrem Garten verschwunden.« Detective James sprach sehr langsam, während er sie genau beobachtete. »Ich glaube, Sie waren zwölf, John zehn und Michael sieben?« Er hatte es wie eine Frage formuliert, aber es war klar, dass er alle Details auswendig kannte. Kein einziges Mal schaute er in seine Notizen. »Nur Ihre Hündin ist an diesem Tag aus dem Wald zurückgekehrt, und man hat Blut an ihrem Fell gefunden.«

Michaels Blut.

Wendys Magen krampfte sich zusammen.

Ihre Mutter stand reglos da, ihr Gesicht bleich wie das einer Marmorstatue.

»Officer Smith hat uns erzählt, man habe die Forststraßen und den Wald von Suchtrupps durchkämmen lassen, aber es sei nichts dabei herausgekommen. Das heißt, bis ein Parkranger Sie sechs Monate später im Wald fand. Er sagte, Sie hätten unter einem Baum gestanden, nach oben geschaut und sich nicht bewegt.« Sie fühlte sich wie erstarrt unter seinem festen Blick. »Er habe versucht, Sie dazu zu bringen, ihm zu folgen, aber Sie hätten nicht reagiert, daher habe er Sie schließlich von dort weggetragen und die Polizei verständigt.« Detective James schaute nun doch in sein Notizbuch.

Wendy fühlte sich wie in einem Film. Oder einer dieser britischen Krimiserien, die ihre Mutter so gern sah. Was hatte das alles mit Peter zu tun?

Doch sie war nicht mutig genug, die Frage auszusprechen.

»Sie hatten einige leichte Schürfwunden und Blutergüsse, aber keine schweren Verletzungen«, fuhr Detective James fort und blätterte beiläufig in seinen Notizen, ohne sie tatsächlich zu lesen. »Am auffälligsten war der Umstand, dass Sie keinerlei Erinnerungen daran hatten, was in den sechs Monaten vor Ihrem Auffinden geschehen war, und dass Ihre Kleidung mit natürlichen Materialien geflickt worden war, wie man sie in tropischen Gegenden findet, aber nirgendwo in Oregon« – er hielt für einen Moment inne –, »und Sie hatten Spuren des Blutes Ihrer Brüder unter den Fingernägeln.«

Wendys Sicht verschwamm. Sie registrierte kaum, wie ihr heiße Tränen über die Wangen rollten.

»Miss Darling«, sagte Detective James mit leiser, ernster Stimme. »Es tut mir leid, aber ich muss Sie noch einmal fragen: Erinnern Sie sich an irgendetwas von dem, was Ihnen damals im Wald zugestoßen ist?«

Wendy stockte der Atem, sie bekam keine Luft. Was auch geschehen war, steckte ihr noch immer in den Knochen, auch wenn sie sich nicht erinnern konnte. Es steckte zwischen ihren Rippen, schmiegte sich an ihre Wirbelsäule und regte sich gelegentlich. Ihr Körper erinnerte sich an das, woran ihr Geist sich nicht erinnern konnte.

Wendys Kinn zitterte, und Scham und Furcht ließen ihren Magen verkrampfen. Sie biss sich auf die Unterlippe und schmeckte Salz. Gern hätte sie eine schlaue Antwort gegeben, um sie zum Schweigen zu bringen, damit sie sie endlich in Ruhe ließen, aber ihr fiel nichts Kluges ein.

Es war ihre Mutter, die einen Schritt vortrat. »Worum genau geht es hier, Detectives?« Sie erhob die Stimme, aber die Hand, die sie sich an die Brust drückte, bebte. Ihr Gesicht war zu einer Grimasse verzerrt, als müsste sie sich wappnen. Als wisse sie bereits, was sie ihr sagen würden.

Der Ton, in dem Detective James nun sprach, klang einstudiert. »Nachdem die Polizeibeamten, mit denen Sie gesprochen haben, der Hauptabteilung Bericht erstattet hatten, fielen ihnen einige Verbindungen zwischen Ihrer Tochter, dem Ort des Vorfalls und den Daten auf. Sie haben einige alte, unaufgeklärte Fälle herausgesucht, und dann uns hinzugezogen.«

Unaufgeklärte Fälle. Wendy schauderte. Mrs. Darling sagte kein Wort.

»Mrs. Darling.« Er sprach jetzt noch leiser. »Das Material, mit dem der Junge bekleidet war, passt zu den Beweismitteln, die man vor fünf Jahren an Wendys Kleidung sichergestellt hat.«

Kapitel 4

Donner

Wendy spürte, wie sich tief in ihren Knochen etwas regte. Das erste Mal hatte sie es bemerkt, als man sie im Wald gefunden hatte. Ein unkontrollierbares Zittern. Nicht so, wie sie es von zu langem, anstrengendem Schwimmtraining kannte, oder wie das Frösteln im eiskalten Meereswasser an der Küste. Es war nicht einmal die Art von verängstigtem Beben, das man in den Händen oder den Knien spürte. Es kam aus ihrem Innersten, als würde in ihrer Brust ein kleines Wesen leben und in wilder Raserei an ihren Rippen rütteln wie an den Gitterstäben eines Käfigs. Es war ein lähmendes Zittern.

Es war ihre Schuld. Es war alles ihre Schuld. Wendy war die Älteste – sie hätte sich um John und Michael kümmern müssen. Sie hätte auf sie aufpassen sollen, und sie hatte versagt. Sie war als Einzige zurückgekehrt.

Ihre beiden Brüder waren immer noch verschwunden, und sie trug die Schuld daran. Alle wussten das – Wendy, ihre Eltern, jeder in der Stadt.

Sie hätte irgendeine Möglichkeit finden müssen, sie mitzunehmen. Warum hatte sie es nicht getan? Und warum konnte sie sich einfach nicht *erinnern?*

Wendy ballte die Hände an ihren Seiten zu Fäusten. Sie durfte nicht zulassen, dass sie zu zittern begann, denn sie hatte Angst, dass sie dann nicht mehr damit aufhören würde.

»Haben Sie mich verstanden, Mrs. Darling?« Detective James beobachtete Wendys Mutter, aber sie stand einfach nur da, die Finger an die Kehle gedrückt, und starrte ihn an.

Detective Rowan behielt Wendy im Blick, deren Schultern bebten.

»Wir glauben, dass dieser Junge, dieser Peter, irgendetwas mit Wendys Verschwinden zu tun haben könnte«, fuhr Detective James fort.

Wendy konnte die beiden nicht ansehen. Sie konzentrierte sich stattdessen auf einen kaum auszumachenden Wasserring auf dem Tisch.

»Es besteht eine gewisse Chance, dass er von dort, wo man Ihre Kinder hingebracht hat, entkommen ist. Es ist denkbar, dass er, wenn er Wendy kennt, vielleicht auch John und Michael kannte.«

Kannte. Es gefiel ihr nicht, wie die Namen ihrer Brüder aus dem Mund dieses Fremden klangen.

»Wir glauben außerdem, dass es irgendeine Verbindung zwischen ihm und den anderen Vermisstenfällen in der Stadt geben könnte, da sie alle in der Nähe des Waldes verschwunden sind.«

Das Zittern in ihrer Brust arbeitete sich langsam an Wendys Wirbelsäule nach oben. Sie hätte am liebsten geschrien, wollte weglaufen, vielleicht auch einfach explodieren.

»Mrs. Darling?« Als Detective James einen Schritt auf ihre Mutter zutrat, wurde die Tür des Arbeitszimmers aufgerissen.

Wendys Vater erschien im Türrahmen. Er hatte grau meliertes Haar, aber einen gefärbten Schnurrbart. Seine Nase war groß und knollig und seine Stirn von tiefen Falten durchzogen, selbst wenn er sie gerade nicht runzelte, was, um ehrlich zu sein, nicht oft vorkam. Er trug denselben Anzug, den er gestern zur Arbeit in der Bank angehabt hatte, der mattschwarze Stoff war ganz zerknittert. Das gestreifte Hemd darunter war ebenfalls voller Falten, und die Krawatte fehlte.

Mr. Darlings Gesicht war rot, und seine kleinen Augen unter den dichten Brauen huschten zwischen den beiden Detectives hin und her, bevor er den Blick über seine schweigende Frau gleiten ließ. Schließlich landete sein Blick auf Wendy am Tisch. Er umklammerte den hölzernen Türrahmen so fest, dass ein leises Knarren zu hören war.

»Wer sind Sie?« Seine Stimme war durchdringend. »Und was machen Sie in meinem Haus?«

Während Detective Rowan die Schultern durchdrückte und Mr. Darling gelassen betrachtete, blätterte Detective James rasch in seinem Notizbuch. »Ähm – George Darling?« Wendys Vater antwortete nicht. »Ich bin Detective James, und das ist Detective …«

»Detectives?« Die Falten im Gesicht ihres Vaters vertieften sich. »Was haben zwei Detectives in meinem Haus zu suchen?« Sein Blick richtete sich voller Anklage auf Wendy.

Wendy verspannte die Schultern und sank auf ihrem Stuhl noch weiter in sich zusammen. Und schon steckte sie in Schwierigkeiten. Das verhieß nichts Gutes.

»Es kam gestern Abend zu einem Vorfall …«

»Was für cin Vorfall?«

Detective James begann seine Geschichte noch einmal von vorn, aber Wendy achtete nicht auf ihn. Man musste ihr nicht erzählen, was ihr gestern Nacht passiert war. Stattdessen beobachtete sie ihre Mutter, die ein klein wenig aus ihrer Trance zu erwachen schien.

Mrs. Darling zog einen Stuhl unter dem Tisch hervor und setzte sich. Ohne Wendy eines Blickes zu würdigen, beugte sie sich vor, stützte die Ellbogen auf den Tisch und legte das Gesicht in ihre Hände.

Wendy erbebte abermals. Vielleicht dachten sie beide das Gleiche.

Dass niemand die Hoffnung hatte, John und Michael je wiederzufinden.

Die Detectives zogen es nicht in Betracht. Ihre Mom wirkte kein bisschen erleichtert.

Wendy schaute auf ihre Hände und musste an das verkrustete Blut unter ihren Fingernägeln denken.

Nein. Niemand rechnete damit, sie lebend wiederzufinden, aber Wendy klammerte sich weiterhin an diese Hoffnung. Irgendetwas in ihr *wusste,* dass sie nicht tot waren. Es war nur ein Bauchgefühl, und auch wenn Wendy nicht an vieles glaubte, daran glaubte sie. Sie klammerte sich an das Gefühl – an den Glauben, dass die beiden irgendwo da draußen waren, auch wenn niemand sonst daran glaubte.

In diesem Moment ertrug sie es nicht länger zuzuhören. Sie musste weg. Sie brauchte frische Luft und einen klaren Kopf.

Wendy stieß sich vom Tisch ab und stand auf. Sie wollte gerade zur Haustür gehen, als ihr Vater den Arm hochriss und mit einem Finger auf sie deutete. »Wo willst du hin?«, fragte er scharf.

Wieder starrten alle sie an.

Sie verschränkte wieder die Arme vor der Brust und versuchte, ihre zitternden Hände zu verstecken. »Zu Jordan«, krächzte sie.

Er sah sie mit einem bohrenden Blick an. »Aber du gehst mir nirgendwo anders hin.« Wendy nickte und rannte zur Tür hinaus.

Sie wollte nur noch weg und mit Jordan sprechen. Jordan war die Einzige, zu der sie gehen konnte. Ihre Freundin zweifelte niemals an ihr. Sie hörte ihr zu und glaubte ihr, im Gegensatz zu allen anderen in der Stadt.

»Wendy, ist alles in Ordnung mit dir?«

Eine Stimme ließ sie zusammenzucken. Als sie sich umdrehte, sah sie Donald Davies, ihren Nachbarn, der in einem dunkelroten Bademantel seine Zeitung von der Veranda hob. Er war ein großer, schlanker Mann, der ausschließlich karierte Flanellhemden in verschiedenen Rottönen trug, wenn er nicht gerade einen Anzug anziehen musste. Er hatte lockiges braunes Haar und einen dichten dunklen Bart. Mr. Davies und ihr Dad arbeiteten in derselben Bank. Wendy hatte jahrelang auf seine Söhne aufgepasst – auf den zehnjährigen Joel und den siebenjährigen Matthew. Er gab ihr immer ein großzügiges Trinkgeld, und wenn sie versuchte, es ihm zurückzugeben, bestand Mr. Davies darauf, dass sie es fürs College sparte.

»Mr. Davies, hallo«, sagte Wendy und versuchte, das Zittern in ihrer Stimme zu unterdrücken. Sie schaute auf die Zeitung in seiner Hand. Ashley Fords Gesicht lächelte ihr von der Titelseite entgegen.

»Ist alles in Ordnung?«, wiederholte Mr. Davies und kam von seiner Veranda herunter. Wendy konnte nur ahnen, wie sie aussah. Wahrscheinlich so, als hätte sie gerade ein Gespenst gesehen. Mr. Davies war blass, und sein Blick wanderte immer wieder zu dem Streifenwagen, der vor ihrem Haus stand. Er drückte die Zeitung in seinen Händen zusammen.

Wendy zwang sich zu einem Lächeln. »Mir geht's gut«, sagte sie und wandte sich bereits wieder dem Haus der Arroyos zu. »Aber ich muss los – ich komme sonst zu spät zu Jordan.«

Mr. Davies blinzelte. Wendy war normalerweise sehr freundlich und blieb, wenn sie Zeit hatte, immer stehen, um ein wenig mit ihm zu plaudern. Aber gerade jetzt fehlte ihr einfach die Energie dafür.

Ihre Gedanken rasten. Sie musste dafür sorgen, dass sich alles verlangsamte, damit ihr Kopf hinterherkam. Ihre eigene Haut drohte, sie zu ersticken. Sie wollte bloß weg. Am liebsten wäre sie davongelaufen. Sie wollte nicht mehr angestarrt werden, wollte nicht, dass über sie getuschelt wurde, wenn sie in die Stadt ging. Sie wollte nicht so tun müssen, als ginge es ihr gut.

Aber Wendy weigerte sich zu weinen. Beim letzten Mal hatte es einfach zu lange gedauert, danach wieder alles in sich zu verschließen. Sie glaubte nicht, dass ihr das noch einmal gelingen würde.

Die sechs Monate zwischen ihrem Verschwinden im Wald und ihrem Auffinden waren nur ein schwarzes Loch in ihrem Gedächtnis. Im Krankenhaus hatten die Ärzte versucht, sie dazu zu bringen, dagegen anzugehen, darin herumzustochern und zu schauen, ob sie sich nicht doch an irgendetwas erinnerte, aber sie konnte es nicht.

Natürlich *wollte* sie sich erinnern. Wenn sie sich nur daran erinnern könnte, was geschehen war, dann würde sie ihre Brüder finden. Denn diese verlorenen Erinnerungen enthielten den Schlüssel dazu, sie zu finden.

Alles, was ihr geblieben war, waren schreckliche Albträume, wegen denen sie im Krankenhaus schreiend aufgewacht war, und die gespenstische Bilder in ihr zurückließen. Bäume, Michaels Lächeln, Johns Schuhe, schrilles Gelächter und Augen wie Sterne.

KAPITEL 5

Die Arroyos

Das Garagentor der Arroyos war offen und gab den Blick auf Regalbretter voller Werkzeug und Autoteile frei. Davor standen zwei Autos. Das eine gehörte Jordan – eine zerbeulte Limousine mit halb verrosteter Motorhaube, die gut zu den ölverschmierten Autoteilen ringsum passte. Und daneben stand, schnittig und silberfarben, Mr. Arroyos ganzer Stolz. Jedes Mal, wenn Wendy Probleme mit ihrem Pick-up hatte, waren Jordan und ihr Dad diejenigen, die ihr halfen. Sie würde wohl mal wieder ihre Dienste für ihre eingedellte Motorhaube und ihre zerkratzte Windschutzscheibe in Anspruch nehmen müssen, aber im Moment gab es Wichtigeres.

Wendy rannte fast die Veranda hoch und drückte dann auf die Klingel. Sie hatte einen dicken Kloß im Hals.

Jordan öffnete ihr barfuß und in grauer Jogginghose die Tür. Sie hob den Arm, um sich am Rücken zu kratzen, wobei der Saum ihres zerschlissenen Rot-Kreuz-Shirts nach oben rutschte. Während Wendy immer früh aufstand – auch in den Sommerferien und an den Wochenenden –, hatte Jordan die Schlafgewohnheiten einer sehr faulen Hauskatze. Aus Jordans Mund lugte ein Stück Toast hervor, und ein schläfriges Lächeln umspielte ihre Lippen. Ihr braunes Haar mit den vielen Löckchen umrahmte ihr herzförmiges Gesicht.

»Hallo, du …« Jordan beendete ihren Satz nicht und runzelte stattdessen die Stirn, nachdem sie einen genaueren Blick auf Wendy geworfen hatte.

Wendy wippte auf den Fußballen vor und zurück und rang die Hände.

Jordan ließ den Arm wieder sinken. »Was ist passiert?«, fragte sie und kaute an ihrem Toast.

Wendy öffnete den Mund, aber kein Laut kam heraus. Sie spürte, wie ihre Unterlippe zitterte.

Jordan zog sie ins Haus. Schnell gingen sie durch den Flur und an der Küche vorbei. Jordan warf den Rest ihres Toasts auf die Theke, und Wendy hörte Mr. Arroyo sagen: «¡Ay, Jordan! ¿Qué haces?« Sie erhaschte einen Blick auf Jordans Dad, der stirnrunzelnd das angebissene Stück Toast nahm und es in den Mülleimer warf.

»Tschuldigung« Jordan schob sich so vor Wendy, dass die Sicht ihres Vaters auf ihre Freundin blockiert war. »Wendy ist gerade gekommen. Wir sind in meinem Zimmer«, fügte sie beiläufig hinzu.

»Oh, okay, in Ordnung – hallo, Wendy«, sagte Mr. Arroyo geistesabwesend, während er mit einem Geschirrtuch einen Butterfleck wegwischte.

Bevor Wendy auch nur versuchen konnte zu antworten, schob Jordan sie auch schon weiter den Flur entlang. Die Wände waren gesäumt von Fotos, auf denen Jordan und ihr Dad beim Angeln, Raufen oder bei Fußballspielen um die Wette lächelten. Es waren sogar einige Bilder von Mrs. Arroyo darunter, aus der Zeit, als Jordan noch ein Baby war, vor dem Tod ihrer Mutter.

In Wendys Haus gab es keine Familienfotos. Die Wände waren überwiegend nackt, bis auf einige Drucke von Monet, die ihre Mutter vor Ewigkeiten gekauft hatte. Mit der Zeit waren die leuchtenden Farben allerdings fast völlig zu fahlen Blautönen verblasst.

Wendy trat in Jordans Zimmer, und Jordan schloss die Tür hinter ihnen. Die vier Wände waren fast ganz in Schwarz, Rot und Violett gestrichen – eine absolute Beleidigung für das Auge. Außerdem fanden sich an den Wänden Wimpel und Poster der Portland Thorns – Jordans geliebter Fußballmannschaft –, und alle Spieler waren dunkelrot und schwarz gekleidet. Jordans Medaillen hingen an violetten Bändern an der Wand. Der Rest ihres Zimmers versank wie immer in absolutem Chaos. In der Ecke lag ein Haufen Kleider, und jede freie Fläche war übersät mit Zeitschriften, Sportpokalen und Müll.

Aber Jordans Zimmer hatte auch ein Fenster, durch das das beste Licht hineinfiel, und auf ihrem Bett lag eine hellblaue Tagesdecke. Das gesamte Kopfteil hatte sie mit Fotos von sich selbst und ihren Freunden beklebt. Auf mehreren davon war auch Wendy zu sehen. Auf den meisten zog sie eine Grimasse, während Jordan einen Arm um sie gelegt hatte und in die Kamera strahlte.

Wendy setzte sich auf die Bettkante. Jordan zog ihren Schreibtischstuhl quer durch den Raum, schob einen Haufen Schuhe beiseite und setzte sich vor sie. »Was ist passiert?« Sie beugte sich vor und legte Wendy eine Hand auf den Oberarm.

Wendy spürte, wie erneut Panik in ihr aufstieg. Sie befeuchtete ihre Lippen und holte tief Luft, bevor sie Jordan alles erzählte, was am vergangenen Abend passiert war.

Jordan saß da und lauschte aufmerksam, und ihre Mundwinkel zogen sich immer weiter nach unten. Ihre Augenbrauen zuckten ab und zu in die Höhe, aber sie unterbrach Wendy nicht ein einziges Mal, um irgendetwas zu fragen.

Als sie Jordan gerade von diesem Morgen erzählen wollte, versagten ihr die Worte.

»Und die Detectives haben gesagt … sie haben gesagt, dass er vielleicht mit uns zusammen war – wo immer das auch gewesen sein soll – und vielleicht etwas weiß.« Wendy rieb sich die Arme in dem Versuch, die Gänsehaut darauf zu vertreiben. »Vielleicht weiß er, wo meine Brüder sind.«

Für einen Augenblick war es still. Jordan lehnte sich zurück und stieß die Luft aus. Wendy versuchte, gleichmäßig ein- und auszuatmen, aber das machte es nur noch schwieriger.

»Wie alt ist er?«, fragte Jordan.

»Keine Ahnung. Er hat ungefähr meine Größe, glaube ich, aber er wirkte jünger als wir ... vielleicht ist er im ersten Highschool-Jahr?« Wendy drückte sich den Daumennagel in die Handfläche, als sie sah, wie Jordan nickte.

»Und du kennst ihn wirklich nicht?«

Die Frage ließ ihr Herz erneut schneller schlagen. Sie konnte Jordan doch nicht erzählen, dass sie dachte, er könnte Peter Pan sein. Jordan, die Einzige in der Schule, die ihr tatsächlich geglaubt hatte, dass sie sich nicht daran erinnern konnte, was mit ihr und ihren Brüdern passiert war. Jordan hatte sie nie bedrängt oder an ihr gezweifelt, aber nicht einmal ihre beste Freundin würde ihr so etwas glauben. Nein, das konnte Wendy nicht tun, nicht wenn es doch so absolut unmöglich war.

Wendy schüttelte den Kopf.

»Und sie haben ihn nicht wiedergefunden?« Jordan fuhr sich mit einer Hand durch die Locken.

»Soweit ich weiß, nicht ... aber ich ... ich will nicht ...«

»Du willst auch gar nicht, dass sie ihn finden?«, spekulierte sie.

»Nein!« Wendy schüttelte den Kopf. »Das ist es nicht. Wenn er etwas weiß, dann will ich natürlich, dass die Polizei davon erfährt, damit sie meine Brüder finden.« Es fiel ihr schwer, Jordans wachsamem Blick standzuhalten. »Das ist das erste Mal seit fünf Jahren, dass wir *irgendwelche* neuen Informationen haben, irgendeine Hoffnung, sie zu finden«, fuhr sie fort. »Aber es ist ... es ist trotzdem ...«

»Beängstigend«, beendete Jordan ihren Satz leise.

Wendy nickte.

Jordan schaute stirnrunzelnd an Wendy vorbei an die Wand gegenüber.

Jordan war vor, während und nach ihrem Verschwinden für sie dagewesen. Als Wendy endlich wieder nach Hause durfte, hatte Jordan sie als Einzige aus der Schule besucht. Sie hatte sich verhalten, als sei nichts passiert, und auch wenn sie es jahrelang vermieden hatten, in den Garten zu gehen, hatten sie im Wohnzimmer Brettspiele gespielt und gepuzzelt.

Manchmal hatte Mr. Arroyo ihnen sogar erlaubt, im Haus Ball zu spielen, solange sie einen aus Schaumstoff nahmen, mit dem man keinen allzu großen Schaden anrichten konnte.

Während Wendys Aufenthalt im Krankenhaus hatten Mr. Arroyo und Jordan ein paarmal versucht, sie zu besuchen, aber die Ärzte hatten immer erklärt, sie dürfe in ihrem »heiklen« Zustand niemanden sehen, der sie möglicherweise aufregen könnte.

Seit damals empfand Wendy überwältigende Dankbarkeit für Jordan und ihren Dad. Sie war so glücklich, die beiden zu haben, und sah sich für ihre Freundschaft tief in ihrer Schuld. Aber es bedeutete auch, dass sie schreckliche Angst davor hatte, diese Freundschaft zu verlieren.

»Ich stehe das nicht alles noch einmal durch«, platzte es aus ihr heraus.

Jordan drückte ihren Arm. »Das brauchst du auch nicht.«

»Was ist, wenn …?«

»Daran darfst du nicht einmal denken, Wendy.«

»Aber …«

»Es wird nicht passieren.« Sie klang sehr bestimmt. Nicht wie ihr Vater, dessen Stimme die Erde beben ließ, sondern fest wie Stein. Ihre Hände stützten Wendy und gaben ihr Halt. »Niemand wird dich irgendwo hinbringen. Es wird alles gut. Nichts hat sich …«

»Nichts hat sich geändert?«, beendete Wendy ihren Satz. Sie war zornig, doch es gab nichts, woran sie ihren Zorn hätte auslassen können. »Wie kann sich nach allem, was passiert ist, nichts ändern? Wie soll ich das Ganze je hinter mir lassen? Ich will einfach …«

Wendy ballte die Hände zu Fäusten. »Am liebsten würde ich einfach davonlaufen. Ich will nur noch weg!«

»Ich weiß.« Jordan blieb ruhig. »Auf nach Nimmerland, stimmt's?«, neckte sie sie sanft.

Ein verzweifeltes Lachen kam aus Wendys Kehle. Jordan hatte ja keine Ahnung.

»Die gute Nachricht ist, dass du weglaufen kannst – wir werden *beide* weglaufen«, fuhr Jordan fort und schlug sich auf den Oberschenkel. »Aufs College! Das ist zwar keine magische Insel in den Sternen, aber dort gibt es scheußliches Mensaessen, Sportschwimmbecken und jede Menge heiße College-Typen.« Jordan lächelte, doch Wendy brachte nur ein kleines Zucken ihrer Lippen zustande. »Wir dürfen unsere Wohnheimzimmer einrichten, viel zu lange aufbleiben und *literweise* Kaffee trinken, während wir uns auf das Medizinstudium vorbereiten …«

»Auf die Ausbildung zur Krankenschwester«, korrigierte Wendy sie. Jordan versuchte seit zwei Jahren, sie zu einem Medizinstudium zu überreden, aber Wendy wollte lieber Krankenschwester werden. Sie träumte davon, Menschen zu helfen, doch sie traute es sich einfach nicht zu, als Ärztin Menschenleben zu retten.

Jordan ignorierte die Korrektur. »Der Punkt ist, wir können machen, was wir wollen. Wir dürfen neu anfangen. Wir müssen einfach nur noch die nächsten paar Monate überstehen.« Wieder drückte sie Wendys Arm. »Okay?«

College. Sie rief ihr immer wieder ins Gedächtnis, dass das der Hoffnungsschimmer war, das Licht am Ende des Tunnels. Sie musste es nur bis dorthin schaffen – musste noch diese eine Sache überstehen –, dann war sie frei von allem. Aber was war mit der Gegenwart?

»Nichts von dem, was passiert ist, wird daran etwas ändern«, versicherte Jordan ihr, als würde sie Wendys Gedanken lesen.

»Menschen wie mir erlaubt man nicht, ein normales Leben zu

führen, Jordan.« Es war ein Mantra, das Wendy ständig durch den Kopf ging. Aber heute war das erste Mal, dass sie es tatsächlich laut ausgesprochen hatte. Sie wusste, dass sie verallgemeinerte und ungerecht war, aber diese Stadt gab ihr das Gefühl, als stimmte irgendetwas nicht mit ihr. Und was es auch war, es war ansteckend.

Wendy wandte den Blick von Jordan ab, als Mitleid sich in die Züge ihrer besten Freundin stahl. Normalerweise war Jordan wirklich gut darin, dieses Gefühl zu verbergen.

»Es wird alles gut.« Sie war sich ihrer Sache so sicher.

Wendy zuckte mit den Schultern. Sie glaubte es nicht, aber so gut wie jetzt hatte sie sich nicht mehr gefühlt, seit sie am vergangenen Abend mit ihrem Pick-up von der Straße abgekommen war.

»Hast du Hunger? Es gibt da noch eine Scheibe kalten, angebissenen Toast, den ich mit dir zu teilen bereit wäre«, bot Jordan mit gespieltem Ernst an.

Wendy verdrehte die Augen und versuchte zu lachen, obwohl sie immer noch bedrückt war. Lächeln kostete einfach zu viel Energie. »Du bist widerlich«, sagte sie und versetzte Jordan einen Stoß gegen die Schulter.

Jordan lachte und zupfte voller Zuneigung an einer Locke von Wendys Haar. »Dir steht die ganze Welt offen, Wendy, okay?«

»Ja klar.«

Kapitel 6
Träume

Den größten Teil des Tages schlugen sie bei Jordan zu Hause tot. Jordan war gut darin, Leere zu füllen und für Ablenkung zu sorgen. Sie redeten über das College und ihre Pläne für den Sommer. Wenn Wendy still wurde und sich in ihren Gedanken verlor, lockte Jordan sie wieder hervor. Sie backten sogar Muffins mit frischen Preiselbeeren aus dem Garten der Arroyos. Später, nachdem Wendy ihren Dad per Textnachricht um Erlaubnis gebeten hatte, fuhr Jordan Wendy ins Krankenhaus, da sie dort noch ihren Pick-up stehen hatte.

Wieder zu Hause, schlüpfte Wendy an der Tür aus ihren Sandalen. Der fadenscheinige braune Teppich bildete einen enttäuschenden Kontrast zu dem beigefarbenen, weichen Teppich bei Jordan zu Hause.

Ihr Vater saß mit dem Rücken zu ihr am Esstisch. Im Fernseher im Wohnzimmer liefen die Nachrichten. Am Bildrand kommentierte ein Reporter, aber der Ton war zu leise, um ihn zu verstehen.

Groß auf dem Bildschirm waren Ashley Ford und Benjamin Lane zu sehen. Wendy wurde übel, als sie in ihre lächelnden Gesichter schaute. Sie konnte sich noch gut an die Schulfotos von ihr und ihren Brüdern erinnern, die man gezeigt hatte, nachdem sie verschwunden waren. Auf diesem Bild trug Wendy eine weiße Bluse mit blauen Blümchen. John hatte ein Hemd mit weißem Kragen an, sein Haar zu einem perfekten Seitenscheitel gekämmt, während seine Augen durch die Brillengläser riesig wirkten. Michael dagegen sah ziemlich unordentlich aus. Sein Hemd hing ihm über die Hose, und er hatte es schief zugeknöpft.

Auch nachdem man Wendy gefunden hatte, zeigte die Polizei ihr Foto weiterhin zusammen mit dem von John und Michael, und erklärte immer wieder, was sie wussten und was nicht. Mit ihren dreizehn Jahren hatte sie es nicht verkraftet, ihre Brüder so zu sehen. Nachdem sie bei den ersten Malen in unkontrollierbares Schluchzen ausgebrochen war, hatten ihre Eltern die Fernsehnachrichten verbannt. Doch manchmal hörte ihre Mutter sie nicht die Treppe herunterkommen, und Wendy erhaschte doch einen Blick auf die Nachrichten, bevor ihre Mom schnell umschaltete.

Wendy riss den Blick vom Fernseher los.

Als sie sich zu ihrem Vater umdrehte, seufzte sie innerlich. Sie wollte wirklich nicht angeschrien werden, wollte keine Predigt zu hören bekommen oder was auch immer die starre Haltung seiner Schultern prophezeite. Doch je eher sie es hinter sich brachte, desto schneller konnte sie in ihr Zimmer verschwinden. Sie wappnete sich und trat neben ihn.

Mr. Darling umklammerte seinen halb vollen Becher mit schwarzem Kaffee, auf dem das verblasste Logo seiner Bank zu sehen war.

»Wo ist Mom?«, fragte Wendy.

»Ins Bett gegangen.« Er schaute nicht auf, aber Wendy nickte trotzdem. Sie vermutete, dass ihre Mom den Schlaf nach der gestrigen Nacht und dem heutigen Morgen wirklich brauchte.

Sie selbst hätte Schlaf für ungefähr fünf Jahre brauchen können.

»Kennst du den Jungen?« Ihr Vater richtete seinen strengen Blick auf sie. Die Frage brachte Wendy aus der Fassung, aber natürlich hatte sie sie kommen sehen.

»Nein.«

»Du hast ihn einfach nur auf der Straße gefunden?« Er zog eine seiner dichten Augenbrauen in die Höhe.

»Ich habe ihn einfach nur auf der Straße gefunden«, echote sie mit einem Seufzen.

»Hm.« Ihr Vater gab einen unwirschen Laut von sich, bevor er einen Schluck aus seinem Becher nahm. Als Wendy jünger war, hatte er seinen Kaffee mit Haselnuss-Kaffeesahne so süß gemacht, dass sie und ihre Brüder sich immer darum gestritten hatten, einen Schluck davon zu bekommen.

Wendy trat von einem Fuß auf den anderen.

»Wenn du ihn noch einmal siehst ...« Er hob die Hand und zeigte mit einem Finger auf sie. Er war sehr gut darin, ihr das Gefühl zu geben, ganz klein zu sein, selbst wenn er saß und sie nicht. »... dann verständigst du die Polizei und gibst mir sofort Bescheid, hast du verstanden?« Seine Stimme hallte von den Wänden wider.

Wendy nickte. »Okay.«

Er ließ die Hand sinken. »Übermorgen fahre ich etwas später zur Arbeit, dann kann ich dich zum Revier mitnehmen, damit du mit den Detectives reden kannst«, sagte er.

Sie war klug genug, nicht zu protestieren, denn sie hätte ohnehin keine Chance gehabt, daher nickte Wendy nur erneut.

Mr. Darling erhob sich von seinem Stuhl und ging in sein Arbeitszimmer. Die Tür fiel ins Schloss, und einen Moment später hörte Wendy das leise Klirren von Glas.

Mühsam schleppte Wendy sich die Treppe hinauf. Ihr graute vor dem, was der morgige Tag bringen würde.

Oben auf dem Treppenabsatz stand sie direkt vor der Tür zu ihrem alten Zimmer.

Daran war nichts Neues. Sie ging jeden Tag daran vorbei, aber jetzt brachte irgendetwas sie dazu innezuhalten. Sie wusste nicht, worauf sie wartete, doch ihr Blick blieb an dem Türknauf hängen. Sachte legte sie die Hand auf den kalten, angelaufenen Messinggriff.

Ob das Etagenbett ihrer Brüder noch immer an der rechten Wand stand? Johns Bett unten war immer ordentlich gemacht gewesen – es war das Zweite, was er jeden Morgen getan hatte, gleich nachdem er seine Brille aufgesetzt hatte. Wendy musste daran denken, wie ihm das Haar immer vom Hinterkopf abgestanden hatte, die Augen halb geschlossen, wenn er aus seinem Bett kroch und die Decke glatt zog.

Michael dagegen ließ sein Bett ungemacht, was John ungemein ärgerte. Er schlief immer mit Socken an den Füßen für den Fall, dass sein Fuß in der Nacht unter seiner Decke hervorschaute. Jeder wusste schließlich, dass unbedeckte Arme oder Beine nur darauf warteten, von einem Monster abgebissen zu werden.

An dieser Angst war eigentlich Wendy schuld – sie war das Ereignis einer Geschichte, die sie ihren Brüdern eines Abends vor dem Zubettgehen erzählt hatte. Die Tatsache, dass Michael, wenn er aufwachte, immer eine Socke fehlte, schien die Geschichte zu bestätigen. Irgendwann wurde es so schlimm, dass Michael sich selbst im Sommer, wenn die Hitze im Raum erdrückend war und Wendy und John mit kaum mehr als ihrer Unterwäsche auf ihrer Decke schliefen, trotzdem noch unter seiner Bettdecke verkroch, mit sorgfältig hochgezogenen Socken.

Wendy wusste nicht, wie lange sie schon dort gestanden hatte, als ein leises Geräusch sie aus ihrer Versunkenheit riss. Sie zog die Hand zurück und stolperte zur Seite. Ihr war gar nicht aufgefallen, dass sie auf den Zehenspitzen gestanden hatte wie ein Vogel kurz vor dem Abflug. Wendy drückte sich beide Hände auf die Brust und spürte, wie sie sich mit einem tiefen, beruhigenden Atemzug hob und wieder senkte.

Wieder hörte sie das Geräusch, aber es kam nicht von der Tür vor ihr.

Diesmal wusste sie, dass es das leise Flüstern einer Stimme war.

Wendys Herz krampfte sich schmerzhaft zusammen. Sie spähte

um die Ecke durch den Flur, der zum Schlafzimmer ihrer Eltern führte. Alle Lichter waren ausgeschaltet, und der Spalt unten an der Tür war schwarz.

Während sie durch den Flur schlich, tastete Wendy sich an der Wand entlang, wo es weniger wahrscheinlich war, dass sie auf ein knarrendes Dielenbrett trat. Sie hatte das oft genug getan, um zu wissen, wie sie sich vor dem Zimmer ihrer Eltern bewegen konnte, ohne erwischt zu werden.

Wendy hielt sich mit beiden Händen am Türrahmen fest und presste ein Ohr an die Tür. Sie schloss die Augen und versuchte, ganz ruhig zu atmen, während sie die Ohren spitzte, um jeden Laut aus dem Raum zu hören.

Wendy presste sich noch dichter an die Tür und hoffte inständig, dass es nur der Wind gewesen war, obwohl heute ein schwüler, fast windstiller Tag Mitte Juni war.

»Meine lieben Jungs …«

Wendy presste die Augen zusammen.

Die Stimme ihrer Mutter hatte einen hellen Klang angenommen, eine Melodie, die Wendy eigentlich nie mehr zu hören bekam. Eine, die im Wald verloren gegangen war, zusammen mit ihren Brüdern, und die jetzt nur dann über die Lippen ihrer Mutter kam, wenn sie schlief.

»Ich vermisse euch so …«

Eines Nachts, nicht mehr als eine Woche, nachdem Wendy in ihr neues Zimmer umgezogen war, war sie nach unten gegangen, um sich ein Glas Milch zu holen. Auf dem Weg zurück in ihr Zimmer glaubte sie, Michaels Stimme aus dem Schlafzimmer ihrer Eltern zu hören. Sie ließ das Glas fallen, das mit einem dumpfen Schlag auf dem Teppich landete. Dann lief sie auf Zehenspitzen zur Schlafzimmertür ihrer Eltern, drückte das Ohr dagegen und hörte ihre Mutter sagen: »Meine lieben Jungs.«

Und dann hatte sie Johns Stimme gehört. Sie verstand nicht, was er sagte, aber er war es. Es waren John und Michael, direkt hinter der Tür.

Wendy hatte die Tür aufgestoßen, nur um festzustellen, dass es im Raum vollkommen dunkel war. Bloß das Mondlicht fiel durch das offene Fenster über die schlafende Gestalt ihrer Mutter, die auf der Seite lag, das Haar auf dem Kissen ausgebreitet, eine Hand über ihrem Kopf. Ihre zarten Finger sahen aus, als griffen sie nach etwas.

Verwirrt sah Wendy sich um. Sie hatte ihre Brüder gehört, aber sie waren nicht da. Sie schaute hinter der Tür nach, doch auch dort war niemand. Leise ging Wendy zu ihrer Mutter.

Ihre Augen waren geschlossen, und ihre Wimpern lagen auf den dunklen Ringen unter ihren Augen. Ihre Lippen öffneten sich, und während der helle Klang ihrer Stimme schon wieder verebbte, sagte sie: »Bitte, kommt zurück …«

In dem Moment hatte Wendy begriffen, dass ihre Mutter im Schlaf mit ihren verschwundenen Brüdern redete. Die Stimmen ihrer Brüder hatte Wendy sich wohl eingebildet. Es war nur das Murmeln ihrer Mutter, in einem Zustand zwischen Schlaf und Wachsein, in dem sie mit Menschen sprach, die nicht da waren und die vielleicht nie mehr zurückkommen würden.

Als Mr. Darling nach Hause gekommen war, hatte er Wendy oben an der Treppe vorgefunden. Sie weinte, der Halsausschnitt ihres Nachthemds dunkel und feucht von Tränen, während sie versuchte, mit einem Lappen die verschüttete Milch aufzutupfen.

Ohne ein Wort nahm ihr Vater ihr sanft den Lappen aus der Hand, hob sie hoch und trug sie in ihr neues Bett. Er hatte die Lichterkette angeknipst und ihr den Rücken gerieben, bis das Schluchzen verebbt und sie erschöpft eingeschlafen war.

Jetzt ließ Wendy sich zu Boden gleiten. Ihre Wangen waren feucht, ihre Nase lief und benetzte die Hand, die sie sich vor den Mund presste.

Irgendwann hatte ihre Mutter aufgehört, im Schlaf zu reden. Sie hatte es seit Jahren nicht mehr getan, aber jetzt passierte es wieder. Wendy atmete tief ein, winkelte die Knie an und senkte den Kopf.

»Schlaft, meine Lieblinge«, kam die sanfte Stimme ihrer Mutter von der anderen Seite der Tür. Und dann war alles still, während Wendy zusammengekauert auf dem Boden sitzen blieb und versuchte, den Kloß in ihrer Kehle mit Gewalt hinunterzuschlucken.

Wendy schwitzte, und ihr Kopf pochte. Sie brauchte frische Luft. Sie musste raus aus dem Haus, weg von der Stimme ihrer Mutter und dem erdrückenden Gefühl, in der Falle zu sitzen.

Wendy rappelte sich auf und lief die Treppe hinunter in die Küche. Dort zog sie die gläserne Schiebetür zur Seite und floh hinaus in den Garten.

Adrenalin strömte durch ihre Adern und ließ ihr Herz hämmern. Die Ketten klirrten, als sie die Schaukel zur Seite stieß und unter dem Sitz hindurchtauchte. Sie hatte das Gefühl, in einem Albtraum gefangen zu sein. All die Geheimnisse und die quälenden Erinnerungen, vor denen sie hatte davonlaufen wollen, holten sie jetzt ein.

Wendy rannte, bereit, sich von ihren Füßen forttragen zu lassen, irgendwohin, nur fort.

Doch sie kam nur ein kleines Stück weit, bis sie vor dem verblichenen, maroden Zaun stehen bleiben musste und sie sich direkt im Angesicht des Waldes wiederfand. Die Sonne war gerade untergegangen und verlieh allem, selbst den leuchtend grünen Bäumen, einen orangefarbenen Schein.

Wenn sie mutiger gewesen wäre, wäre sie über den kleinen Zaun gesprungen und einfach weitergerannt. Aber sie konnte sich nicht dazu überwinden, den Wald zu betreten.

Wendy krümmte sich und stützte die Ellbogen auf die Oberschenkel, während sie auf ihre schmutzigen nackten Füße hinabstarrte und nach Luft rang. Der Geruch von Kiefern und drückender Sommerluft drang ihr in die Nase.

Vielleicht sollte sie wieder zu Jordan gehen. Ihren Eltern einen Zettel dalassen und einfach die Nacht dort verbringen. Vielleicht würde Jordans Nähe ihre Nerven beruhigen und die Erinnerungen in Schach halten, die aus dem Wald gekrochen kamen.

Wenn sie sich zusammenriss, würden ihre Gedanken vielleicht nicht außer Kontrolle geraten. Ein Vorgefühl drohenden Unheils, unbezwingbare Angst und eine Müdigkeit, die kein noch so tiefer Schlaf beheben konnte, senkten sich über sie.

Vielleicht ...

»Wendy?«

Sie riss den Kopf hoch.

Da, als wäre er den auf dem Boden liegenden Blättern entstiegen.

Peter.

Es war unmöglich, sich seinem Blick zu entziehen, der sie sofort gefangen hielt. Seine Augen waren unvorstellbar blau. Die leuchtenden, strahlenförmigen Einsprengsel waren also doch kein Streich gewesen, den ihr die Neonröhren im Krankenhaus gespielt hatten. Jetzt sah sie sie glasklar vor sich.

Er hockte auf dem Zaun, und ein Bein hing bereits darüber. Sein nackter Fuß schwebte dicht über dem Boden. Es war die Haltung eines Menschen, der versuchte, einen Vogel nicht zu erschrecken.

»Wendy, warum weinst du?«, fragte er sanft. Diese Stimme war ihr so vertraut, als würde sie sie schon ihr ganzes Leben lang kennen.

Sie wollte glauben, dass er es war, aber ihr Körper reagierte, als sei er gefährlich. Ein wildes Tier, etwas, das in den Wald gehörte, den sie so sehr fürchtete.

Wendy blinzelte gegen die Verschwommenheit ihrer Sicht an. Ein Hilfeschrei stieg in ihr auf, schaffte es aber nicht nach draußen. Ihre Arme hingen schwer und nutzlos herab.

Peter sprang auf den Boden, eine Landung, die so leicht war, dass sie sie nicht einmal hörte, doch jetzt hob ein lautes Brausen in ihren

Ohren an. Wie zur Kapitulation öffnete er die Arme, die Handflächen nach vorn gedreht.

Wendy machte einen Schritt nach hinten. »Nein, stopp«, war alles, was sie herausbrachte.

»Was ist denn los?«, fragte er und sah ihr mit seinen strahlenden Augen forschend ins Gesicht. Die Falte zwischen seinen Brauen war wieder da.

Wendy gab einen erstickten Laut von sich, irgendetwas zwischen Lachen und Weinen. Das hier geschah nicht wirklich. Sie musste weg. Das konnte nicht Peter Pan sein. Er war ein Fremder mit zu vielen Verbindungen zu ihren Albträumen.

Was, wenn die Detectives recht hatten? Was, wenn er während der sechs Monate, die in ihrer Erinnerung fehlten, bei ihr gewesen war?

Er trat näher.

»Bitte, tu das nicht.« Sie stolperte über ihre eigenen Füße, als sie versuchte, einen weiteren Schritt zurückzutreten. Er stand jetzt direkt vor ihr. Wendy drehte sich um, um wegzurennen, nur um stattdessen gegen etwas Hartes zu prallen. Das Letzte, woran sie sich erinnerte, bevor alles schwarz wurde, waren das Klirren der Schaukel und Arme, die sie auffingen.

Kapitel 7

Grillen

Das Erste, was Wendy wieder wahrnahm, war das Knacken von zerbrechendem Holz. Es drang an ihre Ohren und riss sie zurück in die Gegenwart. Die Luft roch nach feuchtem Holz und modriger Erde. Rauch brannte ihr in der Nase. Ihr war warm, und etwas Hartes drückte sich in ihren Rücken. Wendy walzte sich stohnend, und ihre Schläfen pochten schmerzhaft. Sie drehte sich auf die Seite, was zu einer Symphonie von metallischem Quietschen unter ihr führte.

Das war nicht ihr Bett.

Wendy hob die Lider und sah in ein Paar blauer Augen keine dreißig Zentimeter über ihr, die sie musterten. Bilder vom Wald, vom Krankenhaus, ihren Eltern und den Detectives schossen ihr durch den Kopf.

Peter verzog die Lippen zu einem Grinsen, und in seinen Wangen erschienen Grübchen. Seine Augen funkelten vor Belustigung. »Hallo.«

Wendy versetzte ihm einen Schlag ins Gesicht.

Peter schrie auf und stolperte rückwärts. Er stieß gegen einen Tisch und warf ein leeres Einmachglas herunter.

Panisch versuchte Wendy wegzukrabbeln, doch die schlaffe Matratze rutschte unter ihr zur Seite und sie fiel mit dem Rücken gegen die Wand. Ihr rechtes Bein geriet zwischen die Metallspiralen der Pritsche. Sie zog es hoch, aber ihr Knöchel verfing sich schmerzhaft in den Sprungfedern.

»Fass mich nicht an!«, knurrte Wendy und tat ihr Bestes, einschüchternd zu wirken, obwohl die Angst sie fest im Griff hatte.

Es schien zu funktionieren, denn Peter zog sich ein ganzes Stück zurück. Er wirkte geradezu erschrocken und sogar ein wenig verängstigt. »*Du* hast *mich* geschlagen!«, brachte er heraus und rieb sich das Kinn.

Sie versuchte wieder, ihr Bein aus der Pritsche zu ziehen, damit sie fliehen konnte, aber die Sprungfedern zogen sich nur noch fester darum, sodass sie vor Schmerz scharf die Luft einsog. »Wohin hast du mich verschleppt?«, fragte sie drohend. »Wo bin ich?« Ihre Gedanken überschlugen sich in endlosen Szenarien, jedes schrecklicher als das vorherige, und das innerhalb der wenigen Sekunden, die er brauchte, um zu antworten.

»Ich habe dich nirgendwohin *verschleppt,* du hast dich mit der Schaukel k. o. geschlagen, also bin ich mit dir hierhergekommen!« Er betastete eine Seite seines Gesichts, das Auge zusammengekniffen.

Wendys Blick huschte durch den kleinen Raum, während sie versuchte, ihre Umgebung zu erfassen und den Jungen gleichzeitig im Auge zu behalten.

Ihre Umgebung wurde nur von einer zerbeulten Öllaterne erhellt, die an einem Haken an der Wand hing. Ihr Blick wanderte zu dem schief sitzenden Fenster. Durch die verdreckten Scheiben konnte sie sehen, dass es draußen stockfinster war.

Es war Nacht.

Sie befand sich in einer kleinen Hütte, die aus mit Lehm verschmierten Baumstämmen bestand. Das Dach hing durch, und auf der anderen Seite des Raums stand eine weitere schmutzige Pritsche wie die, auf der sie gefangen war. Staubige Bierflaschen lagen auf dem aus Holzbrettern bestehenden Boden herum. Ein Hirschkopf war über einem alten, leeren Waffenregal an der Wand befestigt und moderte dort vor sich hin.

»Eine Jagdhütte.« Wendy stöhnte auf. Entführt. Sie war entführt und in eine Jagdhütte mitten im Wald gebracht worden. War er ...

»Du bist wirklich besser im Kämpfen geworden«, erklärte Peter ihr nüchtern, die Fäuste in die Hüften gestemmt. »Wer hat dir beigebracht, so zuzuschlagen?«

Dafür, dass diese Szene, in der sie sich beide gerade befanden, direkt aus einem Gruselroman hätte stammen können, sah Peter seltsam ... normal aus.

Sie hatte halb damit gerechnet, dass er bei ihrer nächsten Begegnung fliegen und ein Piratenschwert schwingen würde. Umso lächerlicher kam sie sich jetzt vor. Natürlich war das nicht Peter Pan. Er war nur ein ganz normaler Junge, kein magisches Wesen aus einer Gute-Nacht-Geschichte.

Die Tatsache, dass er Cargo-Shorts und ein ausgewaschenes blaues T-Shirt trug, war nicht weiter bemerkenswert, aber die Shorts waren viel zu groß für ihn und wurden von einem zugeknoteten Seil festgehalten. Das T-Shirt hing ihm locker von den Schultern, der Halsausschnitt war ausgefranst und halb zerfetzt. Und beide Kleidungsstücke waren voller Erde.

Wendy schüttelte den Kopf. Sie weigerte sich, sich in falsche Sicherheit ködern zu lassen, erst recht nicht von diesem Jungen, der sie in eine Jagdhütte irgendwo im Wald verschleppt hatte.

»Wirst du mich töten?«, platzte sie heraus.

Er blinzelte. »Was?«

»Wirst du mich töten?«, wiederholte sie. Heißes, klebriges Blut lief an ihrer Wade herunter. Dieselbe Szene hatte sie schon in mindestens einem Dutzend Filmen gesehen. Man würde sie als vermisst melden, ihr Gesicht würde in sämtlichen Nachrichten auftauchen, ihre Eltern müssten die gleiche Tortur noch einmal durchleben ...

Peter lachte, aber er zog immer noch verwirrt die Augenbrauen zusammen. »Ich ... was ... Wendy, warum sollte ich dich töten wollen?«, fragte er und trat einen Schritt vor.

»STOPP!« Ihre Hand schnellte mit gespreizten Fingern vor, als könnte sie ihn ernsthaft aufhalten, während sie auf einer klapprigen alten Pritsche feststeckte. Es überraschte Wendy, dass er tatsächlich stehen blieb und jetzt noch verwirrter wirkte.

Er war nicht besonders groß, aber sein gelenkiger Körper war trotzdem ziemlich muskulös. Wendy griff sich mit ihrer freien Hand an die Stirn und versuchte, ruhiger zu werden. »Bitte, hör einfach auf.«

»*Womit* soll ich aufhören?« Peter hob abermals die Hand, um seine Wange zu berühren. »Ich tue doch gar nichts! Wendy ...«

»Hör auf ... hör auf, mich Wendy zu nennen!« Wieder flog ihr Blick durch den Raum. Der einzige Weg hinaus führte durch die Tür, und dahinter befand sich der Wald. Es war schwer zu sagen, wie tief er sie hineingetragen hatte, wie weit weg von zu Hause sie war.

Peter sah sie an und zog eine Augenbraue in die Höhe. »Du ... willst nicht, dass ich dich bei deinem Namen nenne?«, fragte er langsam.

»Nein.« Er dürfte ihren Namen eigentlich überhaupt nicht kennen!

Peter runzelte die Stirn und kratzte sich im Nacken. »Das ergibt keinen Sinn«, sagte er und ließ resigniert die Hand sinken.

»Hast du Benjamin Lane und Ashley Ford entführt?«, fragte Wendy scharf.

»Entführt?« Er warf ihr einen verwirrten Blick zu, und riss dann seine blauen Augen auf. »Was ...«

Nur mit Mühe konnte sie ein frustriertes Knurren unterdrücken. »Wer bist du? Was willst du von mir?«

Er beugte sich dichter zu ihr vor und deutete auf sich selbst. »Ich bin Peter.« Er sprach langsam, als versuchte er, einem kleinen Kind etwas sehr Einfaches zu erklären. Sie konnte nicht erkennen, ob er es ernst meinte oder ob er sich über sie lustig machte.

So oder so, Wendy funkelte ihn wütend an. »Nein. Ich meine, wer *bist* du?«

Wieder kratzte Peter sich am Hinterkopf. In seinem ungekämmten rostroten Haar steckten Kiefernnadeln. »Du benimmst dich wirklich seltsam. Ist das irgendein Spiel, das ich nicht kapiere?«

Ein hysterisches Lachen brach aus ihr hervor. »*Ich* bin seltsam?«, fragte Wendy. »Du hast mich entführt und hältst mich in einer Jagdhütte mitten im Wald als Geisel!«

»Entführt? Ich habe dich nicht entführt, du bist ohnmächtig geworden …«

»Ich bin bewusstlos *geschlagen* worden, weil du …«

»Ohnmächtig geworden«, korrigierte er sie. Wendy sog scharf die Luft ein – war das sein Ernst? –, aber er sprach einfach weiter. »Du bist ohnmächtig geworden, und ich habe dich hierhergebracht, damit du nicht die ganze Nacht im Gras liegst« – er machte beim Abzählen an den Fingern eine Pause, um ihr einen Blick zuzuwerfen. »Übrigens: gern geschehen. Und du wirst nur von diesem Gewirr von Sprungfedern ›als Geisel gehalten‹, in denen *du* dich selbst verfangen hast«, fügte Peter hinzu und deutete auf ihr Bein.

Wendy schwankte auf ihrem gesunden Fuß. Sie hatte keinen guten Stand, sowohl metaphorisch als auch buchstäblich. Das alles klang halbwegs vernünftig, aber Wendy vertraute ihm immer noch nicht. Sie blinzelte ihn an.

Und die Tatsache, dass er dastand und ebenso triumphierend wie amüsiert wirkte, besserte ihre Stimmung nicht gerade.

Es machte sie verrückt, denn sie erkannte ihn tatsächlich, aber aus Gründen, die keinen Sinn ergaben. An Details, die sie sich bei Peter Pan genau so ausgemalt hatte. Die kleine Ecke, die von seinem Schneidezahn abgebrochen war. Das Selbstbewusstsein in seiner

Stimme. Dieses verdammte charmante Lächeln. Und die Augen, bei denen sie glaubte, sie betrachte die Sterne.

Wendy zwang sich, sich zu konzentrieren, praktisch zu denken. Sie musste sich in Sicherheit bringen, denn es fühlte sich gefährlich an, bei ihm zu sein. Es war vergleichbar mit dem Gefühl, das man spürte, bevor man von einer Klippe ins Wasser sprang: ein leises Rauschen in der Magengrube, das ihre Finger kribbeln ließ.

»Warum hast du mich nicht einfach ins Haus gebracht, statt mich hierherzuschleppen?«, wollte Wendy wissen.

Sie sah, wie er an der Innenseite seiner Wange kaute. Die Muskeln in seinem Kinn spannten sich an und entspannten sich wieder und betonten dabei den Schwung seiner sommersprossigen Wangenknochen. »Ich wollte deinen Eltern nicht über den Weg laufen«, sagte er und scharrte mit seiner nackten Ferse über den Boden. »Ich meine, es hätte ziemlich seltsam ausgesehen, wenn ich einfach mit dir in deinem bewusstlosen Zustand bei euch im Haus aufgekreuzt wäre.«

Wendy versuchte herauszufinden, ob er log oder nicht. Sie wusste immer noch nicht, woher er ihren Namen kannte.

»Du siehst blass aus«, warf Peter ein und sah sie besorgt an. Er trat einen Schritt näher, schien sich dann aber eines Besseren zu besinnen und blieb wieder stehen.

Vielleicht war er eine Art Stalker, aber auch das kam ihr irgendwie falsch vor. Sie hatte schreckliche Angst vor ihm, doch Peter schien auch vor ihr auf der Hut zu sein. Es war schwer, an der Idee festzuhalten, dass er eine Gefahr für sie war, weil er immer wieder den Kopf senkte und sie argwöhnisch musterte. Jetzt kniff er kaum merklich die Augen zusammen.

Versuchte er ebenfalls, ihr Gesicht zu erkennen?

Wendy befeuchtete sich die Lippen. Sie hätte ihn gern gefragt, woher er sie kannte, und eine richtige Antwort von ihm gehört, aber dafür fehlte ihr der Mut.

»Also …« Peter wippte auf den Füßen vor und zurück, die Hände in den Taschen. »Willst du, dass ich dir da raushelfe?«, fragte er. Seine Lippen zuckten, und er unterdrückte ein Grinsen.

Wendys Jeans war nicht mehr zu retten. Die Metallspiralen des Bettes hatten das Hosenbein an ihrem Unterschenkel nach oben geschoben, und der Stoff war zerrissen. Die Kratzer gingen nicht tief, brannten aber trotzdem wie die Hölle. Ein dünnes rotes Blutrinnsal lief ihren Knöchel hinab bis in ihren Schuh. Wieder schaute sie zu Peter. Sie vertraute ihm kein bisschen. Aber wie er dastand, barfuß und ängstlich, schien er keine große Bedrohung zu sein. Und je eher sie von hier wegkam – und raus aus dem Wald –, desto besser.

»Ja«, stimmte sie schließlich zu, wenn auch nicht ohne Verlegenheit.

Peter kam vorsichtig einen Schritt näher. »Versprichst du, mich nicht wieder zu schlagen?«

Wendy warf ihm einen wütenden Blick zu. »Nein.«

Peters Lippen verzogen sich zu einem Lächeln. Tiefe Grübchen zeichneten sich auf seinen Wangen ab. Er zuckte mit den Schultern. »Na schön.«

Er kniete sich neben die Pritsche. Ein Rest von Furcht brachte Wendy dazu, sich von ihm weg an die Wand zu drücken. Das Metall grub sich in ihr Bein. »Du musst aufhören, dich zu wehren, sonst kommst du da nicht raus«, sagte Peter und sah zu ihr hoch.

Seine Nähe war überwältigend. Sie konnte sich nicht entscheiden, ob sie ihn erneut wegstoßen oder ihn berühren wollte, nur um festzustellen, ob er real war.

Wendy knurrte halb verärgert, halb gequält. »Meinetwegen«, sagte sie schließlich mit zusammengebissenen Zähnen.

Er betrachtete sie immer noch mit seinen verblüffend blauen Augen.

»Hör auf, mich so anzusehen«, befahl sie ihm. Er senkte schnell den Blick, aber sie konnte gerade noch den Anflug eines Lächelns erkennen.

Vorsichtig verlagerte sie ihr Gewicht auf ihr unverletztes Bein, während sie das andere ein wenig sinken ließ und entspannte. Behutsam schob Peter die Finger in die verknoteten Sprungfedern und zog einmal kurz, und plötzlich war ihr Bein frei. Wendys Fuß fiel auf den Holzboden, und sie schrie überrascht auf.

Als sie nach vorn kippte, griff sie Halt suchend nach Peters Hand. Sie fühlte sich rau an, aber auch sehr warm. Schnell ließ sie ihn wieder los und verlor erneut das Gleichgewicht. Sie vollführte ein seltsames Tänzchen auf einem Fuß, bis sie sich humpelnd aus der nun völlig ruinierten Pritsche befreite.

Peter stand auf, und auf seinem Gesicht zeichnete sich ein breites Grinsen ab.

Wendy runzelte finster die Stirn. »Was?«

»Das sah witzig aus«, sagte er achselzuckend.

»Halt den Mund.«

Er gab sich keine Mühe, seine Erheiterung zu verbergen. »Tut es weh?«

»Es fühlt sich an, als wäre ich mit dem Bein in eine Bärenfalle geraten«, sagte sie schroff, dann setzte sie den Fuß ab und versuchte, ihr Gewicht darauf zu verlagern. Die Kratzer brannten, aber sonst schien kein Schaden entstanden zu sein.

Doch zumindest konnte sie sich jetzt bewegen, auch wenn sie kurz davor war, durch die halb durchgefaulten Bodendielen zu fallen. »Was machst du hier?«, fragte sie ihn. Sie hörte, dass die Schärfe aus ihrer Stimme langsam verschwand.

»Nun, ich habe dich gerade aus den Metallspiralen befreit ...«

»Nein, ich meine, was machst du *hier?*«

Peter stöhnte und legte den Kopf in den Nacken. »Nicht das schon wieder.«

Wendy schloss für einen Moment die Augen, um ihre Frustration in den Griff zu kriegen. »Ich *meine*«, hob sie erneut an, »was machst du in dieser alten Jagdhütte?«

Peter schaute sich um und zuckte mit den Schultern. »Ich wohne hier?«, sagte er langsam, als wollte er prüfen, ob das die richtige Antwort war.

Es ergab keinen Sinn. Warum um alles in der Welt sollte jemand freiwillig an einem solchen Ort wohnen? An den Forststraßen im Wald gab es mindestens ein Dutzend Jagdhütten. Nichts wies darauf hin, dass, abgesehen von Peter, in den letzten Jahren jemand hier gewesen war.

»Wo sind deine Eltern?«, fragte sie. Auf keinen Fall konnte er volljährig sein. Er war deutlich älter als der magische Junge Peter Pan, den Wendy aus ihren Geschichten kannte, aber definitiv noch keine achtzehn.

»Hab keine.« Er sagte das so schlicht und derart beiläufig, dass sie einen Moment brauchte, bis es zu ihr durchdrang.

Er hatte keine Eltern? Also war er Waise? War er obdachlos?

»Gibt ... gibt es noch andere Leute im Wald?«

Er zuckte mit den Schultern. »Soweit ich weiß, nicht.«

»Was machst du dann im Wald?« Wendy versuchte, einen Kloß in ihrer Kehle hinunterzuschlucken. Eine Frage drängte aus ihr heraus, die sie stellen musste, auch wenn sie Angst vor der Antwort hatte. »Hat dich irgendjemand ... hierher verschleppt? Bist du entführt worden?«

Peter lachte nur. »Was? Nein! Himmel, was ist das bloß mit dir und Entführungen?«

Und da war sie wieder, die Frustration.

»Wenn das nicht der Fall ist, wieso bist du dann hier?«, blaffte Wendy. »Warum hast du auf der Straße gelegen? Warum bist du *zu mir nach Hause* gekommen?«

»Weil ...« Er schaute zu Boden. »Weil ich deine Hilfe brauche.«

»Wobei brauchst du meine Hilfe?«, fragte Wendy langsam. Ein

Frösteln überlief sie. Die Flamme der Öllaterne flackerte hinter dem schmutzigen Glas.

Peter runzelte die Stirn. »Bei der Suche nach meinem Schatten.«

Wendy starrte ihn an.

Wieder hatte er so beiläufig gesprochen, als sei das keine vollkommen bizarre Bemerkung. Sie zwang sich zu einem Lachen, weil sie nicht wusste, wie sie sonst reagieren sollte.

Ernsthaft? Nahm er sie auf den Arm? »Ähm, hast du mal versucht, auf dem Boden nachzusehen?«

Peter legte den Kopf schräg und zog eine Augenbraue hoch, als sei das eine absolut lächerliche Frage. »Du machst Witze, stimmt's?«

Wendy stieß ein Schnauben aus und verdrehte die Augen. »Er ist doch hie…«

Sie zeigte auf den Boden, wo sein Schatten war. Oder vielmehr dorthin, wo sein Schatten hätte sein sollen.

Doch da war kein Schatten. Da waren nur seine Füße – sehr schmutzige, nackte Füße – und die abgetretenen Bohlen. Es war eine Kleinigkeit und dabei so grundlegend *falsch* wie beunruhigend. Es kam ihr vor wie ein Photoshop-Fail, nur in echt.

»Das ist nicht …« Wendy hob den Blick, und Peter sah sie erwartungsvoll an. Sie betrachtete die Wände um sie herum, auf der Suche nach irgendeinem Hinweis, einem Fleck im Feuerschein, der auf Peters Schatten hindeutete, aber da war nichts.

Wendy untersuchte ihren eigenen Schatten. Er flackerte und bewegte sich unter ihr und ahmte ihre Bewegungen auf der Wand nach.

Ihr Schatten war da, aber wo war seiner?

»Das ergibt keinen Sinn.« Zornig bohrte sich Wendys Blick in Peter. Das war doch mit Sicherheit irgendein seltsamer Trick. »Das ist *unmöglich.*«

»Ich hab's dir doch gesagt«, sagte Peter. Er stand einfach nur da und sah provozierend gelassen aus.

»Wie hast du das gemacht?«, hakte sie nach. »Du musst einen Schatten haben – *alles* hat einen Schatten!« Natürlich nicht im Dunkeln, aber der Feuerschein in der Hütte war hell genug, dass sie selbst einen Schatten warf, und auch die Pritschen und der kleine Stapel Feuerholz in der Ecke.

»Es muss ein Streich sein, den das Licht uns spielt, oder so«, versuchte Wendy, sich selbst zu überzeugen. Auf YouTube konnte man sich wahrscheinlich solche Schattenzaubertricks mit der passenden Erklärung ansehen. Wendy trat näher an ihn heran und überlegte, ob er vielleicht einfach an der perfekten Stelle stand, wo alles Licht von ihm abprallte und er deshalb keinen Schatten warf – auch wenn sie selbst nicht genau wusste, wie das gehen sollte.

Aber als sie sich neben ihn stellte, folgte ihr ihr Schatten, und seiner war immer noch nirgends zu finden. »Ich ... was zur ...«, stammelte Wendy, während sie ihn verwirrt ansah.

»Er ist irgendwie entkommen«, sagte Peter. Sein Lächeln war plötzlich verschwunden.

Wendy hatte das Gefühl, sich in einem sehr seltsamen Traum zu befinden. Einmal hatte sie einen Traum gehabt, in dem alles normal gewesen war, nur dass es drei Sonnen gegeben hatte. Das hier fühlte sich genau so an wie dieser Traum.

Aber sie war wach, sie träumte nicht. Sie spürte das Brennen der Kratzer an ihrem Bein, und sie sah Peter ganz deutlich vor sich. Keine Erscheinung, kein Tagtraum, keine Täuschung.

Und doch strahlte Peter etwas geradezu Fantastisches aus. Ein Junge, der aus ihren Träumen und den Geschichten ihrer Mutter getreten und vor sie hingestellt worden war. Er war anders. Er war Sternenstaub und der Geruch von Sommer.

»Ab und zu erhasche ich einen Blick auf ihn«, fuhr Peter mit seiner Erklärung fort, und er schien nicht zu bemerken, dass Wendy kurz davor war, den Verstand zu verlieren. »In Ecken, unter Betten.« Er schaute zu der Pritsche, und seine Schultern zogen sich bis zu seinen Ohren hoch. »Aber es ist mir nicht gelungen, ihn einzufangen. Je länger er weg ist, desto schlimmer wird es.« Das Licht des Feuers offenbarte die Sorgenfalten auf seiner Stirn. Er sah plötzlich sehr müde aus. »Ich dachte, da du mir schon einmal geholfen hast, wärst du vielleicht in der Lage, ihn noch einmal zu finden.« Peter biss sich auf die Unterlippe und schaute aus großen Augen und voller Hoffnung zu ihr.

Wendy wich zurück. »Was meinst du mit ›schon einmal‹?«, fragte sie noch frustrierter als ohnehin schon. »Wir sind uns vor gestern Abend noch nie begegnet!«

Peter runzelte die Stirn und kam einen Schritt näher. »Erinnerst du dich wirklich nicht?«

Sie verspürte den Drang, ihn anzuschreien, ihm zu sagen, sie könnte sich unmöglich an ihn erinnern, weil all das gar nicht möglich war und Peter Pan nicht real war. Aber immerhin stand er vor ihr, als sei er den vielen Zeichnungen entsprungen, die sie in ihrem Pick-up versteckte. Ein paar Jahre älter als in ihrer Vorstellung, aber trotzdem ein Wesen aus Fleisch und Blut. Und er hatte keinen Schatten.

Als sie nicht reagierte, fuhr Peter fort: »Ich war bei euch, direkt vor deinem Fenster, und habe zugehört, wie du Geschichten über mich erzählt hast.« Wendy machte große Augen, und Peter sprach schnell weiter. »Ich weiß, ich weiß! Das klingt schräg, aber …« Er zuckte mit den Schultern, etwas verlegen und sprachlos. »Richtig haben wir uns erst kennengelernt, als ich eines Abends kam, um zuzuhören, ihr aber bereits geschlafen habt.« Peter verschränkte die Finger ineinander. »Doch bevor ich wieder verschwinden konnte, hat sich mein Schatten in deinem Zimmer irgendwie von mir losgerissen, und ich musste ihm hinterherjagen …«

Der kleinste Funke einer Erinnerung flackerte in Wendys Gedächtnis auf.

»Du hast mich geweckt«, hörte sie sich sagen, bevor sie sich bremsen konnte. Es fühlte sich eher an wie ein Traum und weniger wie eine Erinnerung, aber Wendy sah das Bild ganz klar vor sich – wie sie von einem seltsamen Geräusch aufgewacht war und Peter Pan, der kleine Junge, wahrscheinlich genau wie sie ungefähr elf Jahre alt, auf dem Boden mit etwas Dunklem, aber Durchsichtigem gerungen hatte.

Peter wirkte genauso überrascht, aber sein Gesicht spiegelte nicht das Grauen wider, das Wendy empfand, sondern leuchtete vor Aufregung. »Ja! Ich habe ihn eingefangen, aber ich konnte ihn nicht wieder ankleben …«

»Also habe ich ihn dir angenäht …«, murmelte sie wie zu sich selbst. Wie bei den meisten Träumen konnte sie sich an keine Einzelheiten erinnern, sondern nur an undeutliche, verschwommene Bilder.

Das breite Lächeln auf Peters Gesicht half nicht gerade, dass sie sich besser fühlte. »Das stimmt! Du hast mir geholfen, ihn wieder zu befestigen!« Ein erleichtertes Lachen ließ seine Schultern beben. »Michael und John haben das Ganze irgendwie verschlafen …«

Ein scharfer Stich durchfuhr Wendy. Sie schnappte nach Luft.

Peter bemerkte es gar nicht und sprach einfach weiter. »Aber sie hatten schon immer einen tiefen Schlaf.«

Er kannte Wendy. Er erinnerte sich an Dinge, an die sie sich nicht erinnern konnte – Dinge, von denen sie gedacht hatte, es seien nur Träume gewesen, weil sie *unmöglich* waren, oder nicht? Aber genauso unmöglich war es, keinen Schatten zu haben. Und er kannte ihre Brüder. Was wusste er sonst noch? An was erinnerte er sich noch, das sie vergessen hatte?

Wendy fühlte sich, als hätte man sie in eiskaltes Wasser geworfen. Ihre Haut kribbelte, und ihr war gefährlich schwindelig.

»Wendy?« Peters Stimme rief sie zurück, und sie zwang sich, sich darauf zu konzentrieren, wieder in die Realität zurückzukehren. Irgendwann war er näher gekommen. Er beobachtete sie argwöhnisch, die Augenbrauen zusammengezogen und die Hände ausgestreckt, als bereite er sich darauf vor, sie aufzufangen. »Ist alles in Ordnung mit dir? Du siehst etwas mitgenommen aus …«

Wendy fuhr sich mit einer Hand über ihre schweißnasse Stirn. Die Hütte fühlte sich plötzlich unangenehm heiß und drückend an. Das alles war einfach zu viel, um es sofort zu verarbeiten. »Bitte, bring mich jetzt nach Hause.«

»Aber …«

»Bitte?« Sie hasste es, wie jämmerlich sie klang, hasste es, dass ihre Augen zu brennen begannen. Sie musste aus dem Wald heraus. Sie musste nach Hause. »Wir können das alles regeln – die Sache mit dem Schatten oder was sonst noch –, aber ich muss jetzt wirklich nach Hause.« Wendy wusste, dass das nicht besonders aufrichtig war, aber im Moment hätte sie alles gesagt, um aus dieser Hütte zu kommen.

Peter hielt inne, und eine Sekunde lang befürchtete sie, dass er Einwände erheben würde. Sie konnte sehen, dass er nachdachte, und beobachtete, wie der Muskel in seinem Kinn nervös zuckte. Aber dann nickte er. »Ja, in Ordnung.« Er durchquerte den Raum und öffnete die verzogene Holztür.

Im Schein des Feuers, das aus der Hütte fiel, sah Wendy eine kleine Lichtung vor sich liegen. Dahinter wurde alles von der Dunkelheit des Waldes verschluckt.

Wendy versteifte sich in der Tür.

»Alles okay bei dir?«, fragte Peter.

Sie spürte ihn direkt hinter sich.

Wendy rang ihre verschwitzten Hände und nickte. »J…Ja, mir geht's gut. Ich habe nur ein bisschen Angst vor der … Dunkelheit.« Es war nur eine halbe Lüge. Sie fürchtete sich vor dem Wald, und ganz besonders bei Nacht.

Peter lachte unbefangen.

»Wie kann man vor der Dunkelheit Angst haben?« Er nahm die

Laterne vom Haken an der Wand und drückte sie ihr in die Hand. »Bitte schön«, sagte er und reckte stolz das Kinn vor. »Problem gelöst.«

Wendy schloss die Finger um den Metallgriff. »Gut.«

Peter machte einen großen Schritt durch die Tür und ging gemächlich auf den Wald zu.

Wendy folgte ihm widerstrebend.

»Seit wann hast du eigentlich Angst vor der Dunkelheit?«, fragte Peter und schaute über die Schulter zu ihr.

Die Vertrautheit, mit der er mit ihr sprach, ließ Wendy stutzen, und sie wäre beinahe stehen geblieben. Offen und ohne Scheu sah er sie an. Währenddessen wurden ihre eigenen Wangen heiß.

Wendys Hände zitterten so heftig, dass der Metallgriff der Laterne klirrte. Peter betrachtete sie stirnrunzelnd. Sie umfasste den Griff noch fester, damit das Zittern aufhörte. Die Anspannung ließ die trockene, rissige Haut an ihren Knöcheln brennen.

Peter ging weiter durch den Wald voraus. Barfuß sprang er mühelos über Steine und Baumwurzeln. »Ich meine, Löwen, Treibsand, eklig schmeckende Medizin: Das sind alles Dinge, vor denen man berechtigterweise Angst haben könnte«, sagte er und sprang auf einen umgestürzten Baumstamm, die Arme ausgestreckt, während er darauf entlangbalancierte. Er schien sich vollkommen zu Hause zu fühlen. »Aber die Dunkelheit?« Peter hüpfte wieder herunter und ging jetzt neben Wendy her. »Ernsthaft?« Es lag ein neckender Unterton in seiner Stimme, als er sich unter einem tief herabhängenden Ast duckte.

Wendy brauchte nur den Kopf ein wenig einzuziehen, um unter demselben Ast hindurchzuschlüpfen.

Sie musterte ihn finster. Ihr Stolz versuchte, sich durch die bittere Angst in ihrem Bauch an die Oberfläche zu kämpfen. »Ich habe keine Angst vor der *Dunkelheit«,* korrigierte Wendy ihre vorangegangene Aussage. »Ich bin lediglich auf der Hut vor den Dingen *in* der Dunkelheit, die ich nicht sehen kann.« Sie hob die Laterne ein wenig höher, um die Bäume vor sich besser sehen zu können. Ihr fiel ihr Schatten ins Auge, der ohne einen Begleiter entlang der Bäume zu ihrer Rechten mitlief. Peters Schatten war immer noch nirgends zu sehen. Es war einfach sehr … seltsam. »Etwas, das mir wehtun könnte«, murmelte sie, eher zu sich selbst als zu Peter. Der Kratzer an ihrem Bein schmerzte, und sie konnte kaum verhindern, dass Zweige und Blätter aus dem Unterholz ihn streiften.

Peter blieb stehen und sah sie für einen Moment an, den Kopf zur Seite gelegt. Die Geste erinnerte sie an Nana, ihre alte Hündin. So hatte sie sie auch immer angesehen, wenn Wendy mit ihr redete – verwirrt und bemüht, sie zu verstehen. Es war ein unschuldiger und irgendwie einfältiger Gesichtsausdruck. Trotz der gegenwärtigen Umstände spürte Wendy ein Lachen in ihrer Kehle aufsteigen.

Aber dann ging Peter auch schon weiter. »Menschen finde ich viel beängstigender als die Dunkelheit«, sagte er. »Jemand kann direkt vor dir stehen und gefährlich sein, ohne dass du es auch nur ahnst.«

Sein Rücken verschwand in der Dunkelheit, aber Wendy blieb stehen. Das war … überraschend scharfsichtig.

Nachdem sie ihn in wenigen Schritten eingeholt hatte, ging Wendy wieder neben Peter her. Gegen alle Logik fühlte sie sich im Wald wohler mit ihm an ihrer Seite. Es war fast so, als wenn er sein eigenes Licht ausstrahlte, das die Dunkelheit des Waldes in Schach hielt.

»Also fürchtest du dich vor Menschen?«, fragte Wendy nach.

»Was?« Peter schnaubte und schüttelte energisch den Kopf. »Nein. Ich fürchte mich vor gar nichts.«

Wendy verdrehte die Augen. Was für eine kindische Antwort. »Jeder fürchtet sich vor *irgendetwas*«, beharrte sie.

»Jeder außer mir«, korrigierte Peter sie.

Sie kämpfte gegen den Drang an, ihn zu schubsen.

Wendy konzentrierte sich auf sein Gesicht und versuchte, den Ausdruck darauf zu deuten, während das Licht über seine Züge tanzte. Sie befeuchtete sich die Lippen, als koste sie die Fragen erst vor, die sie gleich stellen musste.

»Wie alt bist du?«, fragte sie schließlich.

»Wie alt bist *du?*«, gab er ausweichend zurück und zog eine Augenbraue nach oben.

Wendy musste sich eine trotzige Antwort verkneifen. Am liebsten hätte sie gesagt: *Ich habe dich zuerst gefragt.*

»Ich bin achtzehn«, sagte sie stattdessen.

Peter sah aus, als sei er gerade geohrfeigt worden. Er fuhr mit einem Blinzeln zurück, dann verzog er das Gesicht. »Du bist achtzehn?«

Wendy fühlte sich sehr entblößt, als er sie so unverhohlen von oben bis unten musterte. Ja, es empörte sie sogar. Sie wusste, dass sie ziemlich klein war, aber sie fand, dass ihr Aussehen ihrem Alter entsprach.

Wendy fuhr sich mit einer Hand durch ihr kurzes Haar und räusperte sich. »Tatsächlich hatte ich Geburtstag, als wir ... als ...« *Als ich dich um ein Haar mit meinem Auto überfahren hätte? Als du mir und dem halben Krankenhaus einen furchtbaren Schreck eingejagt hast? Als du in mein Leben gekracht bist?* »Gestern. Ich hatte gestern Geburtstag.«

»Oh.« Geistesabwesend starrte er vor sich hin. Trotzdem ging er leichtfüßig durch den Wald, während Wendy hinter ihm herstolperte. »Ich bin neunzehn«, sagte Peter, als er aus seiner Versunkenheit wieder auftauchte, und reckte das Kinn. Schon beim kleinsten Grinsen bildeten sich tiefe Grübchen in seinen Wangen.

Wendy bekam langsam Kopfschmerzen von dem vielen Stirnrunzeln. »Neunzehn? Du kannst unmöglich neunzehn sein«, erklärte sie bestimmt. »Du siehst aus wie fünfzehn.«

Sein Gesicht war noch immer rundlich wie bei einem Kind – er hatte eine Stupsnase, die eine Spur zu klein für sein Gesicht war. Obwohl er durchaus Muskeln hatte, war er immer noch schmal und sehnig. Er hätte sich problemlos in die Schar der schlaksigen Neuntklässler an ihrer Schule einreihen können.

Gerade wirkte er ziemlich selbstgefällig, wie er da die Hände hinter dem Rücken verschränkte und sie angrinste. »Ich bin größer als du«, bemerkte Peter, als sei das der beste Beweis für seine Behauptung.

Okay, er war ein großer Fünfzehnjähriger, aber trotzdem ein Fünfzehnjähriger.

»Nur ganz knapp!«, schoss sie zurück. »Und das bedeutet ohnehin nichts.«

Knack.

Ein Zweig zerbrach in der Ferne.

Wendy fuhr zusammen und die Laterne klirrte laut. Sie stolperte und stieß mit dem Rücken gegen Peters Schulter. Er geriet ebenfalls ins Taumeln, hielt sie aber an den Oberarmen fest und verhinderte, dass sie hinfielen.

»Was war das?«, fragte Wendy mit sich überschlagender Stimme. Versteckte sich da etwas zwischen den Bäumen? Ein Mensch? Wurden sie beobachtet? Wendy schluckte. Sie wollte raus aus diesem verdammten Wald.

»Das wollte ich dich auch gerade fragen.« Er lockerte den Griff, mit dem er sie festhielt, doch Wendy schrak erneut zurück und drückte sich an ihn.

»Ich habe etwas zwischen den Bäumen gehört.« Obwohl sie am ganzen Körper zitterte, spürte sie seine Wärme durch sein Shirt.

»Keine Sorge«, sagte Peter sanft. Nur zu gern wollte sie ihm glauben. »Hier.« Er nahm ihr die Laterne ab, und sie schlang automatisch die Arme um sich. Peter hob das Licht über ihre Köpfe, um besser sehen zu können. »Da ist nichts«, beruhigte er sie. »Wahrscheinlich nur eine Eule oder so.«

Wie aufs Stichwort hallte ein leiser Vogelruf durch die Bäume.

Wendy stieß einen tiefen Seufzer der Erleichterung aus.

Aber dann ertönte direkt hinter ihr ein viel lauterer Eulenruf, und Wendy machte einen Satz von Peter weg. Sie wirbelte herum und sah, dass er die Lippen zu einem kleinen O geformt hatte. Die Eule im Wald rief erneut, und Peter antwortete.

Wendy presste sich die Finger auf die Brust und spürte, wie ihr Herz unter ihnen flatterte. »Wie hast du das gemacht?« Er hatte den Eulenruf perfekt nachgeahmt. Jordan konnte ziemlich gut pfeifen und die Tonhöhe und Melodie von Vogelgezwitscher imitieren, aber Peter klang wie eine echte Eule.

Peter grinste und zog die Schultern hoch. »Übung wahrscheinlich.« Er setzte sich wieder in Bewegung, und Wendy blieb dicht an seiner Seite. Ihr Arm streifte bei jedem Schritt seinen.

»Dann scheinst du eine Menge Übung zu haben«, sagte Wendy ganz ohne ihren üblichen ironischen Ton.

»Ich kann alles Mögliche nachahmen. Tiere. Menschen.«

»Menschen?« Imitierte er Stimmen wie manche Komiker, oder lief er herum und tat so, als wäre er ein Pirat? Sie wollte Peter gerade danach fragen, als die Laterne gegen einen Ast stieß, und Glas und Metall klirrten. Wieder zuckte Wendy zusammen.

»Hoppla. Tut mir leid«, sagte Peter.

Sie wusste nicht, wie viel sie davon noch ertragen konnte. »Sind wir bald bei mir zu Hause?«, fragte sie und presste für einen Moment die Augen zusammen. Jeder Nerv unter ihrer Haut war angespannt und kribbelte.

»Ich glaube schon.«

»Du *glaubst* es?« Wendy stöhnte. »Wenn wir …«

»Willst du hören, was ich noch kann?«, unterbrach er sie.

Nein, wollte sie nicht. Sie wollte nur weg von hier und nach Hause.

Aber bevor Wendy etwas erwidern konnte, gab Peter ihr schon die Laterne zurück, legte die Hände trichterförmig um den Mund und stimmte eine helle, trällernde Melodie an. Es war ein weiterer

Vogelruf. Wendy wusste, dass sie dieses Trällern schon einmal gehört hatte, konnte es aber nicht einordnen. Eine Schwalbe? Oder vielleicht eine Nachtigall? Eigentlich wusste sie nicht viel über Vögel.

Peter ließ die Hände sinken, zog die Unterlippe unter die Schneidezähne und ließ ein leises Grillenzirpen hören.

Es klang genau wie die Grillen vor ihrem Fenster. Wendy schlief im Sommer jede Nacht mit diesem Geräusch ein. Seine Mundwinkel zuckten in die Höhe, und das Licht der Laterne funkelte in seinen Augen. Peter erzeugte weiter dieses sanfte Trällern. Das Geräusch ließ die verspannten Muskeln in ihren Schultern weicher werden.

Erinnerungen, wie sie nachts mit ihren Brüdern Grillen gefangen hatte, tanzten durch ihre Gedanken. Wie John lautlos mit einem Pappbecher in der Hand an einer Stelle wartete und angestrengt lauschte, um eins der melodischen Insekten zu finden. Oder Michael, der durchs Gebüsch stürmte, wenn er eine Grille gefangen hatte, wobei er die übrigen vertrieb. John hatte sich immer furchtbar darüber aufgeregt. Mehr als eine Grille war ihnen nie ins Netz gegangen. Dann setzten sie sie in ein Glas, schalteten in ihrem Zimmer das Licht aus und saßen schweigend da – nachdem Wendy Michael mindestens dreimal gesagt hatte, dass er still sein solle –, bis die Grille sich sicher genug gefühlt hatte, um zu singen. Selbst in der Dunkelheit war Wendy sich bewusst gewesen, dass John und Michael genauso lächelten wie sie selbst.

Es war eins ihrer Lieblingsgeräusche.

»Das kannst du wirklich gut«, sagte sie leise und schaute Peter an. Sie waren stehen geblieben.

Er sah sie an und jetzt zirpte er nicht mehr. So, wie er ihr forschend in die Augen sah, hätte sie am liebsten den Blick abgewendet, aber das schien in diesem Moment unmöglich zu sein.

»Erinnerst du dich wirklich nicht an mich?« Die Anspannung stand ihm ins Gesicht geschrieben.

»Wie sollte ich mich an dich erinnern? Wir haben uns doch gerade erst kennengelernt …« Sie log, weil die Wahrheit einfach keinen Sinn ergab, ganz gleich, wie gern sie es geglaubt hätte.

»Was ist mit deinen Träumen? Träumst du nicht mehr von mir?«, drang er weiter in sie.

Wendy blinzelte. »Meine Träume?«

Traurigkeit, beinahe so etwas wie Schmerz, legte sich über seine Züge.

»Man kann nicht von jemandem träumen, den man nicht kennt …«

Stimmte das? Wieder hörte sie das Zirpen der Grillen, obwohl Peters Lippen sich nicht mehr bewegten.

Peters Brust hob und senkte sich in einem Seufzer. »Ich bin es, Wendy. Peter. Peter Pan.« Er sah sie mit seinen blauen Augen eindringlich und ernst an. Dann schloss er seine Hände um ihre. »Ich weiß, dass du dich an mich erinnerst, du musst einfach …«

Wendy hätte am liebsten geweint, gelacht und wäre davongerannt, alles gleichzeitig. Sie schüttelte schnell den Kopf. »Das ist unmöglich. Peter Pan gibt es gar nicht.« Noch während sie es aussprach, spürte sie, dass sie an ihren eigenen Worten zweifelte. Etwas in ihr wollte daran glauben, so albern es sich auch anfühlte.

Eines war sicher: Er wusste, wer Peter Pan war. Also hatte er, egal wie sehr sie gegen diese Erkenntnis ankämpfte, die Geschichten gehört. Irgendwann hatte sie sie ihm erzählt.

»Wendy Moira Angela Darling!«

Die Stimme ihres Vaters drang durch die Dunkelheit. Wendy schaute sich um. Sie befanden sich am Waldrand. Der schiefe weiße Zaun ihres Gartens war nicht mehr als sechs oder sieben Meter entfernt.

Zwischen den spärlichen Bäumen konnte sie die Hintertür ihres Hauses sehen. Das Licht der Küche beleuchtete die stämmige Silhouette ihres Vaters.

»Wo warst du? Es ist mitten in der Nacht! Ich habe stundenlang versucht, dich anzurufen!«

Wendy wusste, dass ihr Handy in ihrer Tasche war, auf stumm geschaltet wie immer. Der Klingelton ließ sie immer zusammenzucken, und die Vibration nervte sie genauso.

»Ich …« Wendy drehte sich um, aber Peter war verschwunden, er hatte sie allein am Waldrand zurückgelassen, und die Laterne war mit ihm verschwunden. »Peter?«, zischte sie in die Dunkelheit. Dann stellte sie sich auf die Zehenspitzen und versuchte, tiefer in die Bäume zu spähen. »Wo bist du?«

Aber da war niemand.

Wendy schluckte und drehte sich zum Haus um. Hinter ihr kitzelte sie die Brise, die durch die Bäume strich, im Nacken. Der Wald war nur wenig furchteinflößender als ihr Vater, der an der Tür auf sie wartete.

Sie rannte förmlich zum Zaun, kletterte unbeholfen darüber und wappnete sich gegen die zornigen Blicke und das Gebrüll ihres Vaters, als sie durch den Garten lief.

Er stand da, ganz rot im Gesicht, während er mit seinen großen Fingern den Türrahmen umklammerte. Es hätte Wendy nicht überrascht, wenn er die Tür aus den Angeln gerissen hätte. »Warst du im Wald?!«, brüllte er, und Speicheltröpfchen flogen von seinen Lippen.

Wendy versuchte, sich eine gute Ausrede einfallen zu lassen, aber sie war mit den Gedanken noch immer bei Peter im Wald. »Nein, ich dachte, ich hätte etwas gesehen, also habe ich einfach nachgeschaut …«

»Wage es nicht, mich anzulügen, Wendy!«

Wendy errötete. Sie hatte keinen Schimmer, was sie darauf sagen sollte. Die Wahrheit jedenfalls nicht. Wenn er wüsste, dass sie im Wald gewesen war, zusammen mit dem Jungen aus dem Krankenhaus – von dem die Polizei dachte, er könnte etwas mit dem Verschwinden von ihr und ihren Brüdern zu tun gehabt haben. Wendy hatte keine Ahnung, was er dann tun würde, aber mit Sicherheit nichts Gutes.

Sie hatte ein schlechtes Gewissen und zu ihrer Überraschung auch Angst um Peter. Er war allein da draußen und hatte nur die Jagdhütte als Unterschlupf. Zum zweiten Mal in den vergangenen vierundzwanzig Stunden fragte sie sich, ob sie ihn je wiedersehen würde.

»Ich …«

»Und was ist mit dir passiert?« Seine Brust schwoll an, und sein Gesicht, das zuvor rot gewesen war, färbte sich violett.

Wendy schaute auf ihr zerrissenes Hosenbein und spürte das Pochen in ihrem Schädel. Glücklicherweise war davon nur noch ein dumpfer Schmerz geblieben. »Ich habe auf dem Zaun gesessen und bin runtergefallen«, erklärte sie.

»Ich *verbiete* dir, in diesen Wald zu gehen.« Er funkelte sie an, auch wenn seine Augen glasig wirkten. »Ich dachte, du wärst klug genug, um es besser zu wissen nach dem, was passiert ist!«

Wendy zog den Kopf ein.

Nein, sie konnte ihm nicht die Wahrheit sagen. Nicht bevor sie nicht herausgefunden hatte, was sie wegen Peter unternehmen sollte. Aber genauso wenig konnte sie sich aus der Situation herauslügen.

»Es tut mir leid, Dad.«

Ihr Vater atmete tief und mit bebenden Nasenflügeln ein. Wendy wappnete sich gegen weiteres Gebrüll, aber dann sackten seine Schultern nach unten. »Geh einfach ins Bett«, befahl er ihr, seine Stimme jetzt nur noch ein leises Knurren. Ihr war das Geschrei beinahe lieber. Bei seinem resignierten Tonfall fühlte sie sich nur noch mieser.

Er trat einen Schritt weg von der Tür, um sie vorbeizulassen. Als sie bei ihm war, hob er die Hand. Wendy dachte, er würde sie ihr auf die Schulter legen, aber er zögerte und ließ die Hand dann wieder sinken. »Bleib weg von dort«, wiederholte er nur.

Wendy nickte und verschränkte die Arme vor der Brust. »Das werde ich.« Sie machte ihm keinen Vorwurf daraus, dass er wütend auf sie war.

Sie war nicht die Einzige, die in diesem Wald etwas verloren hatte.

Kapitel 8
Erinnerungen

Wendy lauschte an der Tür ihres Zimmers auf den Krach, den ihr Vater in seiner Frustration machte. Sie wusste, dass er nur dann Arbeiten im Haus erledigte, wenn er damit seinem Ärger Luft machen konnte, und sei es auch mitten in der Nacht. Wendy kannte es nur zu gut, wie es war, wenn jemand beim Sockenzusammenrollen oder Geschirrspülen seinen Frust an einem abließ.

Als es still im Haus wurde und sie sich ziemlich sicher war, dass ihr Vater nicht hereingestürmt kommen würde, um zu sagen: *Und da wäre noch etwas!*, ging Wendy in ihr Bad. Sie drehte den Wasserhahn an der Badewanne auf und streifte ihre Jeans herunter. Die Hose hatte zwei Risse, aber das war nicht weiter schlimm, da sie ohnehin schon alt war. Sie setzte sich auf den Rand der Badewanne und schöpfte händeweise Wasser, um es über die Kratzer an ihrem Bein laufen zu lassen. Sie waren nicht sehr tief und brannten jetzt nur noch ein ganz klein wenig. Beim Schwimmtraining hatte sie sich schon weitaus schlimmere Schürfwunden am Beckenrand zugezogen.

Sie tauchte einen Waschlappen ins Wasser und beobachtete, wie ihr Schatten ihre Bewegungen an der Wand widerspiegelte. Während Wendy ihr Bein in der Wanne einweichen ließ, tupfte sie mit dem Lappen das getrocknete Blut auf der bösen Beule an ihrem

Kopf weg. Sie sah furchtbar aus. Die letzten vierundzwanzig Stunden waren furchtbar gewesen. Alles war furchtbar!

Ihr Bein immer noch im warmen Wasser, beugte Wendy sich zu dem Schränkchen unter dem Waschbecken und suchte ihr Nähkästchen heraus. Sie tat ihr Bestes, um das Hosenbein zu flicken. Um Geld zu sparen, hatte sie so manchen Nachmittag damit verbracht, Löcher zu stopfen oder einen aufgegangenen Saum an der Kleidung ihrer Eltern zu nähen. Die Anzüge ihres Vaters waren nicht billig, daher war es in ihren Augen sinnvoller, einen Knopf wieder anzunähen oder eine Bundfalte zu reparieren, als gleich ein neues Jackett zu kaufen. Ihre Mutter war zierlich, was bedeutete, dass die Standard-Schwesternhosen für sie immer zu lang waren. Der Saum franste zu schnell aus, weil er über den Boden schleifte, daher nähte Wendy die Hosen um, wenn sie zu zerschlissen waren. Wendy inspizierte ihr Werk und zog daran, um sich zu vergewissern, dass ihre Nähte halten würden. Sie waren ein wenig schief, aber um sie zu Hause zu tragen, war die Jeans noch vollkommen in Ordnung.

Mit einem Seufzer warf sie sie in den Wäschekorb.

Was sollte sie nur tun? Wie sollte sie das alles – Peter, die Sache mit seinem Schatten – irgendjemandem erklären?

Ach ja, ich hätte gestern Abend mit meinem Pick-up um ein Haar einen Jungen überfahren. Er behauptet, eine Figur aus den Geschichten zu sein, die meine Mom sich ausgedacht hat! Habe ich schon erwähnt, dass er seinen Schatten vermisst? Ich meine, buchstäblich. Und er braucht meine Hilfe, um ihn wiederzufinden!

Wendy runzelte finster die Stirn. Logisch betrachtet ergab es keinen Sinn, aber sie hatte mit eigenen Augen gesehen, dass sein Schatten fehlte. Es ließ sich einfach nicht mehr leugnen, wer er war.

Wendy versuchte, Ordnung in ihre Gedanken zu bringen. Was *wusste* sie?

Sie wusste, dass er der Junge war, den sie, ohne es zu wissen, gezeichnet hatte. Er war ihr lebendig gewordener Albtraum, selbst wenn er ein wenig älter war als der Peter in den Geschichten ihrer Mutter. Er hatte sie definitiv Geschichten erzählen hören, aber was noch wichtiger war: Er kannte ihre Brüder. Inmitten all der wilden Zufälle und unmöglichen Dinge wie fehlenden Schatten war das das Beunruhigendste von allem. Peter kannte John und Michael.

Wendy trocknete sich ab und schlüpfte in ein übergroßes Schlafshirt. Sie trat an ihre Kommode und nahm aus dem Schmuckkästchen das Einzige heraus, das sie immer mit ihrer verlorenen Erinnerung in Verbindung gebracht hatte: die Eichel. Dann setzte sie sich auf ihr Bett und starrte auf die Eichel auf ihrer Handfläche.

Peter wusste Dinge, an die sie sich nicht erinnern konnte. Er war der Schlüssel. Wenn er die Lücken in ihren Erinnerungen, die ihrem Gedächtnis entrissen worden waren, füllen konnte, würde sie herausfinden, was passiert war. Sie konnte ihre Brüder suchen und zurückholen. Es fühlte sich an wie ein Eingriff in ihre Privatsphäre – die Vorstellung, dass Peter wusste, was mit ihr passiert war. Dass er das Geheimnis der fehlenden Monate kannte. Doch es bedeutete auch, dass Wendy Antworten auf die Fragen erhalten würde, die sie seit Jahren quälten.

Und im Zentrum all dessen stand die Frage: War er wirklich Peter Pan?

Wendy durchwühlte ihren kleinen Papierkorb und strich eine der vielen zerknüllten Zeichnungen glatt, in denen sie versucht hatte, Peter Pans Gesicht zu rekonstruieren. Sie legte sich auf die Bettdecke, denn es war immer noch zu heiß, um darunter zu schlafen. Sie seufzte und versuchte, sich dazu zu zwingen, ruhiger zu werden. Sie zählte die Glühbirnen in der Lichterkette um ihr Fenster und rollte die Eichel zwischen Daumen und Zeigefinger, bis sie irgendwann einnickte.

Wendy saß auf einem umgestürzten Baumstamm inmitten dichter Bäume, aber es war nicht der Wald hinter dem Haus. Der Stamm war bedeckt mit Ranken, die so dick waren wie Seile. Die Rinde unter ihren Händen war feucht und glatt. Dunkelgrüne Riesenbäume streckten ihre Blätter in den Himmel. Das Sonnenlicht drang durch eine dichte Decke aus Palmenwedeln. Palmen erhoben sich aus weißem Sand und bogen sich unter der Last von Kokosnüssen. Sie saß unter einem üppigen Dach aus glänzenden Blättern.

Obwohl Wendy die Pazifikküste im Nordwesten noch nie verlassen hatte, wusste sie, dass sie sich in einem Dschungel befand. Bunte Papageien mit leuchtend roten, blauen und gelben Federn riefen von Ästen in der Nähe. In der Ferne hörte man den leisen Aufprall überreifer Früchte, die zu Boden fielen. Irgendwo in der Nähe musste ein Strand sein. Wendy konnte den rhythmischen Gesang der Wellen ausmachen, die auf den Sand schlugen. Die Luft war warm und schwer. Ihre Haut fühlte sich klebrig an, und sie schmeckte Salz auf ihren Lippen.

Wendy schaute an sich herunter. Sie steckte nicht in dem kräftigen Schwimmerinnenkörper, in den sie in den letzten Jahren hineingewachsen war. Dies war die kleine, magere Figur eines Kindes. Sie trug weiße Leggings mit Spitzensäumen und eine weiße, zugeknöpfte Bluse mit Puffärmeln. Obwohl ihre Sachen voller Schmutzflecken waren, erkannte sie sie sofort: Es waren die Kleider, in denen sie verschwunden war.

Wendys Herz hämmerte in ihrer Brust, aber sie konnte nichts tun. Sie schaffte es nicht, aufzustehen oder sich zu bewegen. Sie hatte einfach keine Kontrolle über ihren Körper. Der Ruf einer Eule ließ sie aufhorchen. Als sie den Kopf drehte, entdeckte sie einen kleinen Jungen, der neben ihr saß und die Hände um den Mund gelegt hatte. Er hatte einen Schopf wilden rostroten Haares und hell leuchtende Augen, die im Sonnenschein nur umso mehr strahlten.

Ein Kichern entschlüpfte ihr. Der Junge ließ die Hände sinken und grinste sie an. An seinem Schneidezahn fehlte eine kleine Ecke.

Wendys Kehle fühlte sich eng an, aber sie hörte sich sagen: »Du kannst das so gut, Peter! Bringst du mir bei, wie man das macht?«

Natürlich war es Peter. Dies war der Peter, den sie im Geiste immer vor sich gesehen hatte. Viel jünger als in der vergangenen Nacht, aber er war es, zweifellos. Ganz eindeutig derselbe Junge.

»Natürlich!« Seine Stimme war höher, und seine Begeisterung ließ sie kieksen, aber der selbstsichere Ton war trotzdem da. »Ich kann noch etwas.« Peter schürzte die Lippen und zirpte ein paarmal wie eine Grille. Es waren die gleichen Laute, die er gestern Nacht im Wald von sich gegeben hatte.

Das Gefühl, dass sie diese Situation schon einmal erlebt hatte, war so stark, dass es schmerzte. Es war mehr als ein Déjà-vu, es war eine Erinnerung.

»Oh, ich liebe Grillen!«, rief ihre viel jüngere Stimme.

Peter grinste und rutschte ein wenig näher, dann ließ er seine mageren Beine neben ihren vom Baumstamm baumeln. »Ich weiß«, sagte er und stupste mit seinem nackten Fuß gegen ihren.

»Wendy! Peter!«

Der Atemzug, den sie in ihre Lunge sog, zerriss ihr fast die Brust.

»Wendy, wo seid ihr?«

Diese Stimmen hätte sie überall wiedererkannt.

Peter rutschte hastig von Wendy weg. Sie hörte sich abermals kichern, spitzte aber die Ohren, um auf die Stimmen von John und Michael zu lauschen, die nach ihr riefen.

»Wir sind hier drüben!«, rief Peter zurück.

Sie konnte hören, wie ihre Füße durch den Sand stapften. Das Rascheln des üppigen Unterholzes, durch das sie rannten. Sie konnte John lachen hören, während Michael jammerte: »Warte auf mich!«

Sie waren da, direkt hinter der Baumgruppe. Jetzt würden sie jeden Moment in Sicht kommen, und sie würde ihre Brüder wiedersehen.

»Wendy?«

Sie fuhr aus dem Schlaf hoch. Kalter Schweiß bedeckte ihren Körper, und das Haar klebte ihr an der feuchten Stirn.

Wendy war wieder allein im Zimmer. Sie öffnete ihre Hand. Sie war mit der Eichel in den Fingern eingeschlafen. Vielleicht waren es nur ihre angespannten Nerven, aber Wendy hätte schwören können, dass sie beinahe spürte, wie die Eichel von irgendeiner Art von Energie vibrierte. Ihre Hand zitterte so heftig, dass ihr die Eichel aus den Fingern glitt und auf die Bettdecke fiel. Wendy schlang sich die Arme um die Beine, drückte die Stirn auf die Knie und atmete bebend ein.

Es war real, es musste real sein. Es war kein Traum, sondern eine Erinnerung. Sie wusste nicht, wann oder wo sie sich abgespielt hatte, aber ihre Brüder und Peter waren dort gewesen.

Peter.

Ein hysterisches Lachen stieg in ihrer Kehle hoch. Ihr Peter. Peter Pan. Es gab ihn wirklich.

Und sie musste ihn finden.

KAPITEL 9
Geschichten

Leider hielten Verpflichtungen und ihre ehrenamtliche Arbeit Wendy davon ab, sich sofort auf die Suche nach Peter zu machen. Sie war bereits spät dran für ihre Schicht und musste sich in aller Eile anziehen und lief dann eilig aus dem Haus.

Wendy hatte den Garten bereits zur Hälfte durchquert und kramte gerade ihre Schlüssel aus der Tasche, als sie den Polizeiwagen bemerkte. Sie erstarrte, mit dem Schlüsselbund in der Hand, das nun an ihrem Finger baumelte. Auf der Suche nach jemandem in Uniform riss sie den Kopf herum. Jetzt war wirklich kein guter Zeitpunkt dafür, dass die Polizei wieder hier herumschnüffelte! Sie musste Peter finden und …

»Ich verstehe nicht, warum ich *verhört* werde.« Die erschöpfte Stimme kam von nebenan. Mr. Davies stand auf seiner Veranda und fingerte nervös an einer zusammengerollten Zeitung herum, seine Frau im Bademantel neben sich. Detective Rowan stand auf der Treppe, Detective James ein Stückchen zu ihrer Rechten hinter ihr.

»Wir sprechen mit allen Leuten hier in der Gegend, Mr. Davies«, sagte Rowan in freundlichem, mildem Ton. Sie hatte die Hände hinter dem Rücken verschränkt, und ihr Gesichtsausdruck war vollkommen ausdruckslos. Ihre Dienstmarke funkelte an ihrer Hüfte.

Mr. Davies trug immer noch seinen Pyjama, sein Gesicht gespenstisch blass. Wendy vermutete, dass sie ähnlich ausgesehen haben musste, als sie mit der Polizei hatte reden müssen.

»Wir denken, dass eins der verschwundenen Kinder von zu Hause entführt wurde, daher wollen wir die Anwohner – vor allem die mit Kindern – noch einmal darauf hinweisen, dass sie abends Fenster und Türen verschließen und dafür sorgen sollten, alle Waffen sachgerecht wegzuschließen.« Detective Rowan hielt inne. »Haben Sie Schusswaffen im Haus, Mr. Davies?«

Mr. Davies schüttelte den Kopf.

»Früher ist Donald zur Jagd gegangen, aber das tut er jetzt schon seit Jahren nicht mehr«, erklärte Mrs. Davies knapp, als sei Detective Rowan eine gewaltige Unannehmlichkeit für sie.

»Ich habe mir all meine Waffen schon vor langer Zeit vom Hals geschafft«, bekräftigte Mr. Davies. Er sah an den Detectives James und Rowan vorbei, und sein Blick heftete sich auf Wendy im Nachbargarten. Schnell wandte er sich ab, aber Detective James schaute jetzt in die gleiche Richtung und beobachtete sie ebenfalls.

Schuldgefühle ließen Wendys Wangen glühen. Sie zog den Kopf ein, rannte den restlichen Weg zu ihrem Pick-up und stieg rasch ein. Als sie die Straße entlangfuhr, musste Wendy sich zwingen, die vier Personen auf der Veranda des Nachbarhauses nicht anzustarren.

Die Polizei glaubte, jemand habe Ben und Ashley entführt? Mr. Davies hatte allen Grund, so verängstigt zu wirken. Alle Eltern in der Stadt sollten Angst um ihre Kinder haben. Und jetzt gingen sie von Tür zu Tür, um mit den Leuten zu reden?

Wendy wusste, dass sie die Detectives James und Rowan gerade nicht zum letzten Mal gesehen hatte. Ganz sicher nicht.

Bei ihrer Ankunft im Krankenhaus tastete Wendy nach ihrer Ausweiskarte, während sie auf den Aufzug zum zweiten Stock zuging. Beim Anblick ihres Fotos darauf rümpfte sie die Nase. Ihr Lächeln sah schmerzhaft gezwungen aus, ihre blauen Augen waren zu groß vom Schreck über den Blitz, und ihr Shirt war zerknittert.

An der Wand hinter dem Empfang hing eine selbst genähte Patchwork-Decke. Gemalte Bilder der Kinder säumten die Wände zwischen den einzelnen Türen. Hier trug fast das gesamte Krankenhauspersonal bunte, gemusterte Kittel. Der scharfe Geruch nach Chemikalien hing in der Luft, aber auch der leichte, süße Duft, der kleine Kinder überallhin zu begleiten schien.

Das Krankenhaus war der letzte Ort, an dem Wendy im Moment sein wollte, aber sie würde nur noch mehr Aufmerksamkeit auf sich lenken, wenn sie nicht zu ihren ehrenamtlichen Schichten auftauchte. Und sie war ja eigentlich gern bei den Kindern – obwohl sie sich im Augenblick inständig und schmerzhaft wünschte, sich auf die Suche nach Peter machen zu können.

Mit einem tiefen Atemzug schob Wendy sich die losen Haarsträhnen hinter die Ohren und machte sich auf den Weg zum Aufenthaltsraum. Sie tat ihr Bestes, keinen Blickkontakt mit den beiden Krankenschwestern herzustellen, die hinter dem Empfangstresen standen und sie beobachteten, während sie leise miteinander tuschelten. Ihr Versuch, den neugierigen Blicken der beiden Frauen auszuweichen, führte allerdings nur dazu, dass sie nicht darauf achtete, wohin sie ging, weshalb sie im nächsten Moment mit jemandem in einem Snoopy-Kittel zusammenstieß.

»Hui!« Zwei Hände fassten sie an den Schultern. »Immer langsam!«

»Es tut mir leid!« Zu ihrer Erleichterung war es Oberschwester Judy.

Die Oberschwester lachte leise und tat die Entschuldigung mit einem Achselzucken ab, bevor sie das Stethoskop aufhob, das ihr bei dem Zusammenstoß heruntergefallen war. »Kein Problem, nichts passiert.« Schwester Judy schaute auf und runzelte sofort die Stirn. »Wendy? Was machst du denn hier?« Sie hörte sich immer an, als würde sie einen anbrüllen, aber Wendy hatte gelernt, dass das nur ihre Art war, Zuneigung zu zeigen.

»I...Ich bin heute zum Dienst eingeteilt«, stammelte sie. Wenn sie sich diese Woche nur noch einmal derart erschreckte, würde sie noch einen verdammten Herzinfarkt bekommen.

Die Falte zwischen Schwester Judys Augenbrauen vertiefte sich. »Du hättest heute nicht kommen müssen«, sagte sie. »Du darfst zu Hause bleiben, du bist bestimmt ...«

»Es geht mir gut«, unterbrach Wendy sie. Sie wollte wirklich nicht darüber reden, vor allem nicht im Flur, wo jeder sie beobachtete. »Ich möchte hier sein, ehrlich. Es ist eine willkommene Ablenkung.« Wendy warf einen nervösen Blick über ihre Schulter.

Schwester Judy folgte ihrem Blick. Ihre Lippen pressten sich zu einem dünnen Strich zusammen. »Wenn du meinst. Und lass es mich wissen, wenn dich jemand ärgert, okay?« Wendy nickte zur Antwort. Dann verschwand sie in Richtung Aufenthaltsraum, während Schwester Judy die beiden anderen Krankenschwestern anblaffte: »Ihr zwei müsst euch ja mächtig langweilen, wenn ihr so herumsteht! Ich hab da noch ein paar Bettpfannen, die sauber gemacht werden müssen!«

Wendy bog rasch um eine Ecke und drückte die Tür zum Aufenthaltsraum auf. Als sie eintrat, schlug ihr eine Welle von Lärm entgegen. In einer Ecke des Raums lag ein Haufen Bauklötze. Weiter hinten standen Tische mit einer Flut an Zeichenpapier und Stiften darauf. Sitzsäcke türmten sich neben den Büchern, und überall hüpften Kinder herum. In der anderen Ecke befanden sich zwei altmodische Computer, an die sich die älteren Kinder manchmal wagten. Es war immer mindestens eine Krankenschwester anwesend, um das Chaos zu überwachen, aber im Moment versuchte die gerade, Cindy, die dafür bekannt war, sich alles in die Nase zu stecken, einen Klebestift zu entreißen.

Etwas prallte gegen Wendys Knie. Sie stieß einen erstickten Schrei aus und taumelte rückwärts. Glücklicherweise konnte sie sich gerade noch fangen, bevor sie hinfiel.

»Miss Wendy!«, quiekte ein kleines Mädchen und klammerte sich an Wendys Beine.

»Rachel.« Wendy stieß einen Seufzer der Erleichterung aus. Sie tat ihr Bestes, die Kleine anzulächeln, obwohl ihr fast das Herz stehen geblieben wäre. »Du hast mich erschreckt!«

»Erzählst du uns eine Geschichte?« Rachel schenkte ihr ein strahlendes Lächeln. Dort, wo ihre beiden Schneidezähne hätten sein sollen, befand sich eine riesige Lücke. Rachel hatte wunderschöne, braune Locken, die ihre Mutter in Zöpfe zu bändigen versuchte. Aber die hingen immer schief, und im Nacken des Mädchens lösten sich einzelne Strähnen. Rachel malte gern und hatte immer rote Striche vom Filzstift im Gesicht. Da Rachel immer wieder im Krankenhaus war, um am Auge behandelt zu werden, waren ihre Eltern wegen ihres Gefuchtels sicher mit den Nerven völlig am Ende.

»Natürlich«, versprach Wendy. Sie lief in die Ecke des Raums, in der ein paar kleinere Bücherregale standen. Sie waren vollgestopft mit Büchern, deren Rücken einen ganzen Regenbogen an Farben aufwiesen.

Die Suche nach Peter würde warten müssen. Vorläufig musste sie sich einfach auf ihre Aufgabe hier konzentrieren.

»Ja!« Rachel klatschte in die Hände, bevor sie in einen der Sitzsäcke sprang.

Wendy setzte sich auf den roten Plastikstuhl. »Also, was willst du …« Sie brach mitten im Satz ab. Ein Junge hatte sich mit dem Gesicht voraus in den Sitzsack neben Rachel geworfen, Arme und Beine von sich gestreckt. »Ähm, Tristan, ist alles in Ordnung mit dir?«, fragte sie. Er war erst sieben, neigte aber zu dramatischen Gesten.

»Ich bin ein Seestern«, kam seine dumpfe, gebrummte Antwort.

Jupp, das war so eine dramatische Geste. »Ein Seestern?« Wendy hatte Schwierigkeiten, ernst zu bleiben.

Rachel schnaubte und verschränkte die Arme vor der Brust. »Wir haben ›Unter dem Meer‹ gespielt, und Tristan wollte der Hai sein, aber wir haben beschlossen, Alex den Hai sein zu lassen, weil er doch neu ist. As wir Tristan gesagt haben, er muss der Seestern sein, ist er sauer geworden und jetzt will er mit niemandem mehr reden.«

Tristan gab nur ein *Hmpf* von sich.

Wendy nickte, ohne die Miene zu verziehen. »Oh, ich verstehe«, sagte sie in dem ernsthaftesten Ton, den sie zustande brachte.

Rachel war nicht zufrieden. »Tristan, wenn du weiter so gemein bist, spielen wir nicht mehr mit dir!«

»Das ist mir *egal.*«

Rachel funkelte ihn an und drehte sich theatralisch weg. »Alex! Komm und setz dich neben *mich«,* sagte sie und winkte mit einer Hand voller blauer Tinte einen Jungen heran, den Wendy zuvor noch gar nicht bemerkt hatte und der abseits von den anderen stand. Der Kleine namens Alex hatte dunkles Haar und große, braune, sehr besorgt dreinschauende Augen. Er war so schon relativ klein, aber die Tatsache, dass sein blauer Kapuzenpulli ungefähr zwei Nummern zu groß war, betonte diese Tatsache noch.

»Hallo, Alex. Ich bin Wendy.« Sie lächelte ihn freundlich an. Ein paar andere Kinder gesellten sich zu ihnen.

Alex' Wangen wurden knallrot, und er huschte zu einem Stuhl. Dort legte er das Kinn auf den Tisch und schaute Wendy zwischen den Ärmeln seines Pullis hindurch an.

»Alex ist schüchtern«, erklärte Lucy, die sich nun statt ihm auf den Stuhl neben Rachel setzte. Lucy war mit verwachsenen Knochen im Handgelenk auf die Welt gekommen und musste deshalb eine Reihe von Operationen über sich ergehen lassen. Wendy hatte früh herausgefunden, dass Lucy eins von den Kindern war, die ständig ohne erkennbaren Grund klebrige Finger hatten. Jetzt flüsterte Lucy deutlich vernehmbar: »Er ist kein besonders guter Hai.«

Rachel versetzte Lucy einen Stoß, und Alex verbarg sein Gesicht jetzt vollends.

»Deshalb hätte ich der Hai sein sollen!«, erklärte Tristan und ließ sich auf den Rücken fallen. Dann fingen alle – mit Ausnahme von Alex – an durcheinanderzureden.

»Okay, okay!«, mischte sich Wendy ein. Haie waren offensichtlich ein heikles Thema. »Welches Buch soll ich heute vorlesen?«, fragte sie und strich mit dem Finger über die Buchrücken im Regal.

»Peter!«, rief Lucy. Bei dem Namen zuckte Wendy zusammen. »Erzähl uns eine Geschichte von Peter Pan!« Die anderen Kinder stimmten Lucy begeistert zu.

Wendy biss sich auf die Unterlippe. Ernsthaft? Diese Schicht sollte ihr eigentlich helfen, sich ein wenig abzulenken, aber anscheinend entkam sie den Gedanken an Peter hier doch nicht.

Beinahe hätte sie gelacht, aber kein lustiges Haha, sondern eher etwas in der Richtung »Ich drehe durch«.

»Aber Miss Wendy, Alex weiß gar nicht, wer Peter Pan ist!«, meldete Rachel sich sehr besorgt zu Wort.

»Na und?«, murmelte Tristan.

Wendy versuchte, ihre Gedanken beiseitezuschieben. »Das macht nichts. Dann muss ich Alex einfach alles Nötige erklären.« Obwohl Alex gerade ein Stück blaues Bastelpapier zwischen Daumen und Zeigefinger rieb, warf er ihr immer wieder verstohlene Blicke zu. Wendy beugte sich vor und stützte die Ellbogen auf die Knie, und ihr kleines Publikum verstummte. Selbst Tristan, der einsame Seestern, setzte sich aufrecht hin.

»Wie die meisten von euch wissen, ist Peter Pan ein magischer Junge«, begann Wendy. »Er wird niemals erwachsen und ist schon ein kleiner Junge, seit die Sterne existieren. Mithilfe seiner Feenfreundinnen und ihrem Feenstaub fliegt Peter Pan zur Erde und sucht nach verlorenen Kindern – Jungen und Mädchen, die bei ihm in Nimmerland bleiben und mit ihm Abenteuer erleben dürfen. Wenn ihr nach Nimmerland gelangen wollt, folgt ihr dem …«

»… zweiten Stern rechts!«, jubilierte die ganze Gruppe.

Wendy lächelte. Die Vertrautheit der Geschichte war tröstlich. »Das stimmt. Ihr folgt dem zweiten Stern rechts und dann immer geradeaus bis zur Morgendämmerung.« Der Satz war allen wohlbekannt – es war derselbe Satz, den ihre Mutter ihr und sie selbst ihren Brüdern und jetzt den Kindern im Krankenhaus aufsagte. »Peter und die verlorenen Kinder gehen auf Schatzsuche, bauen Baumhäuser, fliegen mit Feen, kämpfen gegen Piraten …«

»Und lernen Meerjungfrauen kennen!«, fügte Rachel hinzu.

Wendy nickte. »Ja, und sie lernen Meerjungfrauen kennen! Eines Tages untersuchte Peter Pan einige Felsen in der Lagune der Meerjungfrauen und sammelte Muscheln aus den Gezeitentümpeln, als er jemanden um Hilfe rufen hörte.« Wendy senkte unheilverkündend die Stimme. »Die Worte kamen aus dem Eingang einer tiefen, dunklen Höhle inmitten von scharfkantigen Felsen. Aber da Peter Pan sehr mutig ist, ging er in die Höhle, um der Person zu helfen, die in Gefahr war, ganz gleich, um wen es sich dabei handelte. In der Höhle sah er dann eine Meerjungfrau, die auf einem Felsen in der Falle saß, gefangen gehalten von einem …«

»… einem Piraten!«

»Nein, von einem Bären!«

»Bären können doch nicht schwimmen, du Dummkopf. Wie soll ein Bär …«

»Doch, können sie wohl. Ich habe einmal im Fernsehen einen Bären schwimmen sehen …«

»Sie wurde gefangen gehalten von einem Hai!«, fuhr Wendy fort. Die Kinder schnappten nach Luft. »Die Meerjungfrau weinte, und sie erzählte Peter, dass der Hai sie nicht freilassen würde, bevor sie ihm nicht ihre Perlenkette gegeben hätte. Aber die Meerjungfrau hatte Jahre dafür gebraucht, all die wunderschönen Perlen an der

Küste von Nimmerland zu sammeln, um die Kette zu knüpfen, und es hätte ihr das Herz gebrochen, sie hergeben zu müssen.

Also hat Peter eine Muschel nach dem Hai geworfen und ihn direkt an der Nase getroffen!« Die Kinder lachten. »Peter brüllte den Hai an: ›Hey, lass die Meerjungfrau in Ruhe! Nur weil du groß und furchteinflößend bist, heißt das nicht, dass du andere herumschubsen darfst!‹ Aber der Hai hat einfach seine große, spitze Schwanzflosse hin und her geschlagen und Peter mit Meereswasser bespritzt.

›Ich will diese Perlen, um sie meiner Frau zu schenken!‹, sagte der Hai. ›Ich habe ihren Geburtstag vergessen, daher muss ich ihr ein ganz besonderes Geschenk machen, damit sie nicht mehr böse auf mich ist, und ich will diese Perlen haben!‹ Peter war klar, dass der Hai nicht auf ihn hören würde, und obwohl Peter ein hervorragender Kämpfer war, wusste er auch, dass er es nicht mit einem Hai aufnehmen konnte. Und auch wenn er fliegen konnte, war die Meerjungfrau zu schwer, um sie zu tragen. Doch Peter Pan war ein sehr schlauer Junge.

›He, Haifisch!‹, sagte Peter. ›Wenn ich eine Perlenkette für dich finde, lässt du die Meerjungfrau dann in Ruhe?‹ Der Hai dachte darüber nach und schwamm für einen Moment hin und her. ›Wenn du eine andere Perlenkette für mich findest, nehme ich die und werde die Meerjungfrau freilassen. Aber du musst mir bald eine besorgen! Es ist fast Zeit fürs Abendessen, und ich muss zurück zu meiner Frau!‹ Also versprach Peter der Meerjungfrau, dass er gleich wieder zurück sein würde, und lief zum Strand.

Er suchte sich den weißesten Sand und formte daraus mit seiner Spucke winzig kleine Kugeln, die die Größe von Perlen hatten und die er auf eine dünne Alge fädelte. Peter flog schnell zurück zur Höhle und schwenkte die unechten Perlen. ›He, Mr. Haifisch! Ich habe eine Perlenkette für dich gefunden!‹

Die Schwanzflosse des Hais peitschte aufgeregt hin und her. ›Gut! Gib sie mir sofort!‹ Peter Pan wusste, dass Haie furchtbar schlechte

Augen haben, also sagte er, bevor er dem Hai die falsche Perlenkette reichte: ›Lass zuerst die Meerjungfrau frei, dann gebe ich dir die Perlenkette, und du kannst sie deiner Frau bringen!‹

Das ärgerte den Hai zwar, aber er stimmte trotzdem zu. Die Meerjungfrau sprang ins Wasser und floh aus der Höhle. ›Jetzt gib mir die Perlen!‹, sagte der Hai.

Peter warf die Kette hoch in die Luft, und sie platschte ins Wasser. Der Hai schnappte mit den Zähnen danach, aber die falschen, aus Sand gemachten Perlen lösten sich auf, sobald sie ins Wasser fielen. Als er sie seiner Frau brachte, war nichts weiter davon übrig als ein Algenfaden. Mrs. Haifisch, die ein Stück Alge zum Geburtstag bekommen hatte, statt einer wunderschönen Perlenkette, war so sauer auf Mr. Haifisch, dass sie ihn quer durchs Meer jagte und nach seinem Schwanz schnappte!

Peter und die Meerjungfrau schauten vom Ufer aus zu und lachten darüber, wie dumm der Hai aussah. Selbst jetzt gibt es noch einen Hai, der bei Nimmerland die Wellen durchpflügt und an dessen Schwanzflosse ein ordentliches Stück fehlt.«

Das Ende der Geschichte löste bei den Kindern einen Lachanfall aus.

»Dummer Haifisch!«, urteilte Tristan.

»Sag nicht ›dumm‹, das ist ein böses Wort!«, protestierte Lucy. »Außerdem wolltest du doch ein Hai sein!«

»Jetzt nicht mehr!«

Wendy schüttelte lachend den Kopf, während eine erbitterte Diskussion darüber entbrannte, ob Joel lieber ein Hai oder ein Seestern sein sollte. Die Kinder im Krankenhaus liebten alle ihre Peter-Pan-Geschichten. Ganz gleich, ob sie sie schon ein Dutzend Mal gehört hatten oder ihnen zum allerersten Mal lauschten, alle liebten die Figur des Peter Pan. Und wer würde das nicht? Er war magisch und unglaublich. Er brauchte nie erwachsen zu werden und konnte tun und lassen, was er wollte. Wendy beneidete ihn.

Sie erhob sich von ihrem Geschichtenerzähler-Stuhl und reckte sich. Wendy fragte sich, ob Alex ihre Geschichte gefallen hatte. Er wirkte so schüchtern. Sie hoffte, dass Rachel und Tristan ihn nicht so sehr erschreckt hatten, dass er von nun an nicht mehr ins Spielzimmer kommen würde.

Als sie sich zum Tisch umdrehte, an dem Alex gesessen hatte, war dieser jedoch gar nicht mehr allein.

Peter saß neben Alex, der auf der Kante seines Stuhls hockte und in Peters Hände spähte, die dieser zu einer Schale geformt hatte. Peter trug einen Krankenhauskittel, und ein zufriedenes Grinsen lag auf seinem Gesicht. Alex stand der Mund offen, und er hatte seine großen, braunen Augen weit aufgerissen.

Wendy stolperte über Sitzsäcke und wich rennenden Kindern aus. »Was machst du hier?«, fuhr sie Peter an und schaute sich hektisch um, ob ihn jemand bemerkt hatte. Es befanden sich zwei Eltern und eine Krankenschwester im Raum, aber aus irgendeinem Grund schaute niemand in ihre Richtung. Das war seltsam, wenn man an all die neugierigen Blicke dachte, die Wendy sonst immer auf sich zog. Das Blut rauschte ihr in den Ohren. Wenn jemand ihn erkannte, würde sie große Schwierigkeiten bekommen. Wie zum Teufel sollte sie das auch nur ansatzweise erklären?

Alex fuhr zusammen, aber Peter sah sie nur lächelnd an, als sei seine Anwesenheit vollkommen normal und als würde er ständig in Krankenhäusern auftauchen. Peter hielt einen einfachen, aber zierlichen Hai aus blauem Bastelpapier in den Händen. »Hallo«, begrüßte er sie gut gelaunt.

»Woher hast du den?« Sie deutete auf seinen blauen Kittel.

»Gefunden«, gab er mit einer vagen Handbewegung zurück.

»Was machst du hier?«, wiederholte Wendy. Es ärgerte sie, wie gelassen und unbekümmert er war. Sie hatte gedacht, es würde unmöglich werden, ihn wiederzufinden, aber hier saß er und faltete Origami.

»Ich bin gekommen, um dir beim Geschichtenerzählen zuzuhören«, erklärte er schlicht, bevor er sich wieder zu Alex umdrehte. Der kleine Junge starrte jetzt konzentriert auf den Papierhai und stupste ihn mit einem Finger an. »Das war eine ziemlich gute Geschichte, aber normalerweise sind Meerjungfrauen diejenigen, die die Haie belästigen«, fuhr Peter fort.

Wendy lachte spöttisch. Das war jetzt nicht der richtige Zeitpunkt, ihre Geschichten zu kritisieren.

»Sie können wirklich gemein sein. Erinnerst du dich nicht an die Meerjungfrau, die versucht hat, dich zu ertränken?«, fragte Peter und warf ihr einen flüchtigen Blick zu.

»Was?«, fragte Wendy ungläubig. »Nein …«

»Hm, na ja, das ist wahrscheinlich auch besser so«, pflichtete er ihr nickend bei.

Sie hätte ihn am liebsten von seinem Stuhl geschubst. »Alex, wie wär's, wenn du für ein Weilchen mit den anderen spielst?«, schlug Wendy vor. Es musste ihr irgendwie gelingen, Peter ungesehen aus dem Raum zu schmuggeln. Oder jedenfalls, ohne dass sonst noch jemand ihn sah.

»Er ist geschwommen!«, rief Alex und zeigte auf den Papierhai.

Wendy runzelte die Stirn. »Geschwommen?«

»Ja, er hat ihn schwimmen lassen!«, beteuerte Alex.

Peter feixte und sah sehr zufrieden mit sich aus, als er sich auf seinem Stuhl zurücklehnte. »Du kannst ihn behalten, wenn du möchtest«, sagte er zu Alex. Dann legte er dem kleinen Jungen seine Kreation in die Hand.

Alex stellte den Papierhai auf den Tisch und betrachtete ihn so eindringlich, dass Wendy schon fürchtete, die Anstrengung könnte seinen Augen schaden.

»Was meint er damit, du hast ihn ›schwimmen lassen‹? Warte, nein.« Wendy hob die Hand und schnitt Peter das Wort ab, bevor er antworten konnte. Sie würde nicht zulassen, dass er sie von wichtigeren Angelegenheiten ablenkte. »Wie bist du hier reingekommen? Und woher hast du den?«, stieß Wendy zähneknirschend hervor und zeigte auf seinen blauen Kittel.

Peter zuckte mit den Schultern. »Ich habe einen ganzen Stapel von diesen Dingern im Flur gefunden«, sagte er und zupfte am Kragen des Oberteils.

Wendy rieb sich die Stirn und stieß ein leises Knurren aus. Sie hatte sich den ganzen Morgen gefragt, wie sie Peter würde aufspüren können. Jetzt, da er einfach ins Krankenhaus *hineinspaziert* war, hatte sie keine Ahnung, was sie mit ihm machen sollte. Eins jedoch wusste sie: Wenn jemand ihn erkannte und sie mit ihm zusammen sah, würden sie beide große Schwierigkeiten bekommen.

»Ich muss mit dir reden.« Sie sah sich nervös im Raum um. »Wir müssen hier weg, bevor dich jemand bemerkt.« Es kam ihr falsch vor, ihn vor den Leuten im Krankenhaus zu verstecken oder vor der Polizei, die nach ihm suchte, aber sie hatte ihre eigenen Fragen, auf die sie Antworten brauchte, bevor ihn irgendjemand sonst zu fassen bekam.

Rachel stieß erneut mit Wendy zusammen und zog am Saum ihres Shirts. »Miss Wendy!«, quengelte sie. »Erzähl uns noch eine Geschichte!«

»Nicht jetzt, Rachel.« Wendy versuchte, sich aus dem Schraubstockgriff der Kleinen zu befreien. »Ich und mein *Freund* hier müssen gehen und miteinander reden.« Sie warf Peter einen vielsagenden Blick zu und bewegte den Kopf ruckartig zur Tür.

Rachel wirbelte herum, um Peter anzusehen. Anscheinend hatte sie ihn gerade erst bemerkt. »Hallo«, begrüßte er sie mit einem Lächeln.

So still wie in den folgenden Momenten hatte Wendy Rachel noch nie erlebt.

Rachel musterte Peter eingehend, die Augenbrauen in höchster Konzentration zusammengezogen. Peter schien vollkommen unbekümmert. Wendy stand nur da, während die Stille sich lang und peinlich in die Länge zog.

Wendy wollte Rachel gerade fragen, ob es ihr gut gehe, als auf ihrem Gesicht ein breites, zahnlückiges Lächeln erschien. »PETER!«, schrie sie und stürzte sich auf ihn.

»Rachel, nein!« Wendy versuchte sie wegzuziehen, aber Rachel versuchte weiterhin, sich wieder freizukämpfen und Peter mit ihren kleinen Händen am T-Shirt zu fassen zu bekommen.

Peter brach in ein lautes, helles Lachen aus.

»Wendy, das ist Peter Pan! Du bist mit Peter Pan befreundet?« Sie schaute zwischen den beiden hin und her. »Oh, ich wusste, dass es dich wirklich gibt!«, sagte sie zu ihm, während sie an seinem Arm zerrte.

»Siehst du? Unsere Rachel weiß, wer ich bin«, bemerkte Peter mit einem selbstgefälligen Gesichtsausdruck.

Wendy musste gegen den Drang ankämpfen, ihn an den Ohren aus dem Raum zu zerren. Stattdessen zeigte sie mit einem Finger auf ihn. »Das ist *nicht* hilfreich!« Sie würden noch die Aufmerksamkeit von irgendjemandem auf sich ziehen. »Rachel, das ist nicht Peter Pan. Peter Pan gibt es nicht – er ist nur ausgedacht.« Davon war sie mittlerweile selbst nicht mehr ganz überzeugt.

Sie bereute ihre Worte beinahe, als sie seinen verletzten Gesichtsausdruck sah, aber sie hatten gerade wirklich keine Zeit für so etwas!

Doch Rachel kaufte es ihr nicht ab. »Natürlich gibt es ihn!«, widersprach sie, entriss Wendy ihren Arm und quetschte Peters Wangen mit ihren kleinen Händen zusammen. »Siehst du?«

Ja, sie sah es tatsächlich. Es war schwer, nicht über sein zusammengedrücktes Gesicht zu lachen, aber sie sah es wirklich. Die Augen, die fehlende Ecke an seinem Zahn und das rostrote Haar. Es war alles da, ob sie es nun zugeben wollte oder nicht.

»Er ist ein wenig alt«, fuhr Rachel fort, als sei das ein Punkt gegen ihn. »Aber er ist es trotzdem. Man sieht es an seinen Augen!« Sie deutete auf sein Gesicht. »Und an seinem Mund.« Sie pikste in seine Unterlippe. »Und schau mal, das ist die Narbe, die er aus seinem Kampf mit Captain Crash McCreevy hat!« Sie zeigte auf eine v-förmige Narbe an seinem Oberarm. Die Erwähnung von Captain Crash McCreevy erinnerte Wendy an die Peter-Pan-Geschichte, die sie schon mindestens ein Dutzend Mal erzählt hatte. Darin ging es um einen verrückten alten Seeräuberkapitän, der alle Tigerjungen stehlen wollte, um eine Decke aus ihrem Fell zu machen, bis Peter ihn zu einem packenden Duell herausforderte. In der Geschichte kämpfte Captain Crash McCreevy mit der Nase eines Schwertfischs gegen Peter Pan, die auf dessen Arm eine v-förmige Wunde hinterließ.

Dieser Beweis für Peters Identität löste bei Rachel einen weiteren Anfall von aufgeregtem Gekicher aus. »Es ist Peter Pan!«

»Sie bringt triftige Argumente vor«, bestätigte Peter nickend.

»Aber Peter, warum bist du so alt?« Das Lächeln auf Rachels Gesicht verdunkelte sich vor Sorge.

»Genau das wollte ich Wendy erzählen, aber es scheint ihr schwerzufallen, mir zu glauben«, sagte er an das kleine Mädchen gewandt.

Rachel warf Wendy einen vorwurfsvollen Blick zu.

Wendy runzelte die Stirn. Das Letzte, was sie jetzt gebrauchen konnte, war, dass Rachel allen von ihrer Begegnung mit Peter Pan erzählte. Aber anscheinend war Peter ihr bereits zwei Schritte voraus.

»Tust du mir einen Gefallen, Rachel?« Peter beugte sich dicht zu dem Mädchen vor. Rachel nickte energisch. »Du darfst keinem Erwachsenen davon erzählen, dass ich hier bin, sonst könnte ich Ärger bekommen, okay? Es muss ein Geheimnis unter uns dreien bleiben – oh, und Alex natürlich«, ergänzte er und sah zu Alex, der immer noch ohne zu blinzeln auf den Papierhai starrte.

Rachel nickte ernst. »Ich werde nichts verraten. Versprochen. Kommst du bald wieder und besuchst uns?«

»Ja …«

»Nein!«, fiel Wendy ihm ins Wort und endlich gelang es ihr, Rachel von Peter wegzuziehen. »Wir müssen uns jetzt unterhalten, Rachel. Geh mit Alex spielen.«

Peter stand auf und wuschelte Rachel durch das ohnehin schon zerzauste Haar.

»Tschüs, Peter!« Rachel schlang die Arme um ihn und zog ihn fest an sich, bevor sie sich auf den Stuhl neben Alex schob.

Wendy funkelte Peter an. »Los, komm«, knurrte sie.

Als sie Peter zur Tür führte, hörte sie, wie Alex zu Rachel sagte: »Er hat ihn schwimmen lassen!«

»Na ja, er ist ja auch Peter Pan!«, gab Rachel zurück.

Wendy lief so schnell sie konnte durch den Flur und zerrte Peter hinter sich her, ihre Finger um sein Handgelenk geschlossen. Sie schaute sich immer wieder um, voller Angst, jemand könnte sie entdecken. Sie zog ihn die Treppe hinunter und durch die Empfangshalle zu einer Glastür, die in einen verlassenen Innenhof führte.

Als sie zu ihm herumwirbelte, stand ein zutiefst erheiterter Ausdruck auf seinem Gesicht. Er hatte beide Augenbrauen hochgezogen, und sein rechter Mundwinkel zuckte, als ob er ein Grinsen unterdrückte.

Es trug nicht gerade dazu bei, ihre Stimmung zu heben.

»Wie zur Hölle bist du überhaupt hier reingekommen, ohne dass dich jemand aufgehalten hat?«, fragte sie. Auf jedem Stockwerk des Krankenhauses gab es einen Empfangstresen, und jeder Besucher musste sich anmelden und sich einen Besucherausweis geben lassen, auch wenn er einen Krankenhauskittel trug. »Wie kommt es, dass niemand dich bemerkt hat?« Er war immerhin nicht gerade unauffällig. Peter hatte etwas an sich, das entschieden ... anderweltlich war, wenn man es so nennen wollte. Sie konnte den Finger nicht darauf legen, aber es war eine Art Aura, die ihn umgab.

Aura? Wendy kniff sich in den Nasenrücken. Was dachte sie da bloß?

»Weil ich nicht *wollte*, dass mich jemand bemerkt«, erklärte Peter, als sei das eine sehr naheliegende Antwort auf eine sehr dumme Frage. »Ich komme mühelos an Erwachsenen vorbei – sie beachten mich ohnehin kaum. Aber ich komme an jedem vorbei, ohne gesehen zu werden, das weißt du doch«, fügte Peter mit einem Lachen hinzu.

»Nein, das weiß ich nicht. Ich kenne dich nicht einmal!«, gab Wendy wie aus der Pistole geschossen zurück und schaute hastig zur Tür. Doch auch ihr selbst entging der Zweifel in ihrer Stimme nicht.

Peter warf stöhnend den Kopf in den Nacken. »Spielen wir ernsthaft immer noch dieses Spiel?« Stirnrunzelnd trat er näher. »Ich bin es, Peter – du kennst mich, Wendy! Es gibt mich, Nimmerland gibt es. Du hast mich einfach nur vergessen – das passiert, wenn man erwachsen wird!«

Sein Ton überraschte sie – er klang beinahe flehend.

»Du musst dich an *irgendetwas* erinnern«, beschwor er sie und griff nach ihrem Ellbogen.

»Ich erinnere mich an gar nichts«, schoss Wendy zurück und entriss ihm ihren Arm. Sie hatte es satt, dass Leute das wieder und wieder zu ihr sagten. »An überhaupt nichts!«

Peters Schultern sackten nach unten.

Das entsprach nicht ganz der Wahrheit, nicht wahr?

»Ich meine …« Wendy schluckte hörbar. »Ich hatte gestern Nacht einen Traum. Vielleicht … vielleicht war es auch eine Erinnerung.« Himmel, gab sie das wirklich gerade zu?

Peter hob den Kopf. »Wirklich?«

Wendy nickte. »Es ging um dich.« Sie hatte das Gefühl, nicht genug Luft zu bekommen. »Und um mich. Und Nimmerland.«

Ein Lächeln breitete sich auf Peters Gesicht aus, strahlend und unmittelbar und alles andere verdrängend. Es traf sie mitten ins Herz. »Dann erinnerst du dich also doch!«

Aber Wendy war nicht so ohne Weiteres bereit, das zu akzeptieren. »Wenn du wirklich Peter Pan bist, müsstest du fliegen können und ein Kind sein«, sagte sie. »Der ganze Sinn hinter Peter Pans Existenz ist doch schließlich, dass er nie erwachsen wird, oder nicht?« Wendy konnte nicht glauben, dass sie hier tatsächlich mit Logik argumentierte.

»Schon, hm.« Peter scharrte mit einem Fuß auf dem Boden. »Was du da sagst, ist Teil des Problems. Aus irgendeinem Grund werde ich älter – und zwar *schnell.*« Er sah jetzt aufrichtig besorgt aus. Seit Wendy ihm neulich Nacht zum ersten Mal begegnet war, hatte sie ihn nur grinsend und frech, wenn auch ein wenig größenwahnsinnig erlebt. Aber jetzt konnte er nicht stillstehen und fuchtelte ständig mit den Händen herum. »Seit mein Schatten weg ist, kann ich auch nicht mehr richtig fliegen«, fügte Peter hinzu und deutete auf seine Füße.

Und tatsächlich, während Wendys Schatten sich auf dem Zementboden vor ihr abzeichnete, war vor Peter immer noch nichts zu sehen, genau wie am vergangenen Abend. Wendy stieß ein Lachen aus. »Das ist doch absurd.«

»Wenn wir meinen Schatten nicht finden, werden noch mehr Kinder verschwinden«, platzte Peter ungeduldig heraus.

»Was?«, fragte sie ungläubig. »Wovon redest du da?« Die einzelnen Puzzleteilchen fügten sich langsam zusammen. »Moment mal – weißt du etwa, was mit den vermissten Kindern passiert ist?« Sie zeigte in die ungefähre Richtung des Aufenthaltsraums, wo vermutlich immer noch die Nachrichten im Fernsehen liefen.

»Das habe ich doch die ganze Zeit versucht, dir zu erklären!« Peter warf frustriert die Hände in die Luft. »Ich bin derjenige, der verlorene Kinder finden und ihnen helfen soll, genau wie in den Geschichten, oder?« Wendy nickte. »Aber seit ich dich und deine Brüder im Wald gefunden habe …«

Wendy fühlte sich, als hätte sie gerade einen Schlag ins Gesicht bekommen. Die beiläufige Erwähnung ihrer Brüder war grausam und schrillte ihr in den Ohren. Ihre Nackenhaare stellten sich auf, und das Herz schlug ihr bis zum Hals.

Peter bemerkte es offenbar gar nicht, denn er sprach einfach weiter.

»Es war alles so ein Durcheinander.«

Wendy hatte das Gefühl, in seinen Worten zu ertrinken. Alles war zu viel, zu schnell. Sie fühlte sich nicht mehr besonders mutig und konnte ihren skeptischen Gesichtsausdruck nicht aufrechterhalten. Wieder einmal erfasste sie eine Welle der Übelkeit – die gleiche wie jedes Mal, wenn jemand ihre Brüder erwähnte. »Was?«, hauchte sie.

Peters Gesicht wurde sehr ernst. »An dem Tag, als ihr – du, John und Michael – mit mir nach Nimmerland gekommen seid ... als alle dachten, ihr wärt verschwunden, da wart ihr in Wirklichkeit bei mir.«

»Ich ... wie ...« Wendy rang nach Worten. In all der Panik und Verwirrung machte sich ein ermutigendes Kribbeln in ihr breit, was John und Michael betraf. »Du weißt etwas über John und Michael?«, fragte sie aufgeregt.

Peter zuckte zusammen und schaute zu Boden.

Sie trat auf ihn zu, um weitere Erklärungen aus ihm herauszubekommen. »Hast du sie gesehen? Weißt du, wo sie sind?« Peters wenige Worte ließen Hoffnung in ihr aufkeimen, flüchtige, gefährliche Hoffnung.

Eben noch hatte sich Peters Stimme fast überschlagen, aber jetzt hielt er inne. »Es ist eine lange Geschichte ... eine komplizierte. Es wäre einfacher, wenn du dich einfach erinnern könntest ...«

»Du musst es mir sagen«, befahl Wendy und griff nach seiner Hand. Sie brauchte Antworten, und sie brauchte sie jetzt.

Peters Ohren färbten sich rot. Er holte tief Luft. »Wie ich dir bereits erzählt habe, kam ich immer zu euch nach Hause, um deinen

Geschichten über mich zu lauschen. Ich kam aus Nimmerland, um verlorene Kinder zu suchen, die meine Hilfe brauchen«, erklärte er. »Und einmal habe ich gehört, wie du deinen Brüdern Geschichten über mich erzählt hast, also habe ich draußen vor dem Fenster gelauscht …«

»Richtig, diese supergruselige Fenstersache«, unterbrach Wendy ihn und ließ seine Hand wieder los.

»Ich meine, schon, aber …« Peter kratzte sich am Hinterkopf und bekam rote Wangen. »Ich habe nur zugehört, wie du Geschichten über mich erzählt hast! Anschließend wollte ich sie den verlorenen Kindern in Nimmerland erzählen – es klingt viel gruseliger, als es war, wirklich.«

Wendy musterte ihn aus zusammengekniffenen Augen.

»Jedenfalls haben wir uns eines Nachts unterhalten, als mein Schatten zum ersten Mal verschwunden ist.« Das sagte er ganz beiläufig. »Und, na ja … dann wieder, als ihr euch im Wald verirrt habt.«

Wendys Herz machte hämmernd auf sich aufmerksam. Seit fünf Jahren hatte sie sich gefragt, was mit ihr und ihren Brüdern passiert war. Jahrelang hatte sie nichts erfahren, und jetzt fielen die Antworten, nach denen sie gesucht hatte, praktisch vom Himmel. Sie wusste nicht, ob es nur Verzweiflung war, aber in diesem Moment hinterfragte sie nicht einmal, ob er die Wahrheit sagte oder nicht. »Weißt du, was uns zugestoßen ist?«, brachte sie mit erstickter Stimme heraus.

Peter warf ihr diesen Blick zu. Denselben Blick, den er ihr immer zuwarf, wenn sie auf ihre Brüder zu sprechen kamen: hochgezogene Augenbrauen und ein Stirnrunzeln. Der universelle Blick des Mitleids. Sie hasste diesen Gesichtsausdruck.

»Vielleicht sollten wir woanders darüber reden«, sagte er leise.

»Nein, du musst es mir jetzt sagen!« Wendy griff erneut nach seiner Hand. Sie wusste nicht, ob sie noch eine Sekunde länger so weitermachen konnte, ohne den Verstand zu verlieren. Auf jeden Fall konnte sie nicht erst abwarten, bis sie irgendwo anders waren.

»Okay, okay«, sagte Peter und bedeutete ihr mit seiner freien Hand, leiser zu sprechen. »Als ich euch gefunden habe, wart ihr mitten im Wald. Ich … ich weiß nicht, was vorher passiert ist.« Er zögerte einen Moment lang. »Aber es war fast dunkel, und ihr hattet Angst, also habe ich euch mit nach Nimmerland genommen.«

»Du meinst Nimmerland, die magische Insel am Himmel aus den Geschichten?«, hakte Wendy nach. Sie hatte immer noch Mühe, all das zu akzeptieren, aber vor allem wollte sie, dass er ihr auch den Rest erzählte.

Peter blinzelte. »So lässt es sich wohl am einfachsten beschreiben, genau.«

»Warum hast du uns nicht nach Hause gebracht?«

Eine weitere lange Pause folgte. »Ich … ihr wolltet nicht nach Hause, ihr wolltet mit mir kommen«, sagte Peter und zuckte kaum merklich mit den Schultern.

Wenn es nicht so unmöglich gewesen wäre, hätte es beinahe Sinn ergeben. Eins der letzten Dinge, an die sich Wendy vor dem klaffenden Loch in ihrem Gedächtnis erinnerte, war ein Streit mit ihrem Vater, kurz bevor sie und ihre Brüder verschwunden waren. Er hatte gewollt, dass sie aus dem Zimmer, das sie sich mit ihren Brüdern teilte, in ein eigenes Zimmer zog. Er hatte ihr gesagt, es sei an der Zeit, erwachsen zu werden, und sie könne nicht mehr ständig mit ihren Brüdern in Fantasiewelten abtauchen.

Wendy erinnerte sich, wie furchtbar wütend sie auf ihren Vater gewesen war. Sie wusste, dass er geglaubt hatte, sie seien verschwunden, weil sie wegen ihrer geplanten Trennung davongelaufen waren.

Aber was war mit Nana? Die Hündin war in den Wald gelaufen, und sie waren ihr hinterhergerannt. Daran erinnerte Wendy sich.

»Es war toll, euch nach Nimmerland mitzunehmen«, fuhr Peter leise fort. Wendy war sich mit allen Sinnen bewusst, wie nah er bei ihr stand, wie warm seine Hand war, die ihre umschloss. »Wir haben Abenteuer erlebt, ihr habt die anderen verlorenen Kinder kennengelernt, und ich konnte nun ständig deinen Geschichten lauschen.« Er schenkte ihr ein schwaches Lächeln, das jedoch schnell wieder verschwand. »Aber dann sind eine Menge seltsamer Sachen passiert. Zuerst waren es nur Kleinigkeiten. Die Feen haben Angst bekommen – sie kamen nachts nicht mehr heraus, um mit uns zu spielen, sondern versteckten sich in den Bäumen. Ich habe versucht, mit ihnen zu reden, aber sie wollten mir nicht verraten, was passiert war, so als hätten sie zu große Angst.«

Wendy ertappte sich dabei, wie sie nickte.

»Nachdem ihr auf die Insel gekommen wart, fiel mir das Fliegen plötzlich immer schwerer, was vorher noch nie passiert war. Je länger ihr da wart, umso schlimmer wurde es. Es war, als könnte ich es nicht länger kontrollieren. Dann, eines Nachts, bin ich aufgewacht, und mein Schatten war fort.«

Er verstummte. Offensichtlich wartete er auf irgendeine Reaktion von ihr, aber Wendy brachte kein Wort heraus. Sie war viel zu sehr mit dem Versuch beschäftigt, das alles zu verarbeiten – die Magie, die Feen und Nimmerland.

Als sie nicht antwortete, stieß Peter einen tiefen Seufzer aus. »Es hat einen *Grund,* warum Schatten an Menschen gebunden sein sollten. Schatten sind dunkle, böse Dinge«, erklärte er. »Nicht wie Feen, die nur zum Spaß Ärger machen. Schatten bestehen aus den dunklen und bösen Anteilen deines Selbst. Sie ernähren sich von negativen Gedanken – Angst, Sorgen, Kummer und Schuldgefühlen.« Peter biss sich auf die Unterlippe. »Wenn du anfängst, dich von diesen Gefühlen auffressen zu lassen, gibt das dem Schatten Macht über dich. Wird er stark genug, kann er davonlaufen und schreckliche Dinge anstellen. Ganz besonders mein Schatten«, fügte er hinzu. »Und als mein Schatten weg war, hat er angefangen, verlorene Kinder zu stehlen.«

»Aber wie kann ein Schatten jemanden *stehlen?*«, fragte Wendy. »Ein Schatten ist doch nur die Abwesenheit von Licht!« Oder etwas in der Art. Jetzt, da sie darüber nachdachte, glaubte Wendy nicht, dass sie genau definieren konnte, was ein Schatten eigentlich war. Sie hatte noch nie wirklich darüber nachgedacht.

»Na ja, *dein* Schatten könnte das nicht«, erklärte Peter ihr. »Ihr alle, die ihr in dieser Welt lebt, habt Glück. Die Magie hat diesen Ort vor so langer Zeit verlassen, dass eure Schatten schwach sind und nicht einfach fliehen können. Trotzdem *können* sie die Kontrolle über einen normalen Menschen übernehmen. Die dunklen Gedanken können einen Menschen verschlingen und ihm alle Freude nehmen. Sie wollen, dass man sich isoliert und einsam fühlt. Es ist, als würden sie dir deine Energie aussaugen und dir nichts mehr lassen.«

Wendy dachte an all die Jahre, in denen sie nachts von Schuldgefühlen gepeinigt in ihr Kissen geweint und ihre Brüder so sehr vermisst hatte, dass es geradezu körperlich wehtat. Sie dachte an ihren Vater, der mit einer Flasche in der Hand an seinem Schreibtisch einschlief. An ihre Mutter, die im Schlaf redete.

»Aber mein Schatten?« Peter schüttelte den Kopf. »Mein ganzes Sein ist von Magie erfüllt. Nimmerland hat diese Magie lebendig gehalten.«

»Doch was ist mit mir und meinen Brüdern passiert?«

»Als die ersten verlorenen Kinder verschwanden, ist mir klar geworden, dass du in Nimmerland nicht mehr sicher warst, daher habe ich dich zurück in deine Welt gebracht.« Peter rutschte hin und her. »Ich habe dich im Wald zurückgelassen.«

»Nur mich?«, hakte Wendy nach. »Was ist mit meinen Brüdern? Was ist mit ihnen passiert?«

Peter antwortete langsam, als würde er seine Worte sorgfältig abwägen. »Sie konnten nicht zurückkommen …« Er brachte den Satz nicht zu Ende.

»Was … warum?« Wenn das alles stimmte und Peter sie zurückgebracht hatte, um sie zu beschützen, warum hatte er dann nicht auch ihre Brüder zurückgebracht? Ihr kam ein schrecklicher Gedanke. »Der Schatten? Hat er sie entführt, wie die anderen verlorenen Kinder?«, fragte sie.

Peter nickte stumm.

»Dann müssen wir sie zurückholen!« Es war keine gute Nachricht, aber zumindest etwas, womit sie arbeiten konnte. »Wo hat er sie hingebracht?«

»Das weiß ich nicht … Ich dachte, ich würde sie finden, wenn ich dich erst zurückgebracht habe«, sagte Peter unglücklich. »Ich glaubte, wenn du in deine Welt zurückkehrst, würde vielleicht alles wieder normal werden, aber es ist nur schlimmer geworden. Ich habe angefangen, erwachsen zu werden.« Er schauderte sichtlich. »Ich konnte spüren, wie die Magie in mir zu schwinden begann. Da wusste ich, dass ich meinen Schatten finden muss – um ihn daran zu hindern, Kinder zu verschleppen, und um meine Magie zurückzubekommen. Schließlich bin ich ihm hierher gefolgt. Ich denke, mein Schatten hat nach dir gesucht, da das Ganze angefangen hat, als du nach Nimmerland gekommen bist.« Peter richtete seinen Blick auf sie. »Der Schatten hat all die Kinder aus der Stadt entführt«, erklärte Peter. »Und ich glaube, er hält sie im Wald gefangen.«

Der Wald.

Selbst wenn es jeglicher Logik – und damit auch der Physik – widersprach, war es trotzdem eine bessere Antwort auf das, was mit ihren Brüdern geschehen war, als alles andere, das sie bisher erfahren hatte.

»Als du mich mitten auf der Straße liegend gefunden hast, war ich auf der Jagd nach meinem Schatten. Ich hätte ihn fast eingefangen, aber ich konnte ihn nicht festhalten und bin hingefallen«, sagte Peter.

Dann war er wirklich vom Himmel gefallen.

Wendy erinnerte sich plötzlich daran, was überhaupt dazu geführt hatte, dass sie von der Straße abgekommen war: die schwarze Masse. »Ich …« Wendy runzelte die Stirn und versuchte, sich einen Reim auf das alles zu machen. »Bevor ich dich gefunden habe, ist etwas auf das Dach meines Autos gekracht«, erklärte sie langsam. »Es war etwas Schwarzes … es hat irgendwie ausgesehen wie die Silhouette eines Menschen, aber es war dunkel und irgendwie … durchsichtig.«

»Du hast ihn gesehen?«, fragte Peter, und seine Miene hellte sich plötzlich auf. »Du hast meinen Schatten gesehen?«

»Ich weiß nicht, was ich gesehen habe«, sagte Wendy schnell. »Es könnte alles Mögliche gewesen sein. Aber … wenn das dein Schatten war – und wenn das alles real ist –, hat er dann John und Michael immer noch in seiner Gewalt?«

Peter schwieg einen Moment lang, aber dann nickte er.

Wendy gab ein angespanntes Lachen von sich und befreite sich schließlich aus Peters Umklammerung. Sie fuhr sich mit den Fingern durchs Haar und kniff die Augen zusammen. »Das kann nicht real sein!«

»Wendy.« Etwas hinter ihr erregte Peters Aufmerksamkeit, und er sprach hastig weiter. »Du *musst* mir glauben.« Er fasste nach ihren Handgelenken.

»Aber wie kann ich irgendetwas von dem glauben, was du sagst? Alles, was du mir erzählt hast, ist unmöglich!« Ihr war schwindelig, und die Verzweiflung drohte sie zu überwältigen. So gern hätte sie ihm geglaubt, sie wollte glauben, dass all das möglich und real war, dass er wusste, wo sich ihre Brüder befanden. Dass sie sie zurückholen konnte.

Peter stieß ein frustriertes Knurren aus. Er beugte sich dichter zu ihr vor und sah ihr in die Augen. Wendy hielt den Atem an. »Du musst mir helfen, oder es verschwinden einfach immer mehr Kinder.«

»Wendy?«

Sie wirbelte herum, als Jordan durch die Tür in den Innenhof trat.

Jordan hatte einen Kaffeebecher von Dutch Bros in der Hand und kaute auf dem hellgrünen Strohhalm herum. Sie warf Wendy einen seltsamen Blick zu. »Alles in Ordnung bei dir?«, fragte sie, während sie auf sie zukam.

»Was?« Wendy blickte zurück zu der Stelle, an der Peter gestanden hatte, aber er war verschwunden. Sie drehte sich um die eigene Achse und sah sich nach allen Seiten um.

»Ich habe gefragt«, wiederholte Jordan mit einem besorgten Lachen, »ob alles okay ist? Du siehst aus, als hättest du gerade ein Gespenst gesehen.« Sie trug einen Krankenhauskittel und hatte ihr Band mit der Ausweiskarte daran um den Hals hängen. Jordan holte sich immer einen Kaffee, bevor sie mit ihrer ehrenamtlichen Arbeit begann, und hatte die eklige Angewohnheit, sich während des gesamten Tages daran festzuhalten, bis der Kaffee kalt war. Ihre Schicht war anscheinend gerade zu Ende.

»Doch, doch, mir … mir geht es gut«, stammelte Wendy. Wo war er geblieben? Es gab nur eine Tür zum Innenhof, und diese wurde gerade von Jordan blockiert.

»Wer war der Typ, mit dem du gerade gesprochen hast?«, fragte Jordan.

Wendy musste sich daran hindern zu fragen: *Du hast ihn gesehen?* »Ähm … welcher Typ? Ich habe mit niemandem gesprochen.«

»Ich dachte, ich hätte einen Typen hier draußen bei dir gesehen«, sagte Jordan und schaute sich um. »Moment mal …« Jordan keuchte dramatisch auf. Ihre Lippen verzogen sich zu einem teuflischen Lächeln. »Du hattest doch nicht etwa ein heimliches *Rendezvous*, oder?«

»Ich … ähm …«

»Wendy Darling, du wirst ja ROT!« Sie lachte.

»Was?«, kiekste Wendy. »Nein … ich … *nein,* ich habe mich mit niemandem unterhalten. Ich hab nur etwas frische Luft gebraucht.«

Wendy zog an dem Halsausschnitt ihres Shirts und spürte, wie ihre Haut heiß und klebrig wurde.

»Aha, klar.« Jordan schlürfte den letzten Schluck ihres Kaffees durch den zerknickten Strohhalm. »Wie auch immer, irgendwann krieg ich es schon aus dir heraus.« Sie warf Wendy einen vielsagenden Blick zu. »Du bist eine miserable Lügnerin.«

Die beste Option war ein Ablenkungsmanöver. »Moment mal, was machst du überhaupt hier?«

Jordan zog eine Augenbraue hoch. »Ich hab dich gesucht, damit wir zusammen zu Abend essen können! Wie *jeden* Mittwoch nach unserer Schicht.«

»Oh, stimmt.« In Wendys Gehirn herrschte das reinste Chaos. Sie konnte sich kaum auf etwas anderes konzentrieren als auf das, was Peter ihr erzählt hatte.

»He, bist du dir sicher, dass alles okay ist?« Jordans Ton wurde ernst. Sie legte Wendy eine Hand auf die Schulter. »Du siehst nicht so toll aus. Vielleicht sollten wir dich von einem der Ärzte untersuchen lassen?«

»Nein, nein, es geht mir gut.« Wendy wischte sich mit dem Handrücken den Schweiß von der Stirn und nahm Jordans Hand von ihrer Schulter. »Ich habe letzte Nacht einfach nicht genug Schlaf bekommen«, fuhr sie fort. »Du weißt schon, nach allem, was passiert ist …« Wendy verstummte.

Jordan schenkte ihr ein kleines Lächeln, das *Arme-Wendy*-Lächeln. Glücklicherweise wusste Jordan, wann sie sie nicht weiter drängen durfte. »Dann bringen wir dich mal hier raus«, sagte sie. »Wir können im Coffee Girl vorbeigehen und uns etwas zu essen besorgen.« Sie hielt ihr die Tür auf.

Bevor sie hindurchging, hob Wendy noch einmal den Blick. Sie erwartete fast, Peter dort oben in den Wolken schweben zu sehen. Aber es war nur ein weißer Vogel, der über den blauen Himmel flog.

Kapitel 10
Der Schatten

Zwei Stunden lang blieben sie im Coffee Girl, einem gemütlichen Café draußen an einem kleinen Steg der Hauptpromenade des Astoria River. Wenn sie nicht gerade ehrenamtlich im Krankenhaus tätig war, arbeitete Jordan dort. Sie war fest entschlossen, so viel Geld wie möglich zusammenzusparen, bevor sie im Herbst mit dem Studium an der University of Oregon anfingen.

Die Wände im Café waren orangefarben gestrichen, und die Tische und Stühle passten alle nicht zueinander. Eine kleine Teekanne mit einer Sukkulente darin diente als Ständer für die Speisekarte auf ihrem Tisch. Sie saßen im hinteren Teil des Raums an einem der vielen Fenster mit Blick auf den Fluss. Lichterketten schmückten die Wände und das Fenster das ganze Jahr über. Wendy hörte in der Ferne das leise Bellen der Seehunde.

Sie hatte nur ein paarmal von ihrem Sandwich abgebissen, und selbst ihre Tasse Tee half nur wenig, ihren verkrampften Magen zu lösen. Wendy war erschöpft und nicht in der Lage, Small Talk zu machen und so zu tun, als sei alles in Ordnung und als ginge es ihr gut.

Glücklicherweise sprach Jordan die meiste Zeit mit dem Mund voller Truthahn-Panini über irgendeine Uni-Schwimmmannschaft, der sie im Sommer beitreten wollte, von ihrer gedanklichen Einkaufsliste für den Umzug ins Studentenwohnheim und über den letzten Horrorfilm, den sie sich zusammen mit Tyler angesehen hatte. Wendy zeichnete mit dem Finger das Coffee-Girl-Logo auf ihrem Becher nach – das Profil einer Frau, die an einer Tasse nippte – und starrte durch das große Fenster auf den Fluss.

»Bist du dir sicher, dass alles okay ist?«, fragte Jordan noch einmal, als sie bereits wieder in ihrem Wagen saßen und zum Krankenhaus zurückfuhren, damit Wendy ihren Pick-up holen konnte. Wendy beobachtete gerade die Fähren, die den Fluss hinabfuhren, als Jordans Frage sie aus ihren Gedanken riss.

»Doch, alles bestens«, sagte sie und rieb sich die Schläfen. Sie war müde, und Erschöpfung und Gereiztheit drohten sie zu überwältigen.

Aber Jordan war gut darin, Wendy Moira Angela Darling zu durchschauen. »Seit wir vorhin das Krankenhaus verlassen haben, hast du mir nicht mehr in die Augen gesehen.« Sie fing an, die einzelnen Punkte an einer Hand abzuzählen, während sie mit der anderen das Lenkrad führte. »Alles, was du zu mir gesagt hast, waren jede Menge *Jas*, *Hms* und *Ohs*.« Ihre Augenbrauen zogen sich zu einer harten Linie zusammen.

Wendy war es nicht gewohnt, dass Jordan sich so aufregte. Normalerweise blieb sie, wenn Wendy dichtmachte, ganz ruhig und bedrängte sie nicht weiter. Jordan war ganz offensichtlich frustriert.

»Du hast kaum etwas gegessen und ziehst dir die ganze Zeit an den Haaren, was du nur tust, wenn du dich aufregst.«

Wendys Finger waren schon wieder auf halbem Weg durch ihr Haar. Sie hielt inne und ließ die Hände in den Schoß sinken.

Sie schaute zu Jordan, die erwartungsvoll die Augenbrauen hochzog.

Ihre Freundin war der einzige Mensch auf der Welt, bei dem sie das Gefühl hatte, ihm wirklich vertrauen zu können. Sie hatte Wendy nie verurteilt oder die Gerüchte geglaubt, die in der Stadt über sie kursierten. Jordan war Wendys erste Verteidigungslinie, die Einzige, die für sie eintrat, wenn sogar ihre Eltern sich vor ihr zurückzogen.

Sie war die Einzige, die Wendy das Gefühl gab, über all die Dinge reden zu können, die sie quälten: ihre Brüder, den Wald und ihre Eltern. Aber die Ereignisse der letzten zwei Tage bewegten sich in ganz anderen Sphären. Wie sollte sie Jordan von Peter erzählen? Wenn sie sagen würde, dass er bei ihr im Garten und dann sogar auf der Kinderstation des Krankenhauses aufgetaucht war, würde Jordan wahrscheinlich ausflippen. Jeder vernünftige Mensch würde das. Jordan sah in ihm wahrscheinlich einfach nur einen Typen, der aus dem Krankenhaus geflohen war und von der Polizei gesucht wurde.

Und das Blöde war, wenn sie so darüber nachdachte, waren das absolut logische Gründe, um Angst vor Peter zu haben. Oder zumindest misstrauisch zu sein.

Und was war mit all den anderen Dingen, von denen Peter gesprochen hatte? Was würde Jordan sagen, wenn Wendy ihr erzählte, dass er behauptet hatte, *der* Peter Pan zu sein? Oder dass sein Schatten verschwunden sei, der jetzt Kinder entführte? Oder was war mit der Tatsache, dass sie tatsächlich anfing, ihm zu glauben? Wendy hätte fast laut aufgelacht.

Jordan würde ihr auf keinen Fall glauben. Wendy stand bei dieser Sache ganz alleine da.

»Wendy?« Jordan schien jetzt wirklich besorgt, als sie versuchte, Wendy richtig anzusehen, ohne die Straße aus den Augen zu lassen. Wendy wusste, Jordan könnte einen Unfall bauen, wenn sie sich nicht bald beruhigte. Oder schlimmer noch, ihren Eltern etwas sagen.

»Fragst du dich jemals …« Wendy räusperte sich, um ihre Stimme wiederzufinden. »Hast du dich jemals gefragt, ob … es mehr auf der Welt gibt, als wir wissen?«

Jordan fuhr neben Wendys Pick-up auf den Krankenhausparkplatz und legte den Parkmodus ein. Sie drehte sich auf ihrem Sitz zu Wendy und legte den Kopf schräg. »Wie was zum Beispiel? Außerirdische?«

»Nein, keine Außerirdischen …«

»Denn an Außerirdische glaube ich definitiv.«

Wendy bedachte sie mit einem vernichtenden Blick.

»Es gibt so viel Platz und unerforschte Planeten da oben«, fuhr Jordan fort und wedelte mit der Hand. »Du kannst mir nicht erzählen, dass es da draußen kein anderes Leben gibt …«

»Nein, ich meine nicht so etwas wie Außerirdische«, unterbrach Wendy sie frustriert.

Jordans Lachen verstummte.

»Ich meine so etwas wie Magie«, sagte sie schließlich, während sie an dem Träger ihrer Tasche herumfummelte.

Jordan verzog verwirrt das Gesicht. »Wie …?«

»Wie Märchen und solche Sachen.« Wendy stieß die Worte hervor, bevor sie kneifen konnte.

»Wie Peter Pan?«, riet Jordan.

Wendy setzte sich aufrecht hin. »Ja!«

Jordans Augenbrauen schossen in die Höhe.

Wendy räusperte sich. »Ich habe wahrscheinlich einfach sehr viel darüber nachgedacht«, gestand sie und fuhr sich mit den Fingern durchs Haar. »Ich habe Bilder von ihm und von anderen seltsamen Dingen gemalt – ohne dass es mir überhaupt bewusst war«, versuchte sie zu erklären.

Jordan nickte zustimmend, aber sie sah kein bisschen so aus, als könnte sie ihr folgen.

»Und ich habe seltsame Sachen geträumt.« Wendys Wangen glühten, als sie auf ihre Hände starrte. »Es hat mich einfach auf die Idee gebracht, ob es Magie wirklich gibt, ob Nimmerland existieren *könnte.*« Sie befeuchtete sich die Lippen. »Ob es Peter Pan wirklich geben könnte.«

Einen Moment lang schwiegen sie. Irgendwo in der Straße bellte ein Hund.

»Wow.« Jordan lachte verlegen. »Klingt, als würde tatsächlich deine Fantasie mit dir durchgehen, was?« Sie lächelte, aber es war ein gezwungenes Lächeln. »Indem sie dir diese wilden Träume beschert und …«

Wendys Schultern sackten vor Enttäuschung nach unten.

»Hey.« Jordan berührte Wendy sanft am Arm. Die Sorge stand ihrer besten Freundin ins Gesicht geschrieben. »Was ist los mit dir?«

Natürlich glaubte Jordan nicht an etwas, das so unmöglich klang. Wendy würde das auch nicht, wenn sie an ihrer Stelle wäre.

»Es ist nichts, wirklich«, sagte Wendy. »All die Kinder, die verschwinden, machen mich langsam einfach fertig.« Das stimmte sogar. »Und ich bekomme nicht genug Schlaf.« Sie versuchte, sich zu einem Lächeln zu zwingen. »Wie gesagt, ich bin einfach wirklich müde.«

Jordan wirkte nicht besonders überzeugt, aber ihr Gesichtsausdruck wurde weicher. So, wie sie sich auf die Lippe biss, war sie mit Wendys Erklärung noch immer nicht zufrieden, aber schließlich stieß sie einfach nur einen tiefen Seufzer aus. »Okay …« Dann wiederholte sie etwas entschlossener: »Okay.«

Jordan schaltete den Motor aus. Ohne laufende Klimaanlage wurde es in der Nachmittagssonne im Wagen schnell sehr warm. Sofort spürte Wendy, wie der Schweiß auf ihrem Rücken kribbelte.

»Fahr nach Hause und geh heute Abend früh ins Bett«, riet Jordan ihr. Sie schenkte Wendy ein kleines Lächeln und rümpfte dann die Nase. »Trink etwas von dem scheußlichen Kamillentee, den du so gern magst.«

»In Ordnung, *Mom*«, antwortete Wendy in dem Versuch, ihrem Beispiel zu folgen und die Spannung zu lösen. Sie warf sich ihre Tasche über die Schulter und stieg aus dem Wagen.

»Du bist nicht witzig«, rief Jordan ihr nach. Ihrer Stimme fehlte der gewohnte humorvolle Unterton. Jordan fuhr erst los, als Wendy in ihrem Pick-up saß und der Motor aufheulte.

Sie umklammerte das Lenkrad, dessen Leder sich unter ihren Handflächen heiß und klebrig anfühlte. Sie hatte so geparkt, dass die Sonne nun genau auf die Kratzer in der Windschutzscheibe fiel und sie zum Glitzern brachte.

Wendy nahm den längeren Weg nach Hause.

Die Haustür war unverschlossen. Der Wagen von Wendys Mom stand nicht an seinem Platz, dafür parkte der ihres Vaters in der Einfahrt. Sie ging ins Wohnzimmer, wo er auf der Couch saß. Er hatte den Kopf in den Nacken gelegt, und ein Schnarchen drang unter seinem buschigen Schnurrbart hervor. Im Fernsehen liefen die Lokalnachrichten. Benjamin Lane und Ashley Ford lächelten ihr vom Bildschirm entgegen.

Wendy drehte sich um und ging in die Küche. Die Schuldgefühle und die Angst verwandelten sich langsam in Zorn. Wenn das, was Peter gesagt hatte, die Wahrheit war, dann mussten sie etwas unternehmen.

Sie warf ihre Tasche auf den Küchentresen, drehte den Wasserhahn auf und wusch das schmutzige Geschirr in der Spüle ab. Es waren größtenteils Kaffeebecher, und in der Tasse, aus der ihre Mom für gewöhnlich vor der Arbeit trank, hing noch der Teebeutel.

Während sie einen schmutzigen Topf schrubbte, versuchte Wendy, sich zu überlegen, wie sie Peter überhaupt finden konnte. Ja, er versteckte sich im Wald in einer Jagdhütte, aber wo genau? Selbst wenn sie den genauen Ort gekannt hätte, hätte sie sich nie und nimmer dazu überwinden können, allein im Wald danach zu suchen, nicht einmal am helllichten Tag. Der bloße Gedanke daran brachte ihr Herz aus dem Takt.

Glücklicherweise tauchte Peter immer aus dem Nichts auf, also brauchte sie sich vielleicht gar nicht auf die Suche nach ihm zu machen – vielleicht würde er einfach zu ihr kommen. Wendy drehte den Wasserhahn zu und starrte auf die Glastür, die in den Garten führte, halb in Erwartung, ihn dort stehen zu sehen. Sie versuchte, nicht darüber nachzudenken, wie gruselig es war, dass er sie überhaupt so leicht finden konnte.

Obwohl er ihr keinen *echten* Grund geliefert hatte, vor ihm Angst zu haben, oder? Er war wirklich nicht furchteinflößend. Auf keinen Fall konnte jemand mit so viel glücklicher Energie gefährlich sein. Jemand, der so lächelte – so ungezwungen und ohne einen Hauch Verlegenheit –, konnte nicht heimtückisch sein.

Stirnrunzelnd trocknete Wendy sich die Hände an einem Geschirrtuch ab. Was jetzt? Draußen war es dunkel, aber es war noch zu früh, um schlafen zu gehen, auch wenn Jordan es ihr befohlen hatte. Sie konnte sich auch nichts im Fernsehen ansehen, weil sie ihren Vater nicht stören wollte. Auf keinen Fall würde sie es schaffen, sich auf ein Buch zu konzentrieren. Vielleicht wäre ja noch mehr Hausarbeit die Lösung.

Da war zum Beispiel ihr Beutel mit den Schwimmsachen, der ausgeräumt werden musste und der immer noch in ihrem Pick-up unter dem Beifahrersitz lag. Sie war über den Sommer nicht wie Jordan in einem Schwimmteam, weshalb sie ihn dort vergessen hatte. Den einzigen Zweck, den er in diesem Sommer erfüllt hatte, war der eines Müllbehälters für die vielen Dutzend zusammengeknüllten Zeichnungen, die Wendy versteckt hatte. Sie musste unbedingt wieder trainieren und ein paar Runden im Schwimmzentrum drehen, damit sie im Herbst bereit war, sich für die College-Schwimmmannschaft zu bewerben. Vielleicht würde ein frisches Handtuch und ein sauberer Badeanzug ihr die nötige Motivation geben.

Vorsichtig, um ihren Vater nicht zu wecken, schlich Wendy sich aus der Haustür zu ihrem Wagen, der in der Einfahrt stand. Sie öffnete die Beifahrertür und beugte sich gerade vor, um nach ihrem violetten Beutel zu greifen, als die Straßenlaterne vor ihrem Haus lautlos erlosch. Wendy riss ihren Schwimmbeutel aus dem Pick-up und richtete sich auf. Alles war in Dunkelheit getaucht. Nicht einmal das Licht der Laterne auf der anderen Straßenseite schien weit zu reichen.

Augenblicklich schlug ihr das Herz bis zum Hals. Wendy schimpfte im Geiste mit sich selbst – hatte sie wirklich solche Angst vor der Dunkelheit?

Aber es war mehr als nur das. Irgendetwas ... stimmte hier nicht.

Die Luft war drückend, und sie spürte ein Gefühl von Enge in der Brust. Etwas Scharfes zog sich an ihrer Wirbelsäule hinauf, wie ein Nagel, der über ihre Haut glitt. Ein heftiger Schauer durchlief sie. Irgendetwas in der Luft veränderte sich, als würde jemand direkt hinter ihr stehen. Wendy holte tief Luft und drehte sich um, um zurück ins Haus zu laufen.

»Hallo.«

Bei der plötzlichen Begrüßung lief ein Ruck durch sämtliche Nerven ihres Körpers. Wendy wirbelte herum und umklammerte ihren Schwimmbeutel.

Ein Junge, der wohl ungefähr in ihrem Alter war, stand nur wenige Meter von ihr entfernt. Wendy betrachtete ihn blinzelnd. In der Dunkelheit konnte sie nur seine Umrisse und vage Gesichtszüge ausmachen, aber keine Einzelheiten erkennen.

»Hey?«, sagte sie beunruhigt.

»Du bist Wendy Darling, nicht wahr?« Als Wendy sich zentimeterweise auf die Haustür zuschob, trat er einen Schritt näher.

Seine Stimme klang seltsam, angenehm und beinahe schläfrig. Der leise, tiefe Tonfall von jemandem, der gerade erst aufgewacht war. Die Kleidung, die er trug, musste schwarz sein. Er hatte die Hände in die Taschen geschoben. Seine Haltung und sein Tonfall waren lässig – zu lässig dafür, dass ihr Herz in ihrer Brust hämmerte und ihr Puls sich warnend beschleunigte.

Wendy zögerte. »Ich ... ja.«

Peter?

»Was machst du um diese Zeit noch hier draußen?«, fragte er. Sie konnte gerade noch die Form seiner neugierig in die Höhe gezogenen Augenbrauen erkennen. Wendy hatte bei Peter die gleiche Neigung des Kopfes gesehen, aber nein, das war definitiv nicht Peter. Das Haar dieses Typen war pechschwarz, viel dunkler als der Rest seines Gesichts, das noch immer in Schatten getaucht war.

»Ich wohne hier«, antwortete sie knapp.

Er lachte, und zum ersten Mal konnte sie eine Sache deutlich sehen: seine weißen Zähne und sein breites Lächeln. Zu weiß, zu breit, wie eine Karikatur.

Wieder blinzelte Wendy. »Kenne ich dich?« Die Härchen in ihrem Nacken kribbelten, als wären sie Wendy einen Schritt voraus.

Er grinste, und das Grinsen breitete sich auf eine unnatürliche Weise auf seinem Gesicht aus. »Nein, du kennst mich nicht«, sagte er. »Aber ich habe dich schon hin und wieder gesehen.« Etwas an seinen Augen beunruhigte sie. Sie waren schwarz wie die eines Hais, aber da spielte ihr wohl bloß die Dunkelheit einen Streich.

»Ich wollte einen schönen Spaziergang im Wald machen. Vielleicht möchtest du mitkommen? Wir könnten uns kennenlernen«, bot er an und hielt ihr eine Hand hin.

Seine Finger waren lang, die Gelenke kantig.

Wendy wich zurück. »Nein«, sagte sie fest und reckte das Kinn vor. »Ich muss jetzt wieder ins Haus. Bitte, geh jetzt.«

Der Junge lachte wieder. »Das ist wahrscheinlich auch besser so. Du solltest nicht durch die Gegend spazieren, nicht bei all den Kindern, die gerade verschwinden.« Das Licht einer fernen Straßenlaterne glitzerte in seinen Augen. »Du willst dich schließlich nicht wieder im Wald verirren, oder?«

Einen Moment lang hatte sie solche Angst, dass sie keine Luft mehr bekam, aber der Angst folgte sofort glühender Zorn. »Was hast du gesagt?« Von Wut entfachter Mut stieg in ihr auf. »Ich weiß nicht, für wen du dich hältst, aber …«

Der Schrei eines Kindes durchschnitt die Luft. Sie fuhr zusammen und wirbelte in die Richtung, aus der die Stimme gekommen war. Es hatte sich angehört, als wäre der Schrei aus dem Garten gekommen.

Wieder lachte der Unbekannte, aber als Wendy sich wieder zu ihm umdrehte, war er verschwunden.

Ein weiterer Schrei ertönte, und diesmal hörte er nicht auf. Es war tatsächlich ein Kind.

Und die Stimme kam eindeutig aus der Nähe des Gartens.

Ohne weiter darüber nachzudenken, ließ Wendy ihren Beutel fallen und rannte zum Tor. Sie lief an der Seite des Hauses entlang, und ihre Füße hämmerten über den Zement. Sie stolperte über den Stiel einer Harke und rannte weiter in den Garten, der sich vor ihr in der Dunkelheit erstreckte. Die alte Schaukel schwankte im Wind, und gleich dahinter, jenseits des Zauns, stand ein kleiner Junge. Er weinte immer noch, und Wendy verlangsamte ihr Tempo und näherte sich ihm mit vorsichtigen Schritten.

Als sie nicht mehr weit von ihm entfernt war, erkannte sie den Hinterkopf des Kleinen und seinen übergroßen blauen Kapuzenpulli.

»Alex?« Das Weinen brach abrupt ab. Der Junge blieb reglos stehen und schaute in den Wald, während er ihr weiter den Rücken zuwandte. Wendys eigene Atemzüge dröhnten ihr in den Ohren. »Alex, was machst du hier?« Sie ging langsam auf ihn zu.

Endlich drehte Alex sich um.

Kleine Zweige und Blätter steckten in seinem ungekämmten braunen Haar. Seine Augen waren riesig. Die schwarzen Pupillen tilgten jede Spur seiner braunen Iris. Tränen strömten ihm über die schmutzigen Wangen.

»Alex, was ist passiert?«, fragte sie behutsam und hielt ihm eine Hand hin. Sie zitterte.

Irgendetwas stimmte hier ganz und gar nicht. Es war nicht allein die Tatsache, dass er nicht hier sein sollte, in ihrem Garten, sondern auch der verzweifelte Gesichtsausdruck, der erdige Geruch, der in der Luft lag, und die tödliche Stille.

Wendys Blicke huschten immer wieder zum Wald hinter ihm. Die dunklen Bäume überragten Alex' winzige Gestalt. Sie konnte zwischen den Bäumen nichts erkennen, aber das Gefühl, dass dort in der Dunkelheit etwas lauerte, ließ ihr eine Gänsehaut über den Rücken laufen.

»*Alex.*« Ein Gefühl der Dringlichkeit ließ ihre Stimme zittern. »Nimm meine Hand …« Wendy machte einen Satz nach vorn, um ihn zu packen, und schlug mit der Hüfte gegen den niedrigen Zaun, aber bevor sie Alex erreichen konnte, riss dieser den Mund auf.

Er schrie so laut, dass sich sein ganzer Körper verkrampfte.

Wendy zuckte zusammen, als sein schriller Schrei ihr in den Ohren gellte. Sie stolperte vorwärts und wäre in dem Versuch, zu ihm zu gelangen, um ein Haar über den Zaun gefallen. Mit einem heftigen, kalten Windstoß schoss etwas, das aussah wie große, gekrümmte Finger aus Teer, aus den Bäumen, legte sich um Alex' Beine und schleuderte ihn zu Boden. Er krallte sich in den Erdboden und versuchte verzweifelt, irgendwie zu Wendy zu gelangen, aber die Finger zerrten ihn unbarmherzig zu den Bäumen.

»*Alex!*«, schrie Wendy.

Seine Augen suchten ihre. Einen Moment lang konnte sie sein Gesicht deutlich sehen – verängstigt und kreidebleich, während er die Finger in die Erde grub –, bevor der Wald ihn verschluckte.

Ohne auch nur eine Sekunde zu zögern, sprang Wendy über den Zaun und rannte in den Wald.

Der Wald war lebendig.

Es war schwer, einen Weg zwischen dem dornigen Gestrüpp und den knorrigen Wurzeln zu finden. Wendy stolperte immer wieder, und ihr Drang, vorwärtszukommen, war das Einzige, das sie aufrecht hielt. Die Zweige der Bäume griffen nach ihr wie dornige Arme und versuchten, sie in eine schmerzhafte Umarmung zu ziehen. Sie schlugen ihr auf die Wangen, verfingen sich in ihrem Haar und zerkratzten ihr die Beine, aber Wendy ließ sich nicht aufhalten. Bei jedem Schritt über den unebenen Boden ging ein Ruck durch ihren Knöchel bis ins Knie. Sie musste Alex finden. Sie würde nicht zulassen, dass der Wald ihn sich holte oder um was auch immer es sich bei diesem *Ding* handelte.

Wendy rannte so schnell sie konnte hinter Alex her und spitzte die Ohren, um sich von seiner Stimme leiten zu lassen. Sehen konnte sie ihn nicht, aber sie hörte seine Schreie vor sich.

Sie preschte weiter und zwang sich, noch schneller zu laufen, um mit ihm Schritt zu halten und ihn nicht im Wald zu verlieren. »ALEX!«, versuchte sie, ihm zuzurufen, aber ihre Lungen brannten so sehr, dass kaum ein Ton herauskam.

Zuerst bemerkte Wendy die Stimmen nicht.

Sie waren leise, nur ein Flüstern, das aus dem Wald um sie herum kam. Es hätte auch das Zischen der sie streifenden Zweige sein können. Dann hörte sie leichte Schritte, als ob Menschen – oder etwas anderes – durch den Wald laufen würden. Doch alles, was sie ausmachen konnte, waren tief hängende Äste und dunkle Gestalten, die zwischen den endlosen Reihen der Bäume hindurchflitzten. Stimmen drangen durch die mit Efeu überwucherten Baumriesen. Sie wisperten in ihrem Nacken, aber Wendy verstand nicht, was sie sagten. Mit jedem Atemzug wuchs ihre Angst.

Es raubte ihr die Orientierung. Alles war aus dem Lot geraten. Wendy wusste nicht, wo sie war. Lief sie zu Alex, oder wurde sie verfolgt?

»Wendy, hilf mir!«, durchbrach Alex' Schreien das Raunen.

Ihr entwich ein erstickter Aufschrei. Wendy warf sich mit noch größerer Hingabe nach vorne.

Sie klammerte sich an seine Stimme wie an eine Rettungsleine und rannte ihr hinterher. Ihr Verstand schrie ihr zu, umzukehren und zurückzugehen, aber sie konnte Alex nicht im Stich lassen. Das würde sie nicht tun.

Plötzlich legte sich etwas um ihren Knöchel, und sie stolperte. Wendy fiel mit dem Kopf voran zu Boden. Durch die Wucht des Aufpralls landete sie auf der Seite. Blätter und Steine zerkratzten ihre Schulter.

Wendy stöhnte auf. Erde und der Geschmack von Blut lagen auf ihrer Zunge. Mühsam stemmte sie sich auf die Knie. Ihr Körper protestierte, aber sie konnte nicht liegen bleiben. Sie musste aufstehen, musste weiterrennen, sie musste Alex finden.

Taumelnd kam Wendy auf die Füße. Sie war auf einer Lichtung hingefallen. Hohe Bäume standen im Kreis um sie herum. Ihre Stämme überragten sie, und einzelne Äste reichten hoch über ihre Kronen hinaus. Dichtes Blattwerk versperrte jede Sicht auf den Nachthimmel. Wendy sog Luft in ihre Lunge und versuchte, die Orientierung wiederzuerlangen. Sie hatte keine Ahnung, wo sie sich befand.

Aus welcher Richtung war sie gekommen? Und wo war Alex? Sie konnte seine Stimme nicht mehr hören. Tatsächlich hörte sie gar nichts mehr – keine Grillen, keinen Wind, keine Eulen. Die Stille, nur von ihren eigenen gequälten Atemzügen durchbrochen, lag schwer in der Luft.

Dann hörte Wendy ein schwaches Geräusch, etwas, das sie nicht ganz ausmachen konnte, das aber stetig lauter wurde. Ihre Fingernägel gruben sich in ihre Handflächen, als sie die Fäuste ballte.

Atemgeräusche erfüllten die Luft um sie herum. Es war, als würde sie in einem Raum voller Menschen stehen, die sie nicht sehen konnte. Sie hörte sie lediglich atmen, konnte nur die Luft, die sie ausstießen, auf ihrer Haut spüren. Einige atmeten langsam, andere stoßweise, und alle vermischten sich miteinander und wurden immer lauter.

Wendy riss den Kopf von einer Seite zur anderen und suchte verzweifelt nach der Quelle des Geräuschs, aber sie konnte nichts entdecken. Das Atmen ging in unverständliches Flüstern über.

Wendy verzog das Gesicht. Was geschah mit ihr?

»ALEX!«, rief sie und versuchte, seine Stimme inmitten des Gemurmels auszumachen. Wenn er sie hörte, würde er ihr vielleicht antworten. »ALEX, WO BIST DU?!«

Etwas Kaltes, Nasses glitt über Wendys Knöchel.

Als sie nach unten schaute, sah sie, dass etwas Pechschwarzes aus dem Kreis der Bäume gesickert war. Wendy stolperte rückwärts, aber ihre Füße versanken im Schlamm und hätten sie fast aus dem Gleichgewicht gebracht. Das Flüstern wurde immer drängender, die Stimmen riefen nach ihr. Wendy versuchte wegzurennen, aber ihre Füße blieben stecken. Ranken streckten sich aus und wickelten sich eiskalt um ihre Beine, während sie an ihr nach oben krochen. Langsam versank sie, wurde unter die Erde gezogen.

»Nein, nein, nein!« Panik erfasste Wendy. Sie versuchte, ihr Bein freizubekommen, aber nun schlossen sich Schatten um ihre Handgelenke. Klebrige Klauen schlängelten sich ihre Arme hinauf bis zu ihrem Hals. Wendy schlug um sich, während sie bis zur Taille versank. Heiße Tränen strömten ihr über die Wangen, und sie versuchte, die Schatten von ihrem Gesicht wegzuziehen, aber sie dehnten sich nur weiter aus und liefen nun auch über ihre Hände, während sie sich weiter ihren Weg zu ihrem Mund bahnten.

Als sie sich über ihre Lippen zu winden begannen, riss Wendy den Kopf zurück, holte tief Luft und schrie nach dem einzigen Menschen, der ihr einfiel.

»PETER!«

Die Schwärze schloss sich über ihrem Mund. Während sie sie verschlang, hatte Wendy in ihrer Panik und überwältigenden Angst nur einen einzigen Gedanken: War es das, was auch ihren Brüdern widerfahren war?

Gerade als sich die Schatten über ihre Augen schoben, gab es eine Explosion von Licht. Plötzlich konnte Wendy wieder sehen. Goldene Funken zischten, als sie die Schwärze berührten. Ein Kreischen erfüllte die Lichtung, dann schrumpfte die Substanz zusammen und fiel in Ascheklumpen von Wendy ab. Die Funken lösten die Schwärze auf, taten Wendy aber nicht weh.

Ein starker Arm legte sich um ihren Oberkörper und zog sie aus dem Boden. Sie ruderte mit den Armen und fiel auf die Knie. Dann rutschte sie nach hinten und trat panisch den letzten Rest der herabfallenden Asche von sich.

Asche und ein Teppich aus goldenen Funken, die die Lichtung erhellten. Sie tanzten und flackerten um sie herum. Träumte sie?

In der Mitte der Lichtung stand Peter. Die Funken blinkten unter seinen nackten Füßen. Er hielt die rechte Hand an der Seite, die Handfläche vorsichtig nach vorne ausgestreckt. In seiner linken Hand befand sich ein Schwert, aber kein gewöhnliches. Nicht dass Wendy jemals ein echtes Schwert gesehen hätte, aber dieses bestand aus den gleichen goldenen Funken, die Peter umgaben. Es lag fest und schwer in seiner Hand, mit einem schalenförmigen Griff, der sich zu einer langen Klinge wölbte. Die Klinge funkelte und glitzerte in seiner Hand. Das Licht beleuchtete die tiefen Sorgenfalten auf Peters Gesicht. In seinen Augen stand ein konzentrierter Ausdruck, als er Wendy forschend ansah. Das tanzende Licht spiegelte sich in ihnen wider.

»Wendy, ist alles okay?« Peter trat einen Schritt vor, und Wendy wich zurück. Sein Blick folgte ihrem immer noch starr auf die Waffe in seiner Hand gerichteten. Er fluchte leise, und mit einer Drehung seines Handgelenks verschwand das Schwert in einem Funkenregen.

Dadurch fühlte sie sich jedoch nur geringfügig besser. Sie war benommen, und ihre Brust hob und senkte sich hektisch. Von dem entsetzlichen Ding war keine Spur mehr zu entdecken.

»Was *war* das?«, krächzte Wendy. Im Licht der Funken – das bereits wieder verblasste – konnte sie erkennen, dass das, was sie angegriffen hatte, verschwunden war. Doch sie wollte nicht noch einmal allein in der Dunkelheit zurückbleiben. Also rappelte Wendy sich hoch, doch ihre müden Beine zitterten. Sie stolperte, und diesmal ließ sie sich von Peter helfen.

»Peter, bitte, wir müssen hier weg. Da ist irgendetwas im Wald«, flehte Wendy mit heiserer, brechender Stimme. Sie zerrte mit ihren zitternden Händen an seinem Arm. Ihr Blick huschte wild umher. Sie waren nicht allein. Irgendetwas war da drin. Es würde Wendy holen. Tränen trübten ihre Sicht.

»Schh, ist ja gut, jetzt ist es weg.« Peter legte ihr sanft seine warme Hand an die Wange, aber seine leise Stimme trug nicht gerade dazu bei, dass sie sich beruhigte.

Wendy schüttelte heftig den Kopf. Ihre Knie gaben unter ihr nach. Die einzige Lichtquelle, die sie hatten, wurde immer schwächer.

Sie zog kräftiger an Peters Arm. »Wir müssen hier weg – wir können nicht hierbleiben! Ich kann nicht!« Sie spürte, wie sich der Wald um sie herum zusammenzog. Jeden Moment würden sich Finger nach ihr ausstrecken und sie packen. Sie würde in der Falle sitzen und für immer zwischen den Bäumen gefangen sein.

Sie mussten weg, sie mussten entkommen …

Dann kam es mit voller Wucht zu ihr zurück: Der Grund, warum sie überhaupt im Wald war. »Alex«, stieß Wendy mit erstickter Stimme hervor. »Es hat Alex geholt!« Sie wirbelte herum und sah sich nach allen Richtungen um. »ALEX!«, rief sie mit wunder Kehle. Ihr Haar klebte ihr an den Lippen, als sie den Kopf herumriss und nach ihm schrie.

In welche Richtung war er verschwunden? Wohin hatte das Ding ihn gebracht? »Wir müssen ihn zurückholen«, sagte Wendy. Sie machte einen Schritt auf den Wald zu, aber Peter hielt sie am Ellbogen fest.

»Wir sollten dich nach Hause bringen.« Peters Stimme war fest, was Wendy nur noch rasender machte.

Es machte sie entsetzlich wütend, dass Peter so gelassen war.

»Nein, wir müssen Alex finden«, beharrte sie. »Wir können ihn doch nicht einfach im Stich lassen!« Sie versuchte, ihm ihren Arm zu entreißen, aber Peter hielt sie weiter fest.

»Sie sind weg«, sagte er. Seine Miene war traurig, aber bestimmt. »Es ist dunkel, wir wissen nicht, in welche Richtung es gegangen ist, wir müssen zurück …«

»*Nein!*«, schrie Wendy ihn an. Sie entwand ihren Arm seinem Griff und stieß ihn weg. »Er ist ganz allein!« Sie ballte die Hände zu Fäusten. »Du weißt nicht, wie es ist, in diesem Wald zu sein! Wir können ihn nicht einfach zurücklassen!«

Wendys Augen brannten, und ihre Sicht verschwamm. Zornig rieb sie sich übers Gesicht. Konnte er das nicht erkennen? Verstand er es nicht?

Peters Arme fielen herab. Er zog die Augenbrauen zusammen, und sein mitleidiger Gesichtsausdruck weckte in ihr den Wunsch, ihn zu ohrfeigen.

»Wendy«, sagte er sanft.

Aber Sanftheit war nicht das, was Wendy jetzt brauchte. Sie musste ihren Zorn in die Nacht hinausschreien.

»Wir müssen ihn finden!« Wendy stellte sich Alex' verängstigtes Weinen vor. Sie malte sich aus, wie er verloren und allein im Wald stand. Es war ihre Schuld, dass er verschwunden war. Sie hätte ihn retten sollen. Sie hätte ihn beschützen sollen. Wendy dachte an ihre Brüder.

»WIR KÖNNEN SIE NICHT ALLEINLASSEN!«, rief sie, bevor sie von ihrem eigenen Schluchzen überwältigt wurde. Sie sank auf die Knie, die Arme schützend über dem Kopf. Ihre Finger krallten sich in ihr Haar. Sie hatte schreckliche Angst und war vollkommen erschöpft. Sie wollte Alex finden. Sie wollte ihre Brüder finden.

Sie wollte nach Hause.

Wendy nahm wahr, dass Peter sich neben sie kniete. Unter ihren Ellbogen hindurch konnte sie sehen, wie er ihr eine geschlossene Faust hinhielt.

Gerade als die letzten Lichter auf dem Waldboden verlöschten, kurz bevor sie in Dunkelheit getaucht wurden, öffnete Peter die Hand, und Funken erwachten zwischen seinen Fingern zum Leben. Für einen Moment war alles still auf der Lichtung, bevor ganz langsam irgendwo in den Tiefen des Waldes Grillen ihr Lied anstimmten.

Wendy starrte auf das glitzernde Licht. Es tanzte hell um seine Fingerspitzen. Es verströmte keinerlei Hitze und schien ihn nicht zu verbrennen.

Es war hypnotisierend. Wendy riss die Augen auf und wischte sich an ihrer Schulter die Nase ab. »W-Was ist das?« Sie bekam einen Schluckauf.

Peter schenkte ihr ein schwaches Lächeln. »Glaubst du mir, wenn ich sage, dass es Feenstaub ist?«

Kapitel 11
Alte Freunde

Geleitet vom Licht des Feenstaubs, der in seiner Hand funkelte, führte Peter sie durch den Wald. Er sagte ihr, sie könnten nicht länger bleiben, falls der Schatten zurückkäme. Wendy hätte sich ja geweigert, aber er hatte recht – sie würden völlig blind im Wald nach Alex suchen. Wendys Körper war so schwer und steif vor Kummer und Erschöpfung, dass sie einfach nicht mehr genug Kampfgeist hatte, um weiter mit Peter zu streiten. Es kostete sie jedes Quäntchen Energie, das sie noch besaß, den Weg nach Hause zu bewältigen.

Peter ging voran, und obwohl es ihren Stolz verletzte, hielt Wendy sich an seinem Arm fest, während sie sich zwischen Bäumen hindurchschlängelten und unter Ästen hindurchduckten. Es fiel ihr schwer, darauf zu achten, wo sie hintrat. Ihr Blick wanderte immer wieder zu dem Feenstaub in Peters Hand.

Die kleinen Lichtflecken sprangen und hüpften auf seiner Haut. Sie sahen aus, als würden sie tanzen oder vor aufgestauter Erregung zittern. Es erinnerte sie daran, wie Michael oft ausgesehen hatte, vor Freude ganz zappelig, wenn sie vor dem Schlafengehen im Bett noch eine Geschichte erzählte.

Das Licht tanzte auf Peters Gesicht, warf einen warmen Schein über seine Wangenknochen, seine Nasenspitze, und funkelte in seinen ohnehin schon leuchtenden Augen. Einige Lichter schossen hoch in die Luft und formten gleißende Spiralen, bevor sie zischend erloschen, wie Glut in einem Lagerfeuer, nur noch lebendiger. Wendy fragte sich, ob sie wohl auf seiner Hand kitzelten.

Der Wald flüsterte nicht mehr, aber Wendy hatte immer noch das Gefühl, dass sie beobachtet wurden. Nach einer Weile, die ihr wie eine Ewigkeit erschien, sprangen sie über den Zaun in ihren Garten. Gerade als sie sich fragte, was er nun mit dem Feenstaub machen würde, klatschte Peter einfach nur in die Hände, und das Licht erlosch.

Wendy wollte nicht länger in der Nähe des Waldes sein. Das Gefühl des Verlusts drohte, sie zu erdrücken.

Mit einiger Mühe gelang es ihr, Peter zu überreden, mit ins Haus zu kommen.

Mr. Darling schlief nicht mehr im Wohnzimmer, und als sie feststellte, dass sein Auto weg war, nahm Wendy an, dass ihr Dad vielleicht einkaufen gefahren war. Er hinterließ nie einen Zettel, um sie wissen zu lassen, wohin er ging, daher konnte sie nur raten, wann er zurück sein würde. So oder so, sie wusste, dass sie Ärger bekommen würde, wenn er wieder da war. Sie hatte ihm versprochen, nach Einbruch der Dunkelheit nicht mehr nach draußen zu gehen.

Aber es gab wichtigere Dinge, die geklärt werden mussten.

»Feenstaub«, wiederholte Wendy und wischte sich mit dem Handrücken über die Nase.

Peter, der mit den Fingern auf die Küchentheke trommelte, nickte. »Jupp.«

Jetzt, bei sich zu Hause an die Küchentheke gelehnt, wurde ihr bewusst, wie seltsam das alles war. Sie glaubte ihm inzwischen, dass er Peter Pan war – ihr Peter –, denn wie hätte sie sonst erklären sollen, was gerade passiert war? Sie ertappte sich immer wieder dabei, dass sie ihn unverhohlen anstarrte.

Peter stand in ihrer Küche. Zu ihrem Ärger war sie jetzt noch nervöser, so als würde sie gerade ihrem Lieblingssänger gegenüberstehen.

Im Licht der Neonröhren konnte sie sehen, in was für einem furchtbaren Zustand Peter war.

Er hatte sich wieder neue Kleidung gesucht. Diesmal war es eine ausgewaschene Jeans mit einem Loch am linken Knie und ein dunkelgrünes T-Shirt. Sie fragte sich, woher er die Sachen hatte. Vielleicht hatte er sie aus einem Garten gestohlen oder aus einer Kiste mit Fundsachen.

Peters Gesicht war gerötet und wies einige kleine Kratzer auf. Sein Haar stand ihm in zerzausten Büscheln vom Kopf ab, und seine Wange war voller Erde. Wendy war davon überzeugt, dass sie nicht besser aussah. Ihre Hände waren schmutzig.

Schnell ging sie zum Waschbecken und wusch sie sich unter heißem Wasser ab.

»Du meinst das Zeug, das dich fliegen lässt?« In den Geschichten, die ihre Mom an sie weitergereicht hatte, benutzte Peter Staub von den Feen in Nimmerland, damit er und die verlorenen Kinder fliegen konnten.

»Normalerweise schon, genau«, sagte er und berührte sachte einen Kratzer an seiner Schläfe, die mit getrocknetem Blut verkrustet war. Er zuckte zusammen. Er musste sich an einem Zweig verletzt haben. »Normalerweise brauche ich ihn nicht mal, aber seit ich dich nach Nimmerland mitgenommen habe …« Peter schaute weg und spielte mit dem leuchtturmförmigen Pfefferstreuer neben dem Herd. »Ich brauche einen ganzen Haufen davon, nur um vom Boden abzuheben.« Seine Stirn legte sich in Falten, und sein Gesicht nahm einen verkniffenen Ausdruck an, während er mit dem Zeigefinger um den gewundenen Sockel des Pfefferstreuers strich.

Wendy hielt einen Zipfel des Geschirrtuchs, mit dem sie sich die Hände abgetrocknet hatte, unter warmes Wasser. »Hast du etwa immer Feenstaub in der Tasche?«, fragte sie.

Peter ging zum Kühlschrank und begann, die Magneten neu zu ordnen. »Was? Nein!« Kichernd untersuchte er einen Magneten vom Ford Stevens State Park. »Ich brauche keinen Feenstaub – oder, ich meine, Feenstaub ist ein Teil von mir. Ich nehme an, ich bestehe aus diesem Staub?« Peter runzelte die Stirn und kratzte sich am Kinn.

Anscheinend hatte er sich selbst auch noch nicht viele Gedanken darüber gemacht.

Er versuchte es noch einmal. »Es ist wie … es ist, als würde er sich bereits in meinen Adern befinden, verstehst du?«

Wendy nickte kaum merklich, als er sich nach Bestätigung suchend zu ihr umdrehte. »Und was ist mit dem Schwert?«

»Ich kann es mit Feenstaub herbeizaubern«, sagte Peter. »Ich kann damit meine Magie bündeln, um mich selbst und die verlorenen Kinder zu verteidigen.«

Wendy runzelte die Stirn. »Wovor verteidigen?«

Peter zuckte mit den Schultern und nahm sich einen roten Apfel aus der Obstschale auf der Theke. »Keine Ahnung … vor allem Möglichen.«

»Allem Möglichen?«, wiederholte Wendy genervt.

Als ihm klar wurde, dass sie die Sache nicht ohne eine Antwort auf sich beruhen lassen würde, schnaubte er. »Zum Beispiel, um böse Sachen fernzuhalten – so was wie böse Gedanken«, fügte er hinzu, während er mit dem Blick dem Apfel folgte, den er zwischen den Händen hin- und herwarf. »Die bösen Gedanken verlorener Kinder können sich auf der Insel in Gestalt von dunklen Dingen manifestieren, wie Riesenspinnen oder Killernilpferde oder …«

»Piraten?« Sie sagte es, ohne auch nur darüber nachzudenken.

Peter fing den Apfel aus der Luft auf und starrte Wendy an. Unter seinem intensiven Blick trat Wendy unbehaglich von einem Fuß auf den anderen.

Nachdem man sie im Wald gefunden hatte, hatte sie monatelang Albträume gehabt. In diesen Träumen verfolgte sie ein Piratenkapitän in einem leuchtend roten Umhang und mit einem schwarzen Bart, der immer mit einer silbernen Pistole herumfuchtelte. Sie war mitten in der Nacht schluchzend aufgewacht, und hatte so lange in den Armen ihrer Mutter geweint, bis sie schließlich wieder eingeschlafen war.

War dieser Pirat ein böser Gedanke gewesen, der sie in Nimmerland verfolgt hatte?

Schließlich räusperte Peter sich. »Genau, wie Piraten.« Er drehte den Apfel langsam in den Händen, während er weitersprach. »Mit dem Schwert beschütze ich die verlorenen Kinder und halte die Manifestationen ihrer bösen Gedanken in Schach.«

»Kannst du den Feenstaub noch in etwas anderes verwandeln?«, fragte Wendy, die das leuchtende Schwert noch immer vor ihrem inneren Auge sah. »Zum Beispiel in ein Netz?«

»Das *könnte* ich wahrscheinlich.« Peter verzog die Lippen zu einem Grinsen. »Aber ein Schwert ist einfach viel cooler.«

Ein überraschtes Lachen löste sich aus Wendys Kehle.

»Und macht viel mehr Spaß«, fügte er hinzu.

Wendy verdrehte die Augen, konnte sich aber ein Lächeln nicht verkneifen. »Ja, okay.«

»Feenstaub ist meine Magie«, fuhr Peter fort und kam wieder auf den Punkt. »Mit ihm kann ich fliegen, mich um die verlorenen Kinder kümmern, jung bleiben …« Peter sah an sich herunter. »Jedenfalls ging das früher.« Seine Schultern sackten nach unten. »Ich spüre, wie ich schwächer werde, als würde meine Magie einfach aus mir herausfließen, verstehst du?« Peter legte den Apfel beiseite und trat auf Wendy zu. »Das *Zeug* zu verscheuchen, das versucht hat, dich zu holen, hat eine Menge Magie verbraucht. Keine Ahnung, was passiert, wenn wir meinen Schatten nicht bald zurückbekommen, aber es wird nichts Gutes sein.«

Wendy stieß einen tiefen Seufzer aus. Sie wusste, dass das das Problem war, aber sie hatte keine Ahnung, wie sie es lösen sollten.

Peter starrte sie mit seinen großen Augen an, als warte er darauf, dass ihr eine Lösung einfiel, aber wie sollte ihr das gelingen? Sie verstand ja nicht einmal, was er ihr erzählte, und konnte kaum auf sich selbst aufpassen. Sie konnte ihren Brüdern nicht helfen, wie also hätte sie ihm helfen sollen?

Wendy trat einen Schritt auf ihn zu. »Komm, ich mach dich sauber«, sagte sie und hielt das feuchte Tuch hoch. Zumindest den Kratzer konnte sie in Ordnung bringen.

Peter blinzelte sie an und wich zurück.

»Es wird schon nicht wehtun, du großes Baby«, sagte sie leicht genervt.

»Ich *bin* kein Baby«, brummte Peter trotzig, hielt aber still.

Als sie ihm so nahe kam, gab Wendy sich alle Mühe, das erneute Flattern ihrer Nerven zu ignorieren. Gab es noch jemanden auf der Welt, der herausgefunden hatte, dass sein imaginärer Freund real war?

Wendy drückte Peter das Tuch auf die Schläfe, und er zuckte zusammen. Dann sog er scharf die Luft ein. »Das *brennt!*«, zischte er, und seine Kiefermuskeln spannten sich an.

»Mach doch nicht so ein Drama daraus«, brummte sie. Peter verzog das Gesicht, aber er erlaubte ihr, sanft den Kratzer abzutupfen, bis das Blut weggewaschen war und nur noch eine kleine rote Linie zurückblieb. »So«, sagte Wendy, bevor sie wieder auf die andere Seite der Küche zurückwich. Sie zog die Krimskramsschublade auf und wühlte darin, bis sie zwischen alten Scheren, abgelaufenen Coupons und Tütenclips ein kleines rotes Nähset fand.

»Wofür ist das?« Peter wich zurück, als würde sie eine Waffe auf ihn richten.

»Für das Loch in deiner Jeans«, sagte Wendy und zeigte auf den zerrissenen Stoff an seinem Knie.

Ihn schien das nur wenig zu beruhigen.

»Setz dich einfach, okay?«, sagte sie und legte eine Hand auf die Theke.

Peter warf ihr einen zweifelnden Blick zu, bevor er sich auf die kühlen Kacheln der Küchentheke setzte. »Na schön, aber sei vorsichtig. Nicht dass du mich stichst.«

»Dann halt still.« Sein Knie hörte auf zu wippen, und Wendy machte sich mit geschickten Fingern daran, den ausgefransten Stoff so gut sie konnte zusammenzunähen.

Peter betastete den Kratzer an seiner Schläfe und zuckte zusammen. »Ich muss meine Energie sparen und darf meine Magie nicht für Dinge wie das Fliegen verschwenden, verstehst du? Ich brauche sie, um gegen den Schatten zu kämpfen. Feenstaub ist quasi sein Gegenpol.« Peter gestikulierte, als würde er in seinen Händen zwei Dinge abwägen.

»Schatten bestehen aus Dunkelheit. Sie ernähren sich von Traurigkeit und Verzweiflung. Sie verkörpern das, wovor du dich am meisten fürchtest, und benutzen es als Waffe, um sich an deiner Angst zu laben. Deshalb stiehlt er all diese Kinder.« Er ließ die Hände sinken, woraufhin sie schwer an seinem Körper herabhingen. »Er sammelt sie und nutzt ihre Angst als Energiequelle. Sie machen ihn stärker.«

»Das ist … beängstigend«, hauchte Wendy. Ihr Blick huschte von ihrer Näharbeit weg zur Hintertür. Irgendwo tief im Wald gab es Kinder, die verängstigt und allein waren und von einem Schatten gequält wurden.

»Um den Schatten zu bekämpfen, brauchen wir Feenstaub«, fuhr Peter fort. »Er besteht aus Licht und Lachen und Freude. Wenn man Feenstaub benutzt und an etwas Gutes denkt – etwas Fröhliches –, dann ist man leicht genug, um zu fliegen. Deshalb bin ich der Einzige, der ihn bekämpfen kann. Ich könnte mein Licht gegen meinen Schatten einsetzen und ihn genügend schwächen, um ihn einzufangen, und du könntest ihn wieder an mir befestigen, wie du es schon einmal getan hast.«

»Dann war das also dein Schatten?« Wendy machte eine Schlaufe in das Ende des Fadens und verknotete ihn. »Der Alex geholt und mich angegriffen hat?« Mit Logik ließ sich nicht erklären, was ihr da gerade im Wald passiert war, und das allein war schon beunruhigend genug.

»Ja.« Peter rieb sich die Augen. »Je stärker der Schatten wird, umso schwächer werde ich. Ich spüre, wie die Magie aus mir abfließt.« Er sah schrecklich müde und niedergeschlagen aus, was sie nur noch mehr beunruhigte.

Als sie an der Naht zog, um ihre Arbeit zu überprüfen – sie würde wohl ein Weilchen halten –, kam ihr ein Gedanke. »Der Wald.« Hitze kroch ihr in den Nacken. Wendy legte Nadel und Faden beiseite und ließ das Nähset auf der Theke liegen. »Hält er sie deshalb dort fest – die verschwundenen Kinder und meine Brüder? Meinetwegen?«

Wendy hatte große Angst vor dem Wald, und der Schatten nutzte das gegen sie aus. Er hatte sie dort hingelockt, um sie mit Alex zu verhöhnen, mit dem Versprechen darauf, ihre Brüder zu finden, nur um sich an ihrer Angst zu laben. Es war ihre Schuld. Es war alles ihre Schuld. Wendy fuhr sich mit den Fingern durchs Haar. »Aber *warum*? Warum meine Brüder? Warum ich?«

»Das weiß ich nicht«, murmelte Peter leise und strich mit dem Daumen über die Naht am Knie seiner Jeans. »Ich weiß nur, dass du die Einzige bist, die mir helfen kann, meinen Schatten einzufangen und wieder zu befestigen.« Er sah … nicht gut aus. Seine gebräunte Haut war blasser als sonst. Unter seinen Augen bildeten sich Tränensäcke. Ihm fehlte sein üblicher Funke. Die Veränderung war beunruhigend.

Wendy fragte sich, wann er das letzte Mal etwas Ruhe und etwas zu essen bekommen hatte.

»Was passiert, wenn wir ihn nicht aufhalten können?«, fragte sie. »Mit den Kindern? Mit meinen Brüdern?«

Peter zuckte mit den Schultern und starrte zu Boden. Es tat ihr weh, ihn so zu sehen. Ihre Brust zog sich zusammen. Gleichzeitig frustrierte sie sein Verhalten aber auch. Wenn sie ihm helfen sollte, brauchte sie mehr Anleitung und Antworten. Sie konnte dieses Rätsel nicht einfach wie von Zauberhand lösen. Die Kinder brauchten sie und Peter – sie *mussten* sie finden und retten. Sie musste ihre Brüder wiedersehen, sie zurückholen.

»Peter …« Wendy zögerte, voller Angst vor der Antwort, die sie vielleicht bekommen würde. »Was geschieht, wenn du immer schwächer wirst und der Schatten immer stärker?«

Peter schaute auf und betrachtete sie einen Moment lang. Sie konnte sehen, dass er nachdachte. Körperlich war er noch so jung, auch wenn er alterte. Doch in seinem eindringlichen Blick schien das Alter ganzer Galaxien zu liegen. Peter war ein Stern, eingeschlossen im Körper eines Jungen.

Wieder zuckte er mit den Schultern. »Nichts Gutes.« Er versuchte zu lächeln, aber es war nichts im Vergleich zu dem Strahlen, wenn er es auch wirklich so meinte. »Also dürfen wir das nicht zulassen.«

Wendy trommelte mit den Fingern auf ihren Lippen herum, während sie versuchte nachzudenken.

»Wir müssen die Polizei verständigen. Wir brauchen ihre Hilfe«, sagte sie schließlich. Sie konnte selbst nicht glauben, dass sie das überhaupt in Erwägung zog, aber an wen sollten sie sich sonst wenden?

Peter zog eine Augenbraue hoch und schüttelte den Kopf. »Wendy, *du* glaubst mir kaum, denkst du wirklich, dass ein Haufen Erwachsener uns auch nur ein Wort davon glaubt?«, fragte er. »Sie werden mich einsperren und den Schlüssel wegwerfen!« Er runzelte finster die Stirn. Sie hatte wohl einen Nerv getroffen. »Die Polizei kann uns nicht helfen.«

»Dann müssen wir ihnen zumindest von der Sache mit Alex erzählen!« Wendy zog ihr Handy aus der Gesäßtasche. Ihre Gedanken überschlugen sich. Sie musste irgendetwas tun. Sie musste sofort eine Lösung für diese beängstigende und scheinbar unmögliche Aufgabe finden.

»Sie müssen erfahren, dass er verschwunden ist – seine Eltern müssen es wissen! Dann kann man wenigstens nach ihm suchen.« Wendy ging auf und ab und umklammerte das Handy mit festem Griff. »Ich … ich weiß nicht, was ich ihnen sagen soll, *woher* ich weiß, dass er verschwunden ist«, überlegte sie laut. »Ich könnte einfach etwas erfinden …«

Wendys Handy leuchtete auf. Eine Vermisstenmeldung mit Alex' Namen war darauf erschienen.

»Zu spät«, sagte Wendy. Peter beugte sich vor, um auf das Telefon zu schauen. »Sie wissen es bereits.« Wendy schnappte sich die Fernbedienung von der Theke und schaltete den Fernseher ein. Und tatsächlich, es war auch schon in den Nachrichten. Alex' Gesicht lächelte sie aus der Ecke des Bildschirms an. Daneben war Detective James zu sehen, der mitten auf einer Straße stand. Die grellen Scheinwerfer der Nachrichtenkameras beleuchteten sein Gesicht, weswegen er die Augen zusammenkneifen musste.

»Mrs. Forestay hat gesehen, wie Alex heute Abend aus dem Garten der Familie entführt wurde, konnte aber den Entführer nicht genau genug erkennen, um eine Beschreibung abzugeben«, sagte Detective James gerade.

Schuldgefühle drohten Wendy zu überwältigen.

»Als ich im Wald war, habe ich Stimmen gehört.« Wendy wandte sich wieder zu Peter um. »Ich konnte nicht verstehen, was sie gesagt haben, aber es waren eindeutig Kinder. Ich habe sie nicht gesehen, aber ich hatte das Gefühl, als wären sie mir ganz nah.« Ihre Haut kribbelte, als sie an die Stimmen, das Atmen, die Schritte dachte. »Dort muss er sich versteckt haben.«

»Und genau dorthin war ich ihm ebenfalls gefolgt, als du mich auf der Straße gefunden hast«, sagte Peter und trat neben sie. Seine Schultern berührten ganz sacht ihre. »Nach dem, was du gesehen hast, bin ich mir da auch ziemlich sicher.«

»Weiß die Polizei das?«, überlegte Wendy laut, während sie hörte, wie Detective James auf eine spezielle Hotline hinwies, die die Polizei für Informationen über die verschwundenen Kinder eingerichtet hatte. »Sollen wir es ihnen sagen?«, fragte sie und sah Peter an.

Sein Kiefer verspannte sich. »Die Großen brauchen meistens ziemlich lange, um etwas zu begreifen«, sagte er nüchtern. Es war der verächtliche Ton, der sich immer in seine Stimme schlich, wenn er von Erwachsenen sprach. »Aber früher oder später werden sie es schon kapieren.«

Wendy kaute auf ihrer Unterlippe. Eigentlich hätte sie die Polizei anrufen und vom Wald erzählen müssen, aber wie sollte sie das alles erklären? Die Detectives suchten bereits bei ihr nach Antworten – sie verdächtigten sie, zu lügen oder *irgendetwas* zu verheimlichen. Deshalb waren sie überhaupt erst bei ihr zu Hause aufgetaucht. Wenn sie mit ihnen redete und sie weitere Nachforschungen über sie anstellten, wenn sie anfingen, den Wald zu durchsuchen, würden sie dann nicht auch Peter entdecken? Und wie würden sie sich das und seine Verstrickung in all das erklären?

»Sie werden den Wald durchsuchen«, sagte Wendy, denn natürlich würden sie das tun. »Sie werden die Jagdhütte finden, in der du wohnst. Sie könnten dich finden, Peter.«

Peter, der bis eben mit der Schuhspitze auf dem Boden gescharrt hatte, erstarrte. Anscheinend hatte er daran noch gar nicht gedacht. Er warf den Kopf zurück und stieß ein halbherziges Lachen aus. »Dann sollten wir uns wohl besser beeilen«, sagte er und sah sie mit einem traurigen Lächeln an.

Wendy drückte sich beide Hände auf den Bauch. Sie hatte das Gefühl, sich übergeben zu müssen.

Im Wohnzimmer wechselte das Fernsehbild von Detective James zu einer Phantomzeichnung einer weiteren verschwundenen Person, die Wendys Aufmerksamkeit erregte.

»Oh nein.«

Detective James sprach jetzt wieder: »Man hat uns außerdem auf ein weiteres Kind aufmerksam gemacht, das vorgestern aus dem Krankenhaus verschwunden ist. Der Junge war ursprünglich bewusstlos auf der Williamsport Road aufgefunden worden, verschwand aber, kurz nachdem man ihn zur Behandlung ins Krankenhaus gebracht hatte. Sein Name und sein Aufenthaltsort sind unbekannt, aber wir haben Grund zu der Annahme, dass er mit der Reihe von Vermisstenfällen in der Gegend in Verbindung steht«, fuhr er fort.

Wendys Augen weiteten sich. *Grund zu der Annahme, dass er mit der Reihe von Vermisstenfällen in der Gegend in Verbindung steht.*

»Was ist los?«, fragte Peter. Er trat noch näher zu ihr und musterte sie eingehend. »Du siehst aus, als müsstest du gleich kotzen.«

»Wenn sie glauben, du hättest etwas mit den verschwundenen Kindern zu tun«, sagte Wendy, und vor aufsteigender Panik sprudelten die Worte nur so aus ihr heraus, »und sie denken, du hättest etwas mit dem zu tun, was mit mir und meinen Brüdern passiert ist, dann bedeutet das, dass sie glauben, auch *ich* hätte etwas damit zu tun!«

Peter blinzelte, aber dann schienen sich auch bei ihm alle Puzzleteilchen zusammenzufügen. »Oh.« Peter zuckte zusammen. »Oje …«

Was um alles in der Welt sollte sie der Polizei erzählen? *Ja, Detective, meine Brüder und ich sind wirklich zu einer magischen Insel im Himmel namens Nimmerland geflohen. Die beiden wurden von einem bösen Schatten entführt, aber mich hat ein magischer Junge gerettet und zurück nach Hause gebracht! Oh, und all die Kinder, die jetzt verschwunden sind? Ja, die hat auch der Schatten geholt, und jetzt liegt es an mir und dem magischen Jungen, sie zurückzuholen!*

»Du hast recht«, sagte Wendy, die unverwandt auf den Fernseher starrte. »Ich muss vielleicht wirklich kotzen.«

Peter trat einen Schritt von ihr weg.

Wieder wurde das Phantombild gezeigt.

Die Zeichnung von Peter war nicht besonders gut, aber es handelte sich eindeutig um ihn. Seine Nase war ziemlich gut getroffen und sie hatten auch seine Ohren richtig hinbekommen, sogar dass sie spitz zuliefen und ein wenig abstanden. Aber seine Wangen und sein Kinn sahen auf dem Bild zu rund und zu jung aus. Die Skizze zeigte den Peter, auf den sie auf der Straße gestoßen war – aber wenn sie ihn jetzt betrachtete, wie er sich über die Theke beugte und konzentriert auf den Fernseher starrte, wurde Wendy klar, dass er wirklich sehr schnell alterte.

Und die Augen in dem Phantombild wurden seinen echten Augen natürlich auch nicht gerecht.

Im Hintergrund fuhr Detective James fort: »Beschreibungen zufolge hat der Junge braunes Haar, blaue Augen und ist ungefähr eins fünfundsechzig groß. Er wird auf ein Alter zwischen zwölf und vierzehn Jahren geschätzt und könnte verwirrt oder desorientiert sein. Wenn Sie ihn sehen, rufen Sie bitte folgende Nummer an …«

Wendy musterte Peter. Sie war einen Meter fünfundsechzig groß, und Peter, der direkt neben ihr stand, war definitiv etliche Zentimeter größer als sie. Sie schaute wieder zum Bildschirm. Wendy erinnerte sich daran, wie er ausgesehen hatte, als sie ihn auf der Straße gefunden hatte. Aber jetzt? Er war definitiv größer, und seine Wangen waren nicht mehr so rundlich. Immer noch voller Sommersprossen, doch mittlerweile bedeckten sie seine ausgeprägten Wangenknochen stärker und gingen in seine ebenfalls definiertere Kinnpartie über. War er wirklich in nur wenigen Tagen so sehr gealtert?

»Was starrst du mich so an?« Peter blinzelte und runzelte die Stirn.

»Ich starre dich nicht an«, widersprach Wendy, und ihre Wangen wurden heiß, als sie ihn gegen die Schulter stupste. »Ich schätze, dass der Verlust deiner Magie sogar nützlich ist, denn durch das Altern wird es für die Leute, die dich in der Notaufnahme gesehen haben, schwieriger, dich wiederzuerkennen«, sagte sie in dem Versuch, sich selbst Hoffnung zu machen.

»Ja, aber es ist *nicht* hilfreich, um meinen Schatten zurückzubekommen.« Peter runzelte finster die Stirn. »Je schwächer meine Magie wird, umso schneller altere ich. Ich darf nicht erwachsen werden, Wendy. Wenn es uns nicht bald gelingt, ihn aufzuhalten …« Peter suchte nach Worten. »Ich weiß nicht, was dann passiert, aber die Kinder werden für immer verloren sein.«

»Und meine Brüder auch«, sagte Wendy.

Peter presste sich die Handflächen auf die Augen.

Bei dem Geräusch eines Schlüssels, der ins Schloss der Haustür glitt, zuckte Wendy vor Schreck heftig zusammen.

»Mist!«, zischte sie, fasste sofort nach Peters Arm und riss ihn mit sich.

»Autsch! Was ist denn?!«

»Pst! Da kommt jemand! Wenn mein Dad dich sieht, flippt er aus« Wendy zog Peter zu der gläsernen Schiebetür, die in den Garten führte.

Oh Gott, sie musste Peter aus dem Haus schaffen. Wenn ihr Dad sie beide hier zusammen fand, wäre sie nicht die Einzige, die in großen Schwierigkeiten steckte. Das Schloss klickte, und die Haustür öffnete sich knarrend. »Du musst sofort von hier verschwinden. Durch die Hintertür!« Sie versuchte, ihn in die richtige Richtung zu schieben, aber Peter bewegte sich keinen Zentimeter.

»Wendy?« Die müde Stimme ihrer Mutter drang aus dem Wohnzimmer zu ihnen. »Bist du das?«

»Geh!«, flehte Wendy so leise sie konnte, aber Peter sah sie nicht einmal an.

Seine ganze Aufmerksamkeit richtete sich jetzt auf die Stimme ihrer Mutter, und sein Gesicht war plötzlich sehr wachsam. Wendy drückte in einer stummen Bitte seinen Arm, aber es war zwecklos. Er wippte auf den Fußballen auf und ab und spähte in Richtung Wohnzimmer, wie ein Fuchs, der einen Vogel erspäht hatte. Da lag etwas in seinen Augen, eine Intensität in seinen Zügen, die Wendy nicht einordnen konnte. Was hatte er vor? Wenn er sich nicht bald bewegte, würde sie …

Mrs. Darling kam um die Ecke und betrat die Küche.

»Ähm, hallo, Mom!«, zwitscherte Wendy und versuchte, lässig zu klingen, aber in Wahrheit hatte sie nie Besuch, abgesehen von Jordan.

Peter wich schnell ein paar Schritte zurück und trat an Wendys Seite. Er verschränkte die Hände auf dem Rücken.

Überrascht von seinem seltsamen Verhalten, schaute Wendy zu ihm.

Mrs. Darling trug ihre übliche blaue Krankenhauskleidung, und hatte das Haar zu einem unordentlichen Knoten hochgesteckt. Sie hatte ihre Brille auf, aber Wendy konnte trotzdem die dunklen Ringe unter ihren Augen sehen.

»Oh, du hast Gesellschaft«, sagte sie, ein freundliches, aber müdes Lächeln auf dem Gesicht, als sie sich Peter zuwandte. Doch als sie ihn ansah, stutzte sie.

Mrs. Darlings braune Augen wurden mit einem Mal größer und wacher, als Wendy es seit einer Ewigkeit an ihr gesehen hatte. Ihre Hand wanderte an ihre Kehle. Ihr Mund formte in stummer Überraschung ein kleines O.

Peter stand reglos da, den Kopf neugierig zur Seite geneigt.

»Ähm, Mom?«, fragte Wendy leise. Hatte ihre Mom Peter im Krankenhaus gesehen? Schaute sie ihn deshalb so an? Und warum verhielt Peter sich auf einmal so merkwürdig? Die stille Intensität der Situation gab ihr das Gefühl, einen intimen Augenblick zu stören. »Geht es dir gut?«

»Was? Oh, ja ... alles bestens.« Die Frage schien Mrs. Darling aus ihrer Versunkenheit zu reißen, aber sie starrte Peter weiterhin an. Wendy konnte eine seltsame Energie zwischen den beiden wahrnehmen. Mrs. Darling blinzelte, und zarte Fältchen erschienen um ihre Augen, während sie ihn durch ihre Brille hindurch betrachtete. »Tut mir leid, sind wir uns schon einmal begegnet?«, fragte Mrs. Darling Peter.

Bevor er den Mund öffnen konnte, griff Wendy ein. »Nein!« Sie schrie fast. Dann räusperte sie sich und senkte die Stimme. »Ich meine, nein. Das ist ... ähm ... Barry.«

»Gehst du mit Wendy zur Schule?«, hakte Mrs. Darling nach. »Du kommst mir so bekannt vor ...«

»Das kann gar nicht sein.« Wieder war es Wendy, die antwortete. »Er ist neu ... von außerhalb ... besucht seine Familie ... nur für den Sommer!« Sie redete viel zu schnell. Und viel zu laut. »Wir sind uns zufällig in der Stadt über den Weg gelaufen, und da dachte ich, ich zeige ihm die Gegend«, beendete Wendy ihre Ausführungen. Sie fuchtelte mit den Händen herum, während sie versuchte, sich eine logische Erklärung zu überlegen. Wendy war nicht sehr gut darin, sich spontan Lügen einfallen zu lassen, aber sie hoffte, dass sie trotzdem glaubhaft wirkte. Doch ihre Mom schien sie ohnehin nicht genügend zu beachten, um es zu bemerken.

»Es freut mich, Sie kennenzulernen, Mrs. Darling«, sagte Peter schließlich. Er machte eine seltsame kleine Verbeugung, eine Hand auf die Brust gedrückt, bevor er sich wieder aufrichtete. Dann lächelte er sie an, und in seinen Wangen erschienen tiefe Grübchen. Sein Lächeln war umwerfend. Es gab einem das Gefühl, es sei nur für einen selbst bestimmt, und mit diesem Lächeln sah er jetzt gerade ihre Mutter an.

Ein Lachen kam über die Lippen von Mrs. Darling. »Freut mich auch, dich kennenzulernen, Barry.« Sie fuhr sich durch ihr zerzaustes Haar.

Es war seltsam, ihre Mutter im Umgang mit Peter zu beobachten. Es schmerzte sie sogar ein wenig. Sie hatte ihre Mom schon lange nicht mehr so lächeln oder lachen sehen. Vor fünf Jahren, als Wendy endlich aus dem Krankenhaus entlassen worden war, hatte sie unentwegt versucht, ihre Mom mit Zeichnungen, aus Zeitungspapier gebastelten Perlenketten und Scherzen aufzumuntern. Wendy führte sogar eine Strichliste darüber, wie oft es ihr gelungen war, ihrer Mutter ein Lächeln zu entlocken. Zufällig, nachdem Wendy ihrer Therapeutin von dieser Liste erzählt hatte, fing Mrs. Darling an, öfter zu lächeln. Aber es war immer ein gezwungenes Lächeln gewesen, das nicht bis zu ihren Augen reichte.

Wendy konnte nicht anders, als ein wenig eifersüchtig darauf zu sein, dass Peter so mühelos etwas bekam, nach dem sie sich so sehr sehnte. Gleichzeitig fühlte Peter sich auch wie *ihr* Geheimnis an, ihr eigenes Stück Magie, aber er und ihre Mutter teilten offensichtlich auch irgendetwas miteinander.

»Möchtest du zum Abendessen bleiben?«, fragte Mrs. Darling und strich sich eine Haarsträhne aus dem Gesicht. »Ich bin mir nicht sicher, was wir im Haus haben, aber ich könnte uns etwas zu essen bestellen …«

»Nein, nein, ist schon gut«, unterbrach sie Wendy und winkte mit einem nervösen Lachen ab. »Barry muss nach Hause, nicht wahr, Barry?«

»Ähm«, gab Peter unbestimmt zurück.

Wendy packte ihn am Oberarm und drückte zu.

»Ja, das muss ich wohl«, schob er hinterher. Er wirkte enttäuscht, aber das war Wendy egal. Er konnte nicht noch länger bleiben. Sie war einfach nicht in der Lage, ihre Lüge noch lange aufrechtzuerhalten, und Peter erwies sich dabei auch nicht als besonders hilfreich.

»Oh.« Mrs. Darling war das Bedauern anzusehen. »Tja, möchtest du vielleicht wenigstens nach Hause gefahren werden? Es ist gefährlich, um diese Zeit allein unterwegs zu sein, bei allem, was hier gerade los ist.«

Peter sah Wendy an – die Augenbrauen erwartungsvoll hochgezogen, während er ihr Zeit gab, sich für ihn eine Antwort zu überlegen.

»Schon gut, Mom. Er wohnt ganz in der Nähe, stimmt's, Barry?«

Peter nickte energisch. »Ja, ganz in der Nähe.«

Jetzt merkte Wendy, dass er sich Mühe gab, sie nicht auszulachen. Am liebsten hätte sie ihn geschubst.

»Na gut, wenn du meinst«, sagte Mrs. Darling, aber Wendy schob Peter bereits in Richtung Haustür.

»Ich bringe ihn nur bis zur Veranda!«, rief Wendy über ihre Schulter. Dann zog sie die Tür auf. Als Peter sich umdrehte, um ihrer Mom zum Abschied zuzuwinken, legte Wendy ihm beide Hände auf den Rücken und schob ihn hinaus.

Draußen war bis auf die Verkehrsgeräusche, die von der Hauptstraße zu ihnen herüberdrangen, alles still.

Wendy schloss die Tür hinter sich und stieß einen langen Seufzer der Erleichterung aus. »Das war knapp«, sagte sie, presste sich die Hand gegen die Stirn und zwang ihren Herzschlag, sich zu verlangsamen. Sie konnten von Glück reden, dass es nicht ihr Vater gewesen war, aber es war auch schlimm genug, dass Peter ihrer Mutter über den Weg gelaufen war. Peter musste sich unauffällig verhalten – je weniger Leute ihn sahen, desto besser.

Peter sagte kein Wort. Er starrte bloß über ihre Schulter zur geschlossenen Tür. Seine Augenbrauen zogen sich zusammen, und sein Kinn bewegte sich, als würde er auf der Innenseite seiner Wange kauen.

Wendys Gedanken wanderten sofort zu Peters Begegnung mit ihrer Mutter zurück. Wie neugierig Peter gewesen war, wie in Gedanken verloren ihre Mutter. Es war beinahe, als hätte sie ein sehr intimes Gespräch belauscht. Wendy verschränkte die Arme vor der Brust und lehnte sich gegen die Tür. »Kanntest du meine Mom? Als sie noch jünger war?«, fragte sie leise, während sie ihn nicht aus den Augen ließ.

Peter nickte. »Ja, die Geschichten, die sie euch immer erzählt hat, waren nicht nur Geschichten. Tatsächlich konnte sie besser mit dem Schwert kämpfen als du«, fügte er mit einem kurzen Lachen hinzu und schob die Hände in die Taschen. »Ich meine, natürlich erinnert sie sich jetzt nicht mehr daran.« Er zuckte mit den Schultern, als sei das nichts Besonderes, aber in seiner Stimme schwang ein deutlich gekränkter Unterton mit. »Aber so ist das eben, wenn man erwachsen wird – man vergisst die Magie, die man gesehen hat.«

Wendy fragte sich unwillkürlich, wie es wohl war, Peter zu sein. Menschen kennenzulernen, wenn sie jung waren und noch an Magie glaubten, mit ihnen Abenteuer zu erleben, an Orten, die sie sich in ihren kühnsten Träumen nicht hätten vorstellen können, nur um dann mit der Zeit und dem Alter vergessen zu werden. Es war wahrscheinlich ein ziemlich einsames Leben …

Peter nickte Wendy zu. »Das ist wahrscheinlich auch der Grund, warum du es vergessen hast. Als du dreizehn geworden bist, warst du kein Kind mehr, und als ich dich gerettet und in den Wald zurückgebracht habe, hast du Nimmerland vergessen … und mich.«

Wendy biss sich auf die Unterlippe. War das die Erklärung dafür, warum sie sich nicht erinnern konnte, was in diesen sechs Monaten mit ihr passiert war?

»Glaubst du, dass in Nimmerland deshalb plötzlich alles bergab ging?«, fragte Wendy.

Peter runzelte die Stirn und schüttelte dann kaum merklich den Kopf. Offensichtlich verstand er die Frage nicht.

»Ich bin an dem Tag, an dem du mich zurückgebracht hast, dreizehn geworden, nicht wahr? Was ist, wenn all die merkwürdigen

Dinge, die auf der Insel passiert sind, nur deshalb passiert sind, weil ich zu alt war? Wenn Älterwerden bedeutet, dass man die Magie verliert, war meine Anwesenheit dort vielleicht der Grund für all die Probleme.«

»Könnte sein«, gab Peter zögernd zurück. »Aber das erklärt immer noch nicht, was mit mir und meinem Schatten passiert ist. Dass du zu alt warst und damit die Regeln von Nimmerland gebrochen hast, könnte der Grund dafür sein, warum die Tiere und die Feen angefangen haben, sich seltsam zu verhalten. Aber warum sollte *ich* plötzlich älter werden und meine Magie verlieren?«

Wendy zuckte seufzend mit den Schultern. »Ich weiß es nicht«, sagte sie. »Aber es ist ein Anfang.« Sie fröstelte. Wind kam auf. »Schaffst du es allein zur Jagdhütte?«, fragte sie.

Der Gedanke, in den Wald zu gehen, machte ihr mehr Angst denn je, erst recht nachts und ganz allein. Die Vorstellung, dass Peter dort allein war, gefiel ihr auch nicht. Was, wenn etwas passierte und der Schatten sich als Nächstes an *seine* Fersen heftete? Sie war drauf und dran, ihn zu bitten zu bleiben, aber die Worte blieben ihr im Hals stecken.

Peter lachte und sah sie mit einer hochgezogenen Augenbraue an. »Äh, ja. Danke, Mom, aber ich kann auf mich selbst aufpassen.«

Wendy schaute finster zurück und stieß ihm den Ellbogen in die Seite. »Ach, halt die Klappe. Wann sehen wir uns morgen? Wir müssen uns einen Schlachtplan zurechtlegen. Sollen wir uns irgendwo treffen?« Die Sache wäre erheblich einfacher gewesen, wenn er wie jeder andere Teenager ein Handy gehabt hätte.

»Keine Sorge.« Peter wackelte mit den Augenbrauen und senkte die Stimme zu einem unheilverkündenden Ton. »Ich werde dich finden, wenn die Zeit gekommen ist.«

Wendy kniff die Augen zusammen. »Moment mal, meinst du das ernst?«

Peter lachte, und ein breites Grinsen huschte über sein Gesicht, das die kleine fehlende Ecke an seinem Zahn entblößte. Es war das erste echte Lächeln, das sie heute an ihm sah und das nicht mit Sorgen oder Befürchtungen unterlegt war. Es war eine willkommene Abwechslung.

»Ähm, um ehrlich zu sein, nein«, sagte er und wippte auf den Fußballen, überaus zufrieden mit sich selbst, dass er so clever war. »Du solltest mir wahrscheinlich sagen, wann und wo wir uns treffen.«

Wendy verdrehte die Augen, konnte sich aber das Lächeln nicht verkneifen, das jetzt ihre Lippen umspielte. »Wir treffen uns einfach morgen gegen zwölf in meiner Straße, an der Ecke mit dem orangefarbenen Haus, okay?«

»Aye, aye, Käpt'n«, erwiderte Peter und salutierte schwungvoll. Er sprang von der Veranda und machte sich auf den Weg durch den Garten.

Während Wendy ihm nachsah, konnte sie einfach nicht anders. »Sei vorsichtig im Wald, okay?«, rief sie ihm so leise wie möglich nach.

Peter drehte sich um und sah sie mit einem amüsierten Grinsen an. »Weißt du, wenn du dir weiter solche Sorgen machst, bekommst du noch Falten«, prophezeite er, während er rückwärts zur Einfahrt lief. »Genau da.« Er tippte sich mit dem Finger an die Stirn.

Wendy schüttelte den Kopf und ließ ihn ihren verachtungsvollsten Blick spüren. »Gute Nacht, Peter«, sagte sie.

»Süße Träume, Wendy.«

Sie beobachtete ihn, wie er sich wieder umdrehte und gefolgt vom Zirpen der Grillen die Straße entlangging.

Im Haus stand Mrs. Darling vor dem Kühlschrank. »Was hältst du von einem Resteessen?« Ihre Mutter nahm die Tupperdose mit dem Käse-Hühnchen heraus, das Wendy vor einigen Tagen zum Abendessen gekocht hatte.

»Klingt gut«, sagte Wendy und setzte sich an den Tisch. Ihre Schienbeine schmerzten von der wilden Jagd durch den Wald. Sie hatte das Gefühl, noch immer voller Erde und Asche zu sein. Sie musste dringend unter die Dusche und sich abschrubben, aber im Moment hielt sie der Gedanke an den Gang die Treppe hoch sowieso davon ab, und die Aussicht auf geschmolzenen Käse ließ ihren Magen knurren.

Ihr wurde bewusst, dass ihre Mutter sie beobachtete, aber als Wendy aufschaute, huschte Mrs. Darlings Blick bereits weiter, und sie war plötzlich sehr damit beschäftigt, zwei Gabeln aus der Schublade zu holen.

Wendy dachte darüber nach, was Peter gesagt hatte. Dass ihre Mutter ihn früher einmal gekannt und sogar mit dem Schwert gekämpft hatte. Jetzt, mit ihrem zerzausten Haar, dem Krankenhauskittel und dem immer müden Lächeln, erschien Wendy die Vorstellung vollkommen absurd.

Schon bevor Wendy und ihre Brüder verschwunden waren, war ihre Mutter ihr immer wie eine perfekte Dame vorgekommen. Ihr Haar hatte sie lang getragen, und es hatte sich immer in langen Wellen über ihren Rücken ergossen. Wendy war verliebt gewesen in diese seidigen Locken und war oft wieder und wieder mit den Fingern hindurchgefahren, wenn sie weinte und ihre Mutter sie auf dem Arm hatte. Sie hatte auch schon immer so einen anmutigen Gang gehabt, wie eine Balletttänzerin. Und wenn ihre Mutter ihnen Geschichten erzählt hatte, klang ihre Stimme wie eine sanfte Melodie, so als würde sie singen.

Das waren die beiden einzigen Versionen ihrer Mutter, die Wendy kannte. Die Vorstellung, dass sie ein kleines Mädchen gewesen und mit Peter Pan Abenteuer erlebt und ein Schwert geschwungen hatte, erschien ihr unmöglich.

Aber vieles, was ihr unmöglich erschienen war, hatte sich in letzter Zeit als überaus real entpuppt.

»Barry scheint also nett zu sein?« Die Frage ihrer Mutter riss Wendy aus ihren Gedanken.

»Was? Oh ja, sehr nett«, sagte Wendy überrumpelt.

»Du hast noch nie einen Jungen mitgebracht. Seid ihr zwei …«, begann Mrs. Darling langsam und warf Wendy einen verstohlenen Blick zu, »… zusammen?«

»Was?« Wendy hätte fast aufgeschrien. »Nein … wir … NEIN, ganz bestimmt nicht«, stammelte sie vollkommen aus dem Konzept gebracht. »Ich habe ihn erst gestern kennengelernt!« Sie spürte, wie ihre Wangen heiß wurden.

Oh Gott, sie würden doch jetzt nicht *diese* Unterhaltung führen, oder?

»Schon gut, schon gut.« Mrs. Darling hob zum Zeichen der Kapitulation die Hände. »War ja nur eine Frage«, sagte sie mit einem amüsierten Gesichtsausdruck. Während sie die Mikrowelle einschaltete, versuchte Wendy dennoch, in ihrem Stuhl zu versinken. »Ihr habt nur so nervös gewirkt, als ich hereingeplatzt bin …«

Wendy schlug sich gegen die Stirn. »Du bist nicht *hereingeplatzt.* Wir haben nichts gemacht …«

»Und du hast immer wieder seinen Arm berührt und ihm so einen Blick zugeworfen«, fuhr Mrs. Darling fort. Auf ihrem Gesicht erschien beinahe ein Lächeln – es versteckte sich bloß noch in ihrem rechten Mundwinkel.

Wendy vergrub stöhnend das Gesicht in den Händen. Sie hatte ihn nur angefasst, weil sie versucht hatte, ihn aus dem Haus zu bekommen! Und von was für einem Gesichtsausdruck redete ihre Mutter da bloß? Das einzige Gesicht, das sie gezogen haben konnte, war das eines Mädchens am Rand einer Panikattacke! Wendy ließ die Hände auf den Tisch sinken. »Glaub mir, da läuft nichts zwischen mir und P… zwischen uns beiden.«

Mrs. Darling kam an den Tisch und stellte einen Pappteller mit Hühnchen und Reis vor Wendy, zusammen mit einem Glas Wasser.

»So oder so, er schien mir sehr nett zu sein.« Mrs. Darling ging zurück in die Küche.

Wendy schnaubte, bevor sie mit der Gabel ein Stückchen Huhn aufspießte und es sich in den Mund schob. Sie war nicht die beste Köchin – nichts im Vergleich zu dem, was ihre Mutter gekocht hatte, als sie klein war –, aber das Huhn war genau richtig gewürzt und der Reis ganz cremig vom geschmolzenen Käse.

»Er kommt mir nur so bekannt vor.« Mrs. Darling setzte sich zu Wendy an den Tisch und starrte stirnrunzelnd auf ihren Teller, während sie sich auch eine Portion nahm. »Vielleicht bin ich mit seinem Vater zur Schule gegangen? Sehen die beiden sich sehr ähnlich?«

Wendy nahm noch einen Bissen und schüttelte den Kopf. »Nein, wie gesagt, sie sind gerade erst hergezogen«, antwortete sie mit vollem Mund. »Aus Florida.« Wendy hasste es zu lügen, vor allem weil sie so eine miserable Lügnerin war. »Wahrscheinlich hat er einfach eins dieser Gesichter …«

Mrs. Darling nickte langsam und gedankenverloren.

In diesem Moment bemerkte Wendy, dass der Fernseher immer noch lief. »Ich nehme an, du hast das von Alex gehört?«, fragte sie vorsichtig, schaute dabei auf ihren Teller und stocherte in ihrem Reis herum. Das riss Mrs. Darling wieder in die Gegenwart zurück. Sie zog ihre zarten Augenbrauen zusammen, und ihre Schultern sackten mit einem tiefen Seufzer nach unten. »Ja«, sagte sie. »Die Polizei war die ganze Nacht im Krankenhaus und hat die Anmeldeformulare der Einlieferungen und die Aufnahmen der Sicherheitskameras überprüft.«

Wendy musste husten. Es fühlte sich an, als wäre ihr ein Stück Huhn im Hals stecken geblieben. »Sicherheitskameras?«, wiederholte sie.

»Ja«, fuhr Mrs. Darling fort, ohne Wendys plötzlichen Stimmungswechsel zu bemerken. »Aber sie sind nur an den Eingängen angebracht, daher bin ich mir nicht sicher, ob sie für die Suche überhaupt nützlich sind.« Sie seufzte und schloss für einen Moment die Augen. »Ich nehme an, sie suchen nach jemand Verdächtigem, vielleicht jemandem, der ihm und seinen Eltern heute Nachmittag aus dem Krankenhaus gefolgt ist.«

Diese Information sollte Wendy wahrscheinlich erleichtern – zumindest gab es anscheinend keine Aufnahmen von Peter mit ihr oder Alex –, aber hatten die Sicherheitskameras ihn möglicherweise gefilmt, als er das Krankenhaus betreten oder wieder verlassen hatte? Sie hatte ihn nie gefragt, wie er rein- und wieder rausgekommen war, ohne dass es jemand bemerkt hatte. Würde ihn jemand wiedererkennen?

Mrs. Darling stellte die leere Tupperdose ins Spülbecken, blieb jedoch dort stehen, statt wieder zu Wendy an den Tisch zu kommen. »Sie suchen auch nach dem Jungen aus dem Krankenhaus, den du auf der Straße gefunden hast«, begann sie zögernd.

Oh nein …

»Sie scheinen zu glauben, dass das alles irgendwie zusammenhängt«, fuhr Mrs. Darling fort. »Du hast ihn nicht gesehen, oder?«

Wendy schüttelte den Kopf.

»Halt einfach die Augen offen. Wenn du ihn siehst, rufst du sofort die Polizei, ja?« Mrs. Darling drehte ihren Ehering an ihrem Finger, was sie immer dann tat, wenn sie beunruhigt war.

Wendy nickte. »Haben sie … Ich meine, hat die Polizei dir und Dad irgendetwas Neues erzählt?«

Wendy beobachtete, wie der Blick ihrer Mutter durch den Raum zur Tür des Arbeitszimmers ihres Vaters huschte. »Ich bin mir nicht sicher …«, sagte sie.

»Wo ist Dad?«, fragte Wendy.

Wieder seufzte Mrs. Darling. »Nachdem ich im Krankenhaus befragt wurde, haben sie sich auch nach der Nacht erkundigt, in der du verschwunden bist.« Wendy wand sich innerlich, weil ihre Mom es wie immer vermieden hatte, ihre Brüder zu erwähnen. »Danach haben sie auch deinen Vater auf die Wache bestellt. Er ist gerade dort.« Vielleicht sah sie Wendy den Schreck an, denn sie fügte schnell hinzu: »Aber es gibt nicht den geringsten Grund zur Sorge. Sie versuchen nur, so viele Details wie möglich über die Nacht damals in Erfahrung zu bringen.«

Sie nahm ihren Teller und setzte sich wieder neben Wendy. »Wahrscheinlich wollen sie auch noch einmal mit dir reden«, sagte sie und legte sanft ihre Hand auf Wendys Arm. »Wer weiß.« Sie starrte auf ihren Teller. »Vielleicht finden wir endlich heraus, was passiert ist …«

Wendy schob ihr Essen von sich. »Ich glaube, ich gehe ins Bett«, sagte sie leise und stand auf.

Möglich, dass Wendy ein enttäuschtes Flackern im Gesicht ihrer Mutter bemerkte, aber sie schenkte Wendy nur ein kleines Lächeln und nickte.

»Nacht, Mom.« Wendy hätte sich am liebsten vorgebeugt und ihre Mutter umarmt, aber sie hatte das Gefühl, als wüsste sie gar nicht mehr, wie Umarmungen funktionierten oder wie sie ihre Arme platzieren sollte. Stattdessen nahm sie ihren erst halb leeren Teller mit dem Hühnchen vom Tisch.

»Gute Nacht, Wendy.«

Im ersten Stock wurde Wendy wie immer von der Tür zu ihrem alten Zimmer begrüßt. Einen Moment lang stand sie da, den Teller in der Hand, und starrte auf den Türknauf. Obwohl John und Michael nicht hier waren, fühlte es sich immer noch so an, als könnte sie einfach die Tür öffnen, und sie würden auf ihrem Bett sitzen und in ihrer Stiftekiste kramen, um eine Schatzkarte zu zeichnen oder Fantasietiere zu malen.

Sie legte die Hand auf den Knauf, der sich unter ihren Fingerspitzen anfühlte, als ströme kalte Elektrizität hindurch.

Wenn Peter recht hatte und es ihnen gelang, seinen Schatten aufzuhalten, würde sie endlich ihre Brüder zurückbekommen.

Ein Energiestoß strömte von ihrer Körpermitte über ihren Arm bis in ihre Hand. Zum ersten Mal seit fünf Jahren ergriff Wendy den Türknauf und drehte daran.

Aber die Tür war abgeschlossen.

Mutlos ließ Wendy die Hand wieder sinken. Natürlich war sie abgeschlossen. Wie hatte sie das nicht voraussehen können? Wahrscheinlich hatte ihr Vater sie abgeschlossen, nachdem sie sich geweigert hatte hineinzugehen. Und seither war sie immer verschlossen gewesen.

Wendy rieb sich ihre brennenden Augen. Obwohl sie allein war, kam sie sich dumm vor, und sie schämte sich. Ohne einen zweiten Blick auf die Tür zu werfen, drehte Wendy sich um und ging in ihr Zimmer. Sie ließ ihr Abendessen auf der Kommode stehen, ihr war der Appetit vergangen. Dann ging sie ins Bad und schrubbte sich unter der Dusche die Haut ab, bis der Geruch von Erde und Asche durch den nach Jasmin und grünem Tee ersetzt war.

Sie schlüpfte in ihr übergroßes Schlafshirt und schaltete die Lichterkette ein, die daraufhin um ihr Fenster herum funkelte. Doch bevor sie sich ins Bett legte, hielt Wendy noch einmal inne. Seit sie am Abend in den Wald gegangen war, spürte sie eine schwere Last auf sich liegen. Es war nicht nur die Sorge darum, Peter geheim zu halten, oder die Verpflichtung, den Schatten aufhalten zu müssen, damit sie ihre Brüder retten konnte, sondern noch etwas anderes. Etwas Dunkles. Sie wurde einfach das Gefühl nicht los, dass jemand sie beobachtete.

Wendy schaute aus dem Fenster. Die Lichter der Stadt blinkten träge in der Ferne. Zum ersten Mal in diesem Sommer kniete sie sich auf ihr Bett, schob das Fenster zu und verschloss es fest. Es war immer noch heiß und schwül, aber sie war bereit, die unangenehme Hitze auf sich zu nehmen, wenn sie dafür keine Angst haben musste, dass etwas durch das Fenster zu ihr hereinkam, während sie schlief.

Sie zog die Vorhänge zu und die Decke vom Bett, sodass nur noch die weißen Baumwolllaken übrig waren.

Die Eichel lag immer noch auf dem Nachttisch, wo sie sie am Morgen zurückgelassen hatte. Wendy nahm sie in die Hand, lehnte sich in ihre Kissen zurück und rollte sie sanft zwischen den Fingern.

Obwohl das Fenster geschlossen und verriegelt war und die Vorhänge verhinderten, dass jemand hereinschauen konnte, fühlte Wendy sich dennoch nicht besser. Es war, als hätte sich das Ding aus dem Wald an ihren Rücken geheftet und sich so sehr in ihre Haut gekrallt, dass sie es nicht loswurde, ganz gleich, wie sehr sie sich bemüht hatte, es wegzuschrubben. Wendy schauderte und schloss die Finger fest um die Eichel.

Wenn sie heute Nacht überhaupt ein wenig Schlaf finden wollte, brauchte sie eine Ablenkung.

Die Eichel immer noch in der geschlossenen Hand, nahm Wendy das Notizbuch, einen roten Filzstift und einen Stapel Broschüren aus ihrer Nachttischschublade. Die Universität hatte ihr einen großen Umschlag mit Informationen über die Unterbringung und die einzelnen Fächer geschickt.

Jordan hatte Wendy überredet, sich für eine Unterkunft im Bereich Gesundheitswissenschaften anzumelden. Ihre Freundin wusste, was sie studieren wollte, und hatte sich bereits mit ihren Fragen an die Studenten der medizinischen Fakultät gewandt.

Wendy wünschte, sie wäre auch so selbstbewusst.

Während sie an der Kappe des roten Filzstifts kaute, blätterte Wendy zu der Stelle ihres Bullet Journals, die mit einem Lesebändchen markiert war. An den oberen Rand der Seite hatte sie das Wort *Krankenpflege* geschrieben, und auf den nächsten Seiten befanden sich Listen, Daten und Termine. Nachdem sie die Webseite der Universität überflogen hatte, hatte sie sich ihre Kurse für die vier Jahre zusammengestellt, die sie brauchte, um einen Abschluss in Krankenpflege zu machen. Wendy hatte ihre Sammlung Fineliner benutzt, um sorgfältig potenzielle Stundenpläne zu erstellen, die alle farblich mit den damit zu erreichenden Punkten gekennzeichnet waren. Sie hatte Wochen dafür gebraucht.

Alles lag ordentlich ausgearbeitet vor ihr. Wenn sie diese Schritte befolgte, würde sie ihren Abschluss in Krankenpflege machen und wäre danach bereit für die Arbeitswelt. Sie würde einen festen Job in einem gefragten Bereich bekommen.

Aber …

Wendy blätterte zu einer leeren Seite weiter. An den oberen Rand schrieb sie mit kleinen roten Buchstaben: *Vorbereitungskurs für das Medizinstudium.*

Es war eine verrückte Idee. Ärztin zu werden dauerte *Ewigkeiten* – vier Jahre Vorstudium, vier Jahre Medizinstudium und dann eine drei- bis siebenjährige Assistenzzeit? Das waren viele Jahre und eine Menge Geld. Sie war auf Zuschüsse und Stipendien angewiesen, um aufs College gehen zu können. Wie sollte sie sich da ein Medizinstudium leisten können?

Krankenpflege war durchaus respektabel. Sie würde es schneller zu ihrem Abschluss und einem anständigen Einkommen schaffen. Manchmal spielte sie durchaus mit dem Gedanken, Kinderärztin zu werden, aber es war eben nur ein Gedankenspiel. Realistisch betrachtet war es ein viel zu großes Risiko und die Kosten, falls sie versagte, wären zu hoch.

Kinderärztin zu werden bedeutete, dass das Wohlergehen von Kindern – ihr *Leben* – in Wendys Händen lag. Ihr brach schon bei dem bloßen Gedanken, die falsche Entscheidung zu treffen oder einen so schweren Fehler zu machen, dass ein Patient starb, der Schweiß aus. Auf keinen Fall konnte sie mit dieser Art von Verantwortung umgehen. Sie hatte schon ihre Brüder nicht beschützen können – wie sollte ihr da irgendjemand seine Kinder anvertrauen?

Sie holte eine der Sportbroschüren hervor und lenkte sich damit ab, etwas über die hochmodernen Trainingsanlagen auf dem Campus zu lesen.

Die Eichel behielt sie dabei fest in der Hand. Ich wünschte, Peter wäre hier, dachte sie unwillkürlich, als ihr vor Müdigkeit die Augen zufielen. Sie hätte es niemals laut zugegeben, aber er strahlte eine Wärme aus, von der Wendy sich unweigerlich angezogen fühlte, und genau diese Wärme spürte sie, wenn sie die Eichel in der Hand hielt.

KAPITEL 12
Die Warnung

Fröstelnd stand Wendy mitten im Wald. Das schwindende Licht der Abenddämmerung tauchte die Bäume in ein kaltes Blaugrau. Sie standen hier so dicht zusammen, wie es nur im Herzen des Waldes vorkam. Eine dünne Schneeschicht lag auf den Bäumen und dem Boden unter Wendys Füßen. Ihre nassen Sachen klebten ihr am Leib. Der Geruch von feuchter Erde füllte ihre Nase. Wendy versuchte, sich daran zu erinnern, wie sie hierhergekommen war, aber in ihrem Kopf herrschte nur Nebel.

Es fühlte sich an, als sollte sie nach jemandem suchen. Oder war jemand auf der Suche nach ihr?

Wendy hätte am liebsten um Hilfe gerufen, aber irgendetwas sagte ihr, dass sie leise sein musste, dass sie die Totenstille, die schwer in der Luft hing und auf ihre Ohren drückte, nicht durchbrechen durfte. Sie legte den Kopf in den Nacken und suchte die Baumkronen und den silbrigen Himmel ab, der durch die Äste schimmerte. Wendy drehte sich langsam im Kreis, und die nackten Äste über ihr drehten sich mit ihr. Als sie stehen blieb, fand Wendy sich vor einem alten Baum wieder.

Neben seinem mächtigen Stamm waren die anderen Bäume ringsumher geradezu winzig. Die Rinde dieses Baums hatte einen öligen Braunton, und seine Äste bogen sich ganz ohne Blätter oder Nadeln über ihr in die Luft. Seine Wurzeln über der gefrorenen Erde waren dick und knorrig und ineinander verknotet.

Es war der Baum. *Der* Baum, den sie schon Hunderte Male gezeichnet hatte, und der in echt genauso krumm verwachsen und unheimlich war wie auf dem Papier.

Wendy schlug das Herz bis zum Hals. Kalter Schweiß perlte auf ihrer Haut, und ihre Nägel bohrten sich in ihre Handflächen. Ihre rauen, bebenden Atemzüge ließen vor ihr weiße Wölkchen aufsteigen. Das Zittern in ihrer Wirbelsäule erwachte wieder.

Am Fuß des großen Baumes formten die Wurzeln eine kleine Öffnung, die an den Eingang zu einem dunklen Käfig erinnerte. Welke Blätter lagen davor, und unter ihrem Rascheln hörte Wendy das Raunen leiser Stimmen.

Sie kannte diesen Ort.

Alles in ihr schrie danach wegzurennen. Wendy musste fort von hier. Sie musste von diesem Baum wegkommen. Aber es war, als hätte sie keinerlei Kontrolle über ihren Körper, denn sie bewegte sich unaufhaltsam auf ihn zu. Das gedämpfte Flüstern wurde immer lauter, je näher sie kam, Schritt für Schritt.

Es waren Kinderstimmen. Wendy konnte nur dabei zusehen, wie ihre eigene Hand nach der Öffnung zwischen den Wurzeln griff.

Die Stimmen wurden rau und drängend. Das Geflüster verwandelte sich in leises Weinen, dann in herzzerreißendes Schluchzen, ein panisches Heulen. Wendy wollte schreien und das Weinen übertönen, aber ihre Lippen blieben verschlossen, und sie beugte sich vor.

»Ich an deiner Stelle wäre vorsichtig«, sagte eine Stimme hinter ihr.

Wendy wirbelte herum. Dort stand der Junge, der mit ihr geredet hatte, als sie ihre Tasche aus ihrem Pick-up geholt hatte. Sie hätte ihn fast vergessen.

»Wer bist du?«, fragte sie. Ihre Stimme klang wie aus weiter Ferne.

Sie konnte sein Gesicht nicht erkennen. Das Licht wurde immer schwächer, sodass sie seine Züge nicht genau ausmachen konnte.

Sie schienen sich zu verschieben und zu verändern, je mehr sie versuchte, sich darauf zu konzentrieren. Schwarze Augen. Weiße Zähne. Ein unnatürlich breites Grinsen. Seine Züge verzerrten und verwandelten sich.

»Man weiß nie, was man an dunklen Orten findet«, sprach er weiter, ohne auf ihre Frage einzugehen, während er auf sie zukam.

Die Schatten der Bäume hinter ihm schwankten und rückten näher. Wendy wich einen Schritt zurück, aber der Junge folgte ihr. Die schwarzen Konturen hinter ihm wurden zu hoch aufragenden Gestalten, die sich in der Dunkelheit nach vorn neigten.

»Wenn du weiterhin hier herumschnüffelst, Wendy …« Seine Hand schnellte vor und packte sie am Unterarm. Seine spitzen Finger bohrten sich in ihre Haut.

Wendy schrie vor Schmerz auf und versuchte, ihm den Arm zu entreißen. Er zerrte sie grob zu sich heran, und jetzt konnte sie sein Gesicht deutlich sehen.

Peters Gesicht. Aber falsch, ganz falsch, mit bleicher Haut und pechschwarzen Höhlen statt Augen.

»Es wird dir nicht gefallen, was du findest«, hauchte er. Es roch nach verfaultem Laub und feuchter Erde.

Die Schatten hinter ihm rückten zusammen, türmten sich hoch auf und formten lange, spitze Finger. Er lachte, und das Lachen ging Wendy durch Mark und Bein. Sie versuchte erneut sich loszureißen, aber er hielt sie fest. Die Schatten schlugen nach ihr und stürzten auf sie herab.

Wendy schlug um sich und richtete sich ruckartig auf. Sie war zu Hause, in ihrem eigenen Bett. Ihre Kleidung klebte ihr am verschwitzten Körper. Sie wurde von heftigem Schluchzen durchgeschüttelt, während sie die Hände in der Bettdecke verkrallte. Es war nur ein Traum, redete sie sich zu, presste die Augen fest zusammen und versuchte, sich zu beruhigen. Aber es hatte sich so *real* angefühlt.

Sie atmete tief durch, aber als sie nach unten schaute, blieb ihr ein erstickter Schrei in der Kehle stecken.

Sie kroch so schnell rückwärts, dass sie mit dem Hinterkopf gegen das Kopfbrett stieß.

Alles war in Rot getaucht.

Zuerst dachte Wendy, es wäre Blut, aber nach dem ersten Schrecken wurde ihr klar, dass sie noch immer den roten Filzstift in der Hand hielt, mit dem sie eingeschlafen war.

Es waren Dutzende Zeichnungen des Baumes in zufälligen Linien, die kreuz und quer über alles hinwegliefen – ihr Nachthemd, ihre Beine, die gesamte Bettdecke. Auch die Seiten in ihrem Bullet Journal waren rot gefärbt, ruiniert und herausgerissen. Knorrige Äste und verschlungene Wurzeln begruben ihre sorgfaltig geschriebenen Einträge unter sich.

In der anderen Hand umklammerte sie noch immer die Eichel.

Wendy warf den Filzstift weg und presste sich die Eichel fest an die Brust, während sie versuchte, ihre hektische Atmung zu beruhigen. Hatte sie das alles im Schlaf getan?

Wieder machte Wendy die Augen fest zu.

Was passierte mit ihr?

Umgeben von herausgerissenen Seiten und roter Farbe hatte sie das Gefühl, in der Falle zu sitzen. Die Schatten, die Zeichnungen, das Raunen – es war einfach zu viel.

Wendy ließ die Eichel in ihre Nachttischschublade fallen. Sie sprang aus dem Bett und riss das Spannbettlaken herunter. Etwas von der roten Farbe war durch das Laken gedrungen und hatte Flecken auf der Matratze hinterlassen. Sie knüllte das Laken und die Seiten zusammen und lief ins Badezimmer, wo sie es zusammen mit ihrem ruinierten Schlafshirt in den Wäschekorb stopfte.

Sie konnte nicht zulassen, dass ihre Eltern sahen, was sie getan hatte. Wendy war die Einzige im Haus, die sich um die Wäsche kümmerte. Der Wäschekorb war also der perfekte Ort, um die Sachen zu verstecken, bis sie sie heimlich in den Müll werfen konnte.

Als sie das Bündel aus Laken und zerrissenen Seiten unter ihren schmutzigen Kleidern versteckte, fiel Wendys Blick auf ihre Hände. Auch sie waren voller roter Farbe. Etwas davon hatte sich sogar unter ihren Fingernägel festgesetzt.

Am Waschbecken drehte Wendy den Warmwasserhahn voll auf. Zitternd rubbelte sie sich die Hände heftig mit Seife und einem Waschlappen ab.

Der Baum. Er war ihr so bekannt vorgekommen, als sie ihn in ihren Zeichnungen gesehen hatte. Da gab es etwas, eine Art Verbindung, die sie nicht einordnen konnte, aber nachdem sie den Baum mit eigenen Augen gesehen hatte, konnte sie es nicht länger leugnen. Sie kannte ihn. Sie war schon dort gewesen. Hatte vor ihm gestanden.

Das, was sie erlebt hatte, war nicht nur ein Traum gewesen. Es war mehr als das. Sie konnte die Erde riechen und die Kälte des Schnees spüren. Der Wald sah genauso aus wie in dem Winter, als Wendy und ihre Brüder im Wald verschwunden waren. Es war kein Traum, es war eine Erinnerung.

Ein Schauer durchlief sie von Kopf bis Fuß, und ihre Hände zuckten so heftig, dass sie das Seifenstück fallen ließ. Sie fischte es aus dem Waschbecken und bearbeitete dann damit die roten Filzstiftstriche an ihren Beinen.

Eine Erinnerung. Sie hatte Jahre mit einer klaffenden Lücke in ihrem Gedächtnis verbracht, aus dem diese sechs Monate einfach herausgerissen worden waren. Und jetzt hatte Wendy, wenn auch nur kurz, einen Flashback gehabt.

Und der Junge in ihrem Traum – Wendy hatte keinerlei Zweifel, dass es derselbe war, der sie kurz vor Alex' Verschwinden in ihrer Einfahrt angesprochen hatte.

Es war Peter, aber es war auch *nicht* Peter.

Er hatte sein Gesicht, war aber eine grauenvolle albtraumhafte Version von ihm.

War das Peters Schatten? Wendy hatte geglaubt, dass sein Schatten einfach genau das sein würde – ein schwarzes, formloses Etwas. Konnte er eine feste menschliche Gestalt annehmen? Wusste Peter darüber Bescheid?

Sie musste ihn finden und es ihm erzählen. Wenn Peters Schatten reden und gehen konnte und wusste, wo sie wohnte …

Wendy drehte das Wasser ab und klammerte sich an den Rand des Waschbeckens. Ihre Hände waren knallrot, die Knöchel ganz bleich. Winzige Blutstropfen breiteten sich in den trockenen Rissen aus. Das heiße Wasser hatte gebrannt, und ihre Haut schmerzte, aber immerhin war sie die Farbe losgeworden. Selbst auf ihren Beinen waren nur noch helle Streifen vom Schrubben zu sehen.

Wendy atmete bebend ein, in dem Versuch, sich zu beruhigen. Sie betrachtete ihr Spiegelbild. Das Haar an ihren Schläfen und in ihrem Nacken war feucht von Schweiß. Ihre grauen Augen starrten ihr verquollen und blutunterlaufen entgegen.

Sie musste Peter finden und ihm erzählen, was passiert war. Er war der Einzige, der sich einen Reim darauf machen konnte.

Die Uhr auf dem Badezimmerschränkchen zeigte kurz nach halb zwölf am Mittag an.

»Mist!«, fluchte sie. Sie hatte Peter gesagt, dass sie sich mit ihm um zwölf treffen würde.

Wendy sprang unter die Dusche, um sich den klebrigen Schweiß abzuwaschen. Ihre Haare zu föhnen würde zu lange dauern, und so liefen ihr die kalten Tropfen in den Nacken, während sie durch ihr Zimmer eilte. Sie zog grüne Shorts und ein dunkelblaues Tanktop an, bevor sie in ihre Tennisschuhe schlüpfte. Dann schnappte sie sich ihre Tasche, sprang die Treppe hinunter und wäre dabei um ein Haar über ihre Schnürsenkel gestolpert.

Wendy hatte das Wohnzimmer schon halb durchquert, als die Stimme ihres Vaters ertönte. »Wo willst du denn so eilig hin?«

Sie fuhr herum und sah ihren Vater in der Tür seines Arbeitszimmers stehen. Er trug einen dunkelblauen Anzug, der ein wenig zu eng um seinen breiten Oberkörper saß. Irgendwie hatte er es geschafft, sein Haar mithilfe von Gel in einen ungleichmäßigen Seitenscheitel zu bringen. Selbst sein buschiger Schnurrbart war gestutzt.

Wendy runzelte die Stirn. Für die Arbeit zog er sich nie so gut an. Und warum war er mitten unter der Woche zu Hause?

»Warum bist du nicht auf der Arbeit?«, fragte Wendy, die durch sein seltsames Erscheinungsbild für einen Moment von ihrer Mission abgelenkt war.

»Ich fahre heute nicht zur Arbeit, weil ich mit dir aufs Revier muss, schon vergessen?«, brummte Mr. Darling, während er mit einem seiner dicken Finger über den Knoten seiner Krawatte strich und versuchte, sie ein wenig zu lockern. »Ich habe mir dafür extra den halben Tag freigenommen.«

»Was?« Wendy erschrak. In ihrem Kopf formten sich Bilder von Handschellen, Verbrecherfotos und dunklen Verhörräumen.

Mr. Darling zog seine dichten Augenbrauen zusammen. »Die Detectives wollen immer noch mit dir reden.«

»Ach ja.« Eine Welle der Erleichterung schlug über ihr zusammen. Wendy stellte sich auf die Zehenspitzen, um einen Blick auf die Uhr neben dem Fernseher zu werfen: kurz vor zwölf. Sie sollte sich jetzt eigentlich gleich mit Peter treffen, und sie hatte ihm so viel zu erzählen. »Können wir etwas später hinfahren?«, versuchte Wendy ihr Glück und wartete unruhig die Antwort ihres Vaters ab.

Mr. Darling sah sie finster an. »Nein, können wir nicht«, blaffte er. »Wo musst du denn so dringend hin?«

»Nirgendwo«, sagte Wendy schnell und strich sich durch das

feuchte Haar. »Ich habe mich nur mit Jordan im Krankenhaus verabredet, du weißt schon, nach ihrer Schicht.« Eine weitere Lüge. Je mehr sie log, desto leichter wurde es.

»Das hier ist wichtiger«, erklärte er ihr mit einer wegwerfenden Handbewegung. »Schreib ihr eine Textnachricht und sag ihr, dass du später kommst. Ich kann dich anschließend am Krankenhaus absetzen.« Mr. Darling schnappte sich seine Schlüssel vom Küchentisch und lief zur Tür. »Auf geht's.«

Wendy nickte, holte ihr Handy hervor und tat so, als würde sie Jordan eine Nachricht schreiben, während sie ihrem Vater zur Tür hinaus folgte. Sie hatte sich mit ihren Lügen in eine Sackgasse manövriert. Sie musste Peter sehen, und vor allem wollte sie nicht, dass er auf sie wartete, aber welche Wahl hatte sie? Aus dieser Situation konnte sie sich nicht herausreden.

Unterwegs hielt Wendy aus dem Auto heraus Ausschau nach Peter, konnte aber keine Spur von ihm entdecken. Wie sollte sie ihn finden, wenn sie zurückkam? Sie würde im Krankenhaus warten müssen, bis ihre Mom mit der Arbeit fertig war und sie nach Hause mitnehmen konnte. Er hatte schließlich kein Handy, auf dem sie ihn hätte anrufen können, und sie würde auf keinen Fall einfach durch den Wald laufen und nach ihm rufen.

Aber im Moment gab es Wichtigeres, um das sie sich kümmern musste. Zum Beispiel herauszufinden, was Detective James von ihr wollte. Würde man sie beschuldigen, etwas mit Alex' Verschwinden zu tun zu haben? War sie eine Verdächtige? Verdächtigte man Peter?

Immer schneller drehten sich die Gedanken in ihrem Kopf. Sie versuchte, sich abzulenken, indem sie sich auf den ruhigen Rhythmus der Musik konzentrierte, die aus den Lautsprechern kam. Ihr Dad hörte immer nur Classic Rock.

Die Polizeiwache befand sich an einer Hauptstraße, die parallel zum Flussufer verlief. Das Meer bildete hier eine große Bucht, in die der Columbia River mündete. Die Meeresbrise, die durch das heruntergekurbelte Fenster hereinwehte, fühlte sich in der Mittagshitze angenehm kühl an. Die Luft roch nach Salzwasser. Große, mit Containern beladene Schiffe schleppten sich durchs Wasser, und dahinter, auf der anderen Seite des Flusses, konnte sie die blauen Berge Washingtons erkennen.

Ihr Vater sagte nichts, also schwieg sie auch. Die peinliche Stille zog sich in die Länge, bis sie schließlich vor einem alten Backsteingebäude anhielten.

»Gehen wir«, sagte Mr. Darling und riss erneut an seiner Krawatte, bevor er aus dem Auto stieg. Wendy folgte ihm.

Als sie die Lobby betraten, versuchte Wendy, hinter ihrem Vater zu verschwinden. Sie zitterte und fummelte am Träger ihrer Tasche herum. Wieder hier zu sein, gefiel ihr überhaupt nicht. Es fühlte sich an, als würde man einen von Gespenstern wimmelnden Friedhof betreten.

Die Polizeiwache war praktisch farblos. Alle trugen entweder graue oder schwarze Anzüge, oder sie steckten in Polizeiuniformen. Die Schreibtische standen in mehreren Reihen hintereinander, und die Beamten liefen umher, unterhielten sich, telefonierten oder verteilten Dokumente. Normalerweise hatte die Polizei in ihrer kleinen Stadt nicht viel zu tun, aber die Serie von vermissten Kindern schien alle auf Trab zu halten.

Wendy stand mitten in der Lobby und schlang die Arme um ihren Körper, während ihr Vater nach Detective James fragte. An der Wand hinter dem Empfangspult befand sich ein Schwarzes Brett. Daran hingen die Vermisstenanzeigen von Benjamin Lane, Ashley Ford und jetzt auch von Alex Forestay. Daneben hing ein schlecht gemachtes Phantombild von Peter.

Wendy wandte schnell den Blick ab. Sie vermied es, jemandem in die Augen zu sehen, hatte Officer Smith aber bereits entdeckt. Als er Wendy bemerkte, beendete er sein Gespräch mit einer der Polizistinnen. Er sah sie einen Moment lang an, bevor er seine Kollegin am

Arm berührte und mit dem Kopf in Wendys Richtung deutete. Wendy starrte zu Boden. Ihre Wangen brannten vor Verlegenheit und Zorn.

»Ah, Mr. Darling, Wendy.« Detective James kam um eine Ecke auf sie zu. Er sah in seinem perfekt gebügelten Anzug, mit seinem schwarzen, zu einem Scheitel gekämmten Haar und dem gezwungenen Lächeln auf dem Gesicht genauso aus wie vor ein paar Tagen in ihrem Wohnzimmer. Er hatte sich einen dicken Aktenordner unter den Arm geklemmt. Wendy bemerkte einen silbernen Ring an seinem Mittelfinger. »Danke, dass Sie gekommen sind. Wir sollten nicht allzu lange brauchen«, sagte er.

Mr. Darling brummte nur zur Antwort.

Wendy blieb stumm, aber Detective James wandte sich zu ihr um. »Wendy, wenn Sie mir bitte folgen wollen, wir gehen nach hinten in mein Büro.« Wendy nickte und setzte sich in Bewegung, aber als Mr. Darling Anstalten machte, ihr zu folgen, streckte Detective James eine Hand aus. »Verzeihung, Mr. Darling, Sie müssen hier warten, bis wir fertig sind.«

Wendy war es nicht gewohnt, dass jemand ihrem Dad sagte, was er zu tun hatte. Ihr Blick flog zwischen den beiden Männern hin und her.

Mr. Darling war eine solche Behandlung offensichtlich auch nicht gewohnt, denn er plusterte sich auf.

»Das ist meine Tochter … Sie dürfen nicht mit ihr reden, ohne dass ich dabei bin.« Mr. Darling knurrte fast. Jetzt blieben noch mehr Leute stehen, um das Ganze zu beobachten. Im Vergleich zu Detective James war Mr. Darling sehr groß. Ein zorniger Bär, der sich vor einem Mann in einem eleganten Anzug auf die Hinterbeine stellte.

Detective James blieb bei dieser Darbietung ganz ruhig, so viel musste man ihm lassen. »Tatsächlich ist Wendy seit vier Tagen nicht mehr minderjährig, also kann ich allein mit ihr sprechen«, erklärte er unmissverständlich.

Wendy sah zu, wie das Gesicht ihres Vaters rot anlief, angefangen bei seiner Knollnase bis zu seinen Wangen. Sein buschiger Schnurrbart zitterte, und Wendy wusste, dass er sich gleich mit dem Detective streiten würde.

»Ist schon gut, Dad«, kam sie ihm zuvor, um die Situation zu entschärfen, bevor das Ganze im blanken Chaos endete.

Um ehrlich zu sein, wünschte sie sich beinahe, dass ihr Dad bei ihr blieb, schon allein, damit sie sich weniger fürchtete. Aber sie wollte auch nicht, dass er Anschuldigungen zu hören bekam oder Beweise sah, die Detective James möglicherweise aus seinem großen Ordner zog.

»Ich sage Bescheid, wenn ich dich brauche«, fügte sie hinzu. Sie versuchte, ihrem Vater einen beruhigenden Blick zuzuwerfen, obwohl sie sich ziemlich sicher war, dass sie aussah wie ein blasses, ausgezehrtes Nervenbündel.

Mr. Darlings kleine dunkle Augen blickten zwischen Wendy und Detective James hin und her. »Na schön«, stimmte er nach einem Moment knapp zu.

»Wie gesagt, es sollte nicht allzu lange dauern«, wiederholte Detective James. »Nehmen Sie doch bitte so lange Platz, Mr. Darling. Trinken Sie einen Kaffee, wenn Sie möchten.«

Mr. Darling bewegte sich nicht vom Fleck. Stattdessen verschränkte er die Arme vor der Brust, um dem Detective zu zeigen, dass er weder das eine noch das andere tun würde.

Detective James schwieg für einen Moment. Seine Augenbraue mit der Narbe zuckte kurz in die Höhe, dann sagte er an Wendy gewandt: »Hier entlang, bitte.«

Detective James' Büro war klein, aber nicht beengt. Es hatte ein Fenster, durch das sie zwischen zwei Gebäuden einen Blick auf den Fluss erhaschen konnte, und die Sonne schien durch die Jalousien. Alle Regale waren mit Büchern, Papieren und Akten gefüllt, und neben seinem Schreibtisch standen ein paar Kartons auf dem Boden. Der Schreibtisch selbst war aufgeräumt, nur ein sehr alter Computer und ein Namensschild standen darauf. An der Wand hinter seinem Schreibtisch hing eine kunstvolle Zeichnung eines alten Schiffs mit vollen Segeln. Die einzelnen Teile des Schiffs auf dem alten, vergilbten Papier waren in einer kleinen, zierlichen Handschrift benannt.

Detective James setzte sich hinter seinen Schreibtisch auf einen Holzstuhl mit einem rissigen schwarzen Lederpolster. »Bitte, nehmen Sie Platz«, sagte er mit einer einladenden Geste.

Wendy setzte sich auf den einzigen anderen Stuhl im Raum. Er war aus Metall und kalt und unbequem. Wendy legte ihre Hände in den Schoß und knetete unruhig ihre Finger.

Detective James legte einen Block und einen Stift auf seinen Schreibtisch, lehnte sich dann aber entspannt in seinem Stuhl zurück. »Also«, begann er und bedachte sie wieder mit diesem Lächeln. Wendy umklammerte die Kante ihres Stuhls. »Lassen Sie uns gleich zur Sache kommen. Ich nehme an, Sie wissen inzwischen, dass Alex Forestay seit gestern Abend verschwunden ist?«

Wendy nickte. »Ich habe gesehen, wie Sie in den Nachrichten darüber berichtet haben.« Das zumindest stimmte.

»Sie haben ihn gestern getroffen, bevor er verschwunden ist, ist das richtig?«

»Ja, ich lese den Kindern auf der Kinderstation vor«, sagte Wendy. Sie fragte sich, ob er auf der anderen Seite des Schreibtisches das Hämmern der Schuldgefühle in ihrer Brust hören konnte.

»Wie oft kommt das vor?« Er machte sich Notizen auf seinem Block und schenkte ihr damit eine Atempause von dem Blick aus seinen eisblauen Augen.

»Einmal die Woche.« Sollte sie längere Antworten geben? Waren kurze Antworten verdächtig? Oder würde sie gerade verdächtig klingen, wenn sie zu viele Informationen herunterrasselte?

»Haben Sie Alex vor diesem Tag schon einmal gesehen?«

Wendy schüttelte den Kopf. »Nein, das war das erste Mal, dass er zu einer Vorlesestunde gekommen ist«, sagte sie. »Ich glaube, es war seine erste Behandlung im Krankenhaus?« Musste er das nicht bereits wissen? War das seine Taktik, um jemanden beim Lügen zu ertappen?

Detective James nickte. »Haben Sie mit ihm gesprochen?«

»Ja.«

»Worüber?«

»Haie.«

»Ah, Haie.« Detective James zog amüsiert die Augenbrauen hoch, schrieb aber weiter. »Hat er sich merkwürdig verhalten? Wirkte er verängstigt?«

»Verängstigt?« Erinnerungen an Alex' Schreie und den Ausdruck schieren Entsetzens auf seinem Gesicht, als er in den Wald gezerrt wurde, stürzten auf sie ein. »Nein, eigentlich nicht.« Wendy schluckte gegen die Trockenheit in ihrer Kehle an. »Er war schüchtern, sehr schüchtern ...« Ihre Finger kribbelten.

»Als Sie im Krankenhaus waren, ist Ihnen da auf der Kinderstation etwas aufgefallen? Irgendjemand, der aussah, als gehörte er dort nicht hin?« Wendy konnte erkennen, dass er versuchte, einen beiläufigen, unbeschwerten Tonfall anzuschlagen, aber in seinen Augen lag eine unverkennbare Strenge, während er sie beobachtete.

Wendy schüttelte den Kopf. »Nein, ich kenne so ziemlich jeden, der auf der Kinderstation arbeitet.«

Detective James summte vor sich hin. »Kleinstadt. Jeder kennt jeden, nicht wahr?«

»Genau ...« Wendy räusperte sich. »Es waren nur Krankenschwestern und Ärzte da und einige Eltern.«

»Es war also niemand mit Ihnen im Zimmer, den Sie nicht kannten? Niemand, von dem Sie dachten, er gehöre dort nicht hin?«, fragte er, ohne sie aus den Augen zu lassen.

Wendys Handflächen waren schweißnass, und ihre Finger zitterten.

Wussten sie von Peter? Wussten Sie, dass er im Raum gewesen war? Peter sagte, Erwachsene würden ihn nicht bemerken, aber stimmte das wirklich? Was, wenn jemand gesehen hatte, wie er mit Alex geredet hatte? Und danach mit ihr? Wendy wusste nicht, wie sie die Frage beantworten sollte, aber sie brauchte auf jeden Fall zu lange. Sie musste irgendetwas sagen.

Also schüttelte sie erneut den Kopf. »Nein, mir ist niemand aufgefallen.« Im Prinzip war das keine Lüge. Sie wusste inzwischen, wer Peter war, also war er kein Fremder. Aber er hatte im Krankenhaus definitiv nichts zu suchen …

Detective James nahm sich viel Zeit, um sich weitere Notizen zu machen. Wusste er, dass sie gelogen hatte? Er musste es wissen.

Wendy drückte den Rücken durch und versuchte, sich gegen das drohende Unheil zu wappnen. Sich gegen die Karte, die Detective James gleich ausspielen würde, zu wappnen.

Nach einer gefühlten Ewigkeit legte er endlich den Stift beiseite und lehnte sich wieder auf seinem Stuhl zurück. »Ich muss sagen, Miss Darling, ich finde es sehr eigenartig, wie nach dem, was mit dem mysteriösen Jungen passiert ist, den Sie auf der Straße gefunden haben – ich glaube, er hat Ihnen gesagt, sein Name sei Peter? –, und jetzt auch nach Alex' Verschwinden alle Fäden bei Ihnen zusammenzulaufen scheinen.« Sein Gesichtsausdruck war ernst. Er versuchte nicht einmal, sein übliches Plastiklächeln aufzusetzen.

Wendy wusste nicht, was sie sagen sollte, also sagte sie nichts.

Er sprach weiter. »Haben Sie irgendeinen Fremden in der Stadt gesehen, Wendy? Ist Ihnen jemand gefolgt? Hat jemand Sie belästigt?«

Sie spürte, wie sich tief in ihrer Brust ein Zittern erhob. »Nein, nein, nichts davon«, sagte Wendy. Durch ihre Schultern ging ein Ruck.

Detective James beugte sich zu ihr vor. »Sind Sie sich sicher?« Er fixierte sie. »Wendy …« Er schaute zur Schreibtischkante und seine Brauen zogen sich zusammen.

Wendy folgte seinem Blick. Sie hielt einen Stift zwischen den Fingern, als wollte sie etwas aufschreiben. Ihre Hand zitterte heftig, die Spitze des Stifts hing nur einen Zentimeter vom Schreibtisch entfernt in der Luft, als würde er aus eigenem Antrieb losschreiben wollen.

Oder zeichnen.

Wendy warf den Stift auf den Schreibtisch.

Sie schob die Hände unter ihre Oberschenkel.

Detective James beobachtete sie mit undurchdringlicher Miene.

Wendy zwang sich, seinen starren Blick zu erwidern. Gleichzeitig atmete sie langsam und bedächtig ein und aus.

Nach einer langen Pause fragte Detective James: »Haben Sie Peter noch einmal gesehen, nachdem er aus dem Krankenhaus verschwunden war?«

»Nein.« Sie zögerte. »Glauben Sie, dass er etwas mit der Sache zu tun hat?« Sie konnte sich die Frage einfach nicht verkneifen.

Er dachte einen Moment nach, bevor er antwortete. »Im Moment wissen wir nur, dass Kinder verschwinden – direkt aus ihrem Zuhause – und dass dieser Junge, Peter, ebenfalls verschwunden ist. Ich kann gegenwärtig zwar nicht behaupten, dass wir genügend Beweise hätten, um irgendwelche Zusammenhänge herzustellen …« Er sagte das auf eine Weise, die sehr einstudiert klang. »Was wir aber sagen können, ist, dass Sie und Peter sich zu einem bestimmten Zeitpunkt am selben Ort befunden haben. Wir kennen die genauen Umstände nicht, aber wir können nicht ausschließen, dass all diese Vorkommnisse miteinander zusammenhängen, da es eine Verbindung zwischen Ihnen beiden gibt. Es wäre möglich, dass er zusammen mit den anderen verschwundenen Kindern gefangen gehalten wird.«

Wendy kaute auf ihrer Unterlippe. Also waren sie sich immer noch nicht sicher, was sie von Peter halten sollten. Das war beruhigend. Verdammt, sie wusste ja selbst nicht recht, was sie von ihm halten sollte. Peter wurde bisher noch nicht beschuldigt, was gut war. Es wurde sogar in Betracht gezogen, dass er vielleicht selbst Opfer eines Verbrechens war.

So oder so, alles führte immer wieder zu ihr zurück. Zu ihren Brüdern. Und zu dem, was im Wald passiert war.

Detective James' Miene verhärtete sich. Er stützte die Ellbogen auf den Schreibtisch. »Es besteht eine sehr reale Möglichkeit, dass die Person, die die vermissten Kinder entführt hat, auch Peter entführt hat. Und möglicherweise ist das dieselbe Person, die auch Sie und Ihre Brüder entführt hat. Sie müssen vorsichtig sein, Wendy«, fügte er mit leiser, ruhiger Stimme hinzu. »Das ist kein Spiel, und es geht auch nicht mehr nur um Sie.«

Wendy hätte ihn am liebsten zusammengefaltet und ihn daran erinnert, dass es nie nur um sie gegangen war, sondern um sie *und* John *und* Michael. Es machte sie zornig, dass die Leute ständig so über die beiden sprachen, als seien sie für immer verschwunden.

Er holte eine Visitenkarte aus der Tasche und reichte sie ihr. »Wenn Ihnen irgendetwas Hilfreiches einfällt, wenn Sie jemand Verdächtigen oder Alex oder Peter sehen, oder wenn Sie Hilfe brauchen, rufen Sie mich an.«

Wendy nahm seine Karte entgegen. Die Ecke war spitz und pikste ihr in den Finger. Sie holte tief Luft und nickte. »Mach ich.«

Kapitel 13

Kaugummi

Die Polizeiwache war nur wenige Häuserblocks vom Krankenhaus entfernt, aber Wendys Dad bestand trotzdem darauf, sie hinzufahren. Er schaute immer wieder zu ihr herüber, sagte aber nichts, bis sie vor dem Eingang hielten.

Dann drehte er sich mit strenger Miene zu ihr um. »Du wirst nicht noch einmal allein das Haus verlassen«, sagte er.

Wendy nickte. Sie wusste, dass es das Beste war, nicht zu widersprechen, vor allem nicht bei dieser Sache. All die verschwundenen Kinder, die Cops, die Detectives und die Erwähnung ihrer Brüder machten ihn noch angespannter als sonst, und sie konnte es ihm nicht verübeln. Sie hätte erwartet, dass er in dieser Situation mehr trinken würde, aber ihr war aufgefallen, dass die Recyclingtonne deutlich leerer war als sonst.

»Du bist nach Einbruch der Dunkelheit nicht mehr draußen, schließt die Haustür ab, wenn deine Mom und ich nicht da sind, und hast zu jeder Zeit dein Handy bei dir. Wenn wir anrufen, erwarte ich, dass du sofort rangehst.« Ihr Vater hob einen Finger. »Hast du mich verstanden?«

Wendy nickte und wischte sich ihre verschwitzten Hände an ihren Shorts ab. »Ja, Dad«, sagte sie, um ihn nicht noch mehr zu verärgern.

Na toll. Jetzt musste sie noch vorsichtiger sein, wenn sie mit Peter herumschlich. Ihr Vater würde sie nicht aus den Augen lassen und Fragen stellen. Sie war umzingelt von Menschen, die sie einem Verhör unterziehen wollten. Ihre Eltern hatten nur ihr Bestes im Sinn, aber dennoch gab es Dinge, die sie ohne sie tun musste.

Einen Moment lang starrte ihr Vater sie an, die Stirn immer noch in tiefe Falten gelegt. Wendy wartete darauf, dass er noch etwas sagen würde, aber dann schnaubte er nur, lehnte sich zurück und nickte ihr knapp zu.

Wendy, die das als ihr Stichwort deutete, sich zu verabschieden, stieg aus dem Auto. Sie lief zu den Glastüren des Hintereingangs, als würde sie hineingehen wollen. Dann drehte sie sich noch einmal um und winkte ihrem Dad zu.

Zufrieden nickte er ihr noch einmal zu und fuhr dann davon.

Was für ein *Tag*. Sie war noch keine zwei Stunden wach und schon völlig erschöpft. Sie hatte ein schlechtes Gewissen, weil sie Detective James nicht alles erzählt hatte, was sie wusste, aber wie hätte sie das tun können? Er hätte ihr ohnehin nicht geglaubt. Wahrscheinlich würde er denken, dass sie einen Nervenzusammenbruch hatte und das Trauma, ihr Gedächtnis und ihre Brüder zu verlieren, noch einmal durchlebte. Sie würden sie wahrscheinlich wegsperren und den Schlüssel wegwerfen, wenn sie anfangen würde, von magischen Jungen, bösen Schatten und anderen Welten zu reden.

Sie musste sich einfach zusammenreißen und Peter helfen. Zu wissen, dass sie eine Chance hatte, ihre Brüder wiederzusehen, war alles, was zählte. Und je eher sie herausfanden, wie sie den Schatten aufhalten konnten, desto eher würde sie auch John und Michael zurückbekommen.

Desto eher konnten sie das alles hinter sich lassen.

Doch zunächst einmal musste sie Peter finden.

Wendy sah auf die Uhr auf ihrem Handy. Neben der Uhrzeit, es war knapp eins, zeigte es auch jede Menge ungelesener Textnachrichten von Jordan an. Sie würde ihr später antworten. Im Moment saß sie im Stadtzentrum fest und musste irgendwie nach Hause kommen. Wendy klickte die Mitfahr-App auf ihrem Handy an.

Ihr Garten schien ihr ein guter Ort zu sein, mit der Suche nach ihm zu beginnen, da er direkt am Wald lag. Sie wartete darauf, dass die App ihr Fahrer in der Nähe anzeigte, als ein schriller Pfiff gefolgt von Gekicher von der anderen Straßenseite ihre Aufmerksamkeit erregten.

Dort standen einige Häuser, die direkt an den Wald grenzten. Ein grünblaues stand etwas zurückgesetzt im Schatten der hohen Bäume.

Dort, mitten im Garten, saßen Peter und ein kleines Mädchen, das Wendy kannte.

Was zur Hölle machte er da? Wendy lief zu ihnen und rannte dabei praktisch über die Straße.

»Jetzt versuch du es mal«, sagte Peter gerade.

Die beiden saßen sich im Schneidersitz gegenüber und konzentrierten sich auf einen Grashalm in Peters Hand. Das kleine Mädchen trug ein violettes Sommerkleid, und Gräser und kleine Blumen lagen in ihrem Schoß.

Eine Blumenkrone aus verwelkten, kleinen gelben Knospen saß schief auf Peters Kopf. Er grinste und nickte dem Mädchen aufmunternd zu.

Sie nahm den Grashalm, drückte ihre Daumen daran und blies darauf, woraufhin ein schrilles Quietschen zu hören war. Sie bekam einen Lachanfall.

Peter kicherte mit und wirkte recht zufrieden mit sich.

»Peter! Was machst du hier?«, rief Wendy vollkommen verwirrt.

Er warf ihr einen flüchtigen Blick zu. »Oh, hallo. Du bist ziemlich spät dran.« Er bedachte Wendy mit einem strengen Blick, bevor er der Kleinen zunickte. »Du warst nicht zu Hause, deshalb dachte ich, du bist vielleicht im Krankenhaus«, erklärte er beiläufig. »Aber dann bin ich Cassidy über den Weg gelaufen.« Peter sah Wendy mit einem breiten Lächeln an. »Wir machen Grashalmpfeifen.«

»Grashalmpfeifen«, wiederholte Wendy. Sie kämpfte gegen den Drang an, ihn umzuschubsen.

Cassidy strahlte sie an. »Ich habe eine Krone für Peter gebastelt«, sagte sie mit leiser, schüchterner Stimme. Ihr Dad war Röntgen-Techniker und arbeitete mit ihrer Mom zusammen. Wendy hatte früher auf Cassidy und Rebecca, ihre ältere Schwester, aufgepasst, als sie noch kleiner gewesen waren.

Peter sah Wendy mit einem schiefen Grinsen an und zog seine mit Sommersprossen übersäte Nase kraus.

Wendy räusperte sich und strich sich das Haar hinter die Ohren. Er sollte aufhören, sie so anzuschauen. »Du siehst lächerlich aus«, eröffnete sie ihm.

»Du bist bloß eifersüchtig, dass sie keine für *dich* gemacht hat«, entgegnete er mit einem geringschätzigen Schulterzucken.

Cassidy kicherte hinter vorgehaltener Hand.

Wendy schüttelte den Kopf. Er sah so verdammt selbstzufrieden aus! »Cass, du solltest wirklich nicht mit Fremden reden, und ganz besonders solltest du ihnen nicht deinen Namen sagen!«, schimpfte sie. Cassidy war gerade erst in die Schule gekommen. Hatte man ihr da noch nicht beigebracht, wie gefährlich Fremde sein konnten?

Cassidy versuchte, den Grashalm wieder zwischen die Daumen zu quetschen. »Ich weiß, aber das habe ich gar nicht. Er kannte ihn schon!«, verteidigte sie sich und verzog dabei konzentriert das Gesicht.

Wendy warf Peter einen verwirrten Blick zu.

Er stützte sich auf einen Ellbogen und machte mit der anderen Hand eine weit ausholende Geste. »Peter Pan, erinnerst du dich?«, fragte er mit einem verschwörerischen Augenzwinkern. »Das ist sozusagen mein Job.«

Wendy schnaubte. »Du bist unmöglich«, knurrte sie, bevor sie sich wieder Cassidy zuwandte. »Wo sind denn deine Eltern, Cass? Sie sollten auf dich aufpassen.«

»Sie arbeiten. *Rebecca* sollte auf mich aufpassen«, sagte sie und blickte böse in Richtung Haus. Und tatsächlich, da saß Rebecca in einem Liegestuhl auf der Veranda. Sie schien in ein Buch vertieft zu sein und hatte Kopfhörer auf den Ohren.

Wendy kochte innerlich vor Wut. Wie hatte Rebecca nicht bemerken können, dass ihre Schwester mit einem fremden Jungen redete?

Als ob er ihre Gedanken gehört hätte, sagte Peter: »Manchmal sind Teenager genauso schlimm wie Erwachsene, was das Wahrnehmen von Magie angeht.« Er zog eine Augenbraue in die Höhe und warf Wendy einen vielsagenden Blick zu, den sie jedoch ignorierte. Stattdessen funkelte sie Rebecca an, und spürte, wie Beschützerinstinkt gegenüber Cassidy in ihr aufstieg. »Dieser Teenager hier hat zumindest eine Menge Dinge, über die er mit dir reden muss«, sagte sie zu Peter. »Lass uns gehen, Blumenprinz.«

»Nur wenn du mir versprichst, mich weiter Prinz zu nennen«, antwortete er und half Cassidy, ihre Daumen in die richtige Position zu bringen.

»Peter.«

»Eure Hoheit würde ich auch akzeptieren.«

»Peter.«

Endlich registrierte er ihren Tonfall und schaute auf. Er sah sie fragend an und legte den Kopf schief. Dann nahm er die Blumenkrone ab und hielt sie Cassidy hin. »Die solltest du behalten«, sagte er. Cassidy streckte die Hand danach aus, aber bevor sie sie nehmen konnte, fügte Peter noch hinzu: »Aber ich finde, sie wird einer Prinzessin noch nicht ganz gerecht.«

Ganz langsam begannen die welkenden Knospen, in einem schwachen Goldton zu erstrahlen. Cassidy schnappte nach Luft, und Wendys Herz machte einen Satz.

Die Blumen wuchsen zu riesigen Blüten heran, die Stiele wurden dicker und verknoteten sich. Dann erhob sich der Kranz langsam kreisend in die Luft. Mit großen Augen verfolgte Cassidy, wie er sich ihr um den Hals legte, inzwischen zu groß, um auf ihren Kopf zu passen.

»Na bitte!«, rief Peter, wischte sich die Hände an seiner abgetragenen Jeans ab und schien überaus zufrieden mit seinem Werk zu sein.

Feenstaub.

Cassidy kreischte aufgeregt und klatschte in die Hände. »Bist du ein Zauberer?«, brach es aus ihr heraus, und ihr kleiner Körper vibrierte förmlich vor Freude.

»Genau genommen …«, begann Peter, aber Wendy fuhr schnell dazwischen.

»Ja!«, sagte sie. »Aber du darfst es niemandem erzählen. Es ist ein Geheimnis, okay?«

Peter schnaubte.

Wendy sah ihn mit zusammengekniffenen Augen an.

Er seufzte.

Dann drehte er sich um, warf Cassidy einen gespielt ernsten Blick zu und nickte feierlich.

»Ich werde nichts verraten. Bestimmt nicht!«, beteuerte Cassidy.

Wendy bezweifelte, dass sie sich an ihr Versprechen halten würde, was bedeutete, dass sie dringend von hier verschwinden mussten.

»Lass uns gehen, Peter«, sagte Wendy und zog an seinem Arm. Während sie davongingen, rief Wendy quer durch den Garten: »HEY, REBECCA!«

Cassidys ältere Schwester fuhr zusammen und riss sich die Kopfhörer herunter. Sie sah erschrocken aus, weil sie Wendy und Peter offensichtlich gerade erst bei ihrer Schwester bemerkte.

Wendy winkte begeistert und schenkte Rebecca ihr breitestes aufgesetztes Lächeln. Zumindest würde sie jetzt aufpassen.

Wendy marschierte davon, und Peter folgte ihr. Er schaute noch einmal zurück und winkte Cassidy zum Abschied zu, die fröhlich zurückwinkte.

»Cassidy, komm wieder auf die Veranda!«, hörte Wendy Rebecca sagen.

Sobald sie außer Hörweite waren, stieß Wendy Peter einen Ellbogen in die Seite. »Du kannst nicht einfach mitten auf der Straße mit kleinen Mädchen rumhängen!«, zischte sie ihn an.

Peter lachte, rieb sich die Rippen und runzelte dann die Stirn. »Warum? Was meinst du?«, fragte er, als sei er sich nicht sicher, ob das ihr Ernst war.

Wendy stöhnte. Begriff er es wirklich nicht? »Darum!«, blaffte sie und presste sich mit Daumen und Zeigefinger den Nasenrücken zusammen.

Offensichtlich hatte ihm das Leben in Nimmerland keine großen Kenntnisse über Gepflogenheiten in der realen Welt vermittelt. »Die Leute werden denken, dass du etwas im Schilde führst, dass du ihr vielleicht sogar etwas antun willst«, erklärte sie ihm. »Du könntest eine Menge Ärger bekommen – du könntest *uns* eine Menge Ärger einbrocken.«

Jetzt wirkte er aufrichtig verwirrt. »Was? Aber das würde ich niemals tun.« Angesichts der Gekränktheit in seiner Stimme bekam sie ein schlechtes Gewissen, dass sie ihn so angeblafft hatte.

»Das ist mir klar, aber die Leute ... andere Leute, Erwachsene ... wissen das nicht. Sie würden einfach vom Schlimmsten ausgehen«, versuchte sie es jetzt ein wenig ruhiger. »Vor allem in der jetzigen Situation. Wenn ein Erwachsener dich mit irgendwelchen Kindern reden sieht, hält er wahrscheinlich *dich* für den Entführer.«

Sie waren inzwischen am Ende der Straße angekommen. Peter blieb stehen und drehte sich zu ihr um. »Warum habe ich das Gefühl, dass du mir etwas verschweigst?«

Wendy biss sich auf die Unterlippe. »Die Detectives glauben, du hättest etwas mit den verschwundenen Kindern zu tun.«

Peter ließ die Arme sinken. »Wie meinst du das?« Er trat unruhig von einem Fuß auf den anderen.

Wendy holte tief Luft. »Ich habe mich verspätet, weil ich auf die Polizeiwache musste. Detective James – der aus den Nachrichten, du erinnerst dich? – hat mich über Alex und die anderen verschwundenen Kinder ausgefragt.« Zögernd fügte sie hinzu: »Und über dich.«

Peter stöhnte auf wie ein Kind, das gerade beim Versteckspielen gefunden worden war. »Hast du ihnen etwas erzählt?«, fragte er.

»Natürlich nicht! Wie könnte ich?« Sie warf die Hände in die Luft. »Sie würden mir sowieso nicht glauben. Wir haben doch bereits besprochen, dass sie uns keine Hilfe sind«, murmelte sie. Wenn die Polizei schon ihre Brüder nicht hatte finden können, als sie damals verschwunden waren, wie konnte sie erwarten, dass sie jetzt helfen könnte? Das war ihre und Peters Sache.

Wendy schaute wachsam links und rechts die Straße entlang. »Lass uns einfach weitergehen«, sagte sie.

Peter ging neben ihr her. Es gab immer weniger Orte, an denen sie sich sicher fühlte, und das Letzte, was sie jetzt gebrauchen konnte, war, dass Jordan oder die Cops oder, noch schlimmer, ihre Eltern sie mit Peter sahen.

»Aber sie denken, dass du etwas mit den verschwundenen Kindern zu tun hast«, fuhr sie fort.

»Das wissen wir schon aus den Nachrichten«, stellte Peter fest.

»Sie scheinen dich aber nicht zu verdächtigen.« Peter zuckte zusammen. »Ich glaube, sie denken, dass du ebenfalls entführt worden bist.« Rasch sprach sie weiter. »Und da sie dich mit *meinem* Verschwinden in Verbindung bringen, denken sie, die Person, die *jetzt* die Kinder entführt, sei die gleiche, die meine Brüder und mich entführt hat.«

Peter nickte nur. Es war schwer, seinen Gesichtsausdruck zu deuten, da er gedankenverloren auf seine Füße starrte.

Wendy seufzte und rieb sich die Stirn. »Im Prinzip haben sie vielleicht sogar recht«, überlegte sie laut. »Dein Schatten hat sich meine Brüder geholt, und jetzt holt er sich noch mehr Kinder.«

Wieder sagte Peter nichts.

Wendy rang die Hände. »Er tut ihnen doch nicht weh, oder?«, fragte sie ängstlich.

Peter schüttelte den Kopf. »Nein, sie müssen am Leben bleiben.« Er klang jetzt niedergeschlagen.

Das gefiel Wendy gar nicht.

»Damit der Schatten sich von ihnen nähren kann, müssen sie wach sein.«

»Wach und verängstigt«, beendete Wendy seinen Gedankengang.

Wieder nickte Peter.

Er hatte ihr erzählt, dass Schatten stärker wurden, wenn sie sich an der Angst eines Menschen laben konnten. Vom Grauen und der Traurigkeit einer Person, von ihrer Hoffnungslosigkeit. John und Michael waren seit Jahren Gefangene des Schattens. Wie fühlte es sich für sie an? Was für eine Art von Existenz war es, von Angst verzehrt zu werden und ihr nicht entkommen zu können?

Wendys Brust schmerzte. Sie konnte den Gedanken nicht ertragen, dass sie litten, schon gar nicht seit so langer Zeit. Sie und Peter mussten sie retten.

»Weißt du, wo sie sind?«, fragte Wendy.

»Nein – na ja, im Wald«, korrigierte Peter sich. »Auf jeden Fall im Wald, aber der Schatten könnte sie mithilfe seiner Magie überall verstecken.«

Sie überquerten die Straße und schlugen den Weg Richtung Stadt ein. Sie befanden sich nun auf der Straße, die um den Wald herumführte. Dieselbe Straße, auf der Wendy Peter gefunden hatte. Sie gingen am Straßenrand entlang, aber selbst jetzt, am helllichten

Tag, stellten sich ihr die Härchen im Nacken auf. Ihre Schritte wurden immer langsamer und zögerlicher. Die knorrigen Bäume mit ihren herabhängenden Ästen ragten über ihnen auf.

Peter sorgte dafür, dass er sich zwischen ihr und dem Wald befand und schob einzelne Zweige aus dem Weg, damit sie vorbeigehen konnten. In seiner Gegenwart fühlte sie sich … besser. Weniger verängstigt, als hätte sie endlich jemanden, der wusste, was sie durchmachte. Jemanden, der das mit ihr zusammen durchstand. Aber dann war da auch noch diese unbestreitbare Wärme, die sie durchströmte, wenn sie in seiner Nähe war.

Sie beeilte sich, Peter einzuholen und wieder neben ihm herzugehen, weit genug entfernt, um ihn nicht zu berühren, aber nah genug, dass sie die Hand ausstrecken und mit den Fingerknöcheln über seine hätte streichen können, wenn sie gewollt hätte.

Wendy betrachtete sein Profil: seine Nase, die ein wenig nach oben gebogen war, die feste Partie seines Kinns, die kleinen Spitzen an seinen Ohren. Er trug die Jeans, die Wendy geflickt hatte, und dazu ein T-Shirt in Altrosa, das von der Sonne ausgeblichen war, aber seine Augen umso faszinierender machte.

Wendy fragte sich, ob die Hitze, die sie spürte, von Peters Magie kam. Oder war das nur … er?

Es war tröstlich, aber sie spürte immer noch, wie der Wald ihr aufs Gemüt drückte. Er fühlte sich an wie der Druck in den Ohren, wenn sie beim Schwimmtraining ins tiefe Becken tauchte. Sie hatte immer noch das Gefühl, beobachtet zu werden, genau wie am vergangenen Abend in ihrer Einfahrt. Schlagartig fiel es ihr wieder ein.

»Gestern Nacht ist etwas passiert, das ich vergessen habe, dir zu erzählen. Es war, bevor du mich im Wald gefunden hast«, sagte Wendy langsam.

Peter drehte sich zu ihr um und sah sie an. »Was ist denn passiert?« Er verzog das Gesicht, als wappne er sich gegen einen Schlag.

»Gestern Abend wollte ich meine Schwimmtasche aus dem Pick-up holen. Es war dunkel draußen, und während ich nach der Tasche gesucht habe, konnte ich …« Wendy hielt inne und versuchte, das Erlebnis in Worte zu fassen. »Ich spürte etwas hinter mir. Als ich mich umgedreht habe, ist wie aus dem Nichts dieser Typ aufgetaucht. Er hat mich angesprochen.« Wendy rieb sich geistesabwesend den Arm, als sie sich an ihre Gänsehaut erinnerte, und wartete Peters Reaktion ab.

»Hast du Cassidy nicht gerade erst ermahnt, nicht mit Fremden zu reden?«, fragte Peter und zog eine Augenbraue nach oben.

Wendy spürte, wie Ärger in ihr aufstieg. Jetzt war nicht die richtige Zeit für Scherze.

»Er wusste, wer ich bin, Peter«, fuhr sie ihn an. »Er kannte meinen Namen und hat gesagt, er hätte mich schon einmal im Krankenhaus gesehen. Und dann hat er mich tatsächlich gefragt, ob ich mit ihm im Wald spazieren gehen will.« Wendy schauderte.

Jetzt wirkte Peter doch besorgt.

»Und er hat etwas davon gesagt, dass ich vorsichtig sein müsse, denn ich würde ja nicht wieder ›verloren gehen‹ wollen.« Wendy versuchte, alles so detailliert wie möglich zu erzählen.

Tiefe Falten bildeten sich auf Peters Stirn. »Vielleicht hat er dich aus den Nachrichten wiedererkannt?«, überlegte er laut. »Das hier ist eine Kleinstadt, und vielleicht hat er sich nur daran erinnert, dass du mal verschwunden warst …« Es war, als würde er versuchen, sich selbst zu überzeugen.

Wendy schüttelte den Kopf. »Nein, wie du schon gesagt hast, das hier ist eine Kleinstadt, und ich hatte ihn bis gestern noch nie gesehen«, erklärte sie. »Und nicht nur das, er hatte etwas wirklich Seltsames an sich. Er war *unheimlich*. Er wirkte …« Sie hielt inne und überlegte, wie sie ihn beschreiben sollte. »… gefährlich. Ich konnte ihn auch nicht richtig erkennen«, sprach Wendy weiter. »Klar, es war dunkel, aber es war mehr als das. Er stand direkt vor mir, aber ich konnte sein Gesicht nicht erkennen. Es war, als könnte ich mich nicht auf die Einzelheiten seines Gesichts konzentrieren, weil es sich ständig ... bewegt hat, als würde ich ihn durch Wasser hindurch betrachten, verstehst du? Dunkles Wasser.«

Er schüttelte den Kopf. Er konnte ihr offensichtlich nicht folgen.

Wendy schluckte. Ihr Mund fühlte sich trocken an. »Es war, als würde er aus Schatten bestehen.«

Peter blieb abrupt stehen. »Aus Schatten?«, wiederholte er, plötzlich sehr wachsam. Wendy nickte, und Peter starrte tief in Gedanken versunken in den Wald.

»Ja, genau.« Wendy trat von einem Fuß auf den anderen. Peters Gesichtsausdruck gefiel ihr ganz und gar nicht. Sie wollte weitergehen, hatte Angst davor, die Antwort auf die Frage zu hören, die sie stellen musste. »Peter, dein Schatten kann doch nicht ...« Wie sollte sie es in Worte fassen? »Er kann keine ... menschliche Gestalt annehmen, oder?«

Peter schüttelte den Kopf. Er wirkte benommen. »Das ist noch nie vorgekommen«, sagte er. »Er hat sich noch nie in ein festes, greifbares Wesen verwandelt.«

Hoffnungslosigkeit breitete sich in Wendy aus. »Warum passiert das, Peter?«

So, wie er an seiner Unterlippe saugte, sah er aus, als wollte er nicht mit der Sprache herausrücken. Aber dann seufzte er nur und zuckte mit den Schultern. »Ich habe keine Ahnung.« Das war nicht das, was sie hören wollte.

»Als ich Alex' Stimme gehört habe, ist er – es – verschwunden, oder vielleicht war er immer noch da? Ich weiß es nicht mehr. Ich bin einfach in den Wald gerannt«, fuhr Wendy fort. »Dann ist noch etwas passiert, nachdem du weg warst und ich ins Bett gegangen bin ...«

Peter stöhnte. »Noch etwas?«, fragte er niedergeschlagen.

»Ich glaube, der Schatten war letzte Nacht in meinem Traum.« Sie sah besorgt zu ihm hinüber. Peter betrachtete sie aufmerksam und wartete offensichtlich darauf, dass sie weitersprach. »Als ich eingeschlafen war, habe ich geträumt, ich sei im Wald«, erzählte Wendy ihm. »Es lag Schnee, also muss es Winter gewesen sein, und es wurde langsam dunkel. Ich stand vor einem riesigen Baum …«

»Einem Baum?«, fragte Peter scharf. Seine Schultern versteiften sich, und seine blauen Augen blickten jetzt sehr ernst.

Sie nickte. Aus irgendeinem Grund beunruhigte sie seine Reaktion. »Ja, er sah nicht so aus wie die anderen Bäume im Wald.« Sie konnte die welken Blätter aus ihrem Traum beinahe riechen. »Er war riesig, und seine Äste krümmten sich in seltsamen Winkeln. Sie waren vollkommen kahl, und es wirkte fast so, als sei der Baum tot. Er hatte ein riesiges Wurzelgeflecht.«

Peter stand so regungslos da, dass Wendy sich fragte, ob er überhaupt noch atmete.

»Und ich habe etwas in dem Baum gehört. Wie die Stimmen im Wald gestern Nacht. Hast du sie auch gehört?«, fragte Wendy.

Peter antwortete nur mit einem knappen Nicken.

»Bevor ich näher an den Baum herangehen konnte, ist der Schatten aufgetaucht, aber diesmal konnte ich ihn sehen.«

»Wie hat er ausgesehen?«, fragte Peter, aber in seiner Stimme lag ein Grauen, als würde er die Antwort bereits kennen.

»Wie … nun ja, wie du«, sagte sie unbehaglich. »Aber das warst nicht du. Sein Haar war dunkel, er war ganz blass, und wenn man ihm in die Augen gesehen hat, war es, als würde man in einen stockdunklen Raum sehen«, bemühte sich Wendy zu erklären. Sie suchte am wolkenlosen Himmel nach den richtigen Worten. »Er war eine verzerrte Version von dir, wie sie nur ein Albtraum heraufbeschwören kann, aber es war nicht nur ein böser Traum.«

»Wie meinst du das?«, fragte Peter vorsichtig.

»Ich meine, ich glaube nicht, dass es überhaupt ein Traum war.« Wendy schluckte und befeuchtete sich die Lippen. »Ich glaube, ich habe mich erinnert, an die Zeit, als ich im Wald war.«

Alle Farbe wich aus Peters Gesicht.

»Und als ich aufgewacht bin, hatte ich den Baum im Schlaf überall hingemalt – auf meine Bettdecke, auf meine Beine, meine Hände.« Wendy deutete auf sich selbst. Dann hielt sie die Hände hoch, damit er sie sich ansehen konnte. Sie waren weniger stark gerötet, aber immer noch trocken und gereizt vom vielen Schrubben.

Peter trat näher an sie heran und betrachtete ungläubig die Spuren, die auf ihrer Haut zurückgeblieben waren.

»Ich zeichne seit Wochen immer wieder denselben Baum«, murmelte Wendy, die nur mit Mühe einen Ton herausbrachte, weil Peter ihr so nah war. »Aber nicht bewusst.« Peter sah sie verwirrt an. »Als ob ich gar nicht merken würde, was ich tue. Ich schreibe zum Beispiel eine Einkaufsliste, und dann drifte ich für eine Sekunde ab, und das Nächste, was ich mitbekomme, ist, dass überall Zeichnungen von dem Baum sind.«

Peter nahm behutsam ihren Arm und strich sacht mit den Fingern über die verblassten roten Linien. Auf seiner sommersprossigen Stirn bildete sich eine tiefe Falte. Bei seiner plötzlichen Nähe wurde Wendy ganz warm.

»Ich glaube, dass ein Teil von mir sich daran erinnert, was passiert ist, und dieser Teil versucht, mich in die richtige Richtung zu lenken. Ich denke, deshalb zeichne ich immer wieder diesen Baum …« Sie hielt inne und nahm ihren ganzen Mut zusammen, bevor sie hinzufügte: »Und dich.«

Peters Blick blieb auf ihr liegen, und er war immer noch besorgt, aber jetzt auch mit einem Anflug von Neugier erfüllt. »Mich?«

Wendy konnte nur nicken. Hitze stieg ihr in die Wangen.

Sie war sich bewusst, dass sie ihm nicht mehr so nah gewesen war, seit sie ihn auf der Straße gefunden hatte. Die hellen Einsprengsel in seinen dunkelblauen Augen funkelten im Sonnenlicht.

Wenn er ihr so nah war wie jetzt, konnte sie nicht mehr klar denken. Wendy räusperte sich, trat einen Schritt von ihm weg und entzog ihm ihren Arm.

Peter dagegen schien das alles nicht zu beeindrucken, er ließ die Hände wieder sinken und hing weiter seinen Gedanken nach.

Sie setzte sich wieder in Bewegung, und Peter folgte ihr die Straße entlang.

»Das ist schlimm«, sagte er und steckte die Hände in die Taschen. »Er war noch nie so stark. Durch all die Kinder, die er sich geholt hat, wird er zu mächtig«, versuchte Peter zu erklären. »Ich dagegen werde mit jedem Tag schwächer. Wir müssen ihn aufhalten, Wendy. Und zwar schnell. Wenn es uns nicht gelingt, wer weiß, wozu er dann noch fähig ist.«

Wendy dachte nach. Sie brauchten immer noch Antworten, und es gab tatsächlich nur eine Möglichkeit, die Sache anzugehen. Sie schüttelte den Kopf und rieb sich das Schlüsselbein. »Ich kann nicht glauben, dass ich das jetzt sage«, murmelte sie vor sich hin, »aber ich denke, wir müssen in den Wald gehen und nach dem Baum suchen.«

Peter fuhr erschrocken zurück. »*Was?*«

»Wenn das, was ich gesehen habe, eine Erinnerung war, dann ist dieser Baum offensichtlich irgendwie wichtig«, erklärte sie. »Und die ganzen Zeichnungen? Sie müssen irgendeinen Hinweis enthalten. Ich meine, ich habe an dem Baum auch deinen Schatten gesehen – vielleicht versteckt er sich dort? Vielleicht sind sie dort – die verschwundenen Kinder und meine Brüder?« Sie hasste sich dafür, es auch nur anzudeuten, aber wenn sie ihre Brüder wiederhaben wollte, hatte sie keine andere Wahl.

»Es könnte einfach irgendein imaginärer Baum sein«, sagte Peter mit Nachdruck. »Vielleicht hat es gar nichts zu bedeuten. Und was ist, wenn es sich dabei um eine Falle handelt, die mein Schatten dir gestellt hat?« Er deutete in Richtung Wald.

»Ich kann nicht ausschließen, dass es eine Falle ist«, gab Wendy zu. »Aber wir müssen es trotzdem versuchen.«

Peter schaute über seine Schulter in die Bäume. »Ich weiß nicht, Wendy.« Er klang beunruhigt.

»Was bleibt uns denn anderes übrig?«, fragte sie. Darauf schien Peter keine Antwort zu haben. »Wir sollten versuchen, ihn zu finden. Vielleicht schon heute? Wir haben noch genug Tageslicht, um wenigstens mit der Suche anzufangen.«

Er wirkte immer noch nicht überzeugt.

»Du hast doch selbst gesagt, du brauchst meine Hilfe, um deinen Schatten aufzuhalten, schon vergessen?«, erinnerte Wendy ihn. »Und seit wann hat Peter Pan Angst vor Gefahr?«

Peter blickte sie finster an. »Ich habe vor gar nichts Angst.« Wendy konnte sich ein Grinsen nicht verkneifen.

An der Straßenecke blieben sie stehen. Sie waren bis zu dem kleinen Einkaufsviertel zwischen Wendys Zuhause und der Innenstadt gekommen. Dort gab es einen Lebensmittelladen, eine Tankstelle und ein paar kleinere Geschäfte. Zwei Frauen schoben Kinderwagen vor sich her, aber der Großteil der Leute, die sich dort aufhielten, waren Teenager, die ihre Sommerferien genossen.

»Wollen wir zurückgehen und uns auf die Suche machen?« Wendy drehte sich zu Peter um. »Ich denke, wir müssten ziemlich tief in den Wald hineingehen, denn der Baum sieht sehr alt aus …«

Peter schien ihr gar nicht zuzuhören. Er reckte den Hals und schaute in verschiedene Straßen.

»Sollten wir nicht irgendwo nach Hinweisen suchen?« Sie hatte keine Ahnung, wie man ein Rätsel löste. Ihr kam es vor, als hätte man sie in eine Scooby-Doo-Folge versetzt. »Wie sucht man überhaupt nach Hinweisen, die einen zu einem übernatürlichen Schatten führen? Das alles ist neu für mich«, sagte sie.

Und von Peter kam absolut nichts Hilfreiches.

»Peter, konzentrier dich«, blaffte sie und bohrte ihm ihren Finger in den Arm.

»Hm, ja, ich weiß, was wir tun sollten.« Peter nickte entschlossen und richtete seinen Blick auf etwas in der Ferne.

»Was denn?« Wendy wurde langsam wütend.

»Wir sollten uns ein Eis kaufen«, sagte er und strahlte sie mit einem breiten Grinsen an.

Wendy starrte ihn entgeistert an. Das konnte doch wohl nicht sein Ernst sein. »Wie bitte?«

Peter zeigte auf die andere Straßenseite, und als Wendy sich umdrehte, sah sie, dass der *Frite & Scoop* seine Aufmerksamkeit erregt hatte. Im Schaufenster stand ein Bild mit einer Eiswaffel und in Papier gewickelten Pommes darauf.

»Peter, nein«, protestierte Wendy. Wie konnte er in einem solchen Moment bloß an Eis denken? Selbst wenn es sich gut anhörte, da ihr die Sommersonne gerade auf die nackten Schultern brannte.

»Wendy, doch«, sagte Peter und nickte voller Begeisterung.

Sie stemmte die Hände in die Hüften. »Wir können uns nicht einfach ein Eis holen, uns ins Gras setzen und den ganzen Tag Gänseblümchenketten machen!«, fauchte sie.

»Klar können wir das!« Er griff nach ihrer Hand und begann, rückwärtszugehen und sie mit sich zu ziehen. Ein breites, verschmitztes Lächeln lag auf seinem Gesicht. »Es dauert ja nur ein paar Minuten!«, lockte er sie.

Wendy ließ sich nur widerwillig von ihm mitziehen. »Nein!«, flüsterte sie heiser und schaute sich nach den Leuten um, die ihrem ganz normalen Alltag nachgingen. »Wir müssen herausfinden, wie wir *deinen* Schatten daran hindern können, *Kinder zu stehlen.*« Sie zerrte an seiner Hand.

»Es dauert ja nicht lange«, entgegnete Peter unbekümmert. Dann trat er schnell hinter sie, legte ihr die Hände auf die Schultern und schob sie Richtung Tür. »Versprochen«, flüsterte er ihr ins Ohr. Sein Atem kitzelte ihren Nacken.

Sie konnte das Lächeln in seiner Stimme hören.

»Du bist eine Nervensäge, Peter Pan«, sagte Wendy.

Er drückte die Tür zu dem Café auf und trat ein. Er konnte wirklich nerven, aber sie musste trotzdem die Lippen aufeinanderpressen, um sich ein Lächeln zu verkneifen.

Der Laden war ziemlich klein, aber mit seiner warmen Holzvertäfelung auch ganz gemütlich. Entlang der Fenster zog sich ein Tresen, von dem aus man einen Blick auf den Pier und den Fluss hatte und an dem einige Holzhocker standen. Auf einer Tafel waren die Geschmacksrichtungen des Tages angeschrieben, und in einer Kühlvitrine an der Seite standen verschiedene altmodische Limo-Flaschen. Werke lokaler Künstler und Auszeichnungen, die die Eisdiele erhalten hatte, hingen an den Wänden. Der Außenbereich mit ein paar wettergegerbten Picknicktischen lag direkt am Pier. Silberne Hundenäpfe mit Wasser standen auf dem Boden. Es roch nach süßer Sahne und fettigen Pommes frites.

Im Eingangsbereich strich die kühle Luft aus der Klimaanlage über sie hinweg. Peter schloss für einen Moment die Augen und genoss die frische Brise, während ein kleines Grinsen seine Lippen umspielte.

Wendy konnte einen erfreuten Seufzer nicht unterdrücken. Sie senkte den Kopf, damit der Lufthauch ihren Nacken kühlte. Nach ihrem Spaziergang rann ihr der Schweiß den Rücken hinunter. Sie wollte gar nicht sehen, was für Schweißflecken sich unter ihren Armen am Tanktop gebildet hatten. Als sie aufschaute, warf Peter ihr einen Seitenblick zu und zog eine Augenbraue nach oben. »Bist du dir sicher, dass du nicht noch etwas bleiben willst?«, fragte er und sah dabei für Wendys Geschmack viel zu selbstgefällig aus.

Sie funkelte ihn an. »Ich hasse es wirklich, wenn du das tust.«

»Wenn ich was tue?«, fragte er in geheuchelter Unschuld.

»Das weißt du ganz genau.« Wendys Magen knurrte laut. Sie hatte seit dem Abendessen mit ihrer Mom nichts mehr gegessen. »Na schön«, entschied sie. »Aber nur, weil ich Hunger habe.«

Peter ging an den Tresen und schaute in die großen Behälter mit Eiscreme. Er drückte förmlich die Nase gegen die Glasscheibe, während er mit den Fingerspitzen einen ungleichmäßigen Rhythmus dagegen trommelte.

»Was für ein Eis magst du denn?«, fragte Peter. Die Glasscheibe vor ihm beschlug von seinem Atem. Er löste den Blick nicht von den bunten Behältern.

»Ich mache mir nicht viel aus Eiscreme«, sagte Wendy und stellte sich neben ihn.

Peter richtete sich auf und wirkte geradezu beleidigt. »Welcher Mensch mag keine Eiscreme?«, fragte er ungläubig.

»Nicht jeder mag Eiscreme!«

Er warf ihr einen zutiefst missbilligenden Blick zu. »Okay, schön, aber wenn du doch mal ein Eis isst, welche Sorte nimmst du dann?«

»Vanille.«

»Vanille?«

»Was?!«

»Vanille ist die *langweiligste* Eissorte von allen!« Er breitete dramatisch die Arme aus. »Gott, du klingst wie eine alte Frau«, sagte er und stieß mit seiner Schulter gegen ihre.

»Vanille ist ein Klassiker!«, schoss Wendy zurück und schubste zurück.

Peter warf den Kopf zurück und gab einen lauten, verzweifelten Seufzer voller Abscheu von sich.

Einige Gäste, die am Tresen saßen, drehten den Kopf in ihre Richtung.

Wendys Wangen glühten. Sie stieß Peter einen Ellbogen in die Seite. »Pst!«, zischte sie.

Langsam und unbeirrt schüttelte Peter den Kopf. »Du musst wirklich vielseitiger werden – deinen Horizont erweitern.«

»Gegen Vanille ist nichts einzuwenden«, murrte sie düster.

»Wenn du meinst, Wendy.«

Wendy schnaubte und tat ihr Bestes, sein dummes Gesicht und dieses verdammte Lächeln zu ignorieren. »Was ist denn *deine* Lieblingseissorte?«, erkundigte sie sich und verdrehte die Augen.

»Kaugummi.«

Wendy lachte spöttisch. »Wie alt bist du? Acht?«

Peter zog die Schultern hoch, während sein Blick zu der Tafel mit den Eissorten wanderte. »Manchmal.«

Wendy kniff die Augen zusammen, unsicher, ob er einen Witz gemacht hatte oder nicht.

»Wow!«, rief Peter plötzlich und zeigte auf etwas hinter dem Tresen. »Das will ich.«

Er zeigte auf ein Bild von etwas, das aussah wie drei Kugeln Schokoladeneis, mit dunklen Stückchen und gekrönt von Karamellsoße, Schlagsahne und einer Kirsche. Darunter stand: PROBIEREN SIE UNSER NEUES TRIPLE-CHOCOLATE-MOCCA-EIS! MIT ECHTEN STUMPTOWN-ESPRESSOBOHNEN!

Wendy schnaubte. »Das Letzte, was du brauchst, sind Zucker *und* Koffein«, sagte sie.

»Das nehme ich.« Peter wandte sich an die Kassiererin. »Kann ich bitte so eins bestellen?«

Wendy kannte das Mädchen hinter der Theke von der Schule, wusste aber ihren Namen nicht. Sie hatte sich ihr hellbraunes Haar zu einem unordentlichen Knoten zusammengebunden, und lose Strähnen fielen ihr ins Gesicht. Ihre braunen Augen wurden von schwarzem Eyeliner betont, und an ihrer Nase funkelte ein Nasenring mit violettem Strass.

Wendy fuhr sich mit den Händen durch ihr eigenes kurzes Haar und fühlte sich plötzlich sehr gewöhnlich.

Ganz ähnlich wie Vanilleeis.

»Klar«, sagte das Mädchen. Sie stützte sich auf die Theke, sah Peter an und ließ ein Lächeln aufblitzen. »Wie viele Kugeln?«, fragte sie.

»DREI!«, sagte Peter enthusiastisch.

»*Zwei*«, mischte Wendy sich ein. Als Peter die Unterlippe vorschob, fügte sie hinzu: »Ich bezahle, schon vergessen?« Dann wandte sie sich wieder an das Mädchen. »Und ich nehme eine Portion Pommes und einen Becher Eiswasser.« Wendy betrachtete noch einmal das Eis. »Und eine Kugel London Fog«, fügte sie hinzu.

Peter feixte triumphierend.

Wendy verdrehte die Augen. »Ich mag nun mal zufällig Earl Grey.«

Das Lächeln, mit dem die Kassiererin nun Wendy ansah, war spürbar weniger herzlich.

Wendy schob ihre EC-Karte über die Theke. Als sie nach unten blickte, lächelten ihr Benjamin Lane, Ashley Ford und Alex Forestay entgegen. Sie hatten die Suchplakate an die Theke geklebt. HAST DU MICH GESEHEN?, stand in großen, fetten Buchstaben über jedem der drei Fotos.

Schuldgefühle krampften Wendys leeren Magen zusammen.

Nachdem sie ihre Bestellung entgegengenommen hatten, setzten sie sich draußen an einen der Picknicktische, wo eine kühle Brise vom Columbia River herüberwehte. In der Ferne brüllten Seelöwen von den Piers. Sie nahm mehrere große Schlucke Eiswasser. Die Kälte in ihrer Kehle tat gut.

Sobald Peter sich hingesetzt hatte, tunkte er einen Finger in die Schlagsahne und steckte ihn sich in den Mund. »Mmm«, schwärmte er, verdrehte die Augen und ließ hingerissen die Lider flattern. Dann hielt er Wendy die Pappschale hin, wackelte mit den Augenbrauen und fragte: »Willst du mal probieren?«

»Wann hast du dir das letzte Mal die Hände gewaschen?«, gab Wendy zurück und beäugte ihn argwöhnisch.

»Das willst du gar nicht wissen.« Peter grinste, und der Stiel der Kirsche, die er sich in den Mund geschoben hatte, ragte aus seinem Mund.

Wendy betrachtete ihn kopfschüttelnd, aber sie liebte Schlagsahne. Sie stützte sich auf einen Ellbogen, nahm ein wenig Schlagsahne auf die Fingerspitze und leckte sie ab. Es war echte, dicke Schlagsahne. Nicht das Zeug, das aus einer Sprühdose kam und einfach nur ölig schmeckte.

Peter machte sich mit seinem Plastiklöffel über sein Eis her. Er summte glücklich vor sich hin, und Wendy fragte sich, ob er das immer tat, wenn er aß.

Wendy griff zuerst zu ihren Pommes frites. Sie waren frisch und sehr heiß, und sie musste erst auf eine goldbraune Pommes pusten, bevor sie hineinbeißen konnte. Sie war außen knusprig und innen weich und fluffig. Und genau richtig gesalzen. Es waren bei Weitem die besten Pommes der Stadt. Danach kühlte sie sich die Zunge mit ein bisschen Eis. Die kalte Süße der London-Fog-Eiscreme mit einer ausgeglichenen Kombination aus Bergamotte und Vanilleschote war die perfekte Mischung.

»Wie ist deins?«, fragte Wendy, bevor sie in eine weitere Fritte biss.

Peter presste die Lippen aufeinander, aber sein Lächeln war immer noch breit genug, dass sich winzige Fältchen um seine Augenwinkel bildeten. »Extrem gut«, sagte Peter mit dem Mund voll Schokolade und Espressobohnen.

Wendy schüttelte lachend den Kopf. »Ekelhaft.« Seine Tischmanieren ließen wirklich zu wünschen übrig. Sie nahm noch einen Löffel von ihrer eigenen hellgrauen Eiscreme.

»Warst du manchmal mit John und Michael hier?«

Die Frage ließ Wendy zusammenzucken, und ihre Hand erstarrte mitten in der Luft, während Eis von ihrem Löffel tropfte.

Niemand fragte sie je nach ihren Brüdern, erst recht nicht in der Öffentlichkeit und schon gar nicht nach etwas so … Normalem. Wenn Johns und Michaels Namen fielen, dann in gedämpftem Ton und geflüstert, meistens dann, wenn die Leute dachten, Wendy könnte es nicht hören. Oder, wie in den letzten paar Tagen, wenn etwas Schreckliches passiert war.

Aber Peter fragte vollkommen beiläufig nach den beiden. Er wartete geduldig auf ihre Antwort, während er sich geschmolzene Schokolade von der Hand leckte.

Wendys Kehle schnürte sich zusammen und sie musste sich räuspern. Sie legte ihren Löffel in die Schüssel zurück. »Ja … eigentlich sind wir im Sommer oft hier am Fluss spazieren gegangen.« Sie deutete auf den Pfad, der am Ufer entlangführte und von Piers gesäumt war. »Wir haben uns Pommes und Eis gekauft.« Wendy spielte mit dem Strohhalm in ihrem Eiswasser. »Weißt du, Kaugummi ist auch Michaels Lieblingssorte.«

Peter, der mit seinem Löffel bereits am Boden seiner Schüssel kratzte, hielt inne. »Michael hat einen *hervorragenden* Geschmack.« Peters sanftes Lächeln ermutigte sie weiterzusprechen. Er war der einzige Mensch, der sie nicht wie einen verletzten Hund ansah, wenn über ihre Brüder gesprochen wurde.

Wendy lächelte kopfschüttelnd. »Jedes Mal, wenn wir hier waren, hat er zuerst alle Kaugummikugeln aus dem Eis geholt, und sie in einem kleinen Papierbecher für später aufgehoben«, erklärte sie. »Wenn er mit seinem Eis fertig war, hat er sich dann alle klebrigen Kaugummikugeln auf einmal in den Mund gestopft.« Wendy zog die Nase kraus. »Das war eklig.« Sie lachte leise. »Nach all dem Zucker wurde er immer so müde, dass mein Dad ihn zum Auto tragen musste.«

Wendy musste daran denken, wie der kleine Michael völlig k. o. in den starken Armen ihres Vaters gelegen hatte, an seine braunen Locken, die bei jedem Schritt auf und ab wippten. Wie sie und John den beiden an der Hand ihrer Mutter gefolgt und durch die Abenddämmerung gehüpft waren, während die Sonne hinter den Hügeln verschwand.

Peter lachte. »Das sieht ihm ähnlich«, überlegte er laut. »Michael hat in Nimmerland immer den ganzen Nektar aus den Geißblatt-Blüten gesaugt. Hat die Kolibris wirklich sauer gemacht.«

Wendy legte ihren Löffel beiseite und lauschte aufmerksam, begierig, etwas über das Leben von John und Michael auf der magischen Insel zu hören.

»Du hast alle Blüten aufgesammelt und daraus einen Baldachin für dein Bett gemacht«, erzählte er. »Du hast gesagt, es würde dir gefallen, wie das Licht durch die rosa Blütenblätter scheint. Erinnerst du dich daran?«

Wendy schüttelte kaum merklich den Kopf. »Nein, eigentlich nicht«, gestand sie. »Alles, was ich von Nimmerland je mitkriege, ist ein kurzes Aufblitzen, flüchtige Einblicke in meinen Träumen. Doch ich erinnere mich an dich, obwohl du viel jünger ausgesehen hast.«

Peter gab einen zustimmenden Laut von sich. Es machte offensichtlich ihnen beiden zu schaffen, dass sein Körper alterte.

»Der Dschungel«, fuhr sie fort. »Und ein Strand?«

»John hat die Strände wirklich geliebt«, berichtete Peter ihr. »Wir mussten ein paar Seelöwen beim Tauziehen besiegen, um uns den schönsten zu sichern.« Er sagte das, als sei das etwas ganz Normales, Alltägliches.

Wendy runzelte die Stirn. »Es fällt mir immer noch schwer, das alles zu verstehen«, gestand sie Peter und senkte die Stimme, damit niemand sie belauschen konnte. »Für mich klingt das wie aus einem Kinderbuch oder so. Nach einer Geschichte.« Und das stimmte ja auch irgendwie. Geschichten ihrer Mutter, die Wendy erst ihren Brüdern erzählt hatte und jetzt den Kindern im Krankenhaus. »Als ob sich das alles nur jemand ausgedacht hätte.«

»Aber genau darum geht es doch, oder nicht?«, sagte Peter. »Alles, was man sich vorstellen kann, kann man auch tun.« Er klang wehmütig, während er zum Fluss starrte und der Anflug eines Lächelns seine Lippen umspielte.

Wendy fragte sich, ob er jemals Heimweh hatte.

»Ich wünschte, ich könnte mich daran erinnern.« Sie stocherte in ihrer Papiertüte mit Pommes frites. »Vielleicht kann ich mich ja wieder an alles erinnern, wenn wir deinen Schatten zurückgeholt und Michael, John und die anderen Kinder gerettet haben?«

Peters Lächeln geriet ins Stocken. »Wahrscheinlich«, sagte er achselzuckend, während er an seinem Kirschstängel herumspielte.

Wendy schaute auf ihre trockenen, rissigen Hände. Bei dem Gedanken daran, dass der Schatten die vermissten Kinder als Geiseln hielt, krampften sich ihr die Eingeweide zusammen. Sie ertrug die Vorstellung einfach nicht, dass sie solche Angst hatten. Hoffentlich hatten sie wenigstens einander, jemanden, auf den sie sich in einer Situation, die so hoffnungslos und beängstigend war, verlassen konnten.

Wendy hatte bisher nicht aufgegeben und würde es auch jetzt nicht tun. Sie war fest entschlossen, ihre Brüder wieder nach Hause zu bringen.

Wenn sie und Peter sie endlich gerettet hatten, würden sie dann immer noch so aussehen wie bei ihrem Verschwinden? Oder waren auch sie älter geworden? Der Gedanke, dass John jetzt sechzehn war und Michael dreizehn war erschreckend. Würde sie sie überhaupt wiedererkennen? Würden sie Wendy wiedererkennen?

Wendy drückte den Finger auf eine der roten Linien auf ihrer Hand und zuckte zusammen.

Peters Schultern sackten nach unten, und sein rostrotes Haar fiel ihm in die Augen. Er blinzelte, und sein Gesicht verzog sich zu einer kleinen Grimasse. »Tut es weh?«, erkundigte er sich.

Sie zuckte mit den Schultern. »Ein bisschen. Sie sind vor allem wund.« Wendy setzte sich auf. Die trockene Haut an ihren Händen diente ihr als ständige Erinnerung. Sie konnte einfach nicht damit aufhören, sie sich immer wieder abzuschrubben. Die Leute starrten darauf, und manchmal fragten die Kinder, wie sie sich verletzt hatte.

Es war ihr peinlich, und sie hatte das Gefühl, dass sie sich damit als seltsam outete, aber das Gefühl, dass ihre Hände schmutzig waren, ließ ihre Haut kribbeln. Sie kaute sich die Fingernägel ab, aber trotzdem blieb manchmal etwas darunter hängen. Die Handcreme, die sie immer in der Tasche hatte, half nur wenig, die gereizte Haut zu beruhigen.

Wendy atmete tief aus und legte ihre gespreizten Finger auf den Tisch. »Es ist keine große Sache.«

»Zeig her.« Peter beugte sich vor, schnappte sich den Plastikbecher mit Wasser und griff nach Wendys Arm. Dann drückte er sanft den eiskalten Becher gegen die Risse in ihren Knöcheln. Kondenswasser lief an ihrem Handgelenk entlang und ließ sie erschaudern.

»Hilft das?« Er schaute mit großen blauen Augen zu ihr auf. Sein Atem roch nach Schokolade.

»Ja, tatsächlich …«

Peter stützte den Ellbogen auf den Tisch und bettete das Kinn in seine freie Hand. Ein Lächeln breitete sich auf seinem Gesicht aus, und Wendy konnte nicht anders, als es zu erwidern.

So viel gelacht oder gelächelt hatte sie schon lange nicht mehr. Ihre Wangen schmerzten schon davon.

»Wendy?«

Die Stimme kam von hinter ihr. Wendy schaute über die Schulter und sah Jordan mit ihrem Freund Tyler über die Terrasse kommen. Jordan trug ein braunes Tanktop und kakifarbene Surfershorts. Darüber hing eine schwarze Schürze mit der Silhouette eines Mädchens, das aus einem Becher trank, umrahmt von der Aufschrift COFFEE GIRL. Sie hatte sich ihre braunen Locken zu einem Knoten zurückgebunden. Jordans Mund stand offen, und ihre Augen weiteten sich vor Überraschung, während ihr Blick zwischen Wendy und Peter hin und her flog.

Tyler scrollte gerade mit einer Hand durch sein Telefon, während er in der anderen die Leine von Bucky hielt, seinem Husky, der fröhlich hechelnd neben ihm herlief. Bucky war halb blind und das Fell um seine Schnauze herum bereits grau.

»Jordan, Tyler – hallo!«

Tyler nickte ihr zur Begrüßung knapp zu und würdigte sie kaum eines Blickes. Unterdessen heftete Jordans Blick sich sofort auf Wendys Hand in Peters.

Wendy riss den Arm zurück und sprang auf. Peter erhob sich ebenfalls und sah Jordan neugierig an. Wendy fuhr sich mit den Fingern durchs Haar und lachte unsicher. »Was macht ihr denn hier?«

»Ich bin auf dem Weg zur Arbeit«, sagte Jordan. Sie lachte leicht unbeholfen und deutete auf ihre Schürze.

»Klar – natürlich!« Dämliche Frage, Wendy.

»Wir haben vor meiner Schicht in der Brauerei nur schnell noch einen Happen zu Mittag gegessen. Tyler und Bucky begleiten mich runter zum Pier.« Jordans Blick wanderte weiter zu Peter.

Plötzlich trat der einen Schritt vor. Am liebsten hätte Wendy ihn zurückgehalten, aus Furcht, er könnte etwas Verdächtiges sagen oder tun.

»Darf ich deinen Hund streicheln?«, fragte Peter Tyler hoffnungsvoll.

»Was?« Tyler schenkte ihm nur einen kurzen Blick, bevor er sich wieder seinem Handy zuwandte. »Klar, nur zu, Mann.«

Peter ging in die Hocke, vergrub die Finger in Buckys goldenem Fell, und auf seinem Gesicht erschien ein breites Lächeln.

Bucky setzte sich auf die Hinterpfoten, sein Schwanz wedelte hin und her, und die Zunge hing ihm aus dem Maul.

Sobald Peter aus ihrem Blickfeld verschwunden war, riss Jordan die Augen auf. Sie deutete auf Peter und formte in stummer Übertreibung mit den Lippen die Worte: *WER IST DAS?*

»Oh, ähm, das ist Barry«, sagte Wendy. »Er ist nicht von hier und nur in den Sommerferien zu Besuch bei Verwandten.« Die Lüge war einfach genug, solange Jordan nicht allzu viele Fragen stellte. Trotzdem hasste sie es, Jordan zu belügen. Es fühlte sich ganz und gar nicht richtig an, aber die Wahrheit konnte Wendy ihr auch nicht sagen, erst recht nicht, wenn Tyler dabei war. »Ich habe ihm die Stadt gezeigt. Als gute Nachbarin und so.«

Wendy betete, dass Peter nichts Schräges sagen würde, aber anscheinend brauchte sie sich deswegen keine Sorgen zu machen.

Peter saß inzwischen im Schneidersitz auf dem Boden und war vollkommen abgelenkt. Er kicherte, während Bucky ihm das Gesicht ableckte.

Jordan warf Wendy einen wissenden Blick zu. »So, so, als *gute Nachbarin.*« Das Grinsen auf dem Gesicht ihrer besten Freundin sagte Wendy ganz genau, was diese gerade dachte. Aber nur um auf Nummer sicher zu gehen, formte Jordan noch ein paar weitere Worte mit den Lippen: *Er ist ECHT süß.*

Hitze schoss Wendy in die Wangen. *»Jordan«*, zischte sie. Dank Jordans nicht gerade diskretem Interesse kam sie sich dumm vor, und sie schämte sich auch ein wenig.

Das Grinsen ihrer Freundin wurde nur noch breiter, aber sie behielt ihre Gedanken für sich. Und als sie wieder etwas sagte, hatte ihr Tonfall sich vollkommen verändert. »Mein Dad hat mir erzählt, er hätte dich vorhin in der Stadt gesehen«, sagte sie und riss ihren Blick von Peter los, um Wendy ihre volle Aufmerksamkeit zu widmen. Eine feine Falte erschien zwischen ihren sorgfältig gezupften Augenbrauen.

Jordan brauchte es gar nicht erst auszusprechen. Wendy wusste sofort, dass Mr. Arroyo sie entweder beim Betreten oder beim Verlassen der Polizeiwache gesehen haben musste. »Ich habe vor der Arbeit bei dir zu Hause vorbeigeschaut, aber es hat niemand aufgemacht. Ich habe dir auch eine Million Textnachrichten geschrieben«, fügte sie hinzu, und jetzt verblasste ihr Lächeln langsam.

»Ach ja, tut mir leid«, murmelte Wendy. Normalerweise war

Jordan die Erste, zu der sie lief, vor allem wenn es um so etwas Wichtiges wie eine Befragung bei der Polizei ging. Wendy konnte es ihr also nicht verübeln, dass sie misstrauisch oder besorgt oder sonst was war. »Ich wollte dir zurückschreiben, aber dann wurde ich irgendwie ... abgelenkt.« Das alles sah Wendy überhaupt nicht ähnlich, und sie schuldete Jordan eine bessere Erklärung.

Jordan zog eine Augenbraue in die Höhe. »Das sehe ich«, sagte sie. Wieder stieg Wendy die Hitze ins Gesicht. Doch zu ihrem Glück schaute Jordan in diesem Moment auf ihre Armbanduhr. »Puh, ich muss zur Arbeit«, brummte sie.

»Wir wollten auch gerade gehen«, sagte Wendy.

Jordans strenger Blick durchbohrte sie geradezu. »He, du.« Jordan trat einen Schritt näher und senkte die Stimme zu einem Flüstern. »Rufst du mich bitte später an? Oder kommst vorbei? Ich hab um fünf Uhr Schluss«, fügte sie hinzu und schaute Wendy forschend in die Augen – wonach genau sie darin suchte, war Wendy nicht ganz klar.

Sie spürte, dass auch Peter sie beobachtete.

Wendy nickte. »Ja, klar«, versprach sie kleinlaut. Sie wusste, dass Jordan sich Sorgen um sie machte. Sie war durch Peter und von allem anderen so abgelenkt gewesen, dass sie den einen Menschen vergessen hatte, der immer für sie da war.

Jordan nickte knapp. »Gut.« Sie zerrte an Tylers Arm und riss ihn so aus seiner Versunkenheit in sein iPhone. »Es war nett, dich kennenzulernen, Barry!«

Peter kraulte immer noch Bucky hinter den Ohren und flüsterte glückselig mit dem Hund.

Wendy stupste ihn mit der Spitze ihres Schuhs an. *»Barry.«*

»Oh, ja«, sagte Peter, schaute auf und lächelte Jordan an. »Hat mich auch gefreut, euch kennenzulernen.« Bucky lief hinter Jordan und Tyler her. Peter erhob sich, stieß einen sehnsüchtigen Seufzer aus und winkte ihnen hinterher. »Mach's gut, Bucky.«

Jordan schaute über die Schulter noch einmal zu ihnen. »Bis später, *Wendy Lou Who*«, zwitscherte sie, bevor sie um die Ecke verschwand.

Wendy verdrehte die Augen. Es war ein schrecklicher Spitzname, den Jordan sich da ausgedacht hatte, als Anspielung auf den Weihnachtsfilm, den Wendy am wenigsten mochte.

Peter grinste sie an.

»Was?«, fragte Wendy.

»Bis später, Wendy Lou Who!«, äffte Peter Jordan nach.

Er äffte sie nicht bloß nach, nein, er sagte es mit *ihrer* Stimme. Sie aus Peters Mund zu hören, erschreckte Wendy so sehr, dass sie tatsächlich zusammenzuckte. »Wie hast du das gemacht?«, fragte sie.

Peter sah sie an, als sei das eine sehr merkwürdige Frage. »Was? Ich habe dir doch erzählt, wie gut ich im Nachahmen bin. Wie die Grillen, weißt du noch?«

»Ja, aber mir war nicht klar, dass du auch die Stimmen von Menschen so gut imitieren kannst!« Sie musterte ihn stirnrunzelnd. »Das klang zu hundert Prozent wie sie! Und es war irgendwie unheimlich«, fügte sie hinzu.

»Soll ich dich mal nachmachen?« Er verzog die Lippen zu einem Grinsen.

»*Gott*, nein!«

Der Rest von Wendys Eis war mittlerweile zu einer Pfütze geschmolzen, weshalb sie es mitsamt dem übrigen Müll in den Abfalleimer warf. Dann drückte Wendy die Schultern durch und nahm all ihren Mut zusammen. Sie zupfte am Saum von Peters Shirt. »Na los«, sagte sie und ging voraus in Richtung der Straße, die zu ihr nach Hause führte. »Wir müssen einen Schatten finden.«

Kapitel 14

In den Wald

Peter und Wendy standen Seite an Seite an dem kleinen weißen Zaun, der den Garten der Darlings vom Wald trennte. Eine Brise kam durch die Bäume und strich Wendy sanft über Wangen, Hals und Handgelenke. Sie holte langsam und tief Luft, dreimal, und ihre Augen brannten, als sie ohne zu blinzeln in die Tiefen des Waldes starrte. Peter beobachtete sie aus dem Augenwinkel. Sie konnte seine Anspannung spüren, aber sie reckte das Kinn vor und atmete noch einmal aus.

Sie mussten es tun. *Sie* musste es tun. John und Michael zählten auf sie, und sie würde sie nicht noch einmal enttäuschen.

Wendy zog ihr Handy heraus, um einen Blick auf die Uhr zu werfen. Das Display war voll mit ungelesenen Textnachrichten und versäumten Anrufen von Jordan. Es fühlte sich falsch an, aber sie klickte sie weg und räusperte sich.

»Es ist jetzt drei Uhr«, sagte sie zu Peter und sah ihn endlich an. »Wir müssen nur dafür sorgen, dass wir wieder zurück sind, bevor meine Eltern nach Hause kommen, sonst bringt mein Vater mich um. Wir haben nicht viel Zeit, aber es reicht, um wenigstens mit der Suche anzufangen.«

»Bist du dir sicher, dass du nach dem Baum suchen willst?«, fragte Peter. Er massierte seine linke Handfläche unaufhörlich mit dem rechten Daumen und verlagerte immer wieder das Gewicht von einem Fuß auf den anderen, als könnte er nicht stillstehen. »Nach allem, was wir wissen, könnte es total sinnlos sein oder sogar eine Falle.« Aber Wendy erkannte an der Art, wie er die Zähne zusammenbiss, dass ihm klar war, sie würde ihre Meinung nicht ändern.

»Ja, ich bin mir sicher«, sagte Wendy. Sie wünschte, er wäre weniger zögerlich, denn das beruhigte nicht gerade ihre Nerven. »Er hat etwas zu bedeuten, ich *weiß* es einfach«, erklärte sie. Obwohl das Engegefühl in ihrer Brust und das Hämmern ihres Herzens sie vor diesem Baum warnten – es war etwas Urtümliches und Instinktives –, würde Wendy all das beiseiteschieben, um ihre Brüder und die anderen verschwundenen Kinder wiederzufinden. Um den Schatten aufzuhalten. »Außerdem ist es der einzige Hinweis, den wir haben.«

Peter sah sie an, als überlegte er, ob er weiter mit ihr darüber streiten sollte.

Wendy verschränkte die Arme vor der Brust und durchbohrte ihn mit einem strengen Blick.

Peter stöhnte, warf den Kopf zurück und schloss für einen Moment die Augen. »Puh, na schön«, murmelte er, bevor er die Schultern straffte. Dann sprang er über den kleinen weißen Zaun, und Wendy folgte ihm. »Ich kenne mich inzwischen im Wald ganz gut aus«, erklärte er ihr, während sie sich einen Weg zwischen den Bäumen hindurch bahnten. »Zumindest in dem Bereich zwischen meiner Jagdhütte und eurem Haus.« Peter deutete nach Osten. »Ich kann uns dort hinbringen, wohin du Alex gefolgt bist und wo ich dich mit dem Schatten gefunden habe«, bot er an. »Vielleicht wäre das ein guter Ausgangspunkt?«

»Es ist der einzige Plan, den wir haben.« Sie machte rasch ein paar Schritte auf ihn zu, um den Abstand zwischen ihnen zu verringern.

Der Wald sah am Tag anders aus, aber nicht weniger beunruhigend. Statt nur zu sehen, was sich in ihrer unmittelbaren Nähe befand, waren jetzt in alle Richtungen, zwischen und hinter den Bäumen weitere Bäume zu erkennen, so weit das Auge reichte. Es gab Wendy das Gefühl, klein und absolut unbedeutend zu sein.

Die Bäume bildeten ein unregelmäßiges Muster aus verschiedenen Formen, Größen und Farben. Einige waren dick und hatten rötlich braune Rinde mit smaragdgrünen Moosflecken darauf, andere waren hoch, schlank und bleich mit kreisrunden Blättern, die in der Brise raschelten. Efeu wucherte am Fuß der Bäume und kletterte bis hinauf ins Blätterdach. Umgestürzte Baumstämme lehnten wie betrunken aneinander, und die Sonne schien durch die Zweige, die ihre Schatten auf die warme Erde warfen. Lichtpunkte tanzten über Farnwedel und dickes Dornengestrüpp, und Kiefernzapfen lagen auf dem Waldboden wie verlorene Schmuckstücke.

Wendy ging so dicht hinter Peter her, wie sie konnte, aber weil sie immer wieder verstohlene Blicke über ihre Schulter warf, trat sie ihm ständig in die Hacken oder rempelte ihn an.

»Autsch!«

»Tut mir leid!«, sagte Wendy, als sie ihr Gleichgewicht wiedergefunden hatte.

»Würdest du dich *auf* meinem Rücken wohler fühlen?«, fragte Peter und hüpfte auf einem Fuß herum, während er sich den Schuh wieder über den anderen schob. »Vielleicht erspart uns beiden das ja einige Schwierigkeiten, wenn ich dich einfach Huckepack nehme?« Er grinste sie an, aber Wendy schaffte es nicht, zurückzulächeln.

»Ich bin nur ein bisschen nervös, okay?« Sie trocknete sich die verschwitzten Hände an den Oberschenkeln ab.

»Ein bisschen?«, wiederholte Peter und zog die Augenbrauen hoch.

»Der Wald und ich sind nicht gerade die besten Freunde.« Sie presste die Augen zusammen und atmete tief durch die Nase ein. Jeder Muskel in ihrem Körper war angespannt. Sie spürte, wie sie anfing zu zittern.

Peters Grinsen verblasste, und seine Lippen verzogen sich zu einem schuldbewussten Lächeln. »Dann lauf wenigstens neben mir«, sagte er. Jetzt stichelte er nicht länger, sondern trat zur Seite und wartete, bis Wendy neben ihm stand. Ihre Arme waren sich nah genug, dass Wendy die Wärme spürte, die von seiner Haut ausging. Dass seine Schulter im Gehen ihre berührte, erdete sie ein wenig.

Schweigend liefen sie immer tiefer in den Wald. Wendy war ein bisschen neidisch, wie mühelos er es vermied, über Wurzeln zu stolpern oder gegen tief hängende Äste zu laufen. Er bewegte sich geschickt und mit Leichtigkeit. Währenddessen stolperte sie an seiner Seite über den unebenen, mit Steinen und Wurzeln übersäten Boden. Sie war Peter sehr dankbar, dass er jedes Mal, wenn sie strauchelte, innehielt und wartete.

Als sie eine Lichtung erreichten, blieb Peter stehen. Die hohen Bäume um sie herum bildeten einen fast perfekten Kreis. Er legte den Kopf in den Nacken und sah sich um, und seine blauen Augen blinzelten in die Sonne. »Genau hier habe ich dich letzte Nacht gefunden«, sagte er und blickte versonnen vor sich hin.

Wendy nickte zustimmend, während sie seinem Blick folgte. »Ich erkenne die Lichtung wieder … jedenfalls irgendwie«, sagte sie. »Die Bäume sehen für mich alle ziemlich gleich aus … aber ich erinnere mich definitiv, dass die Lichtung genauso ausgesehen hat und dass sie im Schatten lag.« Sie schaute neugierig zu Boden, ob noch Asche von der Zerstörung der Schatten durch den Feenstaub zurückgeblieben war, aber unter ihren Füßen spürte sie nur die federnde Schicht von Kiefernnadeln und Zweigen.

Der Wind bewegte die Äste. Bäume knarrten und ächzten.

»Zu meiner Hütte geht es dort entlang.« Peter deutete auf einen

Punkt in der Ferne. »Da vorne ist ein Bach. Vielleicht können wir ihm folgen, um tiefer in den Wald zu gelangen?«

Und tatsächlich, Wendy hörte Wasser glucksen, wenn sie den Atem anhielt.

»Und später können wir denselben Weg wieder zurückgehen.« Er sah sie etwas zu aufmerksam an – eigentlich starrte er sogar. Sie hatte das Gefühl, als würde er ihre Reaktion abwarten. Peter konnte durchaus manchmal übertreiben oder sich ablenken lassen, aber sie erkannte langsam, dass er dennoch jemand war, der seine Umgebung sehr genau wahrnahm. Und das Schlimmste an solchen Menschen war die Tatsache, dass man vor ihnen nur schwer etwas verbergen konnte.

»Gute Idee.« Wendy folgte Peter noch ein paar Schritte, bis sie den Bach erreichten. Er war nicht besonders breit, und das Wasser plätscherte über Steine und heruntergefallene Äste. Sie folgten ihm stromabwärts, und das Gelände fiel allmählich ab und führte sie in eine Schlucht.

»Wie hast du mich überhaupt gefunden?« Wendy war mit ihren Gedanken immer noch beim vergangenen Abend. Die Erlebnisse hatten die ganze Zeit irgendwie in ihrem Hinterkopf rumort. Es gab immer noch zu vieles an Peter, das ihr fremd war oder das sie nicht verstand. Seine Fähigkeit, sie zu finden, als sie sich im Wald verirrt hatte, war ein wichtiger Punkt auf ihrer Liste. »Ich hatte das Gefühl, du wärst wie von Zauberhand aufgetaucht, als ich deinen Namen gerufen habe.« Noch während sie sprach, runzelte sie die Stirn. War es das? »Kannst du immer noch fliegen?«

Peter lachte, doch es wirkte etwas gezwungen. »Nein, zum Fliegen habe ich nicht mehr genug Magie in mir.« Er schaute auf seine Hände, und Wendy tat es ihm gleich. Erwartete sie, dass sie wieder leuchteten? Dass das Schwert aus Feenstaub in seinen Fingern auftauchen würde?

»Ich muss meine Magie aufsparen, um sie gegen meinen Schatten einzusetzen«, fuhr er fort. »Ich habe dich schon aus einer Meile Entfernung nach Alex rufen hören.« Er sprang auf einen bemoosten Baumstamm. Dann balancierte er darauf hinunter zum Bach und stieg dabei mühelos über Äste und Lianen, ohne sich in ihnen zu verheddern. Um nicht das Gleichgewicht zu verlieren, streckte Peter die Arme weit zu den Seiten aus. Er bewegte sich langsam, damit Wendy neben ihm hergehen konnte, während sie über nasse Steine stolperte.

»Also bin ich hinter dir hergelaufen. Man konnte dich ziemlich gut durch den Wald poltern hören.« Er runzelte die Stirn und sah Wendy an. »Es war unnatürlich still gestern Nacht. Keine Eulen, keine Grillen. Ich habe nicht einmal irgendwelche Tiere herumhuschen hören. Tja, und als ich dich auf der Lichtung eingeholt hatte, habe ich gesehen, wie der Schatten versucht hat, dich mitzunehmen. Also habe ich das Einzige benutzt, das mir eingefallen ist, um ihn aufzuhalten: Feenstaub. Aber wenn wir auf Feenstaub zurückgreifen müssen, um meinen Schatten aufzuhalten, stecken wir meiner Meinung nach in ziemlichen Schwierigkeiten.« Peter streckte erneut die Hände zu den Seiten aus, während er auf den nächsten verrottenden Baumstamm hüpfte.

»Wie gesagt, meine Magie wird immer schwächer. Je länger ich hier bin, umso schneller nimmt sie ab. Diese Schuhe sind mir gestern Morgen noch ständig von den Füßen gerutscht«, fügte er hinzu, verlagerte das Gewicht auf den einen Fuß und hob den anderen zum Beweis hoch. »Jetzt werden meine Zehen darin eingequetscht.«

Wendy versuchte, ihn genauer zu betrachten, wie er da auf dem umgefallenen Baum balancierte. Es war schwer, genau zu sagen, wie sehr er sich von Tag zu Tag veränderte.

Inzwischen hätte ihn keiner mehr für einen Schüler der Mittelstufe gehalten. Tatsächlich sah er wie einer der älteren Jungs aus ihrem Schwimmteam aus: groß, durchtrainiert und braun gebrannt. Das war im Grunde eine gute Nachricht, denn es bedeutete, es war weniger wahrscheinlich, dass jemand aus der Notaufnahme oder einer der Polizeibeamten ihn wiedererkannte.

Weitaus schlimmer war aber, dass ihnen die Zeit davonlief. Wendy wollte lieber nicht darüber nachdenken, was mit Peter passieren würde, wenn er seine gesamte Magie verlor. Würde er zu einem alten Mann werden? Verschwinden? Sich in Staub auflösen? Etwas noch Schlimmeres?

»Peter, was ist, wenn das alles zum Plan des Schattens gehört?«, fragte sie.

Er sprang vom Baumstamm und landete leichtfüßig an ihrer Seite. »Wie meinst du das?« Er zog die Augenbrauen zusammen, während er sie anblickte und den Kopf schräg legte.

»Was ist, wenn der Schatten Alex dazu benutzt hat, um mich in den Wald zu locken, weil er wusste, dass du mir folgen und noch mehr von deiner Magie einsetzen würdest?«, sagte Wendy. »Wenn er nur Zeit schinden will und wartet, bis dein Feenstaub und deine Magie aufgebraucht sind?« Sie wollte nicht glauben, dass das überhaupt möglich war. Peter strotzte vor Energie, von seinem Schmunzeln bis hin zu seinem unbefangenen Lachen. Neben ihm zu stehen, war, als würde man in Sonnenlicht baden. Selbst jetzt konnte sie seine Wärme auf ihren Wangen spüren. Konnte der Schatten ihm wirklich dieses Leuchten rauben?

Einen Moment lang sagte Peter nichts, sondern starrte nur konzentriert und nachdenklich ins Leere. Als er blass wurde und sich sein Gesicht verdüsterte, wünschte Wendy, sie hätte das Thema nie angesprochen.

»Dann sollten wir uns wohl besser beeilen und ihn aufhalten.« Peter versuchte, sich zu einem zuversichtlichen Lächeln zu zwingen. Es gelang ihm nicht besonders gut.

Während sie ihren Marsch fortsetzten, hielt Peter den Blick fest auf den Boden gerichtet. Wendy hätte ihn gern am Arm berührt und ihm gesagt, dass sie das Problem schon lösen und einen Weg finden würden, ihn wieder nach Hause zu bringen. Aber was, wenn die Zweifel, die sie in sich spürte, in ihrer Stimme mitschwangen? Also sagte sie lieber nichts.

Der Wald wurde dichter. Die Bäume standen an dieser Stelle eng zusammen, sodass sich ihre Äste ineinander verwoben. Plötzlich blieb Peter stehen und schaute sich um. »Sieht hier irgendetwas so aus wie in deinem Traum?«, fragte er, bevor er schnaubend den Atem ausstieß und sich mit dem Handrücken über seine verschwitzte Stirn fuhr. »Erinnerst du dich daran, fließendes Wasser gehört zu haben?«

»Nein«, sagte Wendy. Sie massierte sich die Schläfe und versuchte, sich an jede Einzelheit zu erinnern, aber je mehr Zeit verstrich, umso mehr entglitten ihr die Details. Sie ärgerte sich, dass sie nicht alles aufgeschrieben hatte, als sie aufgewacht war. »Die Sonne ging gerade unter, und alles war mit Schnee bedeckt«, erzählte sie Peter. »Zuerst konnte ich überhaupt nichts hören. Dann, als ich den Baum bemerkt habe, hörte ich plötzlich ein Flüstern, so wie gestern, als ich Alex und deinem Schatten hinterhergelaufen bin …« Die große Hitze machte es ihr nicht gerade leichter, sich zu konzentrieren. Seufzend schüttelte sie den Kopf, dann ließ sie die Hand sinken. »Aber kein fließendes Wasser.«

Peter drehte sich langsam um die eigene Achse und betrachtete ihre Umgebung. Das durch die Blätter fallende Licht lockte den Kupferton seines Haars hervor. »Wenn der Baum wirklich so alt war und die anderen Bäume um ihn herum wirklich so dicht standen, dann müssen wir direkt ins Herz des Waldes vordringen.« Er blieb stehen und drehte sich zu Wendy. »Und das wird länger dauern als nur ein paar Stunden.«

So sehr ihr die Vorstellung widerstrebte, noch tiefer in den Wald zu laufen, wusste Wendy doch, dass Peter recht hatte. Sie schlang sich die Arme fest um den Körper. »Das glaube ich auch«, pflichtete sie ihm bei. Tiefe Verzweiflung machte sich in ihr breit. Der Wald würde sich nicht überlisten lassen. »Aber dafür haben wir jetzt nicht genug Zeit. Für heute sollten wir wahrscheinlich nach Hause gehen.«

Peter nickte.

Wendy schloss für einen Moment die Augen und versuchte, das Gefühl eines drohenden Unheils zu bekämpfen, das ihr über den Rücken kroch.

Sie hörte das Rascheln der Blätter und spürte dann den leichten Druck von Peters Hand auf ihrem Arm.

»Hey.« Als sie die Augen wieder öffnete, schaute sie direkt in seine strahlend blauen Augen. »Ich habe eine Idee. Lass uns in diese Richtung gehen«, sagte er schmunzelnd und deutete mit dem Kopf den Abhang hinunter.

Da sie keine Ahnung hatte, wo sie sich befanden, geschweige denn, wie sie wieder nach Hause kommen sollten, nickte Wendy.

Anstatt den Weg zurückzugehen, den sie gekommen waren, führte Peter sie tiefer in die Schlucht. Sie tat ihr Bestes, zwischen den flachen Steinen und Felsbrocken nicht das Gleichgewicht zu verlieren.

Peter schien plötzlich völlig verändert. Statt sich langsam und träge zu bewegen wie zuvor und sich bei seinem Weg durch das Gelände Zeit zu lassen, war er jetzt hellwach. Er sprang über Steine und Baumstämme und blieb immer wieder stehen, um zu lauschen, bevor er weiterging.

Wendy war außer Atem und gab sich Mühe, mit ihm Schritt zu halten, aber je weiter sie in den Wald vordrangen, umso schneller bewegte Peter sich. Ihr Haar klebte ihr an der verschwitzten Stirn. »Ist das der Weg zurück nach Hause?«, fragte sie keuchend. »Wohin gehen wir?«

»Das wirst du schon sehen!«, sagte Peter und warf ihr über seine Schulter ein strahlendes Lächeln zu.

Wendy antwortete mit einem Stirnrunzeln. Ihr war heiß, und sie war zu atemlos, um zu widersprechen. Nach und nach bemerkte sie geringfügige Veränderungen in der Umgebung. Das Laub war in diesem Teil des Waldes dunkelgrün. Der Boden war feucht, und Wendy wäre um ein Haar der Länge nach hingefallen, als sie auf einigen Pilzen ausrutschte. Immer deutlicher hörte sie ein gleichmäßiges Geräusch, etwas wie Donner, das ihr eigenes Keuchen immer mehr übertönte. War das der Straßenverkehr?

»Peter, wohin gehen wir?«, fragte sie schließlich erschöpft und verärgert.

Peter stand vor ihr auf einem großen Steinbrocken. Er richtete sich auf und stieß einen Schrei aus. »Gefunden!«, jubelte er und strahlte Wendy an, bevor er davonsprang.

»Verdammt, *Peter*!« Wendy stolperte hinter ihm her.

Als sie ihn fand, stand er mit dem Rücken zu ihr auf einem flachen Stein an einem Felsvorsprung.

Ein schäumender Wasserfall stürzte auf der gegenüberliegenden Seite der Schlucht von einer Klippe. Das Wasser ergoss sich in ein Becken darunter, bevor es als Bach über Steine und Felsbrocken tiefer in den Wald floss. Wendy blieb der Mund offen stehen. Es war kein riesiger Wasserfall, vielleicht nur zehn Meter hoch, aber das Wasser im Becken glitzerte in einem wunderschönen Blaugrün. Nebel strich kühl und einladend über Wendys Wangen.

Peter drehte sich zu ihr, die Arme weit ausgebreitet. Sein aufgeregtes Lächeln, das seine Grübchen zur Geltung brachte, war ansteckend. Wendy konnte nicht anders, sie musste es einfach erwidern. »Ist das nicht toll?«, sagte er, seine Worte vor Lachen kaum zu verstehen.

»Ich hatte ja keine Ahnung, dass es hier so etwas gibt!«, rief Wendy zurück.

»Ich auch nicht!«

Wendys Augen weiteten sich. »Du hast uns einfach *blindlings* tiefer in den Wald geführt?«

Peter feixte. »Nein, nicht *blindlings*«, widersprach er und ließ lässig die Schultern kreisen. »Ich bin natürlich dem Rauschen des Wassers gefolgt.«

»Natürlich«, wiederholte Wendy tonlos und sah zu, wie Peter langsam um das Becken herumging. Wendy bahnte sich vorsichtig einen Weg über die schlüpfrigen Steine und die bunten, sich ständig bewegenden Kiesel.

In der Zwischenzeit hatte Peter ein altes, von der Sonne ausgebleichtes und ausgefranstes Seil gefunden, das an einen überhängenden Ast geknotet war. Peter zog daran. Ein paar Blätter fielen in das sich kräuselnde Wasser darunter. Der Ast ächzte, aber er hielt.

Das schelmische Grinsen auf Peters Gesicht gefiel Wendy ganz und gar nicht.

»Was machst du da?«, fragte sie unwillig, aber er zog sich bereits das ausgeblichene rosa Shirt über den Kopf.

Peter lachte und warf sein Shirt beiseite. »Wonach sieht es denn aus?« Er stand da, die Fäuste in die Hüften gestemmt, und zog eine Augenbraue in die Höhe.

Wendy warf einen Blick auf seine nackte Brust. Sein Oberkörper war braun gebrannt und muskulös, und über seinen Schlüsselbeinen verteilten sich noch mehr Sommersprossen. Eine kleine Linie von kupferfarbenem Haar führte an seinem flachen Bauch hinab.

Sie zwang sich, Peter wieder in die Augen zu sehen. »W-Woher weißt du, ob das Wasser tief genug ist?«, stammelte sie und schaute schnell zum Wasserbecken hinunter. Die durch den Wasserfall gekräuselte Oberfläche machte es unmöglich, in die Tiefe zu sehen.

Peter zuckte mit den Schultern und drehte sich zu dem Seil um. »Ich weiß es nicht!«

»Aber was ist, wenn das Seil reißt?«

»Dann falle ich eben ins Wasser.« Peter lachte und packte das Seil mit beiden Händen.

Er machte ein paar Schritte nach hinten, und Wendy schlug das Herz bis zum Hals. »Aber ...«

»Peter Pan, schon vergessen?«, fiel er ihr ins Wort und deutete mit dem Daumen auf sich selbst. »Ich habe vor gar nichts Angst!«

Bevor Wendy einen weiteren Einwand vorbringen konnte, nahm er Anlauf und sprang vom Felsen. Peter flog mit den Händen fest um das Seil und hochgezogenen Knien über das Wasser. Sein Freudenschrei hallte von der Felswand wider, und er ließ sich ins Wasser fallen.

Wendy krabbelte bis an die Felskante vor. Unter ihr, dort, wo er verschwunden war, schäumte das Wasser. Sie zählte im Geiste bis drei, und die Sekunden zogen sich in die Länge. »*Peter!*«, rief sie. Panik stieg in ihr auf. Sie kam auf die Füße, bereit, sich hinter ihm her hinunterzustürzen. Immerhin war sie in der Schwimmmannschaft und hatte im Frühling als Wahlfach Rettungsschwimmen belegt. Wenn sie weit genug entfernt vom Beckenrand im Wasser aufkam, konnte sie ...

Peters rostroter Schopf erschien an der Wasseroberfläche. Er prustete und kreischte und schlug heftig mit den Armen um sich. »*Argh!*«, schrie er mit gepresster Stimme.

»*Peter!*« Wendys Herz klopfte unregelmäßig. »*Alles okay bei dir?*« Panisch hielt sie nach Zeichen von Blut oder einem gebrochenen Arm oder Bein Ausschau.

Und Peter ... lachte.

Er lachte.

»Heilige *Scheiße*, ist das *kalt!*«, rief er und schüttelte den Kopf, während er immer noch lachend Wasser trat.

Eine Woge der Erleichterung erfasste sie, schnell gefolgt von Zorn. »Du hast mich fast zu Tode erschreckt!«, fluchte sie.

Peter schaute lächelnd zu ihr hoch und ließ sich träge auf dem Rücken treiben. »Komm rein!« Er winkte sie zu sich. »Das Wasser fühlt sich unglaublich an! Jedenfalls nach der anfänglichen Eiseskälte ...«

»Peter Pan, ich werde dich höchstpersönlich umbringen!«, blaffte Wendy.

»Dafür müsstest du erst mal reinkommen und mich kriegen!«

Wendy warf ihm einen unbeeindruckten Blick zu. »Du hältst dich wohl für besonders schlau, was?«

Peter dümpelte im Wasser, und sein nasses Haar stand ihm in alle Richtungen vom Kopf ab. »Das tue ich, ja.«

Wendy funkelte ihn an.

»Ach, komm schon, genieß ein wenig das Leben, Wendy!«, versuchte er, sie zu locken. »Du musst gar nicht so weit springen! Und es ist *richtig* tief!« Er spritzte Wasser in ihre Richtung, und es landete auf ihrem Arm.

Sie musste zugeben, dass es sich wirklich gut anfühlte.

Wendy stöhnte und rieb sich mit einer Hand übers Gesicht. »Ich kann nicht glauben, dass ich das jetzt tue«, sagte sie, mehr zu sich selbst als zu Peter. Sie streifte sich die Sneakers von den Füßen und ließ sie neben Peters achtlos beiseitegeworfenem Shirt liegen. Auf keinen Fall würde sie sich ebenfalls ausziehen. Dann würde sie eben patschnass zurücklaufen müssen.

»*Ja!*«, jubelte Peter triumphierend vom Wasser aus.

Ihr Griff um das Seil war so fest wie ein Schraubstock. Sie versuchte abzuschätzen, wie sie sich am sichersten über die Wasseroberfläche schwingen konnte und gab dem Seil einen kräftigen, prüfenden Ruck.

»*Jaaaaa!*«

Wendy trat zwei Schritte zurück und rannte dann bis zur Felskante vor, bevor sie absprang. Sie hielt sich an dem Seil fest und zog die Knie an. Als sie so weit geschwungen war, wie es ging, presste Wendy die Augen zusammen und ließ los.

Das Gefühl, ins Leere zu fallen, jagte Wendy einen Schauer über den Rücken. Ein Schrei löste sich aus ihrer Kehle, wurde aber schnell vom Wasser verschluckt, als sie darin versank. Die eisige

Kälte schoss wie ein Stromschlag durch sie hindurch und raubte ihr den Atem, den sie bis dahin angehalten hatte. Sie trat mit den Beinen und durchbrach schließlich mit den Armen rudernd und um Luft ringend die Wasseroberfläche.

Peter johlte, dass es von den Felsen widerhallte.

»Heilige Sch…«

»Ich hab dir ja gesagt, dass es kalt ist!«, sagte Peter und schwamm an Wendys Seite. In seinen Augen lag ein wilder, aufgeregter Ausdruck. »Siehst du, das war doch gar nicht so schlimm, oder?«, neckte er sie.

Nein, es war überhaupt nicht schlimm. Es war berauschend. Wendy konnte sich nicht daran erinnern, wann sie das letzte Mal einen solchen Adrenalinstoß verspürt hatte – einen von der *guten* Art, die den Magen Purzelbäume schlagen und das Herz flattern lässt.

Wasser lief Peter über das grinsende Gesicht, während er sie erwartungsvoll beobachtete.

Vielleicht konnte sie sich doch erinnern.

»Und?«, fragte Peter.

Wendy legte ihm eine Hand auf die Schulter. Auf seinem Gesicht flackerte Verwirrung auf, die jedoch rasch in Überraschung umschlug, als Wendy ihn unter Wasser drückte.

Prustend tauchte er wieder auf und wischte sich das Wasser aus dem Gesicht.

Wendy lachte, ein lautes Lachen, das direkt aus dem Bauch kam. »Komm schon, wer als Erster oben ist!«, rief sie ihm zu. Wendy schoss davon, und ihre Arme pflügten durchs Wasser, während sie auf das Ufer zuschwamm.

»Hey, das ist geschummelt!«, brüllte Peter hinter ihr her.

Das Wasser schmeckte kalt und süß, als es in ihren lächelnden Mund drang.

Sie jagten sich immer wieder durch das Wasser und über die Felskante. Manchmal mit Seil, manchmal ohne. Wendy hielt sich an die sicheren Fußsprünge, die Arme eng an den Körper gelegt, aber sie hatte jedes Mal weniger Angst und mehr Schwung. Peter probierte verschiedene Kunststücke aus, machte Rückwärtssaltos von der Felskante oder ließ sich kopfüber vom Seil baumeln. Ständig landete er entweder flach auf dem Rücken oder machte einen Bauchklatscher. Wendy musste jedes Mal laut und schallend lachen. Nach einer Weile fragte sie sich, ob er das absichtlich machte.

Nach einer Weile ließ Wendy sich erschöpft, aber zufrieden auf dem Rücken treiben und schaute zum blauen Himmel empor, der vom grünen Blätterdach des Waldes eingerahmt wurde. Weiße Wolken trieben vorbei. Ihr blaues Top blähte sich um sie herum und kitzelte sie an der Taille und den Handgelenken. Unter Wasser erfüllte das rhythmische Donnern des Wasserfalls ihre Ohren. Wendy atmete tief ein und gab sich all den verschiedenen Sinneseindrücken hin.

Als sie die Augen wieder öffnete, war Peter bei ihr, einen neugierigen Ausdruck auf dem Gesicht. Seine Lippen bewegten sich, aber sie konnte nicht hören, was er sagte.

Wendy hob den Kopf aus dem Wasser. »Was?«, fragte sie.

Ein seltsames kleines Kichern ließ Peters Schultern erbeben, und er schüttelte den Kopf. »Nichts.«

Wendy spritzte ihm Wasser ins Gesicht.

Im Gegenzug legte Peter seine Arme in ihre Kniekehlen und unter ihren Rücken und hob sie hoch. Er drehte sich um die eigene Achse, während er Wendy durchs Wasser zog.

Wasser strömte über Wendys Schultern und kitzelte ihren Nacken. Sie ließ die Finger über die Oberfläche gleiten. Ein Lachen sprudelte aus ihr heraus.

Peter lachte mit ihr, winzige Fältchen um die Augen und mit Wassertropfen an den Wimpern. Als er aufhörte sich zu drehen, hatte Wendy immer noch das Gefühl, als würden sie herumwirbeln. »Wow«, gluckste Peter und blinzelte heftig. »Mir ist schwindelig.«

Wendy sah ihm ins Gesicht. Er hatte sie immer noch nicht losgelassen. »Ja.« Schwindelig und benommen. »Mir auch.«

Peter schaute sie grinsend an, und ein leises Kichern ließ seine Brust erbeben, die sich gegen ihren Arm drückte. Das Licht glänzte in seinem nassen rostroten Haar. Ein Wassertropfen schimmerte auf seiner Nasenspitze. Peter befeuchtete sich die Lippen. Sie sah seinen Adamsapfel auf und ab hüpfen. Er öffnete den Mund, als wollte er etwas sagen, aber die Worte schienen ihm in der Kehle stecken zu bleiben und er lachte verlegen.

Wendy hatte das Gefühl, erneut über die Klippe zu schwingen, schwerelos und kurzatmig. Sie spürte das Wasser nicht einmal mehr auf der Haut.

Stirnrunzelnd schaute sie nach unten. Sie waren überhaupt nicht mehr im Wasser. Stattdessen schwebten sie in der Luft darüber. Wassertropfen fielen von ihren nassen Kleidern in das Becken ein, zwei Meter unter ihnen.

Wendy schnappte nach Luft und klammerte sich an Peters Schultern. *»Peter!«*

»Ist schon gut«, sagte er ruhig. Die Worte kitzelten sie am Ohr. Seine Haut war warm und tröstlich unter ihren kalten Händen. Wendy riss den Blick vom Wasser unter ihr los und sah Peter an. Er grinste. »Ich pass auf dich auf.«

Das Sonnenlicht blitzte in seinen strahlend blauen Augen auf, als er in ihre schaute. Sie schlang ihm die Arme um den Hals und hielt sich an ihm fest. Wendy ging der Gedanke durch den Kopf, dass es ihr nichts ausmachen würde, für alle Zeit in den Kosmos seiner Augen zu schauen, in den Sternen darin nach versteckten Antworten zu suchen und ihre eigenen Sternbilder zu erfinden, wie die alten Griechen es getan hatten.

»Solltest du deine Magie nicht besser aufsparen?« Ihre Stimme war kaum mehr als ein Flüstern, als sie ihm die Frage stellte.

Peters Grübchen kamen zum Vorschein. »Wahrscheinlich.«

Ihre Nasen berührten sich fast. Wasser tropfte aus seinem Haar auf Wendys Wange.

Hielt er ebenfalls den Atem an?

In der Ferne fiel ein Schuss.

Durch Wendys Brustkorb ging ein heftiger Ruck. Sie zuckte vor Peter zurück, sodass er das Gleichgewicht verlor und sie beide ins Wasser stürzten.

Als Wendy wieder an die Oberfläche kam, rang sie nach Luft. Ihr Herz krampfte sich zusammen, und ihr ganzer Körper war wie erstarrt, während sie versuchte, sich über Wasser zu halten. Sie hätte schwören können, dass sie das in der Ferne verklingende Echo des Schusses immer noch hören konnte.

»Was ist passiert?« Peter schwamm zu ihr, sein Gesicht voller Sorge. »Alles in Ordnung mit dir?«

»J-Ja.« Wendys Zähne klapperten. »Es hat mich n-n-nur erschreckt«, stotterte sie.

Peter musterte sie beunruhigt. Dann streckte er die Hände nach ihr aus, aber Wendy wich zurück. Heiße Scham und Eiseskälte strömten ihr durch die Adern. »Komm, wir sollten g-gehen«, sagte sie. Ohne sich umzudrehen, schwamm sie ans Ufer.

Schweigend machten sie sich auf den Rückweg. Peter schien tief in Gedanken versunken, und Wendy versuchte, sich nur auf seinen Nacken zu konzentrieren und sich nicht umzuschauen. Bis auf die Knochen durchnässt, marschierte sie zitternd durch den Wald. Peter bot ihr sein trockenes Shirt an, aber Wendy lehnte ab. Je länger sie unterwegs waren, desto stärker wurde wieder das Gefühl, dass sie jemand beobachtete. Sie rechnete fast damit, beim Hochschauen eine Gestalt zwischen den Bäumen stehen zu sehen. Der Rückweg führte bergauf und dauerte noch länger als der Hinweg. Ihre Segeltuchschuhe rieben schmerzhafte Blasen in ihre nassen Füße.

Nach einer gefühlten Ewigkeit wurden die Bäume lichter, und Wendy konnte den Zaun erkennen, der ihren Garten vom Wald trennte. Sie seufzte erleichtert. »Endlich«, hauchte sie.

Peter blieb stehen und drehte sich zu ihr um. »Du solltest nachsehen, ob du eine Karte vom Wald findest.« Er schob die Hände in die Taschen seiner durchnässten Shorts. »Dann würden wir uns leichter zurechtfinden und könnten die Stellen abhaken, die wir bereits abgesucht haben.«

Wendy nickte. »Das ist eine gute Idee. Ich schau mal, ob ich irgendwo im Haus eine finde. Und jetzt gehe ich besser mal rein – meine Eltern kommen sicher bald nach Hause.« Aber sie machte keine Anstalten zu gehen, sondern schaute Peter weiterhin an.

Er stand da, rieb sich die Arme und wippte auf den Fußballen. Anscheinend fand er plötzlich seine Schuhe recht interessant. »Ich würde dich ja hereinbitten, aber ich habe Angst, meine Mom könnte dich von den miserablen Phantombildern der Polizei wiedererkennen«, sagte sie mit einem verlegenen Lachen. »Und ich glaube nicht, dass mein Dad allzu begeistert wäre, wenn ich einen Typen mit nach Hause bringen würde, während das alles hier passiert«, fügte sie hinzu.

Peter lachte auf und zog die Augenbrauen hoch. »Ich bin auch nicht unbedingt scharf darauf.«

Wendy strich sich mit den Händen über ihr nasses Haar und zog dabei einen kleinen Zweig heraus. Der Gedanke an Peter allein im Wald gefiel ihr nicht. »Kommst du heute Nacht da draußen zurecht?«, fragte sie.

»Ganz bestimmt.« Peter tat ihre Sorge mit einem Schulterzucken ab. »Ich werde mich einfach zurückhalten und mich in Origami üben.« Das Lächeln war wieder da, begleitet von einem Wackeln seiner Augenbrauen.

»Hast du keine Angst vor deinem Schatten?«, bohrte sie weiter, keineswegs getröstet von seiner Lässigkeit.

»Ich? Angst?« Peter grinste sie an und beugte sich ganz dicht zu ihr. »Niemals«, flüsterte er.

Wendy biss sich auf die Unterlippe. »Okay, aber wenn doch irgendetwas passiert oder du mich brauchst, dann ... wirf einfach einen Kieselstein an mein Fenster oder so. Es ist das Fenster oben rechts, im vorderen Teil des Hauses.«

»Ich werde dir auf jeden Fall ein Ständchen singen und dich mit einer Blume zwischen den Zähnen wecken«, sagte er mit einem feierlichen Nicken.

Wendy verdrehte die Augen und versetzte ihm einen Stoß gegen die Schulter. »Du bist nicht witzig«, ließ sie ihn wissen. Doch ihr Mund verzog sich zu einem Lächeln.

Peters Lächeln wurde breiter, und seine Grübchen kamen wieder zum Vorschein. Genau in dem Moment erregte etwas hinter ihr seine Aufmerksamkeit. Sein Lächeln geriet ins Stocken.

Als Wendy sich umdrehte, sah sie Jordan durch das Tor auf der Seite des Hauses kommen. Selbst quer durch den Garten konnte sie sehen, dass der Blick ihrer dunklen Augen Peter fixierte, bevor sie stirnrunzelnd Wendy ansah.

Ein bleiernes Gefühl breitete sich in ihrem Magen aus. »Du solltest lieber gehen«, sagte sie leise zu Peter. Das musste man ihm offensichtlich nicht zweimal sagen. Peter nickte ihr knapp zu, aber als er sich dem Wald zuwandte, hielt Wendy ihn noch einmal am Arm fest. »Geh vorne ums Haus herum«, sagte sie in heiserem Flüsterton. Wenn Jordan Peter in den Wald gehen sah, würde sie nur noch mehr Fragen stellen.

Wendy und Peter stiegen wieder über den niedrigen Zaun. Wendy blieb in der Mitte des Gartens stehen und wartete auf Jordan. Sie und Peter gingen aneinander vorbei. Sie konnte Peters Gesicht nicht sehen, aber Jordan sagte in einem Ton, dem ihre übliche Wärme fehlte: »Hallo, Barry.«

Peter winkte ihr zu und schlüpfte durch das Tor.

»Ich dachte, du wolltest mich anrufen«, sagte Jordan, als sie auf Wendy zukam. Es war mehr ein Vorwurf als eine Frage.

»Ja, tatsächlich wollte ich das gerade tun«, antwortete Wendy. Sie versuchte, ihr unschuldigstes Lächeln aufzusetzen, aber es fühlte sich total falsch an. So hatte sie Jordan noch nie belogen. »Barry und ich haben nur …« Sie brachte den Satz nicht zu Ende.

»Einen Spaziergang im Wald gemacht?«, ergänzte Jordan und zog skeptisch eine Augenbraue hoch. Dann musterte sie Wendy von Kopf bis Fuß. »Du bist ja klatschnass!« Sie zog ein Blatt aus Wendys Haar und schnaubte. »Was ist *los* mit dir, Wendy?« Jordan hatte ihre eigene Art, ihre »Verärgerung« zu zeigen, der es an echter Schärfe fehlte und hinter der sich vor allem Besorgnis verbarg.

»Wovon sprichst du?« Wendy mochte es nicht, getadelt zu werden.

»Du verhältst dich überhaupt nicht mehr wie du selbst! Du gehst mir aus dem Weg …«

»Ich gehe dir nicht aus dem Weg!« Jetzt war Wendy diejenige, die die Arme vor der Brust verschränkte.

Jordan ignorierte sie und hob die Hände. »Hör zu, ich bin ja dafür, dass du aus deinem Schneckenhaus kommst und dir einen heimlichen Lover suchst …«

»Er ist *nicht* mein Lover!«, stotterte Wendy. »Er ist … er ist nur …«

»Ein *Fremder,* mit dem du durch den Wald ziehst?«, hakte Jordan nach. »Ich kapier es nicht, das sieht dir überhaupt nicht ähnlich! Du rufst nicht zurück oder sagst Bescheid, wenn man dich *auf die Polizeiwache zitiert?*«

»Sie wollten mich nur zu Alex befragen.«

»Genau, Alex aus dem Krankenhaus, in dem wir *beide* ehrenamtlich tätig sind«, stellte Jordan klar. Sie ließ die Arme sinken. »Wieso bist du nicht zu mir gekommen und hast mit mir geredet, als du erfahren hast, dass er verschwunden ist?« Sie suchte in Wendys Augen nach einer Erklärung.

Wendy hatte keine.

»Ich bin deine *beste Freundin*«, fuhr Jordan mit zitternder Stimme fort. »Du hast immer gesagt, ich sei die Einzige, bei der du das Gefühl hättest, du könntest dich auf sie verlassen, erinnerst du dich? Und jetzt gehst du mit irgendeinem *Typen*, den du gerade erst kennengelernt hast, in den Wald? Wendy, du hast schreckliche Angst vor dem Wald!«

Das Ärgerliche war, dass Jordan recht hatte, und Wendy das nur zu genau wusste.

Wendy stöhnte und drückte sich die Handballen auf die Augen. Was sollte sie Jordan bloß sagen? Sie konnte ihr Verhalten nicht erklären, auf keinen Fall. Sie wollte Jordan nicht verletzen, aber sie konnte ihr auch nicht die Wahrheit sagen. Jordan würde entweder denken, sie hätte einen weiteren Nervenzusammenbruch oder würde sie schlicht und ergreifend anlügen. »Du würdest es nicht verstehen«, war alles, was sie herausbrachte.

»Hör zu, ich weiß, dass du im Moment durch die Hölle gehst – die verschwundenen Kinder, deine Brüder ...« Wendys Augen brannten. »Erst neulich bist du fast in Tränen aufgelöst bei mir zu Hause gewesen wegen der vermissten Kinder und der Polizisten, die vor eurer Tür aufgetaucht sind. Du konntest doch immer mit mir über alles reden!«

»Ich weiß, aber das ist etwas anderes!« Es gefiel ihr nicht, von Jordan angeschrien zu werden, und sie hatte das Bedürfnis, sich zu verteidigen. Sie schrien sich normalerweise nie an. Es kam ihr vor, als würde sie mit ihrem Vater reden, nicht mit ihrer besten Freundin. »Du behauptest, du wüsstest, was ich durchmache, aber du hast *keinen Schimmer*, Jordan!« Wendy wollte sie nicht anbrüllen, aber sie konnte sich nicht bremsen. Sie fühlte sich in die Enge getrieben.

»Wir konnten immer über alles miteinander reden. Wenn wir wegen des Colleges fast ausflippen, wenn ich mit Tyler Krach habe.« Jordan runzelte die Stirn, und der Zorn in ihrer Stimme war verschwunden, als sie hinzufügte: »Oder wenn ich Sehnsucht nach meiner Mom habe ...«

Wendys Anspannung brach sich Bahn. »Hier geht es um mehr, Jordan!«, schrie sie. Jordan wich einen Schritt zurück, als hätte ihr Wendy ins Gesicht geschlagen.

Kaum dass ihr die Worte über die Lippen gekommen waren, bereute Wendy es, aber sie konnte sich nicht bremsen. Alles, was sich in ihr aufgestaut hatte, brach jetzt aus ihr hervor. »Und ich erwarte nicht, dass du es verstehst! Nur weil du mir zuhörst, bedeutet das nicht, dass du es verstehst, denn das *kannst* du nicht, es geht einfach nicht!«

Jordan taumelte einen weiteren Schritt zurück. Ihre Wangen waren gerötet. Und ihre braunen Augen glänzten im schwindenden Licht der Sonne. »Schließ mich nicht aus, Wendy.« Ihr Tonfall war ruhig und resigniert. »Wenn du mir nicht sagen willst, was wirklich los ist, kann ich dich nicht dazu zwingen. Aber ich mache mir Sorgen um dich.« Sie sah Wendy an. »Sei vorsichtig. Die vermissten Kinder sind noch nicht wiederaufgetaucht, und wer weiß, ob du nicht auch in Gefahr bist.« Jordan drehte sich um und machte Anstalten zu gehen.

Das war alles total falsch. Wendy musste sie aufhalten und sich entschuldigen. »Jordan ...« Sie streckte die Hand aus, um nach ihrem Ellbogen zu greifen, aber Jordan war zu schnell.

»Ruf mich an, wenn dir danach ist, mit offenen Karten zu spielen«, sagte sie über ihre Schulter gewandt und rieb sich über die Augen. Dann trat sie durch das Tor und verschwand.

Wendy blieb allein im Garten zurück und hatte das Gefühl, als hätte man ihr ein Loch in die Magengrube gerissen. Sie konnte Jordan nicht erzählen, was los war. Sie würde Wendy nicht glauben, und selbst wenn sie es tat, würde Wendy Jordan nur in Gefahr bringen. Wer konnte schon sagen, ob der Schatten nicht versuchen würde, Jordan gegen Wendy zu benutzen? Sie hasste sich dafür, dass sie ihrer besten Freundin so wehgetan hatte, aber sie war auch sauer auf Jordan, weil sie ihr Schuldgefühle machte. Doch wichtiger war im Moment, Jordan zu beschützen, und dazu gehörte auch, sie vor sich selbst zu schützen.

Wendy stapfte durch den Garten zur Hintertür. Sie ging ins Haus und zog geräuschvoll die Schiebetür hinter sich zu. Als sie sich umdrehte, sah sie jemanden am Waschbecken stehen und zuckte so heftig zusammen, dass sie zurücktaumelte.

Mrs. Darling stand in ihrem Krankenhauskittel dort, zwei Gläser in den Händen.

»Mom, hallo«, sagte Wendy atemlos. Sie stutzte. Wie lange hatte sie dort schon gestanden? Hatte sie sie und Peter aus dem Wald kommen sehen? Oder den Streit mit Jordan mitbekommen? »Seit wann bist du zu Hause?«

Mrs. Darling schenkte ihr ein schwaches Lächeln und stellte die Gläser in den Schrank. »Erst seit ein paar Minuten. Dein Vater ist oben und duscht«, fuhr sie fort, während sie sich die Hände an einem Geschirrtuch abtrocknete. Dann schaute sie an Wendy vorbei in den Garten und strich sich mit beiden Händen über ihr Oberteil. »Ich habe dich mit Jordan reden sehen, und ich wollte euch nicht stören.« Ihre zarten Augenbrauen hoben sich. »Es sah nach einer ziemlich hitzigen Diskussion aus.« Die Feststellung klang wie eine Frage.

»Wir haben uns gestritten«, sagte Wendy. Wieder senkte sich Frustration über sie.

Mrs. Darlings Mundwinkel zogen sich nach unten. »Ihr zwei streitet euch doch sonst nie. Das sieht euch gar nicht ähnlich …«

Damit hatte Wendys Mom absolut recht. Die größten Auseinandersetzungen zwischen ihr und Jordan drehten sich gewöhnlich um die Frage, welchen Film sie sich freitagabends ansehen wollten. »Im Moment ist vieles nicht normal«, murmelte sie.

So nah dran, ihre Mom um Rat zu fragen, war Wendy eine gefühlte Ewigkeit nicht mehr gewesen. Sie wusste kaum noch, wie das ging, und es war klar, dass Mrs. Darling sich auch nicht besonders wohl in dieser Situation fühlte. Sie spielte am Geschirrtuch herum und wickelte sich eine Ecke um den Zeigefinger. »Ich bin mir sicher, dass bald Gras über die Sache gewachsen ist. Vielleicht braucht ihr zwei einfach etwas Zeit, um einen klaren Kopf zu kriegen?«

Wendy seufzte. »Wahrscheinlich.« Auch wenn sie sich nicht sicher war, ob sie das wirklich glaubte. Vielleicht musste sie Jordan einfach nur auf Abstand halten, bis das Ganze vorbei war. Um Jordans willen.

Mrs. Darling presste die Lippen aufeinander. Wendy nahm an, dass sie vielleicht noch etwas auf dem Herzen hatte. Aber dann seufzte sie nur und schob sich eine Haarsträhne hinters Ohr. »Ich wollte Käsetoast und Tomatensuppe machen. Wie klingt das?«

Wendy blinzelte. »Wirklich?«

Mrs. Darling nickte.

Normalerweise war Wendy für das Essen zuständig. Sie konnte sich nicht daran erinnern, wann ihre Mutter das letzte Mal etwas gekocht hatte, das über das Aufwärmen von Resten hinausging. Selbst wenn es nur Toast mit Scheibenkäse und Dosensuppe war, fühlte es sich doch irgendwie … seltsam häuslich an. »Das klingt toll, Mom.«

»Großartig.« Mrs. Darling nahm eine Dose Tomatensuppe aus dem Schrank. »Du solltest dir vielleicht etwas Trockenes anziehen, bevor wir essen«, murmelte sie mit einem vielsagenden Blick in Wendys Richtung.

Sie schaute an sich herunter. Sie war immer noch klatschnass, und unter ihren Schuhen hatte sich eine kleine Pfütze gesammelt.

Als Wendy einige Stunden später für die Nacht in ihr Zimmer ging, roch sie nach Seife und hatte den Bauch voller köstlich fettigem Käse. Mr. Darling hatte in seinem Arbeitszimmer zu Abend gegessen, weil er angeblich noch einige Dinge nacharbeiten musste, nachdem er an diesem Tag so spät angefangen hatte. Während sie und Mrs. Darling am Esszimmertisch gegessen hatten, war hinter der Tür das Klirren von Glas zu hören gewesen.

Wendys Mutter las beim Abendessen gern ein Buch, wofür sie immer ihre kleine Brille mit den quadratischen Gläsern aufsetzte. Heute hatte sie sich für *Die Unschuldsengel* entschieden. Sie hatte nur kurz aufgeschaut, um gute Nacht zu sagen, als Wendy verkündet hatte, dass sie früh zu Bett gehen wolle.

Sobald sie in ihrem Zimmer war, warf Wendy sich auf ihr Bett. Auf dem Rücken liegend starrte sie zu ihrer Lichterkette empor. Ob Jordan ihr eine Nachricht geschickt hatte? Sie angelte ihr Telefon aus der Tasche, aber da war nichts.

Was hatte sie erwartet? Eine Entschuldigung? Es gab nichts, für das Jordan sich entschuldigen musste. So ungern Wendy es zugab, alles, was Jordan ihr vorwarf, war richtig. *Sie* war diejenige, die sich plötzlich seltsam verhielt, und sie ließ ihre Frustration an Jordan aus. Sie warf das Handy auf den Nachttisch.

Wendys Gedanken wanderten zu Peter. Sie fragte sich, ob es ihm gut ging, so abgeschieden im Wald, während der Schatten mit jeder verstreichenden Sekunde an Macht gewann. Der Gedanke, dass Peter allein in dieser schäbigen Jagdhütte hockte, bereitete ihr Sorgen und machte sie unruhig. Vielleicht hätte sie ihn bitten sollen zu bleiben. Aber das wäre schwierig geworden. Wo hätte er schlafen sollen, ohne dass ihre Eltern es merkten? In ihrem Pick-up? Das schien ihr auch nicht viel besser zu sein. Offensichtlich hatte der Schatten kein Problem damit, einem in der Einfahrt aufzulauern.

So oder so, heute Abend konnte sie nichts mehr tun. Sie und Peter hatten keine Zeit gehabt, Ort und Zeitpunkt für ein weiteres Treffen am nächsten Tag zu vereinbaren, weil Jordan aufgetaucht war, was hieß, dass sie wieder einmal einfach abwarten und hoffen musste.

Wendys Gedanken kreisten abwechselnd um Jordan, Peter, den Schatten und die verschwundenen Kinder.

Sie musste sich ablenken. Also zog sie ein Buch aus ihrem Rucksack und versuchte zu lesen, aber jedes Mal, wenn sie einen Satz begann, drifteten ihre Gedanken wieder ab, sie vergaß, was sie gerade gelesen hatte, und musste den Satz von vorn beginnen. Nachdem sie denselben Satz fünfmal gelesen hatte, gab Wendy auf.

Als sie das Buch auf ihren Nachttisch legte, juckte es sie in den Fingern, die Schublade zu öffnen. Sie zögerte einen Moment, bevor sie dem Impuls nachgab und die Eichel herausholte. Dann legte sie sich wieder auf den Rücken und rollte die Eichel in der Hand hin und her. Je länger sie damit spielte, umso wärmer schien sie in ihren Fingern zu werden. Es erinnerte sie daran, wie sie sich in Peters Nähe fühlte. Es war tröstlich.

Das brachte sie auf eine Idee.

Wendy ging zu ihrem Kleiderschrank, kniete sich hin und ging den Stapel mit Kartons in der Ecke hinter ihren Schuhen durch. Es dauerte ein paar Minuten, in denen sie verschiedene Deckel öffnete und die Kartons durchwühlte, bis sie fand, wonach sie gesucht hatte.

Sie nahm einen gelben Plastikkasten heraus. Darin befand sich altes Material zur Herstellung von Schmuck. Als Wendy jünger gewesen war, hatte sie damit Halsketten und Armbänder gemacht, fast immer Geschenke für ihre Mom oder Jordan. In dem Kasten befanden sich Perlen und Garn in verschiedenen Farben. Außerdem enthielt der Kasten Kordelklemmen, Kettenverschlüsse sowie verschiedene Biegeringe. Sie nahm einen aus Silber und eine lange Lederschnur heraus.

Wendy setzte sich im Schneidersitz auf ihr Bett und benutzte die Utensilien, um aus der Eichel und der Lederschnur eine Kette anzufertigen. Als sie sie sich um den Hals legte, lag die Eichel mittig auf ihrer Brust, die Kette lang genug, um sie sicher unter ihrem Shirt zu verbergen.

Wendy lehnte sich zurück in ihre Kissen. Die Erschöpfung machte ihr zu schaffen, angefangen bei ihren wunden Füßen bis zum Kribbeln des Sonnenbrands auf ihrer Stirn. Das Gewicht der Eichel fühlte sich tröstlich an. Die Wärme an der Stelle, an der sie auf ihrer Haut lag, schien durch sie hindurchzuströmen. Seufzend schloss Wendy die Augen. Was war an dieser Eichel, dass sie so beruhigend auf sie wirkte? Zumindest würde sie sie jetzt immer bei sich tragen können, und das schien ihr die Sorgen so weit zu nehmen, dass sie einschlafen konnte.

Kapitel 15
Die Eichel

Wendy war in Nimmerland. Zu ihrer Linken, am Rand des Dschungels, wuchsen die Bäume dicht und üppig. Darunter schmiegten sich ein paar primitive Hütten aus Ästen und riesigen Palmwedeln, die fast so groß wie sie selbst waren. Darüber ragten zerklüftete, schroffe Berge in den klaren, blauen Himmel. Wasserfälle stürzten über Klippen, in der Ferne nur als dünne, silberne Bänder erkennbar. Rechts küsste ein weißer Sandstrand den weiten, leeren kristallblauen Ozean. Kleine Vögel in leuchtenden Neonfarben jagten über den heranrollenden Wellen hin und her, gruben Muscheln aus dem Sand und sangen.

Wendy, zurückversetzt in den Körper ihres zwölfjährigen Ichs, saß am Strand. Sie trug wieder dieselbe weiße Leggings und war gerade dabei, mit Nadel und Faden auf Kniehöhe einen Flicken anzunähen. Der Flicken selbst bestand aus einem Streifen eines dicken grünen Blatts. Und dort, direkt vor ihr …

»John, du musst das Weiß mit mir teilen!«

»Ich bin noch nicht fertig! Außerdem wirst du es nur wieder verschütten.«

»Nein, werd ich nicht!«

Vor ihr saßen Michael und John. Genauso, wie sie sie in Erinnerung hatte, bevor sie im Wald verschwunden waren.

Michael hatte dasselbe lockige hellbraune Haar. Blätter hatten sich in den weichen Locken verfangen. Sein Gesicht war rund, seine Wangen voll und er hatte die Stupsnase ihres Vaters. Er trug bloß eine zu Shorts zerrissene Kakihose, und versuchte gerade, nach einem Becher mit weißer Farbe zu greifen, den John so hoch hielt, dass er nicht drankam.

John saß im Schneidersitz da, in seiner gewohnten unbeweglichen Haltung. Er ignorierte Michael und malte weiter mit dem Zeigefinger auf ein Stück Sackleinen. Die Brille war ihm bis zur Nasenspitze heruntergerutscht, und er führte jeden Strich mit großer Sorgfalt aus. Er trug noch immer sein weißes Hemd, obwohl es mittlerweile stark mitgenommen aussah, und sein dunkles Haar war zur Seite gekämmt.

Wendy hätte am liebsten geschrien, sich auf ihre Brüder gestürzt und sie umarmt, aber in dieser Erinnerung hatte sie keine Kontrolle über ihren Körper. Sie spürte, wie ein Schluchzen in ihrer Brust aufstieg, aber es kam kein Laut über ihre Lippen. Hektisch ließ sie den Blick zwischen den Gesichtern ihrer Brüder hin- und herfliegen und versuchte, sich jedes Detail einzuprägen, versuchte, sie dazu zu bewegen, *sie einfach nur anzusehen*, damit sie ihnen noch einmal in die Augen schauen konnte.

Wenn dies ein Traum war, war es ein sehr grausamer.

»Hört auf zu streiten, ihr zwei«, erklang Wendys Stimme aus ihrem eigenen Mund. »Es ist genug Farbe für alle da. Michael, warum nimmst du nicht die blaue Farbe von den Beeren, die du gesammelt hast?« In Schalen aus Kokosnüssen befand sich eine Auswahl dickflüssiger Farben: Blau, Grün, Weiß, Gelb und Schwarz.

»Weil ich *Weiß* haben will!« Mit diesen Worten griff er nach Johns Arm, doch sein älterer Bruder zog diesen in letzter Sekunde zur Seite.

Michael fiel hin.

Wendy hörte sich selbst seufzen. »Ihr zwei macht euch nur

schmutzig.« Und tatsächlich, sowohl auf dem Sackleinen als auch auf dem Sand drum herum befanden sich Spritzer unterschiedlicher Farben. Wendy bemerkte einen Klecks roter Farbe auf Michaels Brust, der bis zu seinem Bauchnabel hinuntergelaufen war. Als er lachte, drehte John sich um. Auch er war am Hals, direkt unterm Ohr mit Farbe beschmiert. Wendy runzelte die Stirn.

Das Rascheln von Blättern im Geäst über ihr ließ Wendy aufschauen. Peter flog – er flog tatsächlich. Na ja, jedenfalls irgendwie. Er schien das Gleichgewicht zu verlieren und stürzte mit hoher Geschwindigkeit zu Boden. Mit den Füßen landete er unsanft auf dem Strand, stolperte vorwärts und wirbelte dabei reichlich Sand auf. Aber bevor er hinfallen konnte, fing er sich wieder.

Wendy stand auf und lief zu ihm. »Peter! Geht es dir gut?«, hörte sie sich fragen.

Nein! Geh zurück zu John und Michael! Sie wollte sie sehen – sie *musste* sie länger als nur für einen flüchtigen Augenblick wiedersehen.

»Mir geht es bestens«, antwortete Peter, aber auf seinem jungen Gesicht zeichnete sich Sorge ab. Er schaute zu Michael und John hinüber, die Wendy immer noch hinter sich streiten hören konnte, bevor er sich wieder zu ihr umdrehte. »Ich habe dir etwas mitgebracht.« Peter schnitt eine Grimasse, wie man es macht, wenn man versucht, beruhigend zu lächeln, es aber nicht richtig hinbekommt.

Er griff nach ihrer Hand und legte eine Eichel hinein.

Es musste ihre Eichel sein – die, die sie umklammert hatte, als der Parkranger sie im Wald entdeckt hatte, die Eichel, die sie in ihrem Schmuckkästchen versteckte.

Mit der sie um ihren Hals eingeschlafen war.

Wendy schloss sanft ihre kleinen Hände darum.

»Die Feen haben mir geholfen, sie auszusuchen«, sprach Peter weiter. Leichte Röte breitete sich auf seinen sommersprossigen Wangen aus. »Sie soll dafür sorgen, dass du mich nicht vergisst …«

»Dich vergessen?« Wendy lachte. »Warum sollte ich dich vergessen? Ich gehe nicht weg von hier!«

Peter schaute auf seine nackten Füße.

»Wendyyy«, quengelte Michael hinter ihr. »Ich fühl mich nicht gut.«

Wendy drehte sich zu ihren Brüdern um, aber bevor sie noch einmal ihre Gesichter sehen konnte, fielen Schatten über Wendy, legten sich auf ihre Augen und tauchten alles in Dunkelheit.

Wendy saß kerzengerade im Bett. Die Morgensonne fiel durchs Fenster. Ihre Lunge bebte, während sie versuchte, zu Atem zu kommen. Sie vergrub das Gesicht in den Händen, um sich zu beruhigen. Ihre Wangen waren tränennass. Ein entsetzlicher Schmerz tobte in ihr, ein Abgrund aus Sehnsucht drohte, sie zu verschlingen.

John und Michael.

Sie hatte ihre Brüder gesehen – oder zumindest eine Erinnerung an die beiden, die ihr vor Jahren genommen worden war. Stattdessen hatte in ihrem Gedächtnis ein großes Loch geklafft. Das war das zweite Mal, dass sie sich an etwas von ihrem gemeinsamen Aufenthalt in Nimmerland erinnert hatte. Es war so *plastisch* gewesen. Sie hatte das Meer gerochen, die salzige Luft geschmeckt und den warmen Sand zwischen den Zehen gespürt.

Warum kehrten ihre Erinnerungen gerade jetzt zurück? Hatte es mit Peter zu tun? Mit dem Schatten?

Ihre Brüder waren *dort*. Sie musste sie wiedersehen. Sie musste sie zurückholen. Die Erinnerungen schienen sie zu verhöhnen, als würden sie ihre Brüder als Geiseln halten, gerade eben außerhalb ihrer Reichweite.

Wenn sie und Peter den Schatten, ihre Brüder und die anderen verschwundenen Kinder finden könnten, dann würde sie John und Michael endlich zurückbekommen. Dann würde alles gut werden.

Wendy umklammerte die Eichel, die um ihren Hals hing. Sie

fühlte sich warm an. Fast so, als würde sie summen, wie ein Schwarm Bienen, nur viel schwächer.

Peter hatte ihr die Eichel geschenkt. Deshalb hatte sie sie so verzweifelt umklammert. Und das musste auch der Grund sein, warum sie sie all die Jahre aufbewahrt hatte. Irgendwie erinnerte sich etwas in ihr daran, was sie ihr bedeutete.

Wendy runzelte die Stirn und versuchte, alles, was in ihrem Traum geschehen war, im Geiste noch einmal durchzugehen. Peter hatte so schuldbewusst geschaut, als Wendy gesagt hatte, sie werde nicht weggehen. Hatte er schon damals gewusst, dass etwas nicht stimmte? Dass er sie zurückbringen musste? Wann hatte der Schatten sich ihre Brüder geholt und es ihnen unmöglich gemacht, mit ihr zu gehen?

Sie soll dafür sorgen, dass du mich nicht vergisst.

Wendy presste sich eine Hand auf den Mund, und die Worte gingen ihr immer wieder durch den Kopf, während sie auf die Eichel starrte.

Das letzte Mal, als Wendy eine ihrer Erinnerungen zurückbekommen hatte, war sie mit der Eichel in der Hand eingeschlafen. Sie drehte sie zwischen den Fingern. War diese Eichel der Schlüssel? War sie das Geheimnis, mit dem sie ihre Erinnerungen zurückbekommen würde?

Sie musste Peter finden und ihn fragen.

Nach einer schnellen Dusche schlüpfte Wendy in Jeans-Shorts und ein locker sitzendes weißes Tanktop, um es mit der Hitze aufzunehmen. Diesmal zog sie ein Paar alter Laufschuhe an, falls sie und Peter sich noch einmal in den Wald wagen sollten. Wenn sie durch Bäume, über Wurzeln und durch Flüsse stolpern wollte, brauchte sie wenigstens das richtige Schuhwerk. Der gestrige Marsch hatte Blasen an ihren Fersen und Zehen hinterlassen.

Wendy warf sich ihre Tasche über die Schulter und sprang die Treppe hinunter, immer zwei Stufen auf einmal. Als sie im Erdgeschoss ankam und das Wohnzimmer betrat, saßen ihre Eltern nebeneinander auf dem Sofa vor dem Fernseher.

»Morgen«, begrüßte Wendy sie, bevor sie das Wohnzimmer durchquerte, und versuchte, sich die Müdigkeit aus den Augen zu reiben.

Ihre Mutter zuckte zusammen und drehte sich zu Wendy um. Sie drückte sich eine ihrer zierlichen Hände aufs Schlüsselbein. Ihre Augen waren blutunterlaufen und glasig. Ihr Vater regte sich nicht, sondern schaute weiterhin geradeaus. Er hielt seinen Kaffeebecher so fest umklammert, dass seine Knöchel weiß hervortraten.

Es lag eine Schwere in der Luft, die Wendy dazu veranlasste, ihre Schritte zu verlangsamen. Als sie näher kam, fühlte es sich an, als würde sie sich durch Treibsand schleppen. Ihr Puls donnerte ihr in den Ohren.

»Mom? Dad? Was ist los?«, fragte sie.

Mrs. Darling sagte nichts, sondern deutete nur auf den Fernseher.

Wendy schaute auf den Bildschirm, und der Schock schoss ihr in die Brust.

Die Nachrichten liefen. Die Sprecherin saß an ihrem Pult. Neben ihr war ein Foto von zwei Jungen zu sehen. Der ältere saß hinter dem jüngeren. Sie waren in Rot, Weiß und Blau gekleidet und hielten kleine Amerikafähnchen in den Händen. Das Foto war im Garten beim alljährlichen Grillfest zum Memorial Day aufgenommen worden. Das wusste Wendy, weil sie dabei gewesen war.

Die beiden waren ihrem Vater wie aus dem Gesicht geschnitten.

JOEL DAVIES, ZEHN, UND MATTHEW DAVIES, SIEBEN war in roter Laufschrift unter dem Foto zu lesen. Die Jungen von nebenan wurden vermisst.

Sie musste an den in sich gekehrten Mr. Davies denken, der immer auf sie, Wendy, aufzupassen schien. Ihr fiel wieder ein, wie er und seine Frau erst neulich mit den Polizisten gesprochen hatten. Mr. Davies hatte so besorgt und verängstigt ausgesehen, und jetzt hatte man ihm seine Söhne genommen.

Eine plötzliche Welle der Übelkeit erfasste Wendy, und sie fühlte sich mit einem Mal ganz benommen. Alles um sie herum schwankte, als wäre sie auf einem Schiff. Sie umklammerte die Rückenlehne der Couch, um nicht das Gleichgewicht zu verlieren.

Wieder gab es eine Verbindung zwischen den verschwundenen Kindern und Wendy. Sie waren ihre Nachbarn, Jungen, die sie regelmäßig getroffen hatte, vor allem in den Sommerferien.

Die Nachrichtensprecherin fuhr fort: *»Der Vater der Jungen, Donald Davies, sagte, seine Söhne hätten am gestrigen Abend im Garten gespielt, bis – wie er selbst gesehen habe – ein junger Mann die beiden abgeholt habe und mit ihnen im Wald verschwunden sei. Er habe versucht, ihnen zu folgen, aber nicht mit ihnen Schritt halten können. Obwohl er nicht in der Lage war, eine Beschreibung des Entführers abzugeben, hat die Polizei eine Sondereinheit gebildet, um …«*

Alle drei starrten sie weiter stumm auf den Fernseher. Aber sie brauchten auch gar nichts zu sagen. Wendy wusste, dass ihre Eltern das Gleiche dachten wie sie: Die Söhne der Davies' waren genau im selben Alter wie John und Michael, als diese verschwunden waren. Ihre Brüder waren mit Joel und Matthew befreundet gewesen und hatten Mr. und Mrs. Davies schon ihr ganzes Leben lang gekannt. Und die Jungen waren im Wald hinter ihrem Haus verschwunden, genau wie John und Michael damals.

Für ihre Eltern musste es so sein, als würden sie die Nachrichten von vor fünf Jahren noch einmal sehen.

Für Wendy war es wie ein Erwachen in einem Albtraum.

Der Schatten hatte das mit Absicht getan. Peter hatte recht. Er versuchte, sie aus der Reserve zu locken, wollte ihr wehtun, sie wütend machen. Und es funktionierte.

»Die Polizei hat ihre Zentrale am nördlichen Ende des Waldes eingerichtet. Sie wird den Wald nach den beiden Kindern durchsuchen, nach den Söhnen der Familie Davies ebenso wie

nach den anderen vermissten Kindern und Hinweisen auf den Entführer.«

Auf dem Bildschirm erschien eine Landkarte mit einem Punkt darauf, der markierte, wo die Polizei mit ihrer Suche beginnen würde. Die Stelle lag von Wendys Elternhaus aus fast am anderen Ende des Waldes.

»*Die Such-und-Rettungs-Einheiten werden im Norden anfangen und sich nach Süden vorarbeiten. Die Polizei empfiehlt allen Personen, die am Waldrand wohnen, Türen und Fenster zu verschließen, wenn sie nicht zu Hause sind, und ihre Kinder nicht unbeaufsichtigt zu lassen. Freiwillige, die bereit sind, bei der Suche mitzuhelfen, werden gebeten, sich zu melden …*«

Ihnen lief die Zeit davon. Wendy wusste, dass es für Peter im Wald nicht mehr sicher war. Was wäre, wenn die Cops bei ihrer Suche auf sein Versteck in der Jagdhütte stießen? Sie würden ihn wahrscheinlich verhaften und einsperren. Wendy bezweifelte, dass er aus seiner Arrestzelle ausbrechen konnte, vor allem jetzt, da er in einem so alarmierenden Tempo seine Magie verlor. Und wenn er eingesperrt war, könnten sie den Schatten nicht aufhalten, und all diese Kinder wären verloren, und Peter würde – nun, sie waren sich immer noch nicht sicher, was mit ihm passieren würde, aber es wäre schlimm. Sehr schlimm. Wendys Herz krampfte sich zusammen. Sie weigerte sich, dieses Risiko einzugehen. Hatte sie einen Fehler gemacht, als sie ihn am vergangenen Abend allein hatte weggehen lassen?

Sie mussten den Baum finden, bevor der Wald von Cops und freiwilligen Helfern überrannt wurde. Mehr denn je rann ihnen jetzt die Zeit wie Sand durch die Finger.

»Ich fahre ins Krankenhaus«, sagte Wendy abrupt. Sie hatte gehofft, dass ihre Eltern so vertieft in die Nachrichten wären, dass sie sie vielleicht gar nicht hörten, aber sie wirbelten beide zu ihr herum.

»Ins Krankenhaus?«, fragte Mrs. Darling verwirrt. »Aber du arbeitest doch normalerweise am Wochenende gar nicht.«

»Auf gar keinen Fall!«, rief Mr. Darling wutschnaubend und musterte Wendy, als sei sie vollkommen verrückt geworden. »Ich will nicht, dass du das Haus verlässt, und schon gar nicht allein!« An der Art, wie sein Schnurrbart sich sträubte, erkannte sie, dass er die Zähne zusammenbiss.

Sie waren alle drei nervös und besorgt.

Sie musste sich eine gute Ausrede einfallen lassen.

»Ich habe Schwester Judy versprochen, ihr zu helfen«, versuchte Wendy zu erklären. »Sie sind im Spielzimmer unterbesetzt und brauchen jemanden, der den ganzen Tag dort ist und die Kinder im Auge behält.«

»Nein«, sagte Mr. Darling mit einem leisen Knurren.

»Im Krankenhaus bin ich umgeben von Menschen«, wandte Wendy ein. »Dort passiert mir nichts. Ich rufe euch sogar an, wenn ich mich auf den Heimweg mache.« Wie konnte sie ihn dazu bringen, ihr zu erlauben, den Tag über fort zu sein? »Ganz zu schweigen davon, dass mich Schwester Judy auch im Auge behält.«

Mr. Darling stieß ein Schnauben durch die Nase aus, erhob aber keine weiteren Einwände. Ihre Eltern hatten großen Respekt vor Schwester Judy, aber es war mehr als nur das.

Es gab einen Grund, dass sie die Oberschwester war und warum Eltern ihr ihre kranken und verletzten Kinder anvertrauten. Sie konnte äußerst stur sein und redete nicht um den heißen Brei herum. Aber, und das war das Wichtigste, sie beschützte ihre Patienten wie eine Löwin und kämpfte mit Zähnen und Klauen um die beste Behandlung für sie. Wendy erinnerte sich noch, wie sie selbst verängstigt und weinend im Krankenhaus gelegen hatte, allein in ihrem Zimmer, und Schwester Judy auf dem Gang mit Donnerstimme die Ärzte zusammengestaucht hatte, weil sie mit ihrem Behandlungsplan nicht einverstanden gewesen war.

Schwester Judys Beharrlichkeit war es zu verdanken gewesen, dass sie Wendys Beruhigungsmittel reduziert hatten. Und als Wendy von Angst und Trauer überwältigt worden war, vollkommen unfähig, sich aus eigener Kraft daraus zu befreien, war Schwester Judy hereingekommen und hatte ihr mit sanften Worten und kleinen Ablenkungen durch diese schweren Stunden geholfen.

Als ihr Vater und ihre Mutter in ihre eigene Trauer versunken waren – ihre Mutter hatte den ganzen Tag im Bett gelegen und ihr Vater hatte sich den Suchtrupps im Wald angeschlossen, bis er sich nicht mehr auf den Beinen halten konnte –, war Schwester Judy zur Stelle gewesen, um sich um Wendy zu kümmern.

Sie verband ein unerschütterliches Vertrauen – das Wendy jetzt missbrauchen musste, um Peter zu treffen und den Schatten aufzuhalten.

Wendys Mutter schaute zu ihrem Mann hinüber. Drei Herzschläge lang wartete Wendy, während die beiden einen stummen Blick wechselten, bevor Mrs. Darling sich ihr wieder zuwandte. »Warum bittest du nicht Jordan, dich zu begleiten?«, schlug sie vor.

Wendy unterdrückte ein Stöhnen. Sie wusste, dass ihre Mom ihr nur helfen wollte und dass ihr Vater sich besser fühlen würde, wenn Jordan bei ihr war. Vielleicht machte sie diesen Vorschlag auch in dem Versuch, Wendy dazu zu bringen, sich mit Jordan zu versöhnen.

Die Fürsorge ihrer Mutter kam zu einem sehr ungünstigen Zeitpunkt.

Mr. Darling sagte nicht Ja, aber er sagte auch nicht Nein.

»Gut, ich werde Jordan fragen, ob sie mich begleitet«, gab Wendy nach.

Sie merkte deutlich, dass ihr Vater immer noch nicht einverstanden war. Um ehrlich zu sein, machte sie ihm aber auch keinen Vorwurf daraus. Es fühlte sich irgendwie nett an – aber vor allem seltsam –, zu wissen, dass er sie immer noch beschützen wollte. Auch das war schreckliches Timing. Dadurch fiel es ihr noch schwerer, ihn anzulügen.

»Stell dein Handy laut«, sagte er schließlich. »Wenn ich anrufe, gehst du besser dran, oder ich komme ins Krankenhaus und hole dich persönlich ab.«

Wendy zog ihr Handy hervor und hielt ihren Eltern das Display hin, während sie es so laut stellte, wie das Gerät es zuließ. »Erledigt«, sagte sie mit einem Nicken.

»Und ruf uns an, wenn du auf dem Heimweg bist!«, fügte er hinzu. Mrs. Darling legte ihm sanft eine Hand auf die Schulter.

»Mach ich, versprochen.« Wendy rannte aus dem Haus, bevor er seine Meinung ändern konnte.

Jetzt, da sie draußen war, konnte sie sich endlich auf die Suche nach Peter machen. Was Jordan anging, würde sie sich die Einzelheiten ihrer Lüge später zurechtlegen müssen. Im Moment hoffte sie einfach, dass ihre Eltern nicht im Krankenhaus anriefen, um ihr Alibi zu überprüfen. Und hoffentlich war Jordan noch immer sauer genug auf sie, um sich fernzuhalten, damit ihre Tarnung nicht aufflog.

Sobald sie auf die Veranda trat, erstarrte Wendy. Zwei Streifenwagen und ein Wagen der Spurensicherung parkten nebenan vor dem Haus der Davies'. Mr. Davies stand in einem hellroten Morgenmantel in seinem Garten auf dem Rasen. Er war umringt von Polizeibeamten und sprach gerade mit Detective James. Einen Arm hatte er um seine Brust geschlungen, die andere Hand presste er sich vor den Mund. Sein lockiges Haar war zerzaust. Detective James redete mit leiser, gleichmäßiger Stimme auf ihn ein. Mr. Davies nickte oder schüttelte von Zeit zu Zeit den Kopf. Hinter ihm stand die Tür zu seinem Haus weit offen, und Polizeibeamte kamen und gingen. Drinnen hörte Wendy Mrs. Davies weinen, ein animalisches, verzweifeltes Heulen, das Wendy eine Gänsehaut über die Arme jagte.

Ihr taten die beiden unendlich leid, denn die Szene war ihr nur allzu vertraut.

Sie ging zur Einfahrt und achtete kaum darauf, wo sie hintrat, den Blick immer noch auf das Haus nebenan gerichtet. Hatte so auch ihr Haus ausgesehen? Hatten ihre Mutter und ihr Vater den gleichen Gesichtsausdruck gehabt? Es war wie ein Déjà-vu, das gleiche schreckliche Echo, das durch das Universum hallte.

Bevor sie auch nur darüber nachdenken konnte, wie sie Peter finden sollte, meinte sie, jemanden an ihrem Pick-up stehen zu sehen. Besorgt, dass irgendein Fremder in der Einfahrt herumlungerte, blieb sie ruckartig stehen, aber dann erkannte sie Peter an seinem rostroten Haar.

Er lehnte an der Tür ihres Wagens, außer Sichtweite der Polizeibeamten nebenan. Seine kauernde Haltung ließ Wendy zuerst vermuten, dass er sich versteckte, aber irgendetwas stimmte nicht. Seine Miene war angespannt, und er stand gekrümmt da, die Hände in die Seiten gepresst.

Wendy ging um den Wagen herum und sah ihn forschend an. »Peter, was ist los?«

Er sah krank aus, als hätte er seit Tagen nicht geschlafen. Unter seinen Augen waren violette Ringe, die eher an Blutergüsse erinnerten. Er hatte geschwollene Lider, und seine blauen Augen waren blutunterlaufen und glasig. Sein Haar war vollkommen zerzaust, als sei jede Anstrengung, es zu bändigen, bereits zu viel für ihn.

Peter, der immer so hell strahlte und ständig wie ein Kolibri umherflatterte, war völlig verwandelt. Zwischen seinen Augenbrauen befand sich eine kleine Falte, und er zog die Schultern bis zu den Ohren hoch. Er hatte den Rücken gekrümmt, als würde er versuchen, sich gegen einen schneidenden Wind zu schützen. Seine ohnehin schon volle Unterlippe war geschwollen und in der Mitte von einer dünnen, feuchten roten Linie geteilt.

Wendys Herz machte einen Satz. »Himmel, was ist mit dir passiert?«, flüsterte sie und streckte die Hand aus, um sein Kinn nach oben zu drücken. Als er zurückwich, entdeckte sie etwas Rotes an seinem Kinn, das auf einen Bluterguss hindeutete.

»Gar nichts. Alles okay.« Peter versuchte, ein Lächeln zustande zu bringen, aber selbst das sah schmerzerfüllt aus. Als er sich von der Autotür abstieß, schwankte er. Wendy eilte zu ihm und fasste ihn an den Seiten, um ihn zu stützen, aber Peter atmete scharf ein. Sein Gesicht verzerrte sich vor Schmerz, und er drückte sich vorsichtig die Hände auf den Bauch.

Schnell zog sie die Hände zurück. »Was ist mit dir passiert?«, wiederholte sie mit vor Sorge rauer Stimme. Wendy schaute über ihre Schulter und trat näher an Peter heran, um ihn vor der Menschenansammlung nebenan zu verdecken. »Komm mit«, sagte sie und bemühte sich, ihre Stimme sanfter klingen zu lassen, während sie ihn an die Seite des Hauses zog, wo niemand sie sehen konnte. »Sag mir, was los ist.« Ihr Blick huschte von seinen Schultern zu seinen Armen und dann wieder zu seinen Augen.

Peter senkte das Kinn, sodass ihm das Haar ins Gesicht fiel und seine Augen verdeckte. »Ich bin gestern meinem Schatten gefolgt«, murmelte er.

»*Was?*«, zischte Wendy. Ihre Hand wanderte direkt zu seinem Arm, und sie packte ihn, bevor ihr bewusst wurde, was sie tat. »Tut mir leid!«, murmelte sie und ließ ihn schnell wieder los. Sie fuhr sich mit den Fingern durchs Haar. »Warum hast du das getan, Peter?«

Er zuckte mit den Schultern. Wie er da so an einer Mülltonne lehnte, sah er einfach erbärmlich aus. »Ich dachte, ich könnte ihn allein überwältigen. Ich dachte …« Er sah Wendy aus dem Augenwinkel an. »Ich dachte, wenn ich es allein schaffe, müsstest du nicht …«

»Nein!« Wendy schnitt ihm das Wort ab. »Wir wollten es doch zusammen tun, damit ich dir helfen kann! Du hättest verletzt werden können – du *bist* verletzt worden!« Wendy deutete auf ihn, und Peter wand sich sichtlich. Sie hätte ihn am liebsten angeschrien, weil er etwas so unglaublich *Dummes* und *Leichtsinniges* getan hatte, aber das konnte sie nicht, wegen all der Leute nebenan.

»Ich dachte, ich könnte es schaffen«, wiederholte er. »Aber der Schatten war einfach zu mächtig.« Peter atmete ungleichmäßig und flach. Er zögerte einen Moment, bevor er sein Shirt anhob. Quer über die gebräunte Haut direkt oberhalb der Hüfte, prangte eine Reihe von Blutergüssen, violett, blau und leuchtend rot zogen sie sich dort entlang wie Galaxien.

Sofort fühlte sie sich wie das letzte Arschloch, weil sie ihn angebrüllt hatte. »Oh, Peter …« Behutsam berührte sie die Blutergüsse mit den Fingern, aber er zuckte zurück. Wendys Haut kribbelte vor brodelndem Zorn und Angst. Zu so etwas war der Schatten also fähig? Was würde er sonst noch anrichten? Bei ihr? Bei Peter? Was würde er den Kindern antun, die er entführt hatte? Und ihren Brüdern?

»Er wird stärker.« Peter zog sein Shirt wieder herunter. »Und ich werde immer schwächer.« Er schauderte, als würde es ihn körperlich abstoßen, das zuzugeben. Peters Lider waren halb geschlossen, als er zu Boden starrte. »Er hat mich einfach herumgeschleudert, als wäre ich nichts.« Peter rieb sich mit dem Handballen übers Auge. »Ich spüre, wie meine Magie aus mir abfließt«, murmelte er. »Ich fühle mich, als hätte ich seit Wochen nicht mehr geschlafen.« Er runzelte die Stirn und ließ den Blick über ihren Körper wandern. »Geht es dir gut? Er war nicht bei dir, oder?« Eindringlich sah er sie an.

»Nein«, beteuerte Wendy schnell und schüttelte den Kopf. Sie war in der vergangenen Nacht in ihrem Zimmer in Sicherheit gewesen, aber das tröstete sie nur wenig. Von der Vorstellung, wie Peter allein im Wald von seinem Schatten angegriffen worden war, wurde ihr ganz schlecht. Sie hätte da sein müssen, um ihn zu beschützen.

Sie hätte ihn nicht allein lassen dürfen. Sie hätte ihn dazu zwingen müssen, mit ihr ins Haus zu kommen. Wendy schluckte einen Kloß in ihrer Kehle herunter. Sie hasste sich dafür, dass sie ihn hatte gehen lassen.

»Wir stehen das gemeinsam durch, okay?« Wendy trat näher an Peter heran und zwang ihn, ihr in die Augen zu sehen. »Du ziehst nicht noch einmal allein los. Wir besiegen ihn zusammen oder gar nicht, genau wie du gesagt hast, ja?« Peter sah elend und nicht besonders überzeugt aus. »Du bist nicht der Einzige, der etwas zu verlieren hat«, sagte sie ihm.

Peter hielt ihrem Blick stand. Ihr wurde bewusst, wie nah sie beieinanderstanden, Peter an die Mülltonne gelehnt und sie zwischen seinen Knien. Ein leises Flattern erhob sich in ihrem Bauch. Ihr Gesicht wurde ganz warm.

Peters Blick löste sich von ihrem, glitt zu ihrem Mund und dann zu ihrem Hals.

Ein erschöpftes Grinsen hob seine Mundwinkel. »He, du hast sie gefunden«, murmelte er.

Er starrte auf die Eichel, die sie um den Hals trug. »Ja, ha-habe ich«, stammelte Wendy und kehrte schnell in die Wirklichkeit zurück. »Ich meine, ich hatte sie die ganze Zeit«, korrigierte sie sich und nahm die Eichel in die Hand. »Sie lag in meinem Schmuckkasten.« Etwas von Peters Licht schien langsam zurückzukehren. »Gestern Nacht, als ich eingeschlafen bin, habe ich sie um den Hals getragen, und ich habe geträumt … aber es war eine Erinnerung … von Nimmerland und von meinen Brüdern und von dir.« Wendy schaute Peter ins Gesicht. »Ich habe mich daran erinnert, dass du sie mir geschenkt hast. Erinnerst du dich auch daran?«

Grübchen erschienen auf Peters Wangen, als er die Eichel zwischen Daumen und Zeigefinger nahm. »Natürlich erinnere ich mich.« Ihre gesenkten Köpfe und ihre Nähe zueinander schufen eine kleine Nische. »Ich habe sie dir gegeben, damit du mich nicht vergisst, wenn du zurückkommst. Doch das hat offensichtlich nicht funktioniert«, fügte er mit einem freudlosen Lachen hinzu. Dann blickte er sie an, sein Gesicht ihrem ganz nah, während er sie so eindringlich betrachtete, dass sie fast einen Schritt nach hinten gemacht hätte. »Aber jetzt, da du sie wiedergefunden hast, hilft sie dir wahrscheinlich, deine Erinnerungen wiederzuerlangen ...« Peters Lächeln war schwach und angespannt. Wendy biss sich auf die Unterlippe. Bedeutete das, dass sie in all der Zeit einfach die Eichel hätte benutzen können, um ihre Erinnerungen zurückzubekommen? Sie hatte jahrelang ohne sie leben müssen und sich dafür gehasst, sich nicht erinnern zu können, wenn jeder ihr Fragen gestellt hatte, auf die sie keine Antwort wusste, als man ihr vorgeworfen hatte, sie würde lügen, und sie zur Ausgestoßenen erklärt hatte. Das änderte möglicherweise alles. Sie könnte noch mehr Erinnerungen zurückgewinnen. Aus irgendeinem Grund flatterte Wendys Herz in ihrer Brust, und ihr wurde ganz schwummrig.

Sie wechselte das Thema. »Als du sie mir gegeben hast«, sie dachte daran zurück, wie Peter in ihrer Erinnerung ausgesehen hatte, »wolltest du uns da bereits zurück nach Hause bringen?«

Peter nickte. »Ich habe gemerkt, dass sich in Nimmerland etwas verändert hat – es war dort nicht mehr sicher für euch«, sagte er und betrachtete sie eingehend.

»Es war wirklich seltsam, die beiden so deutlich zu sehen«, erklärte Wendy ihm. Er schenkte ihr ein trauriges Lächeln. Seufzend trat sie einen Schritt von ihm weg. »Es gibt so viel, das ich dir erzählen muss. Gestern Nacht sind wieder zwei Kinder verschwunden, und die Cops haben vor, den Wald zu durchkämmen.« Peters Lächeln verblasste. »Wir müssen den Baum und deinen Schatten finden, und zwar schnell.« Wendy schaute zum Haus. Mit plötzlicher Entschlossenheit zog sie Peter am Arm. »Komm schon«, sagte sie und lenkte ihn von der Seite des Hauses weg zur Einfahrt.

Nachdem sie sich vergewissert hatte, dass niemand in ihre Richtung schaute, führte sie ihn zu ihrem Wagen und öffnete die Tür.

Gehorsam schob Peter sich auf den Beifahrersitz. Er setzte sich aufrecht hin und wirkte plötzlich viel munterer, während er das Armaturenbrett betrachtete. »Ich habe noch nie in einem Auto gesessen«, gestand er und strich mit den Fingern über die Knöpfe der Stereoanlage.

»Tatsächlich bist du sogar schon mal in einem Krankenwagen gefahren«, sagte Wendy.

Peter sah sie wenig begeistert an. »Das zählt nicht, da war ich bewusstlos.«

Wendys Lippen zuckten, als sie ein Grinsen unterdrückte. Sie drehte den Schlüssel in der Zündung, und der Motor des alten Pick-ups heulte auf. Peter klammerte sich mit beiden Händen ans Armaturenbrett. Wenn sie sich nicht solche Sorgen um ihn gemacht hätte, hätte sie über seinen zutiefst beunruhigten Gesichtsausdruck gelacht. »Schnall dich an«, befahl sie ihm, während sie sich ihren eigenen Sicherheitsgurt über den Oberkörper zog.

Er nahm den Gurt in die Hand und tat es Wendy nach, aber dann nestelten seine langen Finger vergeblich an der Schnalle herum. Sanft nahm sie ihm den Verschluss aus der Hand und half ihm.

Als sie rückwärts aus der Einfahrt fuhr, flogen Peters Hände sofort zurück zum Armaturenbrett. »Mach nicht so ein ängstliches Gesicht«, sagte sie ihm, legte den ersten Gang ein und fuhr auf die Straße. »Ich bin eine ausgezeichnete Autofahrerin.«

»Du hättest mich um ein Haar überfahren.« Peter runzelte finster die Stirn, aber als sie das Ende der Straße erreicht hatten, begann er, sich in seinem Sitz zu entspannen. »Es ist wie fliegen, nur viel ... holpriger«, überlegte er laut und betrachtete die vorbeiziehenden Häuser.

Ihr Plan war, auf eine der kleineren Nebenstraßen zu fahren, die in den Wald führten. Auf diese Weise konnten sie ungesehen hineingelangen. Und dort würde auch niemand ihren Pick-up bemerken.

Es dauerte nur eine Minute, bis Peter herausfand, wie man das Fenster herunterkurbeln konnte. Er beugte sich so weit hinaus, wie der Sicherheitsgurt es zuließ. Dann blinzelte er mit peitschendem Haar ins Sonnenlicht, während der Wind sein Lachen mit sich forttrug. Die sonnenbeschienene Straße erstreckte sich vor ihnen und schlängelte sich an der Baumlinie entlang. Weiße Meilensteine standen am Straßenrand, fast unsichtbar zwischen dem wuchernden Unkraut.

»Also, was ist das für eine Geschichte mit den weiteren verschwundenen Kindern und der Polizei im Haus eurer Nachbarn?«, fragte Peter, nachdem er wieder auf seinem Platz saß und sich die Augen rieb.

»Es sind zwei Jungen«, begann Wendy ihren Bericht. »Zehn und sieben, genau im selben Alter wie meine Brüder, als wir verschwunden sind. Sie wurden aus ihrem Garten entführt, genau wie wir damals. Ihr Dad hat sogar *gesehen*, wie sie jemand fortgeholt hat, aber er konnte nicht erkennen, wie die Person aussah.«

»Mein Schatten«, sagte Peter.

Sie nickte. »Er verspottet uns, oder?« Der Zorn trieb ihr die Hitze ins Gesicht. »Deshalb hat er die Kinder auf diese Weise entführt. Das Ganze ähnelt der Sache mit meinen Brüdern zu sehr, um nur ein Zufall zu sein, nicht wahr?«

»Wahrscheinlich. Er weiß, dass wir im Wald waren und dass wir nach ihm suchen. Ihm ist bewusst, dass du Angst vor dem Wald hast, und er will, dass du dich fürchtest.« Peter schaute sie an. Die Sorge ließ sein blasses Gesicht noch älter wirken. »Vielleicht lockt er uns in eine Falle, Wendy«, fügte er hinzu. »Bist du dir sicher, dass du nach dem Baum suchen willst? Was ist, wenn es genau das ist, was er will? Wahrscheinlich riecht er deine Angst, sobald du den Wald betrittst.« Er schüttelte den Kopf. Ein frustriertes Knurren ertönte tief in seiner Kehle. »Vielleicht sollte ich einfach …«

»Auf keinen Fall«, unterbrach Wendy ihn scharf und unzweideutig. »Meine Brüder werden von diesem Ding gefangen gehalten. Ich werde nicht zulassen, dass du es allein mit ihm aufnimmst.«

Peter starrte auf seinen Schoß.

Sie wollte ihm nicht unter die Nase reiben, dass sie sich Sorgen machte, ob er sich aufgrund seiner Verfassung überhaupt im Wald zurechtfinden würde, geschweige denn, ob er in der Lage war, gegen den Schatten zu kämpfen. Er brauchte ihre Hilfe, und sie wollte ihre Brüder zurückhaben. »Außerdem hast du gesagt, ich wäre die Einzige, die euch beide wieder vereinen kann, schon vergessen?«

»Einen Versuch war es wert«, murmelte Peter und ließ sich tiefer in seinen Sitz sinken. Den Kopf an die kühle Scheibe des Fensters gelehnt, schloss er die Augen.

Fast wünschte sich Wendy, einfach immer weiter über die baumgesäumten Straßen zu fahren, damit er sich ausruhen konnte, aber sie konnten die Suche nach seinem Schatten nicht länger aufschieben.

Sie bog in eine der alten Forststraßen ein. Das Gras war von Reifen platt gefahren worden, deren Spuren sich zwischen den Bäumen verloren. Sie fuhr ihren Pick-up ein Stück die Straße hinunter, damit der Wagen von der Landstraße aus nicht zu sehen war.

Peter setzte sich auf, als der gefederte Sitz beim Einlegen des Parkmodus nach vorne ruckte.

»Hast du eine Karte besorgt?«, fragte Peter und starrte in den vor ihnen liegenden Wald.

»Ich habe eine hier drin.« Sie beugte sich über Peter und riss zweimal am Griff des Handschuhfachs, bevor es aufflog. Peter versuchte, zur Seite zu rutschen, als ihm eine alte Schwimmbrille und eine Flasche Sonnencreme auf die Füße fielen. »Tut mir leid«, sagte Wendy. Sie wühlte im Handschuhfach und zog dann eine Landkarte heraus.

»Die hat mein Dad mir geschenkt, als ich den Führerschein gemacht habe«, sagte sie. »Er traut dem GPS meines Handys nicht« –

an seinem Gesichtsausdruck war sehr deutlich abzulesen, dass Peter keine Ahnung hatte, wovon sie sprach – »also hat er mir eine Karte besorgt, damit ich mich zurechtfinde, falls ich mich mal verfahre.« Sie faltete sie auseinander und strich mit den Händen über die Ränder. »Das hier ist der Wald.« Sie deutete auf einen großen grünen Fleck in der Mitte des Plans. »Aber die Karte ist nicht besonders detailliert.« Der Plan zeigte die Umrisse des Waldes, die Bäche, die sich durch ihn hindurchschlängelten, und einige Forststraßen. »Die Karte ist alt, und es gibt mittlerweile viel mehr Forststraßen, aber sie ist besser als nichts.« Sie drehte sich zu Peter um. »Glaubst du, sie wird helfen? Weißt du, wie man eine Landkarte liest?«

Peter schnaubte und griff danach. »Natürlich kann ich Karten lesen«, erklärte er und blähte dabei die Brust auf wie ein Hahn. »In Nimmerland lese ich ständig Schatzkarten. Ich habe eine ganze Sammlung davon.«

Wendy verdrehte die Augen. »Schatzkarten«, wiederholte sie, ohne eine Miene zu verziehen. »Natürlich, wie konnte ich das vergessen.«

»Wir können die Bäche und diese Pfade als Anhaltspunkte nehmen«, sagte er und fuhr mit dem Finger eine blaue Linie entlang. »Sollte nicht allzu schwer sein.«

»Großartig.« Wendy nahm ihr Handy heraus und schickte ihrer Mom eine kurze Nachricht, um ihr mitzuteilen, dass sie bei Jordan war und später nach Hause kommen würde. Sie holte tief Luft. »Bist du bereit?«, fragte sie.

Peter warf ihr einen ernsten Blick zu. In seinen Augen flackerte einiges auf, das sie nicht recht deuten konnte. Er zwang sich zu einem Lächeln, das jedoch eher wie eine Grimasse wirkte. »So bereit, wie ich nur sein kann.«

Kapitel 16
Der Baum

Pflanzen und Farne säumten den von Autoreifen ausgefahrenen Weg. Wendy und Peter folgten ihm, bis er sich gabelte und zwischen den Bäumen verschwand. »Wir müssen einfach weiter nach Norden gehen«, sagte Peter und ließ den Blick hin- und herschweifen. »Dann sollten wir einen der Pfade kreuzen, der zum Bach führt.«

»Aber wir müssen unbedingt auf die Suchtrupps achten«, ergänzte Wendy und blieb neben Peter stehen. »Ich weiß nicht, wie lange sie brauchen, um den Wald zu durchkämmen, aber sie fangen im Norden an und arbeiten sich nach Süden vor. Es wäre ziemlich übel, wenn wir ihnen auf halber Strecke begegnen würden.« Sie schob die Karte in ihre Tasche. »Vor allem, wenn wir bis dahin den Baum noch nicht gefunden haben.«

»Wir sollten sie schon aus ziemlicher Entfernung hören können«, sagte Peter. Dann riss er den Kopf hoch und schenkte Wendy ein kleines Grinsen. »Los geht's.«

Langes Gras schlug Wendy sanft gegen die Beine, während sie immer tiefer in den Wald vordrangen. Sie konnte spüren, wie sie dank der heißen Sommersonne, die durch die Baumkronen fiel, einen Sonnenbrand auf den Schultern bekam. Die Luft roch süß nach Zedern und nach dem würzigen Harz, das über ihre Rinde perlte. Schwarze Käfer krabbelten die Baumstämme entlang, und über ihnen ertönten die schrillen Rufe von Raubvögeln. Peters und Wendys Schritte mischten sich unter den Chor aus Geräuschen.

Wendy runzelte die Stirn. Sie beobachtete, wie Peter sich über die umgestürzten Baumstämme und durch das Unterholz vorwärtsbewegte, und ihr kam es so vor, als würde er sich nicht mehr mit derselben Anmut bewegen wie beim letzten Mal, als sie zusammen im Wald gewesen waren. Peter hielt den Blick auf den Boden gerichtet, und seine Schritte waren genauso schwer wie ihre. Früher war er nahezu mit der Natur verschmolzen, aber jetzt bewegte er sich nicht weniger ungeschickt als sie.

Vielleicht lag es an seinen heftigen Wachstumsschüben? Er war jetzt fast einen Kopf größer als sie. Seine Arme und Beine waren merklich länger geworden, und seine Bewegungen erweckten den Eindruck, als müsste er sich erst noch an sie gewöhnen. Sein Gang erinnerte sie an den eines neugeborenen Rehkitzes, das versucht, sein Gleichgewicht zu finden.

Seine Sehnen spannten sich an seinen Unterarmen und schwollen an seinem Bizeps an, bevor sie unter den Ärmeln seines T-Shirts verschwanden. Unter dem Stoff konnte sie das Spiel seiner Rückenmuskeln verfolgen. Das Sonnenlicht, das durch die Bäume drang, fing die roten Strähnen in seinem rostfarbenen Haar ein. Ein kleines Rinnsal Schweiß lief ihm den Nacken hinunter in den Halsausschnitt seines Shirts. Seine vollen Lippen waren leicht geöffnet, und er atmete gleichmäßig.

Wendys Gesicht wurde plötzlich unerträglich heiß, und sie musste den Blick abwenden. Stirnrunzelnd schaute sie zu Boden. Diese Veränderungen, die Peter durchmachte … lenkten sie ab. Und waren frustrierend. Wendy war es gewohnt, Jungs beim Schwimmtraining in engen Badehosen zu sehen. Die Anatomie eines Jugendlichen war ihr alles andere als fremd. Meistens hatte sie keine Wirkung auf Wendy, und sie zuckte kaum mit der Wimper, wenn ihre Mannschaftskameraden versuchten, mit ihren Muskeln anzugeben. Bei

Peter sollte das auch nicht anders sein, sie musste sich einfach zusammenreißen. Es ärgerte sie, dass er sie derart aus dem Konzept brachte. Schließlich gab es Wichtigeres, auf das sie sich jetzt konzentrieren musste.

Während sie entschlossen auf den Boden starrte, bemerkte sie, dass er keine Schuhe anhatte.

»Peter, wo sind deine Schuhe?«, fragte sie.

»Meine Füße sind zu groß geworden. Die Schuhe haben nicht mehr gepasst«, erklärte er ihr achselzuckend, als sei es das einzig Vernünftige, barfuß durch den Wald zu laufen.

»Wie ist es möglich, dass dir das nicht wehtut?« Sie verzog verwirrt das Gesicht. Sie ertrug es kaum, ohne Flipflops an den Füßen über den betonierten Weg ihres Gartens zu gehen, um den Müll rauszubringen.

»Es ist keine große Sache. In Nimmerland habe ich auch nie Schuhe getragen.« Er sah sie mit einer hochgezogenen Augenbraue an. »Ich habe ziemlich feste Hornhaut.« Peters Lippen verzogen sich zu einem Grinsen.

»Okay, aber jetzt bist du hier«, sagte sie. »Du erregst Aufmerksamkeit, wenn du ohne Schuhe herumläufst.« Wenn die Leute ihn so sahen, würden sie ihn wahrscheinlich für einen Obdachlosen halten oder vielleicht sogar glauben, er wäre von irgendwo abgehauen.

Peter blinzelte. »Oh. Daran habe ich noch gar nicht gedacht.«

»Sollen wir bei der Jagdhütte vorbeigehen und dir Schuhe holen?«, schlug sie vor. »Nach dem heutigen Tag wirst du da nicht mehr hingehen können.« Was ein weiterer beunruhigender Gedanke war. Noch ein Problem auf ihrer immer länger werdenden Liste von Dingen, für die eine Lösung gefunden werden musste.

»Ich habe keine Schuhe mehr, die passen.« Peter schien immer noch nicht sehr besorgt zu sein. »Ich könnte schauen, ob ich in der Gegend ein Paar auftreiben kann.«

»Nein«, widersprach Wendy schnell. »Gestohlen wird nicht. Das Letzte, was wir brauchen, ist jemand, der sieht, wie du ein Paar Tennisschuhe von seiner Veranda stiehlst.« Wendy zermarterte sich das Hirn und versuchte, eine Lösung zu finden. Die Vorstellung, mit Peter shoppen zu gehen und ihm neue Schuhe zu kaufen, erschien ihr lächerlich. Sie konnte sich nicht mal ansatzweise vorstellen, wie er mitten in einem Fred-Meyer-Kaufhaus stand. Das wäre so, als würde man Bigfoot in einem Hipster-Café entdecken: völlig lächerlich und fehl am Platz. »Mein Dad hat noch ein Paar alte Tennisschuhe herumliegen, die du anprobieren könntest.« Sie waren wahrscheinlich zu groß, aber wenn das so weiterging, würden sie Peter schon in wenigen Tagen passen. Das tröstete sie ein wenig.

Peter nickte zustimmend. Doch dann zogen sich seine Augenbrauen zusammen. Irgendetwas schien ihn zu stören, aber er sagte nichts, und Wendy hielt es für das Beste, ihm keine Fragen zu stellen. Eine gewisse Anspannung lag zwischen ihnen in der Luft.

Vielleicht wusste er, was sie dachte.

Wendy verbrachte so viel Zeit damit, darüber nachzugrübeln, wie sich das alles auf sie selbst auswirkte, dass sie kaum je darüber nachgedacht hatte, wie Peter sich fühlte. Es musste beängstigend sein, so weit weg von zu Hause zu sein, noch dazu allein. Abgesehen von Wendy, aber sie bezweifelte, dass sie Peter ein großer Trost war. Es musste ihn fertigmachen, dass die Sicherheit all dieser Kinder auf seinen Schultern lastete. Ganz zu schweigen davon, dass er auch nicht wusste, wie es mit ihm selbst weiterging. Es krampfte ihr das Herz zusammen, wenn sie daran dachte, dass er all das allein durchstehen musste. Wie hatte sie sich nur so in ihren eigenen Albträumen verlieren können, ohne zu sehen, was das alles für ihn bedeutete? Wenn sie ihn jetzt so betrachtete, zeigten sich die Auswirkungen deutlich auf seinem Gesicht, in den dunklen Ringen unter seinen Augen und der Art, wie sich seine Mundwinkel nach unten zogen, wenn er nicht darauf achtete.

Sie hätte gern die Hand nach ihm ausgestreckt und ihn berührt, ihm versichert, dass alles gut werden würde und sie schon eine Lösung fanden. Aber würde er nicht den Zweifel in ihrer Stimme hören? Wendy biss sich auf die Unterlippe. Was hatte Peter, um die Dunkelheit fernzuhalten? Wenn sie erst einmal aus diesem Wald heraus waren, würde sie herausfinden, wie sie ihn beschützen konnte.

Sie kreuzten den ersten Weg, bei dem es sich lediglich um einen von Holztransportern festgefahrenen Schotterweg handelte. Nicht weit davon entfernt stießen sie auf den Bach, dem sie stromabwärts folgten, tiefer in den Wald hinein. Wendy hatte wieder zu Peter aufgeschlossen, aber diesmal achtete sie besser darauf, nicht in ihn hineinzulaufen. Der Wald war riesig. Selbst für eine festgelegte Route galt es, ein großes Gebiet abzudecken. Ganz zu schweigen davon, dass es immer unwegsamer wurde, was ihr Vorankommen noch erschwerte.

Je weiter sie gingen, umso stiller wurde es im Wald. Hier zwitscherten keine Vögel mehr, und keine Streifenhörnchen kratzten mit ihren Krallen an den Bäumen entlang, während sie sich gegenseitig jagten. Das einzig verbliebene Geräusch war das Gurgeln des Bachs.

»Vermisst du Nimmerland?«, fragte Wendy, um die unheimliche Stille zu durchbrechen.

Peter legte den Kopf in den Nacken und schaute in die Baumkronen, während er über ihre Frage nachdachte. »Irgendwie schon. Es ist viel schöner dort«, sagte er. »Ich vermisse die Strände, das Spielen mit den verlorenen Kindern, die Möglichkeit, den ganzen Tag in einer Hängematte am Wasserfall zu liegen.« Sein Ton bekam etwas Entrücktes, und er seufzte schwer.

»Das klingt definitiv besser, als durch den Wald zu trotten und mit mir nach deinem Schatten zu suchen«, pflichtete Wendy ihm mit einem unsicheren Lachen bei. »Wie furchtbar langweilig muss Oregon im Vergleich zu Nimmerland sein.«

»*So* schlimm ist es nun auch wieder nicht. Es hat auch seine Vorteile, hier zu sein.« Er stupste Wendy mit der Schulter an. Sie presste die Lippen zusammen, um ein Lächeln zu unterdrücken. »Was ich wirklich vermisse, ist meine Fähigkeit zu fliegen. Dieser Körper …« – er schaute an sich herunter – »… fühlt sich einfach seltsam an.«

Wendy richtete den Blick auf Peters Gesicht und hielt sich nur mit Mühe davon ab, eine Bestandsaufnahme seines Körpers durchzuführen. Wieder einmal.

»Womit, glaubst du, hat das alles damals angefangen?«, fragte sie. »Ich meine, der Verlust deiner Magie und das Erwachsenwerden.«

»Das weiß ich wirklich nicht«, gestand Peter. »Ich kann nur vermuten, dass es das Werk des Schattens ist, aber es hat schon angefangen, als du mit mir nach Nimmerland gekommen bist …« Er blinzelte und sah Wendy neugierig an. »Das hier hat etwas mit dir zu tun, aber ich bin mir nicht sicher, was.«

»Hast du einen Plan?«, fragte Wendy. »Was passieren soll, wenn wir ihn finden? Wie sollen wir ihn …« Wendy suchte nach dem richtigen Wort. »Ihn dir wieder anheften?«

»Tja, wir müssen ihn irgendwie schwächen. Und dann kannst du ihn mir wieder annähen!«

Wendy musterte ihn. Das war kein sehr überzeugender Plan. Sie konnte gut nähen. Ein Arzt im Krankenhaus hatte ihr und Jordan sogar mithilfe einer Orange beigebracht, wie man Wunden nähte, aber wie sollte das bei einem Schatten funktionieren?

Plötzlich fuhr Peter zusammen und schaute über seine Schulter. Wendy folgte seinem Blick, konnte aber zwischen den Grün- und Brauntönen nichts erkennen.

Ein Schauer überlief sie vom Scheitel bis zur Sohle. Sie rückte näher an Peter heran und krallte die Finger in die Rückseite seines T-Shirts. Dann schaute sie zwischen Peters wachsamem Gesichtsausdruck und den reglosen Bäumen hin und her. »Was ist?«, fragte sie.

Der Wald wurde immer dunkler, die Bäume wuchsen hier dichter und sperrten das Sonnenlicht über dem Blätterdach aus. Wann war es so kalt geworden? Sie rückte noch näher an ihn heran und drückte die Schulter an seinen warmen Rücken.

Peter starrte weiter in die Ferne, so reglos wie die stummen Bäume. Angst stieg in Wendy auf und summte in ihren Adern. Sie zupfte an seinem T-Shirt. »Peter?« Atmete er überhaupt noch?

»Ich dachte, da wäre etwas«, murmelte Peter. Er legte den Kopf schräg und lauschte auf etwas, das Wendy vor lauter Herzklopfen nicht hören konnte. Einen Moment später schüttelte er kaum merklich den Kopf und seufzte, obwohl die Anspannung in seinen Schultern bestehen blieb. »Es war nichts.«

Wendy lachte nervös. »Ich dachte, du hättest vor nichts Angst«, sagte sie in dem Versuch, die Spannung zu lösen.

Peter sah sie nur an. Als er sich wieder in Bewegung setzte, ließ sie den Stoff seines T-Shirts durch ihre Finger gleiten. »Was wird passieren, wenn uns das nicht gelingt?« Wendy war stehen geblieben, die Hände an ihren Seiten zu Fäusten geballt.

Peter drehte sich um. Sein harter Gesichtsausdruck wurde weich. »Meine Magie sollte mich für immer jung halten, damit ich verlorenen Kindern helfen kann, ihren Weg zu finden«, erklärte er. »Wenn ich erwachsen werde, verliere ich meine Magie und kann weder fliegen, noch die Kinder finden, und schon gar nicht mit ihnen nach Nimmerland zurückkehren. Ohne mich gäbe es niemanden, der sie leitet. Sie würden einfach …« Er zog die Schulter hoch. »Verloren bleiben.«

Wendy wollte gerade fragen, was das bedeutete, aber das Kribbeln in ihrem Nacken ließ sie aufmerken.

Peter musste es ebenfalls gespürt haben, denn er spannte die Muskeln an, und suchte mit den Augen die Umgebung ab.

Ihr Schweigen dehnte sich in die Länge. Wendy hatte eine Gänsehaut.

»Bleiben die verlorenen Kinder für immer in Nimmerland?«, fragte Wendy. Wenn sie weiterredete, würde das Gefühl vielleicht wieder weggehen.

Etwas hauchte ihr in den Nacken, wie ein leises Wispern. Wendy zuckte zusammen und wirbelte dann herum.

Nur die dichten Bäume standen reglos da – so weit das Auge reichte.

Eine schwere, belastende Stille hing in der Luft. Es war, als würden sie sich unter Wasser befinden. Die Luft schien gegen ihre Haut zu drücken, und sie hätte gerne die Ohren knacken lassen, um sie frei zu bekommen.

»Manchmal.« Die Luft hinter ihr bewegte sich. Peters Wärme legte sich zwischen ihre Schulterblätter. »Aber die meisten von ihnen finden ihren Weg und ziehen weiter«, sagte er mit leiser Stimme.

Wendys Atmung wurde hektisch. Das schlafende Wesen, das zwischen ihren Rippen und an ihrer Wirbelsäule kauerte, erwachte langsam und begann zu zittern.

Ihre Hand schloss sich um die Eichel an ihrem Hals. »Ich glaube, wir sind ganz in der Nähe«, murmelte sie und umklammerte die Eichel ganz fest. Ein Gefühl von Déjà-vu, der Hauch einer Erinnerung, kitzelten sie am Rand ihres Bewusstseins.

Peter kam an ihre Seite. Ausnahmsweise beruhigte sie der Druck seines nackten Arms an ihrem nicht. Seine Augen waren hellwach.

»Spürst du das auch?«, hauchte Wendy, und ihre Worte waren kaum mehr als ein Flüstern.

Peter nickte langsam. »Vielleicht sollten wir von hier verschwinden, Wendy«, antwortete er leise, als versuchte er, die Bäume nicht zu wecken. Dann schob er seine warme, schwielige Hand in ihre.

Wendy hörte wieder dieses Flüstern, diesmal lauter, aber immer noch unverständlich. Sie konnte nicht sagen, aus welcher Richtung es kam. Ihr schlug das Herz bis zum Hals.

Wendy wich einen Schritt zurück. Peter drückte ihre Hand.

Ein leises Schluchzen über ihrem Kopf ließ sie jäh aufschauen. Sie starrte in die Zweige, in dem Bemühen, das zu entdecken, von dem sie nicht wusste, was es war.

»Kannst du sie hören?«, fragte sie Peter. Leises Schniefen. Dann Weinen aus weiter Ferne. »Sie werden lauter. Ich glaube, es kommt von da drüben …« Sie zog an Peters Hand und machte einen zaghaften Schritt in die Richtung, aus der die Stimmen zu kommen schienen.

Als er nicht reagierte, riss Wendy den Blick vom Wald los, um ihn anzusehen.

Peter stand reglos wie eine Statue da. Alle Farbe war aus seinem Gesicht gewichen. Mit aufgerissenen Augen starrte er auf etwas hinter ihr. Seine Hand hing schlaff in ihrer.

Es lag ein Summen in der Luft, direkt über ihren Schultern. Jeder Muskel in ihrem Körper verkrampfte sich und brannte schmerzhaft. Keuchend stieß sie den Atem aus, der als weiße Wolke vor ihren Lippen stehen blieb.

Peters Griff um ihre Hand wurde fester. »Wendy, geh weg von ihm«, murmelte Peter, den Blick immer noch auf den Bereich hinter ihrer Schulter geheftet. Er sprach leise, aber in dem stillen Wald hätte es genauso gut ein Schrei sein können.

Langsam drehte Wendy sich um.

Hinter ihr stand der Baum. Sein dicker Stamm schraubte sich nach oben und teilte sich in stachlige, kahle Äste, die wie spitze Finger in die Höhe ragten. Seine Rinde stand in starkem Kontrast zu den anderen: gespenstisch bleich verglichen mit den kräftigen Grün- und Brauntönen. Knorrige Wurzeln wühlten sich in den Boden. Es roch nach verrottendem Laub und Erde.

Der Wald summte. Die Härchen auf ihren Armen standen zu Berge. Sie hörte jetzt, wie die Stimmen lauter wurden. Ein Durcheinander aus Flüstern und leisem Weinen. Es kam aus dem Baum. Nein, von den verschlungenen Wurzeln, die sich in die Erde bohrten, wo sie kleine Höhlen und klaffende Löcher bildeten. Wind kam auf und raschelte in den Blättern. Die Stimmen wurden lauter, ängstlicher.

Wendy trat einen Schritt näher, entzog Peter ihre Hand und streckte sie nach dem Baum aus. Das Geflüster lockte sie an und warnte sie zugleich. War dort etwas? Versteckt unter den Wurzeln, in der Erde?

Die Stimmen wurden schroff.

»Da ist etwas«, murmelte Wendy und beugte sich vor, doch plötzlich schob sich Peter vor sie. Mit seinen großen Händen umklammerte er ihre Arme.

»Wir müssen hier weg.« Sein Gesicht schien vollkommen aus angespannten Muskeln und harten Linien zu bestehen. Seine Augen flehten sie an, auf ihn zu hören.

»Er hat recht.« Die träge Stimme wehte durch die Bäume zu ihnen herab.

Wendy und Peter rissen beide gleichzeitig den Kopf nach oben.

Auf einem dicken Ast, den Rücken entspannt an den Stamm gelehnt, saß der Schatten.

Sie konnte seine Gesichtszüge deutlich ausmachen. Er war eine gehetzte, verzerrte Version von Peter. Statt seines warmen Haares, das in der Sonne leuchtete, glänzten die Haare des Schattens wie schwarzes Öl. Seine Nase und sein Kinn waren spitz und streng und seine Haut war bleich und weiß. Er hatte tief in den Höhlen liegende pechschwarze Augen. Sie schienen alles Licht aus ihrer Umgebung aufzusaugen. Die dünnen Lippen des Schattens verzerrten sich zu einem grausamen Lächeln und entblößten dabei unnatürlich weiße Zähne. Der Schatten bestand aus lauter spitzen Winkeln, scharfen Wangen- und Kieferknochen, an denen man sich hätte schneiden können.

Überall dort, wo Peter hell und warm war, war der Schatten dunkel und verzerrt.

Er wirkte jetzt so greifbar und real wie Peter. »Du solltest wirklich vorsichtiger sein, man weiß nie, wen man in diesem Wald trifft.« Der Schatten rollte ein welkes Blatt zwischen seinen bleichen Fingern.

Wendy stockte das Blut in den Adern, aber aufflammender Zorn trieb sie an. »Lass sie gehen.« Wendy versuchte, sich aus Peters Griff zu befreien.

Der Schatten lachte und löste sich auf, waberte wie schwerer, schwarzer Nebel am Baum nach unten. Es war ein tiefes, grollendes Lachen, das ihr durch Mark und Bein ging. Der Schatten sammelte sich auf dem Boden vor ihr und nahm wieder seine menschliche Gestalt an.

»Wen soll ich gehen lassen?«, fragte er gedehnt.

Peter trat vor. »Du musst damit aufhören«, sagte er mit fester Stimme. »Lass die Kinder frei.« Peter fuhr mit der Hand durch die Luft, und mit einer Explosion aus Licht erschien das Schwert darin. Mit durchgedrückten Schultern stellte Peter sich dem Schatten entgegen. Das Schwert schimmerte und funkelte, eine Waffe gemacht aus winzigen, goldenen Partikeln. Doch dann begann sie zu flackern.

Der Schatten legte den Kopf in den Nacken und stieß ein scharfes, bellendes Lachen aus, das durch die Bäume hallte. »Oh, Peter«, schnurrte er. »Glaubst du wirklich, du kannst mich aufhalten?« Er sah ihn mit einem breiten Grinsen an.

Peter umfasste mit beiden Händen den Griff der Waffe. Das Schwert vibrierte vor Energie und leuchtete auf, aber nur für einen Moment, bevor es wieder zu erlöschen begann. Peters Knöchel traten weiß hervor, als er die Klinge auf den Schatten richtete. »Ich warne dich«, knurrte er mit zusammengebissenen Zähnen.

»Ach herrje.« Der Mund des Schattens verzog sich in einem unnatürlichen Winkel. »Hast du Schwierigkeiten es durchzuziehen? Wo bleibt dein Kampfgeist, Peter?« Der Schatten beugte sich vor und schnippte gegen die Schneide des Schwertes. Wie eine Glühbirne erlosch es einfach, löste sich in einem schnell entschwindenden Funkenwirbel zu Peters Füßen auf.

Peters Schultern erstarrten. Die Hände an seinen Seiten ballten sich zu Fäusten.

»Schon bald wird all die Magie aus deinem Körper abgeflossen sein, und nicht einmal du, der große Peter Pan, wirst mich aufhalten können«, sagte der Schatten in einem monotonen Singsang und wackelte dabei mit seinen langen Fingern.

Wendy zitterte, und ihre Augen brannten, aber sie würde nicht davonlaufen. Das hier war das Wesen, das ihr ihre Brüder genommen hatte und sie gefangen hielt. Es war das Wesen, das sie voneinander trennte. Wendy stürmte vorwärts und versuchte, sich an Peter vorbeizudrängen. »Lass sie gehen!«, schrie sie.

Jetzt richtete der Schatten seine Aufmerksamkeit auf sie. »Wendy«, hauchte er. »Wie nett, dass du dich uns diesmal anschließt.« Er nahm einen tiefen, rasselnden Atemzug. Seine Augen rollten nach hinten, und seine Lider zuckten. »Mhmm«, summte er, bevor er sie wieder mit der Konzentration eines Hais ansah. »Du bist *köstlich.*« Das Lächeln des Schattens teilte sein Gesicht in zwei Hälften. »All die Angst und die Schuldgefühle strömen nur so aus dir heraus.« Er kicherte. »Es ist schon fast überwältigend!«

Sie mochte Angst haben, aber zugleich kochte der Zorn in ihren Adern und ließ das Eis darin schmelzen. »Wo sind meine Brüder?« Wendy versuchte, auf ihn zuzugehen, aber Peter streckte einen Arm aus und hielt sie zurück. Am liebsten hätte sie dem Schatten mit Zähnen und Klauen das Grinsen vom Gesicht gerissen.

Der Schatten stieß ein tiefes, donnerndes Lachen aus. »Sie sind natürlich hier!« Er hob die Hände und deutete auf seine Umgebung.

Wendy knirschte mit den Zähnen. Was für ein Spiel spielte er?

»Erinnerst du dich denn nicht, Wendy?«, fragte er. Er beobachtete sie neugierig und drehte den Kopf mal in diese, mal in jene

Richtung. Dann begann er, in einem langsamen Kreis um Wendy und Peter herumzugehen.

»Wovon redest du?«, fragte sie scharf. Sie wollte ihm kein Wort glauben. Wahrscheinlich versuchte er nur, sie zu manipulieren, sie zu überlisten. Peter wusste, dass der Schatten sich von negativer Energie ernährte – sie durfte sich davon also nicht einschüchtern lassen.

Der Schatten schaute sie in gespielter Überraschung an. »Hier hat damals der liebe Peter dich und deine Brüder gefunden!«

Wendy durchfuhr es wie ein elektrischer Stromschlag. Dermaßen überrumpelt, spürte sie, wie ihre Entschlossenheit ins Wanken geriet. Sie sah in Peters Richtung, nicht bereit, sich vom Schatten ablenken zu lassen. »Ist das wahr?«, fragte sie Peter.

Er nickte knapp, den Blick immer noch fest auf den Schatten gerichtet. Er sammelte sich, war bereit loszustürmen, glühender Hass in den Augen.

War das der Grund, warum sie immer wieder diesen Baum gezeichnet hatte? Warum sie ihn neulich Nacht im Traum gesehen hatte? War es eine Art Erinnerung in ihren Muskeln, die immer wieder zu ihr zurückkehrte und die sie hierher geführt hatte? Genau hier hatte Peter sie gefunden. Das war der Ort, an dem sie und ihre Brüder verschwunden waren. Wo der Albtraum der letzten fünf Jahre seinen Anfang genommen hatte.

Wendy wandte sich wieder dem Schatten zu. »Wo sind meine Brüder?«, wiederholte sie. Sie verlor langsam die Geduld.

Der Schatten zog die Augenbrauen in die Höhe und runzelte die Stirn. »Hat Peter dir das nicht erzählt?« Seine strahlend weißen Zähne schoben sich amüsiert über seine Unterlippe.

»Er hat mir gesagt, dass du sie in deiner Gewalt hast, sie und all die anderen Kinder, die aus der Stadt verschwunden sind«, stieß Wendy zwischen zusammengebissenen Zähnen hervor.

Der Schatten brach erneut in grollendes Gelächter aus, das

Wendy in den Knochen spürte. Nach einer Weile verstummte er und schaute sie an. »Du wirst sie niemals wiedersehen, Wendy«, sagte er leise und lächelte sie an.

Ein plötzlicher Ausbruch von Zorn und Qual durchfuhr Wendy wie ein Messer. Sie stürzte sich auf den Schatten, aber er löste sich in einer schwarzen Lache auf und zerstob in der Waldluft. Lediglich ein Echo seines Gelächters blieb zurück.

»Nein!«, schrie Wendy. Sie würde ihn nicht entkommen lassen, diesmal nicht, sie mussten ihn aufhalten, mussten ihre Brüder zurückholen. Wendy wollte hinter dem Schatten herrennen, aber Peter schlang ihr von hinten einen Arm um die Taille.

»Wendy, bleib stehen!« Peters Atem strich über ihren Hals. Er schloss die Arme fester um sie, zog sie an sich und hob sie von den Füßen.

Wendy zappelte und schlug um sich. Sie trat nach ihm und versuchte, sich von ihm loszureißen, aber er gab keinen Zentimeter nach.

»Lass mich los!«, schrie sie in den Wald hinein. Sie drückte gegen seine Arme und versuchte, sich aus seinem Griff zu befreien. »Ich muss ihn aufhalten!«, brüllte sie. Sie hämmerte mit den Fäusten auf seine Arme. »Ich muss die beiden zurückholen. Ich muss meine Brüder zurückholen!« Sie zitterte jetzt am ganzen Leib. »John und Michael, ich muss sie zurückholen!« Ihre Stimme brach und wurde zu einem Heulen. Sie hatte das Gefühl, als hätte man sie entzweigebrochen. Ihr tat alles weh, und die Sehnsucht nach ihren Brüdern durchströmte sie, ihr Magen bloß noch ein klaffendes Loch.

»Er ist weg, Wendy«, flüsterte Peter ihr ins Ohr.

Wendy wollte Peter anschreien, aber als sie nach Luft schnappte, würgte sie an einem bebenden Schluchzer. Ihre Beine gaben unter ihr nach, doch Peter hielt sie aufrecht und drückte sie an sich. Sie sank in seine Arme. Unkontrollierbares Weinen löste sich aus ihrer Kehle. Das Schluchzen schüttelte ihren ganzen Körper.

»Schh, ist schon gut.« In dem Versuch, sie zu beruhigen, sprach Peter ihr sanft ins Ohr, seine Wange in ihr Haar gedrückt. Seine Worte bebten genauso wie ihre Hände.

Sie hatte ihre Brüder im Stich gelassen. Schon wieder.

Die Schuldgefühle und die Trauer drohten, sie zu überwältigen. Sie konnte nicht atmen, war völlig außer sich.

Während sie ihre Trauer herausschrie, hätte Wendy schwören können, dass sie aus der Ferne ein Kichern hörte.

Wendy drehte sich in Peters Armen mühsam um und vergrub das Gesicht an seiner Schulter. Sie krallte die Fäuste in sein T-Shirt und weinte hemmungslos.

Peter verkrampfte sich zuerst, aber dann entspannten seine Muskeln sich wieder. Er legte ihr eine Hand in den Nacken und die andere auf den Rücken und zog sie fester an sich. Dann bettete er ihren Kopf unter seinem Kinn.

Der Schatten hatte direkt vor ihnen gestanden. Sie hätten ihn aufhalten müssen. Sie hätten irgendetwas tun müssen. Wendy hätte ihn aufhalten müssen. Deshalb waren sie hier. Doch sie konnte nicht – sie wusste einfach nicht, wie. Das Wesen, das John und Michael gefangen hielt, war direkt vor ihrer Nase gewesen, aber das hatte sie ihrer Rettung dennoch nicht näher gebracht.

Wendy wusste nicht, wie lange sie dort standen. Immer wenn sie sich etwas beruhigte, musste sie wieder an ihre Brüder denken, die verängstigt in irgendeinem dunklen Raum saßen, oder an Alex, allein und weinend im Wald, oder an das kleine Mädchen, Ashley, das der Schatten gerade quälte, und eine neue Woge der Schuldgefühle überrollte sie.

Aber Peter hielt sie einfach weiter im Arm und murmelte leise in ihr Ohr: »Es wird alles gut. Wir werden die vermissten Kinder finden. Wir finden schon eine Lösung, Wendy, es wird alles gut.«

Schließlich verebbte ihr Weinen und ging in einen gelegentlichen Schluckauf über. Vielleicht hatte sie endlich alle Tränen geweint, die in ihr waren, oder sie hatte einfach keine Kraft mehr, weiterzumachen. Jeder Schluchzer und jedes Beben raubte Wendy etwas von der Energie, die sie zum Kämpfen brauchte. Selbst die Luft schien schwer auf ihren Schultern zu lasten. Sie war erschöpft und niedergeschlagen.

Der einzige Trost war die Wärme, die Peter ausstrahlte, während sie sich an seine Brust schmiegte. Als sie sich endlich von ihm löste, war die Vorderseite seines T-Shirts durchnässt von ihren Tränen und ihrem Rotz. Sie rieb sich mit dem Handrücken über die Nase und versuchte, die Feuchtigkeit von ihren Wangen zu wischen. Ihre Augen brannten. Alles war verschwommen, ihr ganzer Körper schmerzte vor Kummer.

»Lass uns von hier verschwinden«, sagte Peter sanft und strich ihr eine Haarsträhne hinters Ohr. »Es ist schon spät. Wir wollen doch den Suchtrupps nicht in die Arme laufen …«

Wendy konnte nur zustimmend nicken, während sie sich weiter mit dem Arm über die Nase wischte. Dann verließen sie Hand in Hand die Lichtung, doch Wendy konnte nicht anders, sie musste einfach noch einen letzten Blick auf den Baum werfen.

Still und grau wie ein Stein stand er da. Das Geflüster war verstummt.

Kapitel 17
Lichterketten

Zurück bei ihrem Pick-up, rutschte Wendy auf den Fahrersitz und lehnte die Stirn gegen das Lenkrad. Mit geschlossenen Augen holte sie tief Luft, um sich zu beruhigen. Die Federung des Beifahrersitzes ächzte, als Peter einstieg. »Was jetzt?«, fragte er leise.

Gute Frage.

Wendy drehte den Kopf, drückte die Wange an das warme Leder und sah ihn an. Eine unübersehbare Röte färbte seine sommersprossigen Wangen. Mit hängenden Schultern, die Hände im Schoß verschränkt, saß er da. Das rostrote Haar in seinem Nacken war feucht von Schweiß. Seine zusammengezogenen Augenbrauen weckten in ihr den Wunsch, seinen Arm zu berühren.

Im Wald konnte Peter nicht bleiben. Schon bald würde es dort von Polizisten und Freiwilligen nur so wimmeln. Und ohnehin würde sie Peter auf gar keinen Fall sich selbst überlassen, nicht nach dem, was der Schatten ihm in der vergangenen Nacht angetan hatte. Peter musste ebenfalls beschützt werden. Sie würde ihn an einem sicheren Ort verstecken. Die Vorstellung, dass ihm etwas zustieß, war einfach unerträglich.

Das flüchtige, abwegige Verlangen, einfach wegzulaufen und zu verschwinden, war fast übermächtig, aber Wendy würde ihre Brüder nicht noch einmal im Stich lassen. Sie seufzte und zwang sich, aufrecht zu sitzen. »Du kommst mit zu mir nach Hause«, sagte sie entschlossen. Sie sah Peter an und erwartete halb, dass er Einwände erheben würde.

Peter starrte nur auf die Windschutzscheibe, und einen Moment später nickte er. »Okay. Ich kann ohnehin nirgendwo sonst hin.« Ein unbekümmertes Lachen entschlüpfte seinen Lippen.

»Gut, dann lass uns nach Hause fahren.« Wendy wollte gerade ihren Schlüssel ins Zündschloss stecken, als ihr Blick auf die hinter den Bäumen untergehende Sonne fiel. Sie fluchte leise.

»Was?«, fragte Peter, plötzlich hellwach. Mit großen Augen schaute er ebenfalls zum Wald.

»Die Sonne geht unter, und ich habe meinen Dad noch nicht angerufen«, sagte sie, während sie in ihrer Tasche hektisch nach ihrem Handy kramte.

»Oh.« Peter klang erleichtert. Wendy wünschte, sie würde dasselbe empfinden.

Sie wählte die Nummer ihres Vaters aus ihrer Favoritenliste aus und hielt sich das Telefon ans Ohr. Sie presste die Lippen aufeinander. Das Letzte, was sie wollte, war, ihren Vater noch mehr zu verärgern oder ihn noch misstrauischer zu machen, wenn sie gleich versuchen würde, Peter für die Nacht ins Haus zu schmuggeln. Eine Person in ihrem Zimmer zu verstecken, war etwas ganz anderes, als beispielsweise eine zahme Maus zu verstecken, wie sie es einmal als Kind getan hatte.

Nein. Peter war ein Mensch. Und noch dazu ein Junge.

Oh Gott, würde sie wirklich eins dieser Mädchen sein, die Jungs in ihr Zimmer schmuggelten?

Es klingelte genau einmal, bis er sich meldete. »Hallo?«

»Dad, hey«, sagte Wendy und schob sich eine Haarsträhne hinters Ohr. »Ich verlasse jetzt das Krankenhaus und fahre nach Hause.«

»Ist Jordan bei dir?« Gedämpfte Stimmen im Hintergrund machten es ihr schwer, ihn zu verstehen.

»Ähm, nein.« Sie rutschte unruhig auf ihrem Sitz herum. »Ich habe sie nicht erreicht«, log sie. Wendy zog die Nase hoch und rieb sich mit dem Handrücken darüber.

Es folgte eine Pause. Mr. Darlings Stimme nahm einen schroffen Klang an. »Was ist los?«, fragte er scharf.

Wendy räusperte sich. »Nichts. Es ist alles okay. Nur eine allergische Reaktion.« Aus dem Augenwinkel sah sie, wie Peter sich einen Faden von seiner Shorts um den Zeigefinger wickelte.

Es folgte eine weitere Pause. Weitere gedämpfte Stimmen waren zu hören. Das Ausatmen Mr. Darlings knisterte in ihrem Ohr. »Fahr auf direktem Weg nach Hause. Deine Mutter müsste da sein und auf dich warten.«

»Was soll das heißen?«, fragte Wendy stirnrunzelnd. »Moment mal, Dad, wo bist du?«

»Ich bin bei den Suchtrupps im Wald.« Wendy setzte sich kerzengerade auf. Rasch sah sie sich um, halb in der Erwartung, ihr Vater würde direkt vor ihnen am Waldrand stehen.

Peter zog die Augenbrauen zusammen und legte neugierig den Kopf zur Seite.

»Ich habe Donald Davies versprochen, bei der Suche zu helfen.«

Natürlich: Donald Davies, der Vater der beiden Jungen, die am vergangenen Abend verschwunden waren. Wendy hatte für einen Moment vollkommen vergessen, dass er in der gleichen Bank arbeitete wie ihr Vater. Sie waren nicht nur Nachbarn, sie waren auch Arbeitskollegen.

»Aber wie gesagt«, fuhr er fort, »deine Mom wartet zu Hause auf dich, also fahr schnell zurück. Sie hat einen anstrengenden Tag hinter sich und braucht etwas Ruhe. Ich werde erst spät nach Hause kommen. Vielleicht erst morgen früh.«

»Okay.«

»Nacht, Wendy.«

»Tschüs, Dad.«

Wendy steckte ihr Handy weg. Peter beobachtete sie, die Augenbrauen erwartungsvoll hochgezogen. »Also … was ist los?«, fragte er.

»Mein Dad hilft bei der Suche. Er wird erst spät nachts oder morgen früh zurückkommen.« Das wunderte Wendy. Ihr Dad war normalerweise eher ein Einzelgänger. Er traf sich normalerweise mit niemandem außerhalb der Arbeit – jedenfalls nicht, dass Wendy wusste. Er war nicht sehr gesellig und auch nicht besonders freundlich.

Aber irgendwie machte es Sinn. Natürlich wollte er helfen. Mr. Davies hatte seine Söhne verloren, genau wie ihr Vater John und Michael verloren hatte.

Wendy schluckte gegen die Enge in ihrer Kehle an. »Ein Elternteil weniger, an dem ich dich vorbeischmuggeln muss.« Sie versuchte, es beiläufig und mit einem Lachen zu sagen, aber sie brachte nur ein Kieksen zustande.

Peter antwortete nicht, sondern nickte nur. Seine Kiefermuskeln arbeiteten unter seiner Wange, und sein Blick lag wieder auf dem losen Faden.

»Du bist so still«, sagte Wendy. Im stickigen Wagen war nicht genug Platz für zwei Personen, die sich beide unbehaglich fühlten. Wendy tippte ihm mit dem Zeigefinger gegen die Schulter. »Das gefällt mir nicht.«

Peter sah sie an. Der Anflug eines amüsierten Lächelns umspielte seine Lippen. »Entschuldige. Ich stelle mir nur gerade die Wand über eurem Fernseher vor, an der dein Dad meinen Kopf aufhängen wird, wenn er mich findet.«

Wendy lachte überrascht auf. Die Anspannung in ihrer Brust löste sich ein wenig. »Red keinen Unsinn.« Sie drehte den Schlüssel in der Zündung, und der Motor des Pick-ups sprang an. »Wenn er dich findet, wird nicht genug von dir übrig bleiben, um es irgendwo aufzuhängen.«

Als Wendy in die Einfahrt bog, bat sie Peter, an der Hintertür auf sie zu warten. Von dort würde sie ihn leichter nach oben schmuggeln können.

Sobald sie das Haus betrat, sah sie ihre Mutter auf dem Sofa liegen. Der Fernseher lief, doch der Ton war leise gestellt. Wendy schlich näher. Ihre Mutter trug zwar noch ihre Brille, hatte die Augen aber geschlossen, und ihre Brust hob und senkte sich in einem sanften Rhythmus.

Zum Glück schlief sie. Wendy fragte sich, ob ihre Mom versucht hatte, wach zu bleiben, bis sie zu Hause war.

Die Nachrichten lenkten Wendys Aufmerksamkeit schließlich auf den Fernseher. Ein Reporter stand im Wald, ein Scheinwerfer war auf sein Gesicht gerichtet. Hinter ihm konnte man die Jagdhütte sehen, in der Peter gewohnt hatte und die nun mit Polizeiband abgesperrt war. Im grellen Licht sah die Hütte winzig und unscheinbar aus, ganz anders, als sie sie bei ihrem Besuch dort wahrgenommen hatte. Männer und Frauen in Polizeiuniformen trugen Gegenstände in Plastikbeuteln heraus. Einige von ihnen untersuchten etwas auf dem Boden, andere pinselten den Türrahmen ein, um Fingerabdrücke zu nehmen. Der Ton war heruntergedreht, aber ein Lauftext informierte über das, was sie bereits den Bildern entnehmen konnte:

… VOM BESITZER SEIT SECHS MONATEN NICHT MEHR GENUTZT. KLEIDUNG, LEBENSMITTEL UND SPUREN KÜRZLICHEN GEBRAUCHS. EIN HOLZOFEN WURDE UNLÄNGST BENUTZT. FUSSABDRÜCKE VON ZWEI VERSCHIEDENEN PERSONEN IN DER JAGDHÜTTE UND IM AUSSENBEREICH. DIE POLIZEI VERSUCHT, FINGERABDRÜCKE ODER DNA-SPUREN ZU FINDEN. GEGENWÄRTIG KEINE HINWEISE AUF DIE VERMISSTEN KINDER …

Wendy fragte sich, ob ihr Dad Teil des Suchtrupps gewesen war, der die Hütte entdeckt hatte. Sie und Peter konnten von Glück reden, dass sie zu dem Zeitpunkt nicht dort gewesen waren.

Frustration stieg in ihr auf. Die Polizei wurde vom wahren Täter abgelenkt. Sie verlor wertvolle Zeit mit der Verfolgung von Peters Spuren, während sie eigentlich Jagd auf den Schatten machen sollten. Aber wie sollten sie das überhaupt anstellen? Ihr selbst und Peter fiel es schon schwer genug, ihn aufzuspüren, aber zumindest wussten sie beide, womit sie es überhaupt zu tun hatten.

Wendy ging leise durch die Küche zur Hintertür.

Dort stand Peter und wartete geduldig.

Sie entriegelte die gläserne Schiebetür und zog sie langsam auf, gerade weit genug, dass er sich hindurchzwängen konnte. Wendy drückte sich den Finger an die Lippen. Sie wollte nicht das geringste Geräusch riskieren, das womöglich ihre Mom weckte.

Peter verzog das Gesicht und runzelte die Stirn. Er kniff sich mit Daumen und Zeigefinger in die Unterlippe. Wendy fiel auf, dass er gerade aussah wie Michael, wenn dieser ins Haus wollte, nachdem er durch Pfützen gestampft war, aber wusste, dass er Ärger kriegen würde, wenn er schmutzige Fußspuren auf dem Boden hinterließ.

Wendy musste ungeduldig an seinem Ärmel zupfen, bevor er endlich hineinschlüpfte.

Sie zeigte in Richtung Wohnzimmer. »Versuch, leise zu sein, meine Mom schläft auf dem Sofa«, flüsterte sie ihm zu, und er nickte zur Antwort. Seine blauen Augen waren groß und wachsam. »Schau«, fügte sie hinzu und deutete mit dem Kopf auf den Fernseher. »Sie haben dein Versteck gefunden ...«

Peter trat lautlos ins Wohnzimmer, um einen besseren Blick auf den Bildschirm zu haben. Er blinzelte, während er die Informationen las, die über den unteren Rand des Bildschirms liefen. Dann seufzte er.

»Das nennt man wohl gutes Timing unsererseits«, sagte er leise.

Sein Blick wanderte zu Mrs. Darling auf dem Sofa. Sie hatte sich ein Kissen unter den Kopf gezogen, und ihre Brille war verrutscht. Tiefe Sorgenfalten zogen sich über ihre Stirn und um ihre Mundwinkel.

Peters Schultern sackten nach unten.

Wendy bedeutete ihm, zurückzukommen, und zeigte auf den Flur, der zur Treppe führte.

Sein Blick wanderte noch einmal zurück zu Mrs. Darling. Er betrachtete sie einen Moment, bevor er das Wohnzimmer wieder verließ. Peter hatte gerade die Küche betreten, als Wendy die Schiebetür schloss. Die Tür gab ein schrilles Quietschen von Gummi auf Glas von sich.

Mrs. Darling bewegte sich auf dem Sofa.

Wendy packte den verblüfften Peter und stieß ihn außer Sichtweite in den Flur.

»Wendy?«, murmelte Mrs. Darling mit vom Schlaf belegter Stimme aus dem Wohnzimmer.

»Ja, Mom, ich bin's!«, rief Wendy ihr zu. »Ich bin gerade erst aus dem Krankenhaus zurück.«

Peter drückte sich erschrocken an die Wand.

Mrs. Darling setzte sich auf und rückte ihre Brille zurecht. »Gerade eben?« Sie schaute auf die Plastikarmbanduhr an ihrem Handgelenk und runzelte die Stirn.

»Es war ein wirklich verrückter Tag«, sagte Wendy mit einem heftigen Nicken. »Sie konnten jede Hilfe gebrauchen, die sie kriegen konnten! Aber ich bin fix und fertig, deshalb gehe ich auch gleich ins Bett.«

»Oh … in Ordnung.« Mrs. Darling lehnte sich auf dem Sofa zurück und schenkte Wendy ein müdes Lächeln. »Schlaf gut, Schätzchen.«

Das Einzige, das Wendy vor ihren schlecht konstruierten Lügen rettete, war die Tatsache, dass sie ihre Eltern noch nie zuvor belogen hatte, sodass sie keinen echten Grund hatten, an ihr zu zweifeln oder zu viele Fragen zu stellen. Vor allem wenn es um Dinge wie das Hereinschmuggeln mysteriöser Jungs ging. Oder überhaupt irgendwelcher Jungs.

»Du auch, Mom.«

Peter wartete im Flur, die Hände hinter dem Rücken verschränkt. Er sah aus wie ein Kind in einem Museum, das ermahnt worden war, auch ja nichts anzufassen. Sie versuchte, nicht zu lächeln.

Wendy deutete auf die Treppe und drückte ihm einen Finger in den Rücken, damit er sich beeilte. Peter ging voraus ins Obergeschoss, und als sie den Treppenabsatz erreichten, wollte er die Tür zu ihrem alten Zimmer öffnen, das sie sich früher mit ihren Brüdern geteilt hatte.

»Das ist das falsche Zimmer«, sagte Wendy leise und hielt ihn sanft am Ellbogen fest. Dann deutete sie mit dem Kopf nach rechts. »Mein Zimmer ist jetzt hier drüben.«

Die Erkenntnis überschattete Peters Gesichtszüge. Sein Blick wanderte für einen Moment zu dem Türknauf, dann nickte er.

Wendy öffnete ihre Tür und war froh, dass sie ihr Zimmer in der vergangenen Nacht aufgeräumt hatte. Die Lichterkette warf einen warmen Schein über alles. Peter ging in die Mitte des Raums und drehte sich langsam um die eigene Achse. Wendy schloss die Tür hinter ihm. Sie strich sich das Haar hinter die Ohren und schaute zu, wie er sich umsah.

Außer Jordan hatte sie niemanden mehr in ihr Zimmer gelassen, nachdem ihre Brüder verschwunden waren. Es war der einzige Ort auf dieser Welt, der nur ihr gehörte. Der einzige Ort, an dem sie sich verstecken und sich zu Hause fühlen konnte. Und jetzt stand Peter hier, inmitten all ihrer Sachen. Irgendwie stach er heraus und passte dennoch gut hierher.

Peter ging zu ihrer Kommode und strich mit seinen langen Fingern über die Rücken ihrer Bücher. »Ist mit deiner Mom alles in Ordnung?«, fragte er plötzlich.

»Wie meinst du das?« Wendy versuchte gerade sich zu erinnern, ob sie ihren BH am vergangenen Abend in den Wäschekorb geworfen hatte oder ob er noch immer am Handtuchständer hing.

»Sie wirkte …« Er hielt inne. »… traurig.«

»Oh.« Wendy schob mit ihrer Schuhspitze einen schlechten Liebesroman unters Bett. »Sie arbeitet viel«, erklärte sie. »Und natürlich belasten sie die verschwundenen Kinder. Genau wie meinen Dad. Ich glaube, sie hat nicht viel geschlafen …« Wendy dachte an die Nacht, in der sie vor der Zimmertür ihrer Mutter gestanden und sie im Schlaf reden gehört hatte. »Ich glaube, sie hat Albträume.« Wendy verschränkte die Arme vor der Brust und rieb sich mit dem Daumen über den Ellbogen. »Manchmal höre ich sie im Schlaf mit John und Michael sprechen.«

Peter starrte auf seine Hände hinunter. Sein Gesichtsausdruck war voller Trauer.

Wendy fragte sich, ob er in ihrer Mutter immer noch das kleine Mädchen sah, mit dem er alle möglichen Abenteuer erlebt hatte. Sie wünschte, sie hätte sie damals gekannt.

»Ich mag es nicht, wenn Menschen leiden«, sagte Peter schließlich. In seiner Stimme schwang ein seltsamer Unterton mit, beinahe eine Dringlichkeit, als würde er versuchen, ihr etwas sehr Wichtiges zu erklären.

Natürlich sah er nicht gern Menschen, die litten. Das wusste sie. Wenn Kinder ganz allein waren, war es Peter, der sie suchte und sich um sie kümmerte. Er war es, der ihnen ihre Angst nahm. Es lag in seiner Natur, etwas gegen den Schmerz und das Leid anderer zu unternehmen. Also konnte er es natürlich auch nicht ertragen, ihre Mutter in dieser Verfassung zu sehen. Wahrscheinlich genauso wenig wie Wendy.

Wendy wusste nicht, was sie sagen sollte, und Peter ging nicht weiter auf die Sache ein. Er stand nur mitten im Raum, die Hände erneut hinter dem Rücken verschränkt, und trat von einem Fuß auf den anderen. Seit sie die Lichtung verlassen hatten, war er stiller gewesen als sonst. Das war nicht normal für ihn, aber nichts von all dem hier war schließlich »normal«.

»Willst du duschen oder so?«, schlug Wendy vor. »Ich habe mein eigenes Badezimmer, und du siehst wirklich schlimm aus.« Peter schaute an sich herunter. Seine Sachen waren völlig verdreckt, ebenso seine Arme und Beine. Auf seiner Wange war ein dunkler Fleck, in seinen Haaren steckten Blätter und kleine Zweige aus dem Wald, und sein T-Shirt wies Spuren von ihren Tränen auf. Zumindest war die Schwellung an seiner Lippe zurückgegangen, auch wenn die kleine Platzwunde immer noch da war. »Ich könnte deine Sachen in die Wäsche werfen und dir ein altes T-Shirt geben. Ich, ähm, habe wahrscheinlich auch noch eine kurze Sporthose, die dir passen würde«, bot sie an.

Peter musterte sie mit zusammengekniffenen Augen. Ein Grinsen zupfte an seinen Mundwinkeln. »Versuchst du, mir zu sagen, dass ich stinke?« Sein Humor kehrte langsam zurück.

Wendy nickte, außerstande, sich ein Lächeln zu verkneifen. »Ein bisschen, ja.« Wendy räusperte sich und ging zu ihrer Kommode. Dort suchte sie ein übergroßes T-Shirt und eine kurze Sporthose heraus, die ihre Mom ihr gekauft hatte und die ihr viel zu groß war. Wendy reichte sie Peter und zeigte ihm das Bad. »Gib mir deine schmutzigen Klamotten, wenn du sie ausgezogen hast«, sagte Wendy durch die Tür.

Sie drückte die Handfläche gegen ihre Schläfe und holte tief Luft.

Das hier war seltsam. Sehr seltsam. Sie zuckte zusammen, als schließlich die Tür aufgestoßen wurde und Peter den Arm hindurchstreckte, um ihr seine zerlumpten, verdreckten Sachen zu geben.

Peter schaute durch den Türspalt. Sie konnte seinen nackten Arm und seine Brust sehen. »Sei vorsichtig damit«, sagte er in gespieltem Ernst. »Sie sind sehr empfindlich.«

Wendy verdrehte die Augen. »Du bist nicht witzig.«

Peter lachte. Sein breites Grinsen strahlte durch den Türspalt, bevor er die Tür wieder schloss. Sie wollte sich gerade abwenden, als er fragte: »Moment mal, wie mache ich dieses Ding denn an?«

Wendy musste sich beherrschen, nicht loszulachen. »Dreh am Knopf«, wies sie ihn an. Sie hörte Wasser plätschern. »Oh, und du solltest nicht ...«

Peter stieß einen spitzen Schrei aus.

»... auf ganz heiß drehen«, beendete sie ihren Satz. Dann presste sie sich eine Hand vor den Mund, um ein Kichern zu unterdrücken.

»Alles klar, kapiert!«

Sie hörte, wie Peter den Duschvorhang zuzog. Wendy stand nun allein in ihrem Zimmer, Peters Kleider in den Armen. Und Peter war hier, in ihrem Zimmer, unter ihrer Dusche und würde gleich ihr Ersatzhandtuch benutzen, während sie seine Sachen festhielt.

Peter Pan stand in ihrer Dusche und würde die Nacht in ihrem Zimmer verbringen.

Und er war nackt.

Wendys Gesicht brannte. Nein, sie würde *nicht* darüber nachdenken – auf keinen Fall. Sie versuchte, ihr Gesicht dazu zu zwingen, sich abzukühlen. Doch es klappte einfach nicht.

Wendy eilte aus dem Zimmer und lief die Treppe hinunter.

Ihre Mutter saß nicht mehr auf dem Sofa. Der Fernseher war ausgeschaltet, und es war still im Raum. Es tröstete sie ein wenig zu wissen, dass ihre Mutter offensichtlich ins Bett gegangen war. Sie brauchte den Schlaf und sollte die Nacht nicht auf der schmalen Couch verbringen, während über ihr an der Wand im Fernsehen die Nachrichten liefen.

Wendy ging in die Küche und betrat den kleinen Nebenraum, in dem die Waschmaschine und der Trockner standen. Sie warf Peters Kleider in die Maschine und fügte eine großzügige Menge Waschpulver hinzu. Als Nächstes plünderte sie den Kühlschrank und raffte zusammen, was sie finden konnte: Reste vom Chinesen, zwei

Äpfel und eine Orange. Sie bezweifelte, dass Peter sich beschweren würde. Was hatte er überhaupt im Wald gegessen? Das war wahrscheinlich eine Frage, die besser unbeantwortet blieb.

Wieder oben in ihrem Zimmer, ließ sie das Essen zusammen mit einigen Papierservietten aufs Bett fallen. Jetzt, da sie etwas Essbares vor sich hatte, merkte sie erst, wie ausgehungert sie war. Wendy machte sich über die kalten Nudeln her. Sie aß so schnell so viel, dass sie direkt Bauchweh bekam. Also wischte Wendy sich die Hände ab, stand auf und starrte einen Moment lang auf ihr Bett.

Wo sollte Peter eigentlich schlafen?

Sie blinzelte. Ganz bestimmt würde er nicht mit ihr in einem Bett schlafen. Das kam gar nicht infrage. Der Schrank war nicht groß genug, und auch unter ihrem Bett gab es nicht genug Platz. Sie würde ihn nicht im Bad schlafen lassen, obwohl es weniger wahrscheinlich war, dass ihre Eltern über ihn stolperten, wenn er sich in der Badewanne zusammenrollen würde. Er war zu groß, um hineinzupassen, und ihre Eltern kamen ohnehin nie einfach so in ihr Zimmer gestürmt. Ihre Mutter klopfte immer leise an die Tür, und ihr Dad brüllte schlicht von unten hoch, wenn er etwas von ihr wollte.

Der Fußboden schien die beste Option zu sein – von der Tür aus gesehen hinter ihrem Bett, nur für alle Fälle.

Das Wasser in der Dusche wurde abgedreht. Wendy wandte sich von der Badezimmertür ab und eilte zum Schrank hinüber. Sie streckte sich nach dem Regal und nahm ihren Schlafsack heraus. Sie hatte ihn seit einem Monat nicht mehr benutzt, aber er roch noch immer nach Lagerfeuerrauch. Wendy rollte den Schlafsack auf dem Boden aus und strich gerade über das glatte Material, als die Badezimmertür sich öffnete.

»Ich habe den Schlafsack hier für dich hingelegt.« Sie stand auf und drehte sich zu Peter um. »Und ich habe …« Wendys Hände flogen zu ihrem offenen Mund. »Oh mein Gott.«

Peter stand in der Tür, sein Haar nass und aus dem Gesicht gestrichen. Er sah sie finster und mit geschürzten Lippen an. Wendy war das graue T-Shirt mit dem violetten Fisch auf der Vorderseite zu weit, um es in der Öffentlichkeit tragen zu können. An Peters Schultern dagegen lag es eng an, der Fisch lag straff und verzerrt über seiner Brust. Das Oberteil war kaum lang genug, um seinen Bauch zu bedecken. Und dann war da noch die Sache mit ihrer Sporthose. Obwohl sie im Prinzip groß genug war, um an den Beinen zu passen, bedeckte sie nur ungefähr das obere Drittel seiner Oberschenkel. Offensichtlich hatten sie nicht die gleichen Proportionen.

»Wie hast du das T-Shirt überhaupt anbekommen?«, fragte Wendy mit vor unterdrücktem Lachen brechender Stimme. Sie presste sich die Hände noch fester auf den Mund, und ihre Schultern begannen zu zittern.

Das Blut stieg Peter in die Wangen. Er warf ihr das nasse Handtuch an den Kopf. »Hast du wirklich nichts Größeres als das?«, fragte er und zupfte unbehaglich am Halsausschnitt des Shirts herum.

Wendy schüttelte den Kopf und trommelte mit den Fingerspitzen auf ihrer Unterlippe. »Es tut mir wirklich leid, aber etwas Besseres habe ich nicht.« Ihre Wangen schmerzten von dem unterdrückten Lächeln.

»Ich hoffe, dir ist klar, wie peinlich das ist«, sagte Peter unwillig. Er verschränkte die Arme über dem Streifen Haut, der unter dem Shirt hervorlugte.

»Es ist ja nur …« Sie räusperte sich und versuchte, die Fassung wiederzufinden. »Es ist ja nur bis morgen früh.« Sie konnte es sich nicht verkneifen, ihn noch einmal von Kopf bis Fuß zu mustern. Wieder musste sie kichern.

»Hör auf damit!«, schimpfte Peter und versuchte, streng zu klingen, aber jetzt konnte auch er das Lachen nicht mehr unterdrücken.

»Es tut mir leid, ich kann einfach nicht anders!«, stieß Wendy hervor, bevor sie sich erneut beide Hände vor den Mund drückte.

Sie mussten leise sein, wenn sie ihre Mutter nicht aufwecken wollten. »Puh, okay.« Sie wischte sich die Lachtränen aus den Augen. »Ich habe uns etwas zu essen besorgt.« Sie deutete auf die Auswahl auf dem Bett. »Bedien dich. Ich werde mich jetzt … frisch machen.« Wieder kroch ihr die Unsicherheit den Rücken hinauf. Sie biss sich auf die Unterlippe und sah zu, wie Peter sich auf das Bett setzte. Er schlug die Beine übereinander und machte sich sofort daran, die Behälter mit dem chinesischen Essen zu öffnen.

Wendy schnappte sich einige Schlafsachen aus ihrer Kommode und schloss sich im Badezimmer ein. Dann zog sie ihre verschwitzten Sachen aus.

Als sie in die Dusche trat, befand sich eine dicke Schmutzschicht auf dem Boden der Wanne. Peter musste noch dreckiger gewesen sein, als sie gedacht hatte. Wendy drehte das Wasser so heiß, wie sie es ertrug. Es strömte an ihr hinab und beseitigte alle Spuren des Waldes. Sie lehnte die Stirn an die kühlen Kacheln, holte tief Luft und ließ das Wasser ihren Hals und ihre geöffneten Lippen umspülen. Das rhythmische Trommeln auf ihrer Haut war tröstlich. Ihre Muskeln schmerzten und brannten, vor allem an ihren Schultern. Sie schrubbte sich gründlich ab. Dann shampoonierte sie zweimal ihr Haar. Als sie fertig war, trat sie aus der Dusche und nahm ein trockenes Handtuch vom Ständer. Sie rubbelte sich ihr Haar ab, bevor sie sich das Handtuch fest um den Körper wickelte. Die Knoten und verfilzten Strähnen in ihrem kurzen Haar gaben sich widerspenstig, aber Conditioner und eine grobe Behandlung mit der Bürste glätteten es.

Wendy ging den Stapel Pyjamas durch, den sie sich willkürlich gegriffen hatte, und entschied sich schließlich für ein Schlafshirt und Baumwollshorts. Dann wischte sie mit dem feuchten Handtuch den beschlagenen Spiegel ab. Sie starrte auf ihr verschwommenes Spiegelbild und ließ den Blick über ihre nackten Beine wandern.

Peter befand sich gleich hinter der Tür, und sie würden im selben Zimmer schlafen.

Ihr Herz schlug sehr schnell, aber es war nicht das beunruhigende Hämmern wie im Wald. Eher ein leichtes Flattern in ihrer Kehle. Sie tat ihr Bestes, es herunterzuschlucken. Reiß dich zusammen, Wendy Darling, schalt sie sich selbst, bevor sie zurück in ihr Schlafzimmer ging.

Peter lag auf dem Bett neben einer leeren Box vom Chinesen, die einmal kaltes Chow Mein mit Hühnchen enthalten hatte. Er lag auf der Seite und drückte die Wange in ihr Kissen, das er an sich gepresst hatte. Seine Nase drückte sich gegen seine Schulter, er hatte die Augen geschlossen, und seine Wimpern ruhten auf seinen sommersprossigen Wangen. Ein Bein hatte er angewinkelt, das andere hing über der Bettkante. Sein Rücken war vollkommen entspannt.

Leise trat Wendy weiter in den Raum. War er schon eingeschlafen?

Es war so seltsam, ihn hier zu haben. Peter Pan – *ihr* Peter – befand sich in ihrer Welt, ihrem Zimmer, lag auf ihrem Bett. Der Junge, von dem sie als kleines Mädchen immer geträumt hatte. Ein Junge, der angeblich nur ausgedacht war, eine Schöpfung der Fantasie ihrer Mutter, den es nur in ihren Geschichten gab. Aber er war *real*. Ein wenig mitgenommen und älter, doch hier, bei ihr.

Darauf bedacht, ihn nicht zu stören, kniete Wendy sich neben das Bett. Sie bettete ihr Kinn am Rand der Matratze auf ihre Hände. Niemals wäre sie ihm so nah gekommen, wenn er wach gewesen wäre. Ein Kribbeln lief ihr über den Rücken, als würde sie sich ungefragt etwas nehmen, das sie nicht einmal berühren durfte.

Wärme breitete sich in ihrer Brust aus, dort, wo die Eichel auflag. Peters Rücken hob und senkte sich langsam im Rhythmus seiner Atemzüge. Zwischen seinen Augenbrauen stand dieselbe kleine Falte, die nie ganz zu verschwinden schien, ein Zeichen der Last, die er auf seinen Schultern trug. Sie hob die Hand, zögerte aber und biss sich schließlich auf die Unterlippe. So gern hätte sie sein weiches Haar angefasst, seine warme Haut berührt. Peter sah aus, wie sich der Sommer anfühlte.

»Du hast keine Ahnung, wie toll sich das anfühlt«, murmelte Peter in seine Schulter. Er öffnete die Augen, und die plötzliche Nähe dieser erstaunlichen Augen ließ sie zurückweichen.

Wendy stolperte über ihre eigenen Füße und rang einen Moment um ihr Gleichgewicht, bevor sie sich wieder aufrichtete. »Was?«, hauchte sie und fuhr sich hastig mit der Hand durch das feuchte Haar.

Peter stützte sich auf einen Ellbogen. Für einen Moment lag er nur da und schaute sie mit neugierig schräg gelegtem Kopf an. »Dein Bett«, erklärte er schließlich, den Anflug eines Lächelns auf den Lippen.

»Oh, ja, das ist die Matratzenauflage.« Sie räusperte sich und trat einen Schritt nach hinten. »Wenn du willst, kannst du im Bett schlafen«, bot sie ihm plötzlich an. »Es macht mir nichts aus, auf dem Boden zu liegen.«

Mit einer knappen Handbewegung wies Peter ihr Angebot zurück und rutschte bis an den Rand der Matratze. Wendy trat noch zwei Schritte von ihm weg.

»Auf keinen Fall, du schläfst in deinem eigenen Bett«, sagte er. Er ließ sich auf den Schlafsack sinken. »Alles andere wäre schließlich nicht sehr galant von mir.« Er bog den Rücken durch und ächzte, als er sich ausstreckte.

Wendy pflückte ein Kissen von ihrem Bett und warf es ihm zu. »Seit wann bist du galant?«

Peter fing das Kissen auf. »Deine Worte *verletzen* mich, Wendy Darling«, sagte er mit einem Feixen, bevor er sich das Kissen unter den Kopf schob und sich auf den Rücken fallen ließ.

Wendy lachte – ein nervöses, zittriges Lachen. Dann sammelte sie die Reste des Essens ein und stellte sie auf den Nachttisch.

»Willst du denn gar nichts essen?«, fragte Peter, der von der anderen Seite des Bettes zu ihr herüberspähte.

»Ich habe schon die Hälfte vom Chow Mein verschlungen.«

Aber dann griff sie doch nach der Orange und schälte sie, während er sich über das chinesische Essen hermachte. Sie teilte die Frucht in zwei Hälften und warf eine davon Peter zu. Wendy aß die Orangenstücke und genoss den süßen, kühlen Saft der Frucht.

Als sie fertig war, kroch sie in ihr Bett und rollte sich auf der Seite zusammen, nah genug am Rand der Matratze, dass sie Peter immer noch sehen konnte. Ihr Bett roch nach ihm: Gras, Geißblatt und Erde, verwoben in den weichen Stoff ihres Kissenbezugs. Sie atmete den Geruch tief ein. Sie atmete aus.

Peter verschränkte die Hände hinter dem Kopf, wodurch ihm der Saum seines schlecht sitzenden Shirts noch weiter hochrutschte. Mit einem tiefen Seufzer schloss er die Augen.

»Peter?«, fragte Wendy leise.

Er öffnete ein Auge und legte den Kopf schräg, um zu ihr aufzuschauen. »Mh?«

Sie war sich nicht sicher, wie sie ihre Frage formulieren sollte. »Glaubst du ... glaubst du, der Schatten wird wieder Jagd auf dich machen?«, fragte sie. »Bist du hier sicherer? Bei mir?«

Peter runzelte die Stirn, als hätte er darüber noch nicht nachgedacht. »Keine Ahnung.« Er zuckte mit den Schultern.

Wendys Finger streiften die Eichel, die auf ihrer Brust lag.

»Ich werde nicht zulassen, dass dir etwas passiert«, fügte Peter ernst hinzu.

»Um mich mache ich mir keine Sorgen.« Sie musste Peter beschützen. Wenn der Schatten auftauchte, wäre sie dann in der Lage, auf ihren Freund aufzupassen? Die Ungewissheit half nicht gerade dabei, ihre ohnehin schon blank liegenden Nerven zu beruhigen. »Weckst du mich, wenn etwas passiert?«

»Du wirst die Erste sein, die es erfährt.« Peter nickte ernst.

Wendy schaltete die Lichterkette aus und tauchte den Raum damit in Dunkelheit. Sie machte sie sonst nie aus, aber sie wollte nicht, dass Peter dachte, sie sei ein Kind, das nicht ohne ein Nachtlicht schlafen konnte. Sie zog die Decke über sich. Ihr Gewicht beruhigte sie, aber sofort wurde es ihr zu heiß darunter. Der Sommer war nicht die richtige Zeit, um sich unter einer Daunendecke zu verkriechen. Sie schlug die Decke wieder zur Seite. Wendy schloss die Augen und versuchte, sich zum Einschlafen zu zwingen, aber ihr ging einfach zu viel durch den Kopf. Sie rollte sich auf die andere Seite. Jedes Geräusch von draußen erschreckte sie, und jeder Schatten in ihrem Zimmer schien sich zu bewegen.

Jeder Nerv in ihrem Körper war angespannt. Sie fand einfach keine Ruhe. Einschlafen war unmöglich.

Wendys Hand schnellte vor, und sie schaltete die Lichterkette wieder an.

Peters Blick lag bereits auf ihr.

»Tut mir leid, ich … kann nicht anders«, murmelte Wendy. Heiße Scham stieg in ihr auf. Sie hatte das Gefühl, sie müsste ihm ihr Verhalten erklären. »Ich …«

»Ist schon gut«, war alles, was Peter sagte. Seine Stimme war sanft, woraufhin Wendy sich nur umso erbärmlicher fühlte.

Sie rollte sich wieder auf den Rücken und versuchte erneut, sich zum Schlafen zu zwingen, aber ihre Gedanken wanderten zurück in den Wald.

Das leise Zirpen der Grillen drang an ihre Ohren. Sie schaute zu Peter. Er hatte die Augen geschlossen und die Arme immer noch entspannt hinter dem Kopf verschränkt, aber sein Mund war zu einem kleinen Kreis geformt. Zartes Grillenzirpen kam über seine Lippen. Wendy blinzelte langsam und bewunderte den warmen Schein der Lichterkette auf seiner Haut. Die leichte Kuhle an seinem Hals. Die Spur der Sommersprossen, die an seinen nackten Armen hinabführte. Wendy fielen die Augen zu. Peters Grillenlied und sein Geruch umfingen sie, lullten sie ein, bis sie mit Gedanken an Nimmerland einschlief.

Kapitel 18
Schmerz

Wendy wusste nicht, wie lange sie geschlafen oder was sie aufgeweckt hatte. Die Lichterkette hielt noch immer über ihrem Kopf Wache, und eine sanfte Brise wehte durch das Fenster herein. Alles war still und dunkel, wie es nur in der tiefsten Nacht möglich war. Kein Laut drang von draußen herein, keine Grille zirpte. Wendy rollte sich auf die Seite und suchte nach Peter, sah aber lediglich den leeren Schlafsack und das Kissen vor sich.

Schnell richtete sie sich auf und sah sich im Zimmer um. »Peter?«, flüsterte sie, aber er war nicht da.

Vom Schlaf noch ganz benommen, kam ihr ein Gedanke: Was, wenn der Schatten ihn sich geholt hatte? Wenn der Schatten in ihr Zimmer gekommen und Peter etwas angetan hatte, während sie geschlafen hatte? Wendy krallte die Fäuste in ihr zerknittertes Laken.

Sie sprang aus dem Bett, rannte in den Flur und blieb oben an der Treppe stehen. Wohin war er verschwunden? Wendys Herz raste, und sie hatte Mühe, einen vernünftigen Gedanken zu fassen. Sie wollte gerade die Treppe hinunterlaufen, um zu schauen, ob er vielleicht – hoffentlich – nur in die Küche gegangen war, um ein Glas Wasser zu trinken, als sie hinter sich ein leises Geräusch hörte.

Wendy wirbelte herum. Sie rechnete augenblicklich damit, den Schatten hinter sich stehen zu sehen, aber der Flur lag verlassen da.

Da war nur die verschlossene Tür zu ihrem alten Zimmer. Wieder hörte sie das Geräusch. Diesmal konnte sie ausmachen, dass es von hinter genau dieser Tür kam. Noch einmal schaute sie sich um. Das Geräusch ihres eigenen Atems war in dem stillen Flur ohrenbetäubend laut.

Langsam trat sie näher an die Tür heran. Ihre Finger kribbelten in böser Vorahnung, als würde sie ein heiliges, unausgesprochenes Gesetz brechen. Vorsichtig drückte sie das Ohr an die Tür.

Von der anderen Seite hörte sie Stimmen. Das leise Raunen aus dem Wald. Das gleiche Murmeln, das ihr gefolgt war, als sie hinter Alex hergelaufen war und das sie aus dem Baum heraus gehört hatte. Die Stimmen befanden sich hinter der Tür und flüsterten ihr etwas zu. Sie wurden lauter, klarer.

Wendy presste das Ohr fester gegen den Türrahmen. Einen Moment lang war es auf der anderen Seite ganz still. Hatte sie sich das Ganze bloß eingebildet? Vielleicht war sie nur …

Wendy.

Die Stimme zischte so plötzlich in ihr Ohr, dass Wendy zurücksprang. Ihr stockte der Atem, und ein Schauer lief ihr über den Rücken. Hoffnung durchflutete sie, gefährlich und schmerzhaft. Wendy zog die Augenbrauen zusammen und drückte sacht die Finger an das kühle Holz. Sie musste bloß die Tür öffnen, dann würde sie hören, was die Stimmen ihr sagten, dann würde sie sie verstehen.

Die Stimme ihrer Mutter wehte den Flur entlang. Wendy zuckte zusammen und schaute zum Zimmer ihrer Eltern, bevor sie sich wieder der verschlossenen Tür zuwandte.

Die Stimmen dahinter waren verstummt.

Wendy ließ die Hand wieder sinken. Alle Hoffnung verließ sie. Scham brannte in ihrem Nacken. Sie drehte sich wieder zur Schlafzimmertür ihrer Eltern um und schüttelte den Kopf über sich selbst. Dann wischte sie sich mit dem Handrücken über die Nase. Sie musste sich wirklich zusammenreißen.

Wieder kitzelte die kaum hörbare Stimme ihrer Mutter ihre Ohren.

Wendy schlich sich durch den Flur zum Schlafzimmer ihrer Eltern. Die Tür stand einen Spaltbreit offen, und sie konnte ihre Mutter deutlich sprechen hören.

»Geht es euch gut, meine Lieblinge?«, gurrte sie sanft. Wendy umklammerte den Türrahmen noch fester. Ihre Mutter redete nur wieder im Schlaf. »Ihr seid nicht verletzt?«

»Natürlich nicht, Mommy.«

Wendy erstarrte. Ihr Puls raste.

Sie kannte diese Stimme. Das war ihr Bruder Michael, so leise und immer kurz davor zu lachen. Sie konnte das Lächeln in seiner Stimme hören.

»Ich würde niemals zulassen, dass Michael etwas zustößt, das weißt du doch.« Und das war John. Seine Stimme war unverkennbar. Er klang schon immer viel älter, als er tatsächlich war, als würde er den Tonfall ihres Vaters nachahmen, der immer so bestimmt sprach. Wendy sah es direkt vor sich, wie er sich seine Brille mit den Knöcheln auf der Nase nach oben schob.

Das waren John und Michael. Sie waren auf der anderen Seite der Tür. Sie waren hier, *sie waren zurückgekommen.*

Mit zitternden Fingern und aufgerissenen Augen drückte Wendy lautlos die Tür auf.

Aber was sie sah, ergab keinen Sinn.

Ihre Mutter lag mit geschlossenen Augen im Bett. Sie hatte die Stirn gerunzelt und die Lippen geöffnet. Ihre Mundwinkel zogen sich auf eine Weise nach unten, dass es aussah, als hätte sie Schmerzen.

Und dort, auf der Kommode am Bett ihrer Mutter, saß Peter im Schneidersitz und schaute mit den Händen im Schoß auf Mrs. Darling hinab. Das Mondlicht, das durchs Fenster fiel, ließ die Silhouette seines Gesichts silbrig schimmern. Sein Kopf war wie zum Gebet gesenkt, seine Lider halb geschlossen. Dunkle Schatten umwölkten seine Stirn und tauchten die Ringe unter seinen Augen in einen noch dunkleren Blauton. Er massierte mit dem Daumen seine Handfläche.

»Habt ihr Angst?«, fragte Mrs. Darling.

Peters Mund öffnete sich, und er befeuchtete seine Unterlippe. Johns Stimme erklang. »Überhaupt nicht. Du musst dir keine Sorgen um uns machen.«

»Ja, wir passen aufeinander auf.« Peter sprach jetzt wieder mit Michaels Stimme. »Wir sind in Sicherheit.«

In Sicherheit.

Wendy hatte das Gefühl, als würde sie den Boden unter den Füßen verlieren. Sie verstand einfach nicht, was sie da vor sich sah. Sie legte die Hände an die Wand, um das Gleichgewicht nicht zu verlieren. Das Gesicht ihrer Mutter entspannte sich langsam. »Ich vermisse euch beide so sehr …«

»Wir vermissen dich auch, Mommy«, antwortete Peter mit Michaels Stimme.

»Wir denken ständig an dich«, fügte er mit Johns Stimme hinzu.

Ein kleines Lächeln zeichnete sich auf Mrs. Darlings Lippen ab. »Ich habe euch so lieb, meine Süßen …« Sie rollte sich auf die Seite und zog ihr Kissen fest an sich.

Einen Moment lang saß Peter schweigend da. Er sah ihre Mutter auf eine Weise an, die Wendy wehtat. Er nahm ihre Trauer auf sich, als sei es seine eigene. Peter stützte die Ellbogen auf seine Knie, vergrub das Gesicht in den Händen und fuhr sich mit den Fingern durchs Haar. Er sah so jung aus. Wie ein erschöpfter kleiner Junge.

Wendy trat leise in den Raum. »Peter?«, flüsterte sie.

Erschrocken schaute er auf. Das Mondlicht verlieh seinem überraschten Gesicht eine gespenstische Blässe. Tränenspuren glänzten auf seinen Wangen. Er sprang von der Kommode und wischte sich schnell mit dem Handballen über die Augen.

Einen Moment lang wusste Wendy nicht, was sie sagen sollte. Sie konnte sich keinen Reim auf das machen, was sie gerade gesehen hatte, oder vielleicht wollte sie es auch einfach nicht. Die Hoffnung war ihr so schnell genommen worden, dass ihr immer noch schwindelig war. »Was tust du da?«, fragte sie schließlich und schlang sich die Arme fest um den Körper.

Peter senkte den Kopf und warf einen Blick auf Mrs. Darling, bevor er Wendys verwirrtem Blick begegnete. Seine Schultern hoben sich zu einem unsicheren Schulterzucken. »Ich will ihr doch nur helfen.« Seine Stimme klang tief und hohl. Niedergeschlagen.

Wendy runzelte die Stirn und schüttelte kaum merklich und verwirrt den Kopf.

Er trat näher und sprach dann sehr leise, um ihre Mutter nicht zu wecken. »Ich … nachdem ich dich zurückgebracht hatte, bin ich manchmal hergekommen, um nach dir zu sehen. Um sicherzugehen, dass mein Schatten dich nicht gefunden hat …« Er rieb sich den Nacken. Wenn das Licht eingeschaltet gewesen wäre, hätte sie ihn dann erröten sehen? »Eines Nachts habe ich deine Mom im Schlaf reden hören. Ich dachte … ich dachte, wenn ich mit ihren Stimmen mit ihr sprechen könnte, versuchen würde, sie zu beruhigen, dann würde sie vielleicht nicht so leiden.« Er blickte sie mit seinen strahlend blauen Augen an.

Wendy dachte an den Tag zurück, an dem sie aus dem Krankenhaus nach Hause gekommen war, nachdem Peter sie im Wald allein gelassen hatte. Sie erinnerte sich daran, dass sie geglaubt hatte, ihre Mutter mit ihren Brüdern reden zu hören. Sie hatte genau dieses Kribbeln im Bauch gespürt, dieses verzweifelte Gefühl von Erleichterung.

»Das warst du?«

Peter senkte den Blick und nickte. Sein Mund verzerrte sich zu einer Grimasse, und zwischen seinen Augenbrauen erschien eine Falte. Alles an seiner Haltung sah aus, als wappne er sich.

Wendy presste sich die Finger auf die Lippen. Selbst damals hatte Peter versucht, auf sie aufzupassen, auf sie und ihre Mutter. Er versuchte immer, sich um die Menschen zu kümmern, ihr Leid zu mildern und ihnen Freude zu schenken, auf jede erdenkliche Weise.

»Wie schaffst du das nur?«, fragte Wendy mit einem leichten Kopfschütteln. »Wie erträgst du das alles?« Sie trat näher und stand jetzt ganz dicht bei ihm.

Peter rührte sich nicht vom Fleck. »Früher hat mir meine Magie geholfen.« Sein Blick war immer noch auf den Boden gerichtet. »Mittlerweile verlangt es mir sehr viel mehr ab …«

»Wer kümmert sich um dich, während du dich so sehr um alle anderen kümmerst?«, fragte Wendy.

Peter sah sie endlich an, sichtbar überrascht.

Sie erwartete keine Antwort.

Wendy streckte eine Hand aus und berührte behutsam seine Wange.

Ein Seufzer glättete die Falten der Anspannung in seinem Gesicht. Er legte den Kopf schräg und drückte die Wange in ihre Handfläche, seine Haut weich und warm.

Wie oft hatte er das schon ertragen? Wie vielen Menschen hatte er geholfen? Was für schreckliche Dinge hatte er mit ihnen durchlebt? Was hatte er geopfert, um andere zu beschützen? Wendy bedeutete ihm, ihr zu folgen. Sie führte ihn zurück in ihr Zimmer und schloss mit einem leisen Klicken die Tür hinter ihnen. Dann setzte sie sich auf ihr Bett, während Peter sich wieder auf seinem Schlafsack auf dem Boden niederließ.

»Hast du eine Wahl?«, fragte sie. Ihre Stimme kam ihr sehr laut vor in dem schwach beleuchteten Raum.

»Nein – aber es ist keine Last für mich.« Er legte sich hin, faltete die Hände auf dem Brustkorb und starrte zur Decke. »Ich erwarte nicht, dass du es verstehst. Es gibt Dinge, für die es keine einfache Erklärung gibt.« Er hielt inne, um über seine Worte nachzudenken.

»Dafür bin ich da«, sagte er nach kurzem Überlegen. »Ich werde alles tun, was nötig ist, um meinen Schatten aufzuhalten und die Kinder zu retten, damit andere Kinder in Sicherheit sind.«

Wendy wusste nicht, was sie dazu sagen sollte. Peter kümmerte sich um andere Menschen, so wie er es im Krankenhaus bei Alex oder bei Cassidy von der anderen Straßenseite getan hatte, so wie er ihre Mutter im Schlaf mit Johns und Michaels Stimmen beruhigte. Er suchte verlorene Kinder, nahm ihnen die Angst und gab ihnen in Nimmerland ein Zuhause.

Peter drehte sich auf die Seite und rückte das Kissen unter seinem Kopf zurecht.

Wie war es wohl, in seiner Haut zu strecken? Das Glück aller anderen über das eigene zu stellen, anderen Menschen Freude zu bereiten, auch wenn es bedeutete, selbst zu leiden?

Wendy rollte sich herum und schob sich bis ganz an den Rand ihrer Matratze vor. Sie konnte ihn nicht sehen, aber sie streckte eine Hand aus und tastete nach seiner Schulter. Dann strich sie mit den Fingerspitzen über seinen Arm, bis sie seine Hand fand. Ihre Finger schlossen sich um seine, und sie drückte sie sanft.

Einen Moment lang lag sie einfach nur da und hielt den Atem an. Dann drückte Peter ihre Hand fester. Die Eichel an ihrem Hals pulsierte.

Als sie am nächsten Morgen erwachte, war ihre Hand leer.

Ihr Schlafsack war fest zusammengerollt, aber die Gurte waren falsch geschlossen, sodass er ganz schief aussah. Offensichtlich handelte es sich dabei um Peters Werk, weshalb sie sich dieses Mal keine Gedanken machte, wo er wohl steckte. Er war wahrscheinlich einfach früh aufgewacht und hatte sich wohl hinausgeschlichen, ohne dass ihre Eltern etwas bemerkt hatten. Jedenfalls waren bisher weder ihre Mutter noch ihr Vater zu ihr ins Zimmer gestürmt, um zu fragen, was der fremde Junge in ihrem Haus zu suchen hatte.

Auf dem Weg nach unten in die Küche sah sie, dass die Tür zum Zimmer ihrer Eltern geschlossen war. Als sie nach unten kam, stand Mrs. Darling am Herd und briet Eier.

Auf der Arbeitsplatte befanden sich ein Stapel mit Toast, eine Flasche Orangensaft und eine Schale mit Obst. Wendy klappte die Kinnlade herunter.

»Du machst Frühstück?« Das war etwas sehr Seltenes, das eigentlich nur an Geburtstagen vorkam, und selbst dann war es Wendy, die sich an den Herd stellte. Normalerweise bestand das Frühstück aus einer Schale Cornflakes oder einem Müsliriegel.

Mrs. Darling sah sie über ihre Schulter hinweg an. »Guten Morgen«, sagte sie mit einem Lächeln. Einem echten Lächeln, nicht diesem vorgetäuschten, zu dem sie sich normalerweise zwang. »Als ich aufgewacht bin, habe ich gedacht, Eier und Toast klingen verlockend. Eigentlich sollte es Spiegeleier geben.« Stirnrunzelnd betrachtete sie die Pfanne. »Aber mir ist das Eigelb kaputtgegangen, also habe ich einfach …« – sie gestikulierte mit dem Pfannenheber – »… Rührei daraus gemacht.«

Wendy durchquerte die Küche und starrte ihre Mutter unverhohlen an. Sie trug das Haar offen. Wendy sah ihre Mutter sonst nie mit offenem Haar. Es war immer zu einem Knoten auf ihrem Kopf hoch gebunden, sogar dann, wenn sie gerade aus der Dusche kam. Aber heute fiel es ihr offen über die Schultern! Es war von einem warmen, hellen Braunton und ging ihr bis knapp unter die Schultern.

»Geht es dir gut?«, fragte Wendy, die sich ein kleines Lachen einfach nicht verkneifen konnte.

»Mir geht es sehr gut.« Mrs. Darling schenkte Wendy ein weiteres Lächeln, während sie wieder in den Eiern rührte. »Tatsächlich fühle ich mich ausgesprochen gut. Ich habe letzte Nacht richtig gut geschlafen. Ich hatte fast vergessen, wie sich eine ungestörte Nacht anfühlt.«

Peter.

Wendy schnappte sich eine Scheibe Toast und nahm einen großen Bissen. Mit einem herzhaften Gähnen ließ Wendy sich auf einen Stuhl an dem kleinen Esstisch fallen und sah ihrer Mutter beim Kochen zu. Wie seltsam es war, sie so zu sehen, so normal und häuslich. Es war verwirrend, aber vor allem … überraschend, sogar irgendwie schön. Wendy hatte das Gefühl, von einem seltsamen Summen erfasst zu werden, das sie nicht recht definieren konnte, so etwas wie Aufregung und beruhigende Wärme zugleich.

Kopfschüttelnd biss Wendy erneut in ihren Toast. Es sollte sie nicht so *sentimental* machen, dass ihre Mutter ihnen Frühstück machte, aber hier saß sie und wandte den Blick ab, um sich ein wenig von dem Druck zu nehmen, der auf ihrer Brust lag.

Leider war der Fernseher die nächstbeste Ablenkung. Und es liefen schon wieder die Nachrichten. Die immer gleichen Bilder von Benjamin Lane, Ashley Ford, Alex Forestay und jetzt auch noch die von Joel und Matthew Davies gruppierten sich über den Aufnahmen von Freiwilligen und Polizeibeamten, die durch den Wald marschierten.

Der große Bissen Toast in ihrem Mund war plötzlich sehr trocken und blieb Wendy fast im Hals stecken, als sie versuchte zu schlucken. Sie starrte auf die Bilder und ließ sich von Schuldgefühlen übermannen. Sie musste etwas tun. Sie musste die Kinder zurückholen. Es waren nicht nur ihre Brüder, die sich auf sie verließen. Wenn Wendy versagte, wurde das Leben von Dutzenden Menschen zerstört. Nicht nur das der verschwundenen Kinder, sondern auch das von deren Freunden und vor allem das ihrer Familien. Wendy hätte selbst ihrem ärgsten Feind nicht das unendliche Leid und die allmähliche Zerstörung gewünscht, die der Verlust eines geliebten Menschen mit sich bringt – wenn man nicht wusste, was aus ihm geworden war, und es nicht in der eigenen Macht lag, ihn zurückzuholen.

Sie wollte nicht, dass andere dasselbe durchmachen mussten wie ihre Familie. Es war Wendys Schuld, dass ihre Familie auseinandergerissen worden war, dass ihre Eltern ihre Söhne verloren hatten und seit Jahren davon verfolgt wurden. Sie wollte nicht schuld daran sein, dass auch andere so einen Verlust und so ein Leid ertragen mussten. Sie würde in Ordnung bringen, was geschehen war. Sie würde ihre Brüder finden und auch die anderen verschwundenen Kinder und sie zurückholen. Scheitern war keine Option.

Der Fernsehbildschirm wurde schwarz. Wendy schaute blinzelnd zu ihrer Mutter auf, die die Fernbedienung auf den Tisch legte und dann einen Teller mit angebrannten Eiern vor Wendy hinstellte. Ihre Augen brannten, während sie zusah, wie sich ihre Mutter auf den Stuhl neben sie setzte. Das kleine traurige Lächeln war zurückgekehrt.

Mit einiger Anstrengung schluckte sie den Bissen Toast herunter, aber das half nicht wirklich, die Enge in ihrer Kehle zu vertreiben. »Ich wünschte, ich könnte helfen – ich wünschte, ich könnte mich erinnern.« Die Worte klangen angespannt und brachen aus Wendy heraus, bevor sie es sich besser überlegen konnte.

Ein kaum wahrnehmbares Zucken durchlief die zarten Gesichtszüge ihrer Mutter.

Wieder schluckte Wendy. »Wenn ich mich daran erinnern könnte, was passiert ist, könnte ich etwas tun, wir könnten John und Michael wiederfinden …« Ihre Stimme brach, sodass sie nicht weitersprechen konnte, während das Beben in ihrer Brust zunahm.

Wendys Mutter stieß einen langen Seufzer aus, leise und melodisch wie der Anfang eines Schlaflieds. »Oh, Liebling«, sagte sie, ihre Augenbrauen vor Sorge zusammengezogen.

Wendy biss sich auf die Lippen. Wie lächerlich führte sie sich auf? Einen schönen Morgen mit einem solchen Gefühlsausbruch zu ruinieren. Hitze schoss ihr in die Wangen. Es war ihr unangenehm, dass sie sich vor ihrer Mutter so benahm, die wahrscheinlich dachte, dass Wendy kurz vor einem weiteren Nervenzusammenbruch stand. Es war ihr gegenüber nicht fair, ihr in dieser Situation noch mehr aufzubürden.

»Der Verstand ist etwas sehr Kompliziertes«, erklärte Mrs. Darling. Sie schien ihre Worte sorgsam abzuwägen. »Manchmal handelt er aus eigenem Antrieb, und ziemlich oft hat er Macht über uns, gegen unseren Willen. Und ich glaube, dass er uns manchmal …« Sie strich Wendy das kurze Haar hinters Ohr. Die sanfte Berührung ihrer kalten Fingerspitzen auf Wendys Wange war flüchtig, fühlte sich aber an wie ein Stromschlag. »… fortträgt, vielleicht nicht unbedingt, wenn wir es wollen, aber wenn wir es brauchen.«

Wendy dachte an ihre schlafende Mutter, an die Träume und Albträume, die ihr Geist im Laufe der Nacht heraufbeschwor. Daran, was in ihrem Unterbewusstsein geschah, das sie dazu brachte, im Schlaf zu reden. Und dann musste sie an Peter denken, der sie durch den schlimmsten Albtraum hindurchgeleitet hatte. Wie in den gequälten Ausdruck im Gesicht ihrer Mutter ein Hauch von Frieden getreten war.

Wendy schniefte geräuschvoll und fuhr sich mit dem Handrücken über die Nase.

Die Hände ihrer Mutter waren auf ihren Schoß zurückgekehrt. »Du solltest essen, bevor dein Ei kalt wird«, sagte sie nach einer langen Pause.

Das Einzige, was Wendy daraufhin noch tun konnte, war, einen großen Bissen von dem angebrannten Ei zu nehmen. Es schmeckte bitter, aber nicht scheußlich. Es hätte ihr nichts ausgemacht, bei jeder Mahlzeit etwas Angebranntes zu essen, wenn ihre Mutter es gekocht hätte.

»Dein Vater ist erst vor ein paar Stunden nach Hause gekommen«, fuhr Mrs. Darling fort. »Er ist oben und schläft, lass uns also versuchen, ihn nicht zu wecken, während wir putzen.«

»Putzen?«, wiederholte Wendy mit vollem Mund.

»Ja, putzen. Du hast doch heute noch nichts vor, oder?«

»Ähm …« Wendy fiel so schnell keine Ausrede ein, die nichts mit Peter zu tun hatte.

»Gut, dann hast du ja Zeit, mir zu helfen«, sagte Mrs. Darling und tat sich selbst einen Löffel Rührei auf den Teller auf. »Du kannst mit der Wäsche anfangen, während ich die Küche aufräume, und dann sollten wir uns zusammen das Wohnzimmer vornehmen.«

Wendy sackte auf ihrem Stuhl in sich zusammen. »Sehr gut«, murmelte sie. Seit wann hatte ihre Mutter Interesse am Putzen? Normalerweise war Wendy diejenige, die sich um den Haushalt kümmerte. Sicher, in letzter Zeit war sie nicht zu besonders viel gekommen, aber dafür hatte sie ja einen guten Grund. Und ausgerechnet jetzt wollte ihre Mutter sich in der Hausarbeit einbringen.

Das Treffen mit Peter würde warten müssen, bis sie genug geschafft hatten, um ihre Mutter zufriedenzustellen oder bis Mrs. Darling zur Arbeit musste. Sie hatte das Gefühl, dass das ein langer Tag werden würde.

Und er zog sich tatsächlich sehr in die Länge.

Als sie eine Ladung Wäsche in die Waschmaschine werfen wollte, sah sie, dass Peters Kleider verschwunden waren. Sie schaute im Trockner nach, doch der war ebenfalls leer. Nun, zumindest spazierte er nicht in ihrem T-Shirt und der zu kurzen Sporthose durch die Gegend, aber hieß das, dass er das Haus in nassen Sachen verlassen hatte?

Wendy warf all die alten Zeitschriften weg, die ihre Mom von der Arbeit mit nach Hause gebracht hatte, um sie irgendwann zu lesen, räumte die schmutzigen Tassen in die Spülmaschine und wischte den Fernseher und die Musikanlage ab.

»Könntest du bitte den Müll aus dem Arbeitszimmer deines Vaters rausbringen?«, bat Mrs. Darling, die sich an der Küchenspüle den Staub von den Händen wusch.

Wendy schaute auf die geschlossene Tür. »Ähm …« Wirklich? Sie wollte, dass Wendy ins Arbeitszimmer ging? »Natürlich«, sagte sie zögerlich. Sie nahm sich einen Müllsack, blieb aber an der Tür stehen. Es war ihr nie ausdrücklich verboten worden, den Raum zu betreten, aber er war immer tabu gewesen. Eine weitere unausgesprochene Hausregel. Das Arbeitszimmer war die Höhle ihres Vaters, in die er sich vor seiner Familie und vor dem Rest der Welt mit einer Flasche Scotch zurückzog.

Wendy stieß die Tür auf und ging hinein. Es war erheblich sauberer, als sie erwartet hatte. Zwei der Wände waren smaragdgrün gestrichen, und die anderen von der Decke bis zum Boden komplett mit Bücherregalen gefüllt, in denen allerdings nicht die Bücher standen, die Wendy und ihre Mutter gern lasen. Es waren alte, zerfledderte Bände und auch neuere Taschenbücher über Buchhaltung. Darunter befand sich sogar eine recht antiquierte Ausgabe einer Enzyklopädie. Wendy war sich ziemlich sicher, dass die schon lange nicht mehr verkauft wurde.

In einer Ecke des Raums stand ein brauner Ledersessel und auf einem Beistelltisch daneben eine Leselampe. Im hinteren Teil des Zimmers befand sich ein schwer aussehender Schreibtisch aus Holz. Darauf lagen geöffnete Briefe, einige Papierstapel und an der Seite stand eine Karaffe mit Scotch. Die Karaffe enthielt nur noch ungefähr fünf Zentimeter von der bernsteinfarbenen Flüssigkeit.

Wendy ging zum Papierkorb, der unter dem Schreibtisch stand. Darin fanden sich nur ein paar leere Bierflaschen.

Sie warf sie in den großen Müllsack in ihrer Hand. Als sie eine einzelne Bierflasche vom Schreibtisch nehmen wollte, bemerkte sie ein kleines Holztablett mit losem Wechselgeld, einem Brieföffner und einer halb leeren Kaugummipackung. Doch was ihre Aufmerksamkeit wirklich erregte, war ein Schlüssel oder vielmehr der daran befestigte Schlüsselanhänger. Es war ein rundes Stück aus dunklem Leder, und darin hatte jemand nachlässig *Bester Dad* eingebrannt. Wendy erkannte den Schlüsselanhänger wieder, den sie, John und

Michael einmal in einem Ferienlager für ihren Vater gemacht hatten. Da der Vatertag in die Zeit während ihres Aufenthalts im Lager gefallen war, hatten sie ihm in der Werkstatt einen Schlüsselanhänger gebastelt. Sie hatten ein Stück Leder ausgesucht, und Wendy hatte mit der Hilfe eines Betreuers und mit einem Brennstift *Bester Dad* dort eingebrannt.

Wendy starrte auf den Schlüssel. Welches Schloss öffnete er? Es war nicht der Hausschlüssel – dafür war er zu klein – und auch nicht sein Büroschlüssel – den hatte er immer an seiner Ausweiskarte für die Arbeit.

Die einzige andere Tür mit einem Schloss daran war ihr früheres Kinderzimmer.

Wendy griff nach dem Schlüssel und drehte ihn in der Hand. Vielleicht passte er in das Schloss?

»Was machst du hier drin?«

Wendy zuckte zusammen und sah ihren Vater in der Tür stehen.

»Dad, hallo!« Schnell schob sie den Schlüssel in ihre Tasche und schnappte sich die Bierflasche vom Schreibtisch. Dann drehte sie sich zu ihm um. »Gar nichts, Mom hat mich nur gebeten, den Müll rauszubringen«, sagte sie, während sie versuchte, so lässig wie möglich zu klingen.

Mr. Darling blinzelte sie einen Moment lang an. Er sah müde aus. Seine Augen waren blutunterlaufen, und sein dichtes Haar war auf einer Seite platt gedrückt. In der Hand hielt er eine hohe olivgrüne Thermosflasche. Wendy erwartete, dass er noch etwas erwidern würde, aber er grunzte nur etwas Unverständliches, ging dann zum Sessel und griff nach der Jacke, die über der Rückenlehne hing.

»Wo willst du hin?«, fragte Wendy, während sie ihm mit ihrer Mülltüte ins Wohnzimmer folgte.

»Ich gehe wieder mit dem Suchtrupp los«, sagte Mr. Darling barsch.

»Oh, okay.« Wenn das bedeutete, dass er wieder die ganze Nacht unterwegs sein würde, war es für sie und Peter leichter, sich fortzuschleichen. »Ich habe in den Nachrichten die Jagdhütte gesehen«, sagte Wendy, um die unergründliche Stimmung ihres Vaters zu erkunden. »Hat man dort irgendetwas gefunden?«

Mr. Darling gab ein weiteres unverständliches Grunzen von sich. »Nur ein paar Kleidungsstücke und etwas zu essen. Sieht so aus, als hätte sich dort jemand versteckt. Im Ofen brannte sogar noch Holz«, sagte er, ohne sie anzusehen. »Ich bezweifle, dass diese jämmerlichen Polizisten etwas Nützliches finden werden«, knurrte er. »Es liegt wohl an uns, sie wieder nach Hause zu bringen.«

Wendy wusste, dass ihr Vater die Polizei noch mehr verabscheute als sie selbst. Sie hätten seine verschwundenen Söhne finden sollen und hatten ihn enttäuscht. Kein Wunder, dass er ihnen nicht zutraute, jetzt in irgendeiner Hinsicht von Nutzen zu sein.

»Ich werde heute wieder spät nach Hause kommen«, fuhr Mr. Darling fort. »Schließ heute Abend hier alles ab.«

Sie nickte. »Mach ich.«

Er sah sie einen Moment lang an. Es schien, als würde er überlegen, ob er noch etwas sagen sollte oder nicht. Wendy versuchte gerade zu erraten, was das sein könnte, als er sich vorbeugte und sie seitlich umarmte, bevor er ihr unbeholfen mit seiner großen Hand die Schulter tätschelte. Das Gewicht seiner Hand fühlte sich fremd an. Bevor Wendy überhaupt wusste, wie ihr geschah, hatte er sich auch schon umgedreht und das Haus verlassen.

Wendy stand wie erstarrt da. Er hatte nicht mehr versucht, sie zu umarmen, seit … sie wusste nicht einmal, wie lange es her war. Die verschwundenen Kinder, das Zurückgerissenwerden in dieselbe Situation, die Wendy vor fünf Jahren durchgemacht hatte, machten ihm offensichtlich zu schaffen.

Sie schüttelte das seltsame Gefühl von ihren Schultern.

Nachdem sie den Müll rausgebracht hatte, ließ ihre Mutter sie die beiden Liegestühle im Garten mit dem Wasserschlauch abspritzzen und trocken reiben, bevor sie Kissen darauf legte. Mrs. Darling war zu dem Schluss gekommen, dass heute ein guter Tag war, um in der Sonne zu liegen und ein Weilchen zu lesen. Sie fand, dass sie sich nach all der harten Hausarbeit eine Pause verdient hatten. Wendy machte ihnen zum Mittagessen ein paar Sandwiches mit Erdnussbutter und Honig.

Der Schlüssel lag schwer in Wendys Tasche. Sie wünschte, der Nachmittag würde schneller vergehen und sie könnte sich endlich auf die Suche nach Peter machen.

Während ihre Mom völlig in ihrem Roman versank, gelang es Wendy nicht, den Blick auf ihrer Buchseite zu halten. Immer wieder wanderte er hoch zum Wald. Je später es wurde, desto größere Sorgen machte sie sich um Peter. Er war sonst nie so lange weggeblieben. War etwas passiert? Ging es ihm gut? Wann immer sie an letzte Nacht, an ihre Hand in seiner dachte, flatterte etwas in ihrer Brust. Ging er ihr aus dem Weg?

Als das Tageslicht zu schwinden begann, gingen sie ins Haus. Mrs. Darling machte rasch einen Salat mit Hähnchenbruststreifen, ein spätes Abendessen, da sie die Nacht durcharbeiten würde, aber Wendy schaffte nicht einmal die Hälfte der Portion auf ihrem Teller. In Kürze würde der Tag zu Ende gehen, und die Nacht anbrechen. Sie und Peter hatten ihre Chance, in den Wald zu gehen, vertan. Und wo steckte er überhaupt?

»Vergiss nicht, die Hintertür abzuschließen«, rief Mrs. Darling Wendy ins Gedächtnis, als sie nach ihrer Handtasche griff, um zur Arbeit aufzubrechen.

»Schon *klar*«, stöhnte Wendy. Sie saß am Küchentisch und schob mit ihrer Gabel ihren Salat auf dem Teller hin und her.

»Und achte darauf …«

Es klopfte.

Mrs. Darling runzelte die Stirn und schaute zur Tür. Wendy legte ihre Gabel beiseite und setzte sich aufrecht hin. Nach dem Ausdruck auf dem Gesicht ihrer Mom zu urteilen, erwarteten sie niemanden.

Sie hoffte nur, dass Detective James und Detective Rowan nicht unangemeldet aufgetaucht waren, um weitere Fragen zu stellen.

Mrs. Darling durchquerte das Wohnzimmer und öffnete die Tür.

Ihr Gesicht hellte sich auf. »Barry, was für eine Überraschung!« Aber dann wurde ihr Tonfall sofort sehr ernst. »Oh, was ist denn mit dir passiert?«

Wendy eilte zur Tür. Auf der Veranda stand Peter und lächelte verlegen. Im orangefarbenen Licht des Sonnenuntergangs sah Wendy zu ihrer Erleichterung, dass er keine *neuen* Verletzungen hatte, nur die vom vergangenen Tag. Seine aufgeplatzte Lippe verheilte langsam, war aber immer noch ein wenig geschwollen.

»Hallo, Mrs. Darling«, sagte Peter. Der Blick seiner blauen Augen wanderte zu Wendy. »Ich habe mit ein paar Jungs Basketball gespielt«, log er. »Es wurde ein bisschen ruppig, aber eigentlich ist es nichts weiter, wirklich.«

»Komm rein und lass mal sehen«, sagte sie mit einem Seufzer.

Mrs. Darling ging in die Küche, und Wendy sah Peter an. Er sah aus wie ein Hund, der den Schwanz eingezogen hatte.

Wendy trat dicht an ihn heran und packte den Saum seines T-Shirts. »Was machst du hier?«, zischte sie und schaute ihn mit aufgerissenen Augen an. Warum um alles in der Welt tauchte er bei ihr zu Hause auf, solange ihre Mutter noch da war?

»Ich konnte nicht länger warten – ich wollte dich sehen«, flüsterte Peter. Der ernste, aber verängstigte Ausdruck in seinem Gesicht sandte ihr einen Schauer vom Bauchnabel bis in die Zehenspitzen.

»Hier«, sagte Mrs. Darling und reichte Wendy eine Tüte mit gefrorenen Erbsen. »Setz dich, Barry.« Sie deutete auf den Küchentisch.

Peter nahm gehorsam Platz. Mrs. Darling betrachtete die verblassenden Blutergüsse und sah sich durch ihre Brille sorgfältig die Platzwunde an seiner Lippe an. »Hm, zumindest heilt die Lippe ordentlich«, sagte sie zu Peter. »Aber ihr Jungs müsst vorsichtiger sein – du hättest einen Zahn verlieren können.« Sie sah ihn missbilligend an. Peter sank auf seinem Stuhl in sich zusammen. »Drück für zwanzig Minuten die Erbsen drauf. Dann wird die Schwellung abklingen«, erklärte Mrs. Darling ihm und winkte Wendy zu sich.

Wendy warf ihm die Tüte mit Erbsen zu, und er fing sie mühelos auf.

»Ich wusste gar nicht, dass du vorbeikommen wolltest, Barry«, fuhr Mrs. Darling fort und sah Wendy mit hochgezogenen Augenbrauen an.

»Äh, ja«, sagte Wendy. »Ich wollte dich eigentlich vorhin fragen, ob es in Ordnung ist, aber dann habe ich es irgendwie vergessen. Wir wollten uns im Wohnzimmer einen Film ansehen.«

Ihre Mutter bedachte sie mit einem zweifelnden Blick, nahm aber ihre Handtasche von der Küchentheke. »Also gut«, sagte Mrs. Darling. »Wenn es zu spät wird, Barry«, sie sah wieder zu Peter, »möchte ich, dass du deine Eltern anrufst, damit sie dich abholen, okay?« Sie band sich ihr Haar zu einem Knoten zusammen. »Ich will nicht, dass du allein zu Fuß nach Hause gehst.«

Peter nickte. »Das mach ich, Mrs. Darling.«

Sie schenkte ihm ein schwaches Lächeln, dann wandte sie sich an Wendy. »Bleibt im Wohnzimmer. Niemand geht nach oben«, sagte sie mit einem vielsagenden Blick.

Wendy errötete heftig. »*Mom.*« Der erheiterte Gesichtsausdruck ihrer Mutter gefiel ihr überhaupt nicht.

»Dann wünsche ich euch beiden noch einen schönen Abend«, sagte Mrs. Darling, bevor sie zur Haustür hinausging und sie hinter sich abschloss.

Jetzt, wo sie allein waren, drehte Wendy sich zu Peter um.

Er hob abwehrend beide Hände, in der einen immer noch den Beutel mit den Erbsen. »Ich hab versucht, auf dich zu warten!«, sagte er. »Aber du bist einfach nicht rausgekommen!« Der Ausdruck auf Peters Gesicht mit der vorgeschobenen Unterlippe war leicht gereizt.

»Schon ... schon gut«, stammelte Wendy und strich über ihr Shirt, während sie sich alle Mühe gab, nicht vollkommen durcheinander zu wirken. »Ich konnte nicht weg ... ich hab mit meiner Mom geredet, und dann musste ich ihr beim Putzen helfen.« Frustriert wedelte sie mit einer Hand durch die Luft.

»Uns läuft die Zeit davon.« Vorsichtig drückte sich Peter die gefrorenen Erbsen an die Lippe.

Wendy fuhr sich mit beiden Händen durchs Haar. »Ich weiß, ich weiß.«

»Ich hab fast keine Magie mehr«, fuhr er fort und untersuchte seine Hand. »Ohne sie weiß ich nicht, wie wir meinen Schatten aufhalten sollen.«

Wendy biss sich auf die Unterlippe. Tatsächlich wirkte er noch erschöpfter als in der vergangenen Nacht. Seine Lider waren halb geschlossen, und er war sehr blass.

»Woran merken wir, wenn sie ganz weg ist?«, fragte Wendy.

»Ich weiß es nicht genau, aber ich bin mir sicher, dass es offensichtlich sein wird«, sagte er mit ernster Miene.

Angst kroch ihr die Kehle hoch und lähmte ihre Zunge. Was würde mit Peter passieren, wenn seine Magie erlosch? Würde er einfach in einem Rauchwölkchen verschwinden? Zu einem Haufen Asche zerbröseln? Oder tot zu ihren Füßen niedersinken? Bei dem bloßen Gedanken wurde ihr schwindelig.

»Wie können wir etwas schwächen, das sich von Angst nährt?«, überlegte Wendy laut.

Peter zuckte unglücklich mit den Schultern.

Das war die eigentliche Frage, das Problem, für das sie eine

Lösung brauchten. Was konnten sie tun? Was war der nächste Schritt? Wo konnten sie nach Antworten suchen?

Wendy erinnerte sich an den Schlüssel in ihrer Tasche.

»Gestern Nacht, bevor ich dich im Schlafzimmer meiner Eltern gefunden habe«, überlegte Wendy laut – der überraschende Themenwechsel schien Peter zu verwirren –, »stand ich im Flur und hätte schwören können, dass ich Stimmen aus meinem alten Zimmer höre«, fuhr sie fort. »Es waren die gleichen flüsternden Stimmen, wie die, die ich gehört habe, als ich im Wald nach Alex gesucht habe, als ich von dem Baum geträumt habe *und* dann noch mal, als wir direkt vor ihm gestanden haben. Die Tür ist seit Ewigkeiten abgeschlossen, aber …« – Wendy kramte den Schlüssel aus der Tasche und hielt ihn Peter hin – »… den hier habe ich vorhin auf dem Schreibtisch meines Dads gefunden. Ich bin mir fast sicher, dass er ins Schloss der Tür passt.«

Peter untersuchte den Schlüssel eingehend. »Also willst du nachsehen gehen?«

Wendy nickte. »Die Stimmen bedeuten bestimmt etwas, und es muss einen Grund dafür geben, dass ich sie in diesem Raum hören kann.« Er wirkte beunruhigt. »Es kann nicht schaden, ein wenig herumzustochern, stimmt's?«, bedrängte sie ihn. »Vielleicht hilft es meinem Gedächtnis auf die Sprünge, und mir fällt etwas Nützliches ein.« Sie drückte die Hand auf die Eichel, die unter ihrem Shirt verborgen war.

»Es ist die einzige Idee, die wir haben«, stimmte er nach kurzem Bedenken hinzu, obwohl er aussah, als hätte er am liebsten protestiert.

Wendy zog an seinem Arm. »Dann komm mit.«

Kapitel 19

Erwachsen werden

Als sie an der Tür standen, war alles still. Es war kein Flüstern zu hören, kein Raunen, nur ein Ziehen in ihrer Brust, das sie dazu drängte hineinzugehen. Wendy schob den Schlüssel ins Schloss. Plötzlich erschien ihr die Vorstellung, ihr ehemaliges Zimmer zu betreten, überwältigend. Bisher hatte die verschlossene Tür wie der Eingang zu einem Mausoleum gewirkt. Was, wenn sie es nicht verkraftete? Was, wenn sie von einer Flut von Erinnerungen heimgesucht wurde? Was, wenn die Sehnsucht nach ihren verschwundenen Brüdern zu sehr wehtat?

Sie sah Peter an, und als ob er ihren inneren Aufruhr spürte, stupste er leicht mit seiner Schulter gegen ihre und nickte ganz leicht. Wendy drehte den Schlüssel im Schloss und öffnete die Tür.

Im ersten Moment konnte sie kaum etwas erkennen. Die einzige Lichtquelle war der Mond, der durch das große Erkerfenster an der gegenüberliegenden Wand schien. Wendy bewegte blind die Hand an der Wand entlang, bis sie den Schalter fand. Sie drückte darauf, und Lichterketten in allen vier Ecken an der Decke erhellten den Raum. Ihr Vater hatte sie bei Wendys Geburt angebracht.

Sie trat langsam durch die Tür und sah sich um. Peter blieb an den Türrahmen gelehnt stehen, um ihr Raum zu lassen, aber er beobachtete sie genau. Johns und Michaels Betten standen an der linken Wand, während das von Wendy an die rechte geschoben war. Jeder hatte seine eigene Kommode, und ein großes Bücherregal befand sich neben dem Erkerfenster. Das Zimmer fühlte sich nicht an wie ein Denkmal für ihre Brüder. Tatsächlich sah alles genauso aus, wie sie es in Erinnerung gehabt hatte, nur staubiger. Es war, als seien John und Michael erst vor einer Minute fortgegangen. Auf dem kleinen Tisch in der Ecke lag eine offene Schachtel mit Buntstiften. Michaels Rucksack, dessen Inhalt hervorquoll, lehnte am Boden gegen sein Bett. Auf Johns Bett lag ein aufgeschlagenes Buch. Sogar die Decke von Wendys altem Bett war zurückgeschlagen, wahrscheinlich weil sie beim ersten und letzten Mal, als ihre Eltern versucht hatten, sie in dem Raum schlafen zu legen, nachdem man sie im Wald gefunden hatte, schreiend aufgewacht war.

Wendy lachte leise. »Es ist, als wären sie nie fort gewesen«, sagte sie kaum hörbar in den Raum hinein.

Peter kam herein. Er sah sich um, und sein Blick fiel auf ihr altes Bett. »Rosa Blumen, was?«, sagte er und zog eine Augenbraue nach oben. Seine Mundwinkel zuckten, und er musste sich ein Grinsen verkneifen.

»Ich hatte eben als Kind noch einen anderen Geschmack«, erklärte Wendy ihm fest. »Ich frage mich, wie sie das Zimmer umräumen, wenn sie zurückkommen.« Sie strich mit den Fingerspitzen über die Decke auf ihrem alten Bett. Peter richtete den Blick zu Boden.

Dann drehte sie sich zum Erkerfenster.

Die Bank darunter hatte ein weiches Polster, unter dem sich ein Ablagefach befand. Wendy wusste, dass es mit weiteren Büchern gefüllt war.

»Das war mein liebster Ort im ganzen Haus«, sagte sie und nickte in Richtung des blau-weiß karierten Sitzes. »Da habe ich immer gesessen, wenn ich John und Michael vor dem Schlafengehen Geschichten erzählt habe.«

»Ich weiß.« Peter grinste müde. »Ich habe an vielen Abenden draußen vor dem Fenster gesessen und zugehört.«

»Das finde ich übrigens immer noch ziemlich gruselig.« Sie lächelte ihn über ihre Schulter hinweg an, während sie zu Michaels Bett hinüberging. Auf dem Kissen lag ein in sich zusammengesunkener Teddybär. »Diesen kleinen Kerl hatte ich fast vergessen«, murmelte sie. Sie hob das Stofftier hoch und strich ihm den Staub vom Kopf. »Peter, das ist Fuzzy Wuzzy.« Sie hielt den Teddy hoch.

Peter machte eine leichte Verbeugung und lüftete zur Begrüßung einen unsichtbaren Hut. »Ist mir ein Vergnügen, werter Herr.«

Wendy lachte leise und sah Peter kopfschüttelnd an. Sie hatte sich ihren Brüdern schon seit Jahren nicht mehr so nah gefühlt. Es war, als wären sie mit ihr hier im Raum. Am liebsten hätte sie das alles in sich aufgesaugt. Sie konnte sich gar nicht vorstellen, wie es wäre, sie wieder zu Hause zu haben.

Wendy ging zum Fenstersitz und ließ sich darauf nieder. »Michael hat dieses Ding geliebt«, sagte sie, nahm den Bären auf den Schoß und bewegte seine plumpen Arme. »Er hat ihn überall mit hingeschleppt. Und er hat ständig an seiner Nase gekaut, weißt du noch? Er tat das so oft, dass die Nase einmal, als wir im Garten gespielt haben, abgefallen ist.« Sie drückte einen Finger auf die leere Stelle, wo einmal die Knopfnase gewesen war. »Michael war völlig aufgelöst, er hat sich überhaupt nicht mehr beruhigt. Wir haben bestimmt über eine Stunde nach der Nase gesucht, konnten sie aber nicht finden.«

Peter ließ sich neben sie auf die Bank sinken und schob die Hände in seine Taschen. »Alles wegen einer Nase?«, fragte er mit einem belustigten Gesichtsausdruck.

»Es war sehr traumatisch.« Wendy nickte grinsend und stieß ihre Schulter gegen die von Peter. »Ich musste mir eine Geschichte ausdenken, in der Fuzzy Wuzzy bei einem waghalsigen Löwenbändiger-Zwischenfall seine Nase verloren hat«, sagte sie. »Gott, diese

Geschichte musste ich ihm mindestens ein Dutzend Mal erzählen. Michael war immer der Sensiblere von beiden. John dagegen hat sich schon mit zehn benommen wie ein alter Mann.«

»Stimmt. Was ist das für Zeug neben seinem Bett?«, fragte Peter und deutete mit dem Kopf darauf.

An der Wand hing eine mit Reißzwecken befestigte Collage aus Zeitschriften, Zeitungen und ausgedruckten Online-Artikeln. »Ach *das*«, sagte Wendy. »John war fasziniert von allem, was Wissenschaftler und Archäologen auf dem Meeresgrund gefunden haben. Schiffswracks, Beweise für Unterwasserstädte, solche Sachen«, erklärte sie. »Immer wenn er auf solche Geschichten gestoßen ist, hat er sie ausgeschnitten oder ausgedruckt und dann an die Wand gehängt. Er will Unterwasser-Archäologe werden, wenn er groß ist ... oder jedenfalls wollte er das früher. Ich habe keine Ahnung, ob es immer noch so ist.« Wendy runzelte die Stirn. Es war seltsam, sich vorzustellen, dass ihre Brüder alt genug waren und sich so sehr verändert hatten, dass sie sie vielleicht gar nicht mehr richtig kannte.

»Was wolltest du denn werden, als du klein warst?« Peters Stimme war leise, und er musterte Wendy neugierig und mit schräg gelegtem Kopf, während er an seiner geschwollenen Lippe saugte.

»Krankenschwester, genau wie meine Mom«, sagte Wendy mit einem Achselzucken. »Ich denke, die meisten Kinder wollen später mal so sein wie ihre Eltern. Und Krankenschwester war viel interessanter als Bankangestellte«, fügte sie mit einem leichten Naserümpfen hinzu.

»Und wie sieht es jetzt aus?«

»Hm«, murmelte Wendy, während sie geistesabwesend das Ohr des Teddybären zwischen den Fingern rieb. Sie dachte an all die Formulare und Broschüren in ihrem Zimmer. An den Kursplan, den sie sich für eine Krankenpflegeausbildung zusammengestellt hatte. Und den unfertigen Plan für das medizinische Vorstudium. »Ich glaube, ich weiß es noch nicht. Vielleicht Ärztin?« Ein Schauer überlief sie. Es war das erste Mal, dass sie es laut ausgesprochen hatte. »Aber ich habe mich noch nicht entschieden. Dafür ist das College doch da, oder nicht?«

Peters Miene wurde ernst, und er untersuchte plötzlich akribisch seine Handfläche.

»Was ist mit dir?«, fragte Wendy und versuchte, ihn mit der Frage aus seinen Gedanken zu reißen.

»Mit mir?« Peter runzelte die Stirn, dann stieß er ein leises Lachen aus, dem jeglicher Humor fehlte.

»Ja, hattest du jemals Träume von deinem Leben als Erwachsener?«

Peter schüttelte den Kopf. »Nein, ich kann nicht erwachsen werden – oder jedenfalls *sollte* ich nicht erwachsen werden können.« Er schaute an sich herunter.

»Aber jeder denkt doch über seine mögliche Zukunft nach«, wandte sie ein. »Gab es denn nichts, was du werden wolltest? Etwas anderes als nur du selbst?«

»Nein, dieses Gefühl hatte ich nie«, gab er zurück. »Ich war Peter Pan, der Junge, der nie erwachsen werden muss. Ich durfte in Nimmerland leben, und ich konnte alles werden, was mir in den Sinn kam. Pirat, Entdecker, Taucher«, zählte er auf, während er aus dem Fenster starrte. »Erwachsen werden bedeutet Verantwortung: Schule, Arbeit, alt werden und irgendwann sterben …«

»Aber du musstest dich um all die verlorenen Kinder kümmern«, warf Wendy ein. »Das ist eine große Verantwortung, oder etwa nicht?«

»Ja, aber es macht trotzdem Spaß.« Er kaute auf der Innenseite seiner Wange und dachte nach. »In Nimmerland konnte ich tun und lassen, was ich wollte. Ich war frei.«

»Aber warst du das wirklich, Peter?«, hörte Wendy sich fragen.

Er hielt inne, dann schüttelte er verständnislos den Kopf.

»Du konntest tun und lassen, was du wolltest, konntest jedes

Fantasiespiel spielen, das dir eingefallen ist, aber die verlorenen Kinder kamen und gingen ständig – das hast du selbst gesagt«, erklärte Wendy. »Und es war immer nur eine Fantasiewelt. Wolltest du denn nie etwas …« Sie suchte nach den richtigen Worten. »Etwas Reales? Hattest du nie das Gefühl, dass dir etwas fehlt?«

Peter sah sie mit seinen kobaltblauen Augen an. »Nicht, bevor ich dir begegnet bin.«

Wendy verspürte ein leises Rauschen in der Magengrube. Seine Worte waren so überraschend, so einfach formuliert, dass sie sich nicht sicher war, ob sie ihn richtig verstanden hatte.

Er beobachtete sie aufmerksam.

Wendy schüttelte den Kopf und versuchte, einen klaren Gedanken zu fassen.

»Du … was?«, fragte sie.

Peter holte tief Luft. »Ich war zufrieden mit mir, mit meiner Aufgabe«, sagte er. »Deine Mom war der erste Mensch, dem ich begegnet bin, der kein verlorenes Kind war. Sie war die Erste, die für mich zu einer Freundin wurde, obwohl sie nicht mit mir in Nimmerland lebte. Wir haben in ihrem Garten Scheinschwertkämpfe ausgefochten, sie hat mir Geschichten erzählt, und ich habe ihr von meinem Leben in Nimmerland erzählt. Aber wie alle anderen in deiner Welt musste sie erwachsen werden.«

So viel hatte Peter noch nie von ihrer Mom gesprochen. »Also konntest du sie nicht mehr besuchen?«

Peter nickte. »Nach einer Weile hatte auch ich sie fast vergessen«, sagte er. »Deine Mom erinnerte sich zwar an mich, vergaß aber, dass es mich wirklich gibt. Als ich dann aus einer Laune heraus beschlossen habe, noch einmal nach ihr zu sehen, fand ich dich hier an diesem Fenster sitzend.« Er machte den Eindruck, als hätte er Mühe, die richtigen Worte zu finden. Die Spitzen seiner Ohren hatten sich rot gefärbt, aber er wandte den Blick nicht ab, also tat Wendy es auch nicht. »Als ich gehört habe, wie du Geschichten über mich erzählt hast, wollte ich dich unbedingt kennenlernen. Ich wollte, dass du mich siehst, dass du siehst, es gibt mich.«

Peter sprach hastig und mit einer Dringlichkeit, als würde er versuchen, sich für irgendetwas zu rechtfertigen.

»Als mein Schatten verschwand, dachte ich erst, das sei die Strafe dafür, dass ich mir erlaubt habe ... mir erlaubt habe, mich von dir ablenken zu lassen. Weil ich versucht habe, dir nahe zu sein. Das *wollte* ich«, fügte er eindringlich hinzu. Wendys Blick flog für einen Moment zu seiner Hand, die er nach ihrer ausstreckte und dann zögerte. »Und als du mich mit meinem Schatten kämpfen gesehen hast, hast du dich verhalten, als sei das vollkommen normal, und du warst diejenige, die ihn wieder befestigt, die ihn wieder angenäht hat.«

»Aber wie war das möglich?«, unterbrach Wendy ihn.

Peter schüttelte den Kopf. »Ich weiß es nicht. Ich dachte, du hättest vielleicht deine eigene Magie? Dass etwas an dir anders ist. Du hast dich für mich anders *angefühlt*. Wichtig.« Er warf ihr einen Seitenblick zu. »Besonders.«

Wendy umklammerte den Teddybären auf ihrem Schoß fester. Ihr Herz flatterte erneut in ihrer Brust.

»Dann hast du immer seltener Geschichten über mich erzählt.« Er sprach jetzt schneller, und seine Worte überschlugen sich förmlich. »Ich konnte sehen, dass du langsam erwachsen geworden bist, dass du in dein eigenes Zimmer ziehen und ein Teenager werden und mich vergessen würdest. Als John und Michael ...« Peter stieß einen frustrierten Laut aus und begann von Neuem. »Als ich euch drei im Wald gefunden habe, habt ihr mich angefleht, euch mit nach Nimmerland zu nehmen, und ich wollte es. Ich wollte nicht, dass du auch erwachsen wirst und mich vergisst. Es ...« Er sah sie unsicher an. »Es hat so wehgetan, nur daran zu denken.«

Wendy konnte ihn kaum verstehen. Ihr war so schwindelig. »Was sagst du da?« Sie hatte das Gefühl, nicht genug Luft zu bekommen.

»Du warst das älteste Kind, das je nach Nimmerland gekommen ist, Wendy«, sagte Peter. Endlich drückte er seine warmen Finger fest an die Innenseite ihres Handgelenks. »Nimmerland ist für Kinder bestimmt. Ich glaube, das ist der Grund, warum ich meine Magie verliere und warum Nimmerland auseinanderbricht. Es ist meine Schuld, dass all das passiert ist ...« Er verzog das Gesicht.

»Aber du wusstest nicht, dass es passieren würde.« Wendy war sich seiner körperlichen Nähe mit allen Sinnen bewusst – wo seine Hand auf ihrer lag, wie er sich leicht zu ihr beugte, wie nah sie ihm war, nah genug, um seine Wärme zu spüren. Die Eichel drückte sich gegen ihre Brust. Sie fühlte sich heiß an.

»Ich habe gegen die Regeln verstoßen«, sagte Peter. »Meine Aufgabe ist es, mich um verlorene Kinder zu kümmern. Zu anderen darf ich keinen Kontakt aufnehmen. Ich durfte zusehen, durfte lauschen, wenn du Geschichten erzählt hast, aber ich hätte mich dir nicht nähern dürfen.« Er hielt inne und befeuchtete sich die Lippen. »Und dann ist alles den Bach runtergegangen«, sprach er kopfschüttelnd weiter. »Ich will nicht, dass du mich hasst.« Den letzten Satz sagte er langsam und bedächtig.

Wendy legte die Stirn in Falten. Sie verstand nicht, was er meinte, aber sie konnte mit dem dichten Nebel in ihrem Kopf auch nicht klar denken. Sie erinnerte sich nicht daran, sich vorgebeugt zu haben oder dass Peter ihr näher gekommen war. Ihre Schultern drückten sich an seine. Peters verblüffend blaue Augen waren weit aufgerissen. Seine Wangen gerötet. Seine Finger berührten ihre. Wendys Herz bebte.

Zuerst dachte sie, sie würde zittern, aber nein, es war Peter. »Du zitterst ja«, sagte Wendy.

Peters Adamsapfel hüpfte auf und ab, als er schluckte und kaum wahrnehmbar nickte.

»Ich dachte, du hättest vor nichts Angst.« Ihr war schwindelig, und sie bekam kaum Luft.

»Ich habe schreckliche Angst«, entgegnete er leise. Er starrte sie weiter an, und sie konnte nicht wegschauen. Sie wollte nicht wegschauen.

»Wovor?«

Peters Worte streiften in einem leichten Lufthauch ihre Lippen. »Davor, dich zu verlieren.«

Wendy beugte sich dichter zu ihm vor und legte ihm eine Hand auf die Brust. Sie spürte, wie sein Herz unter ihren Fingern pochte. Seine Hand lag auf ihrer Wange. In ihrem Kopf drehte sich alles, und sie ertrank in dem Geruch von feuchtem Dschungel und salzigem Meer.

Die Eichel um ihren Hals brannte hell in dem geringen Abstand, der noch zwischen ihnen lag. Ihr Schein spiegelte sich in seinen Augen.

»Darf ich bei dir bleiben?«, flüsterte Peter und strich behutsam mit seinen Lippen über ihre.

Wendy krallte die Hände in die Vorderseite seines Shirts und zog ihn an sich.

Einen Moment lang drückten sich seine Lippen auf ihre, und sie schmeckte Geißblatt und eine unerträgliche Leichtigkeit, die ihr das Gefühl gab, sie würde davonschweben, wenn sie sich nicht an ihm festhielt.

Doch dann sprang das Fenster auf, ein explodierender Luftzug aus Dunkelheit riss sie auseinander und warf Wendy zu Boden.

Kapitel 20
Wahrheit

Die winzigen Glühbirnen der Lichterketten knackten, platzten und erloschen. Die Fensterläden klapperten und schwangen heftig in ihren Angeln hin und her. Wendy versuchte, sich aufzurichten, aber durch ihren Kopf schoss ein Schmerz und ein Stöhnen drang aus ihrer Kehle. Der Fußboden unter ihr schwankte.

Peter stieß einen Schrei aus, der sie aus ihrer Benommenheit riss. Er lag ein paar Meter von ihr entfernt auf dem Boden. Seine Augen waren zusammengepresst, sein Gesicht zu einer Grimasse verzogen. Er wand sich vor Schmerz, und seine Finger hatten sich in den Boden gekrallt. Sein Rücken krümmte sich unnatürlich, die Muskeln an seinem Hals traten hervor und spannten sich unter seiner Haut. Sein Haar, das gewöhnlich einen warmen Rotton hatte, war dunkel von Schweiß und klebte ihm an der Stirn. Er schnappte immer wieder nach Luft, und in seine hektischen Atemzüge mischten sich kehlige Schreie.

»Peter!« Wendy rappelte sich hoch und versuchte, zu ihm zu laufen, aber ihre Füße wollten sich nicht bewegen. Doch ihr Gewicht zog sie dennoch nach vorn. Ihre Füße steckten in irgendetwas fest, das sich wie klebriger schwarzer Teer anfühlte. Sie versuchte, sie herauszuziehen, aber sie gehorchten ihr nicht.

Schrilles Gelächter erfüllte den Raum und bohrte sich in Wendys

Kopf, sodass sie die Zähne zusammenbeißen musste. Sie hielt sich beide Ohren zu.

Auf der Fensterbank lümmelte der Schatten. Er lehnte sich bequem zurück und grinste bösartig. »Das war fast zu einfach!«, sagte er, bevor er erneut lachte. Mit einer knappen Bewegung seines Handgelenks wanden sich dicke schwarze Ranken um Peters Arme und Beine und rissen ihn in die Höhe. Peter schrie auf.

Wendy versuchte erneut, sich zu befreien und zu Peter zu gelangen, aber sie fiel wieder auf die Knie. »Was machst du mit ihm?!«, fragte sie scharf und bleckte vor Zorn die Zähne. *»Lass ihn los!«*

Der Schatten drehte sich Wendy zu. Seine Fingerspitzen, dünn und bleich wie Knochen, trommelten rhythmisch aneinander. »Ich sollte mich wirklich bei dir bedanken.« Seine Lippen verzogen sich zu einem grausamen Lächeln. Sein Mund sah aus, als sei er ihm mit einem gezackten Messer ins Gesicht geritzt worden.

Ihr Gesicht verzog sich vor Wut und Verwirrung.

»Wendy«, stöhnte Peter, während er schmerzhaft nach Luft rang, seine Lippen ganz weiß. Schweißperlen standen ihm auf der Stirn. *»Lauf.«*

Sie schüttelte grimmig den Kopf. Die Angst fuhr mit ihren Krallen über Wendys Haut, aber auf keinen Fall würde sie von seiner Seite weichen. Sie würde nicht zulassen, dass der Schatten ihn fortholte. »Wovon redest du?« Wendy wandte sich wieder dem Schatten zu.

»Ist das nicht offensichtlich?«, fragte der Schatten mit verwirrter Miene. »Unser Peter Pan hat seine Magie weggeküsst!« Er lächelte Peter liebevoll an und drückte ihm sanft eine Skeletthand aufs Herz. Peter kämpfte gegen seine Fesseln an.

Wendys eigenes Herz schlug ihr bis zum Hals. Sie sah, wie alle Farbe aus Peters Gesicht wich. Nicht wie bei einer plötzlichen Krankheit, bei der sich die Haut grün färbte, sondern als würde sein Gesicht zu Asche. Dunkle Flecken erschienen unter seinen Augen.

Selbst das warme Rostrot seines Haares verblasste. Aus seinen verzerrten Mundwinkeln kam Feenstaub, rann über sein Kinn und tropfte wie flüssiges Gold auf den Boden.

Wendy zerrte verzweifelt an den Fesseln, die ihre Füße gefangen hielten. »Peter!«, rief sie. Er entfernte sich von ihr. Seine Lider senkten sich, und sein Kopf fiel zur Seite.

»Und das alles nur wegen dir, Wendy«, gurrte der Schatten. Er stand auf und ging zu Peter hinüber. Mit einem Finger strich er über Peters Wange und verschmierte das flüssige Licht zwischen seinen knochigen Fingern.

Peters Gesicht verzerrte sich vor Schmerz, und aus den Tiefen seiner Brust drang ein leises Stöhnen.

»Fass ihn nicht an!«, zischte Wendy.

Der Schatten drehte sich zu ihr und drohte missbilligend mit dem Zeigefinger. »Na, na, kein Grund, so unhöflich zu sein«, tadelte er sie sanft, bevor er die Arme ausbreitete. »Ich versuche, mich bei dir zu *bedanken!*« Die Muskeln in Wendys Gesicht zuckten. Es kümmerte sie nicht, was der Schatten war oder was er ihr antun konnte. Alles, was sie wollte, war, ihn von Peter wegzubekommen.

Und ihm das Lächeln vom Gesicht zu reißen.

»Wovon sprichst du?«

»Von *Gefühlen*, Wendy«, antwortete der Schatten. Wendys Entschlossenheit geriet für einen Moment ins Wanken, aber sie ließ sich nicht beirren und blieb standhaft. »Seit er dich zum allerersten Mal gesehen hat, empfindet er etwas für dich. Etwas, das ihn immer wieder von seinen Pflichten und von Nimmerland weggelockt hat. Du bist es, Wendy, die den großen Peter Pan in die Knie gezwungen hat.« Der Schatten ging in einem langsamen Kreis um sie herum, und seine schwarzen Augen blitzten hungrig.

Die Härchen in ihrem Nacken stellten sich auf.

»Ich konnte natürlich sehen, was geschah, doch er war völlig ahnungslos«, fuhr der Schatten gedehnt fort. »Mit jedem Besuch, bei dem er sich diese dummen Geschichten über sich angehört hat, konnte ich spüren, wie er schwächer wurde. Dank dir, Wendy, und seinen Gefühlen für dich, wurde ich immer mächtiger. Peter Pan ist die Verkörperung alles Guten, Hellen und Freudvollen, verstehst du.«

Er sprach mit einem angewiderten Grinsen. »Peter hatte nie einen Grund für einen bösen Gedanken oder Sorgen. Sein Leben war simpel – er kümmerte sich um die verlorenen Kinder und schenkte ihnen Freude. Das war alles, was von ihm verlangt wurde! Es gab nie einen Grund für ihn, Nimmerland verlassen zu wollen, seine Pflichten zu vernachlässigen, seinen einzigen Daseinszweck aufzugeben, bis er dir begegnet ist.« Donnerndes Gelächter schallte durchs Zimmer. »Aber als er dich zum ersten Mal sah, habe ich es gespürt.« Die Hände des Schattens ballten sich zu Fäusten.

»Es war wirklich abstoßend, dass er nicht aufhören konnte, an dich zu denken. Es rüttelte an seiner Entschlossenheit, und ich habe gemerkt, wie er ins Wanken geriet. Einmal hätte ich sogar beinahe Erfolg gehabt! Der liebe Peter konnte nicht an sich halten. Ich habe die Chance genutzt und bin geflohen, während er sich davongeschlichen hat, um dich zu sehen, sein Herz von schmerzhaftem Verlangen erfüllt.«

Es war eine Erinnerung, die so lange verloren gewesen war. Wie sie aufgewacht war und Peter in ihrem Zimmer entdeckt hatte, der völlig aufgelöst mit seinem Schatten gerungen hatte. Wie sie ihm half, ihn wieder anzunähen. Das war der Grund, warum Peter dachte, sie konnte dem Ganzen auch jetzt ein Ende bereiten.

Wie sehr sie sich doch beide getäuscht hatten.

»Leider war ich damals etwas voreilig, das gebe ich zu, aber diesmal nicht. Ich habe abgewartet und die Gefühle wachsen lassen. Je mehr er an dich gedacht hat, je mehr er dich vermisst und sich nach dir gesehnt hat, desto stärker wurde ich. Und dann habe ich endlich meine Chance bekommen! Peter wollte dich behalten, und dafür hat er die Regeln gebrochen. Er hat dich nach Nimmerland gebracht, aber du warst kein verlorenes Kind, Wendy, du warst nicht wie deine Brüder.«

Wendy blickte den Schatten finster an, sie war vollkommen verwirrt. Sie verstand es immer noch nicht. Sie betrachtete Peter, aber er war kaum noch bei Bewusstsein, und seine Atemzüge klangen heiser und flach. Er versuchte, sie mit seinen blauen Augen zu fixieren, aber sein Blick driftete immer wieder ins Leere.

Der Schatten glitt mit langen, trägen Schritten durch den Raum. Er beugte sich über Wendy und packte sie mit seinen spitzen Fingern am Kinn. Sie versuchte, sich zu befreien, aber sein Griff war kalt und stark wie Eisen. Die Luft um den Schatten herum entzog ihrer Haut alle Wärme, und die Härchen auf ihren Armen stellten sich auf.

»Fass sie nicht an.« Das atemlose Knurren kam von Peter. Mit zusammengebissenen Zähnen kämpfte er gegen seine Fesseln, und seine Schultern zuckten, während er versuchte, sich loszureißen. Aber es war zwecklos.

Der Schatten konzentrierte sich ganz auf Wendy, zugleich schloss er aber die Hand zur Faust. Die schwarzen Seile zogen sich fester um Peter und schnitten ihm in die Haut. Ein gequälter Aufschrei entfuhr ihm.

»Stopp!«, brüllte Wendy dem Schatten ins Gesicht. »Lass ihn los!« Sie hasste die Panik und den flehenden Unterton in ihrer Stimme, aber wie lange würde Peter diese Tortur noch ertragen?

Ein triumphierendes Lächeln breitete sich langsam auf den Lippen des Schattens aus, das sein verzerrtes Gesicht in zwei Hälften teilte. »Ich kenne Peters tiefste, dunkelste Geheimnisse«, sagte er, und seine leise Stimme ging Wendy durch Mark und Bein. »Weil *ich* diese Geheimnisse bin. Ich bin die Vollendung seiner Ängste.«

Der Schatten ließ Wendys Kinn los. Dort, wo seine spitzen Nägel sich in ihre Haut gebohrt hatten, brannten ihre Wangen.

»Er hatte Angst, dich zu verlieren. Er hatte Angst davor, was du über ihn denken könntest. Dass du ihn hassen oder ihn nie mehr würdest wiedersehen wollen, wenn du die Wahrheit erfahren würdest.«

Sie durfte seinen Worten keinen Glauben schenken. Alles, was er tat, tat er mit der Absicht, die Oberhand zu gewinnen. Wendy durchschaute das jetzt, und sie würde sich nicht davon beeindrucken lassen, auch wenn sie spürte, wie Panik durch ihre Adern strömte. »Welche *Wahrheit?*«, fauchte sie, aber der Schatten sprach weiter, als hätte er sie gar nicht gehört.

»Seine Angst gab mir Kraft, und ich konnte mich *endlich* aus der Enge unserer Bindung befreien. Aber ...« – er wandte sich wieder an Wendy – »... solange Peter seine Magie hat, stellte er ein Risiko für mich dar. Es war ein simpler Plan, und doch fiel er so leicht auf ihn herein.« Der Schatten lachte. »Um seine Entschlossenheit noch weiter zu schwächen, brauchte ich ihn nur zu dir zurückzuleiten, den Rest hat Peter selbst erledigt. Er hat dich so vermisst, als du weg warst.«

Wendys Kehle war wie zugeschnürt. Sie hatte Angst, und die Worte krampften ihr den Magen zusammen.

»Es hat ihm tatsächlich das Herz gebrochen. Er *wollte* sich für dich entscheiden, Wendy. Ich musste ihm nur die Gelegenheit dazu geben.« Der Schatten schnalzte missbilligend mit der Zunge. »Also habe ich ihn hergeführt und ihn direkt vor dir fallen lassen, damit du ihn findest. Peters Schwäche für dich war sein Verderben.«

Wendy verschluckte sich an ihrem eigenen Atem. Die Schuldgefühle waren erdrückend. Die klebrige Schwärze kroch an Wendys Beinen empor und ihre Arme entlang. Ihre Brüder, die anderen vermissten Kinder und Peter, der gefesselt auf dem Boden lag und Schmerzen litt, – das alles war ihre Schuld.

»Versteh mich nicht falsch, auch die Angst der Kinder hat mir viel Kraft gegeben. Und ich gebe zu, deine Angst und deine Schuldgefühle sind ganz besonders …« – der Schatten atmete tief und mit einem rasselnden Geräusch ein – »… köstlich. Du bist eine so leichte Beute. Ich brauche dich nur in den Wald zu locken, und die Angst strömt nur so aus dir heraus. Die Narben eines Traumas lassen einem einfach das Wasser im Mund zusammenlaufen. Aber um wen es mir wirklich ging, war Peter. Er hat dich erwählt, und indem er das tat, hat er die verlorenen Kinder im Stich gelassen und wurde seiner Magie beraubt. Die verlorenen Kinder werden also verloren bleiben.«

Peters Augen weiteten sich und bekamen einen verzweifelten, angstvollen Glanz. »*Nein*«, stöhnte er und kämpfte mit neuer Kraft gegen seine Fesseln an. »Ich muss zurück – ich muss ihnen helfen!« Die Worte sprudelten über seine Lippen, während er mit den Fesseln kämpfte und vor sich hin murmelte.

Der Schatten lachte.

Wendy spürte, wie sie immer tiefer in der teerartigen Schwärze versank, als würde sie sie durch den Boden ziehen. Sie zitterte am ganzen Körper, ihr Atem ging stoßweise und schmeckte salzig. Klebrige Ranken schlängelten sich ihre Oberschenkel hinauf und über ihre Arme. Der Druck stieg, legte sich auf ihre Rippen und dehnte sich aus wie ein Ballon. Es schmerzte und brannte und fühlte sich an, als würde es sie jeden Moment zerreißen.

»Wo sind die Kinder, die du entführt hast?«, fragte Wendy scharf. Sie würde dem zitternden Wesen in ihrer Brust nicht nachgeben. »Bring sie zurück!« Sie versuchte, sich loszureißen, versank aber nur noch tiefer in der zähen Schwärze.

Der Schatten warf den Kopf in den Nacken. Kreischendes Gelächter erfüllte den Raum. »Sie waren lediglich Schachfiguren, um an dich heranzukommen, Wendy! Hast du es immer noch nicht begriffen? Erinnerst du dich nicht? Hat er es dir nicht erzählt?« Er musterte sie mit zusammengekniffenen Augen. Auf dem Gesicht des Schattens – Peters Gesicht, nur grausam, dunkel und verzerrt –

zeichnete sich in jedem seiner scharfkantigen Züge übelkeiterregende Schadenfreude ab.

Sie hörte seine Worte, aber sie fügten sich in ihrem Kopf einfach nicht zusammen. Sie ergaben keinen Sinn, ebenso wenig wie das dumpfe Gefühl in ihren Eingeweiden, als würden diese es bereits vor ihr verstehen. Wendy hätte gern getobt und geschrien. »Bring meine Brüder zurück!« Ihre Stimme zitterte und brach.

»Oh, Wendy.« Das Grinsen des Schattens war grausam, und er kicherte amüsiert. »Ich habe deine Brüder nicht. Ich habe sie nie gehabt.«

Wendy erstarrte. *Was?* Sie schüttelte den Kopf. Der Schatten log, natürlich log er. Er wollte, dass sie sich fürchtete. Er versuchte, sie um den Verstand zu bringen. Wendy sah Peter auf der Suche nach Antworten an, aber er wich ihrem Blick aus. Seine Aufmerksamkeit galt allein dem Schatten. Die Muskeln in seinem Kiefer spannten sich an.

Der Schatten beugte sich dicht über sie. Er lächelte, als könnte er ihre Gedanken lesen. Sein Atem stank nach verrottendem Laub und modriger nasser Erde. »Verlorene Kinder sind die Seelen von Kindern, die ihren Weg verloren haben. Und Peter ist ihr Lotse.«

»Ihr Lotse?«, wiederholte Wendy. Verwirrung und Panik rissen sie schier entzwei. Ihr war schwindelig, und sie bekam keine Luft. Sie zitterte so heftig, dass es sich beinahe wie ein Krampfanfall anfühlte. Es war, als wüsste ihr Körper, was kommen würde, aber ihr Gehirn konnte nicht Schritt halten.

»Es ist seine Aufgabe, ihr Leiden zu lindern, ihnen zu helfen, sie von ihrer Angst zu befreien, damit sie hinübergehen können.«

Ihr Atem ging stoßweise. Wendy schüttelte den Kopf. »Peter, wovon redet er?«

Aber der Ausdruck auf Peters Gesicht …

Das hier war ein Albtraum. Sie wollte einfach nur, dass es aufhörte. Sie wollte in ihrem Bett aufwachen, wollte, dass das alles nicht real war. Sie wehrte sich noch heftiger gegen die Ranken, die sich weiter um sie zusammenzogen.

»Wendy …« Peters Stimme klang leise und flehend.

»Nein, nicht«, sagte sie schwach und schüttelte den Kopf. Wendy zerrte an den Ranken, und diese strafften sich, als sie versuchte, aufzustehen und wegzulaufen. Sie schnurrten und strömten über ihre Haut, erregt und hungrig. Als Wendy sich auf die Füße kämpfte, schlangen sie sich um ihren Oberkörper und krochen ihren Hals empor.

»Du musst verstehen …«, begann Peter drängend.

»*Nicht.*« Vor Übelkeit krampfte sich Wendys Magen zusammen. Nein. Nein, nein, nein.

»Ich …« Ein schwarzer Knebel legte sich über seinen Mund und brachte Peter zum Schweigen. Erneut stemmte er sich gegen seine Fesseln. Seine Augen blitzten auf, hektisch und rot gerändert.

»Erlaube mir, es dir zu erklären«, sagte der Schatten. »Schließlich bin *ich* seit unserer ersten Begegnung immer absolut ehrlich zu dir gewesen«, fügte er hinzu und zog die Augenbrauen nach oben. »Peter geleitet die Seelen toter Kinder ins Jenseits. Wenn sie auf eine besonders grauenvolle Weise gestorben sind …« – er heuchelte ein übertriebenes Schaudern – »… dann bringt er sie nach Nimmerland.« Die Worte des Schattens waren so klar, so einfach. Der Verlust stürzte über ihr zusammen und drohte, sie zu Boden zu reißen. »Es ist tatsächlich eine Art Schwebezustand. Tote Kinder kommen zu uns, um zu verarbeiten, was mit ihnen passiert ist, und dann können sie hinübergehen.«

Der Schatten beugte sich vor und umfasste Wendys Kinn wieder mit eisigem Griff. Er atmete tief ein, und seine Lider flatterten, während er die Angst auskostete, die aus Wendy herausströmte. Er sprach langsam und bedächtig und genoss offensichtlich jedes Wort, das sie traf. »Genau das hat er mit deinen Brüdern gemacht. Als er dich neben ihren Leichen gesehen hat und du ihn *angefleht* hast, dich mit deinen Brüdern gehen zu lassen, ist er eingeknickt. Aber lebende Mädchen gehören einfach nicht nach Nimmerland, Wendy«, fügte der Schatten hinzu.

»Deine Brüder sitzen seither dort fest, außerstande weiterzuziehen, weil sie sich so große Sorgen um *dich* machen.« Er ließ ihr Kinn los und tätschelte ihr sanft die Wange. »Und so finden wir uns alle hier wieder. Peter ohne seine Magie und du ohne deine Brüder, während diese bis in alle Ewigkeit zwischen der diesseitigen und der jenseitigen Welt festsitzen.« Der Schatten legte die Fingerspitzen aneinander und schaute zwischen den beiden hin und her, ganz außer sich vor Schadenfreude.

Nein, das war nicht möglich. Das konnte nicht wahr sein. Peter würde sie nicht belügen. Er hatte ihr gesagt, dass sie gefangen waren, dass er und Wendy nur den Schatten besiegen mussten, dann wären sie frei. Ihr Blick suchte in dem von Peter nach Antworten. »Ist das wahr, Peter?«, fragte sie. Ihre Stimme brach. Ihre Sicht trübte sich. »Sind meine Brüder tot?«

Der Schatten schnippte mit den Fingern, und der Knebel über Peters Mund verschwand. Er schnappte nach Luft und hielt kaum ihrem Blick stand. Sein Gesicht war von Schuldgefühlen gezeichnet, seine Augen glasig. Es war unmöglich zu erkennen, woher der Schmerz in seiner Stimme rührte. »Es tut mir so leid, Wendy.«

Die Worte trafen sie wie ein letzter Schlag und zwangen sie in die Knie. Sie konnte nicht aufstehen, konnte nicht denken, nicht atmen. Der Schmerz in ihrer Brust war so grausam, als würde sie entzweigerissen. Aus der klaffenden Wunde ihres Innern brach mit unkontrollierbarer Wucht all ihre Trauer hervor. Schatten quollen über ihre gebeugten Schultern. »Wie konntest du nur?«

»Du musst das verstehen, ich brauchte deine Hilfe, um die Kinder zu retten – sie zu beschützen.« Flehend stieß er die Worte hervor. »Du warst die Einzige, die mir helfen konnte, du ...«

Mit einem weiteren Fingerschnippen sorgte der Schatten dafür, dass der Knebel sich wieder über Peters Mund legte. »Und da hast du es«, verkündete er triumphierend.

Tränen strömten ihr jetzt unaufhaltsam über die Wangen.

Sie sind tot.

Die Worte liefen in einer Endlosschleife durch ihren Kopf. Die Schatten legten sich um sie wie eine Decke aus Öl. Sie spürte, wie sie ihren Hals hinaufkrochen. »Und die verschwundenen Kinder?« Trotz ihrer überwältigenden Trauer brachte es Wendy irgendwie fertig, die Frage auszusprechen. Waren sie ebenfalls alle tot?

»Oh nein«, sagte der Schatten herablassend und untersuchte dabei seine langen Fingernägel. »Sie sind noch am Leben, wenn auch nicht mehr lange.« Das schreckliche Lächeln glitt wieder über sein Gesicht. »Jetzt, da ich habe, was ich will, und mir kein Peter mehr im Weg steht, brauche ich sie nicht mehr.« Der Schatten seufzte wehmütig. »Es wird *köstlich* sein«, schnurrte er. »Dein Leiden ist zwar ebenfalls vorzüglich«, flüsterte er ihr ins Ohr, »aber ich fürchte, Peter und ich müssen uns um andere Dinge kümmern. Lebe wohl, Wendy Darling.«

Sie konnte sich nicht bewegen, aber sie musste nicht aufsehen, um zu wissen, dass Peter und sein Schatten fort waren. Wendy lag zusammengerollt auf der Seite. Das Gefühl des rauen Teppichs an ihrer Wange sagte ihr, dass die Schatten mit den beiden verschwunden waren. Sie blieb weinend auf dem Boden liegen und heftiges Schluchzen schüttelte sie. Ihre Finger gruben sich auf der Suche nach Halt in den Teppich, während alles um sie herum außer Kontrolle geriet.

Ihre Brüder waren tot. John und Michael lebten nicht mehr. Sie würde sie nie wiedersehen. Es gab keine Hoffnung mehr auf ihre Rückkehr. Und sie hatte ihre Leichen gesehen. Sie war bei ihnen gewesen, als Peter sie gefunden hatte.

Was war geschehen? Warum konnte sie sich nicht erinnern?

Tränen rollten ihr über den Nasenrücken und kitzelten ihre Wangen.

Irgendwie hatte sie es wohl schon immer gewusst, auch wenn es in ihrem Unterbewusstsein verschlossen gewesen war. Immer wenn sie sich der Wahrheit genähert hatte, hatte etwas in ihr sie davon weggezogen. War es das, was ihre Mutter gemeint hatte? Sie erinnerte sich nicht, weil ihr Verstand sie vergessen ließ? Versuchte ihr Körper, sie zu schützen, indem er ihr die Erinnerung nahm?

Sie konnte sich nicht länger verstecken.

Mit einer zittrigen Hand griff Wendy nach der Eichel um ihren Hals und umfasste sie fest. Sie presste die Augen zusammen. Sie musste sich erinnern.

Wendy befand sich an einem anderen Ort und in einer anderen Zeit. Sie war im Wald, aber von Nebel umgeben. Suchend lief sie zwischen den Bäumen hindurch.

»John, Michael!« Wendy konnte die Worte ihres jüngeren Ichs aus ihrem eigenen Mund hören. »Wo seid ihr?«

»Hier drüben!«, antwortete John.

Zweige schlugen gegen ihre Handflächen, während sie sie beiseiteschob. Vor sich konnte sie die Stimmen ihrer Brüder hören. Sie betrat eine Lichtung und dort sah sie John und Michael, genau so, wie sie sie in Erinnerung hatte. Die beiden jagten einander um den alten, bleichen Baum, der immer noch knorrig und dürr über ihren Brüdern aufragte.

Nana, ihre alte Bernhardinerhündin, lief im Kreis um sie herum, und ihr Schwanz wedelte hin und her, während ihr der zähflüssige Sabber aus den Lefzen flog.

Beim Anblick des Baums stieg Angst in Wendys Brust auf, aber Michael und John lachten und rannten einfach weiter. Der Schnee knirschte unter ihren Sohlen.

John hob die Arme über den Kopf und stieß einen seltsamen, animalischen Schrei aus, während er schwankend hinter Michael und Nana herstampfte. Im Gegenzug fletschte Michael die Zähne. »Ich habe keine Angst vor dir!«, brüllte er, und Nana stimmte in sein Geheul ein.

John fing an zu lachen, aber dann nahm er sein animalisches Jaulen wieder auf.

Wieder jagte er Michael um den Baum herum, Nana dicht auf den Fersen.

»Wartet auf mich!«, rief Wendy keuchend. Nana begrüßte sie mit einer schlabbrigen, warmen Zunge, die über ihre Handfläche glitt. »Ich konnte nicht mit euch Schritt halten!« Wendy beugte sich vor und kraulte Nana hinter dem großen, weichen Ohr. Sie schaute über ihre Schulter. »Wir sollten zurückgehen. Ich weiß nicht …«

Ein Knall hallte durch die Bäume.

Wendy zuckte zusammen. Nana sprang zurück. Michael hielt sich mit seinen kleinen Händen die Ohren zu.

John brach zusammen.

Es folgte ein Augenblick der Stille, während der Nachhall des Schusses verklang.

»John?« Michael ging auf die Stelle zu, wo John in sich zusammengesunken dalag.

Nana jaulte neben Wendy.

»Warte …«, sagte Wendy, aber bevor sie ihren Satz beenden konnte, ertönte ein weiterer Knall.

Michael fiel zu Boden.

Die zwölfjährige Wendy rührte sich nicht. Ihre Brust hob und senkte sich hektisch, ihr Atem ging ungleichmäßig. Nana jaulte noch drängender, kurz davor in ein Kläffen auszubrechen. Wendy starrte ihre Brüder an. »John?« Sie trat näher. »Michael?« Keiner der beiden bewegte sich oder sagte etwas.

John lag auf dem Rücken, die Beine in einem seltsamen Winkel. Michael hatte sich auf der Seite zusammengerollt.

Wendy starrte ins Leere.

»Hört auf mit dem Quatsch, ihr zwei. Das ist nicht witzig«, sagte sie, als sie sich schließlich zu ihnen heranschlich.

Nana kroch zentimeterweise näher und schnüffelte am Boden. Ihre Pfoten knirschten im Schnee. Sie stupste mit der Nase gegen Michaels schlaffen Arm.

Ein roter Fleck breitete sich auf der Vorderseite seines Shirts aus.

Das Rot quoll auch aus Johns Hals, sammelte sich im Schnee und brachte diesen zum Schmelzen.

Ein Schluchzen saß in Wendys Kehle fest.

Nana wimmerte, stupste immer wieder John und Michael an und umkreiste sie jaulend. Die rote Farbe war jetzt auch in ihrem cremefarbenen Fell.

Wendy stand wie erstarrt im Schnee, schaute auf ihre Brüder hinab und bebte am ganzen Körper.

Schritte, die auf dem Schnee knirschten, ließen Wendy zusammenzucken und rissen sie aus ihrer Trance. Voller Furcht sah sie sich um, bevor sie sich hinter einer Reihe dicht beieinanderstehender Bäume versteckte. Sie kroch unter die großen Sträucher, die darunter wuchsen.

Verzweifelt lief Nana zwischen John und Michael hin und her, den Schwanz eingezogen.

Ein Mann in einer hellrot karierten Flanelljacke kam auf die Lichtung gestolpert. Er trug eine fellgefütterte Jägermütze. Über seiner Schulter hing ein Gewehr. Er wandte Wendy den Rücken zu, aber sie konnte dennoch sehen, dass er eine Bierflasche in der Hand hielt.

Nana stellte sich genau zwischen den Mann und John und Michael. Die liebe Nana, normalerweise so sanft und verschmust, bleckte die Zähne und knurrte.

»Nana?« Die Stimme des Mannes klang vertraut, verwirrt. »Los, verschwinde«, lallte er und trat Schnee nach der Hündin. Nana zuckte zurück, weigerte sich aber, sich auch nur einen Schritt von

der Stelle zu bewegen. Mit schnappendem Maul begann sie, wie wild zu bellen.

»HE!« Diesmal schrie der Mann sie an. Er stellte seine Bierflasche in den Schnee und nahm das Gewehr von der Schulter.

Das Entsetzen ließ jeden Muskel in Wendy erstarren.

Aber der Mann zielte bloß in den Himmel, als er einen weiteren Schuss abfeuerte. Die Patronenhülse flog durch die Luft und fiel in den Schnee.

Nana sprang zurück und rannte von der Lichtung.

»Blöder Hund«, brummte der Mann hinter Nana her und hängte sich das Gewehr wieder über die Schulter. »Wirst noch erschossen, wenn du so durch die Gegend rennst.« Mit einer großen Hand riss er sich die Mütze vom Kopf.

Der Schock verschlug Wendy den Atem.

Mr. Davies wischte sich mit den Armen seiner rot karierten Flanelljacke den Schweiß von der Stirn. »Was haben wir denn da«, murmelte er vor sich hin, während er auf den alten Baum zuging.

Er blieb jäh stehen. Die leblosen Körper von John und Michael lagen vor ihm auf dem Boden.

Mr. Davies fiel auf die Knie. »Nein! Nein, nein, nein!« Seine Stimme war jetzt viel klarer und ganz schrill vor Entsetzen. Er schüttelte John und Michael, aber sie rührten sich nicht. Er murmelte vor sich hin und sah sich hektisch um.

Wendy duckte sich noch tiefer in ihr Versteck und presste die Hände vor den Mund, um nur ja keinen Laut von sich zu geben.

Mr. Davies mühte sich auf die Füße und lief stolpernd zurück in die Richtung, aus der er gekommen war.

Als seine Schritte nicht mehr zu hören waren, kroch Wendy aus ihrem Versteck und lief zu ihren Brüdern. »John, Michael!« Sie warf sich neben sie auf den Boden und schüttelte sie, so heftig sie konnte. »Wacht auf!«, flehte sie. »Bitte, wacht auf!« Wendy krümmte sich zusammen. Ein heftiges Schluchzen schüttelte sie. Der kalte, harte Boden drückte sich schmerzhaft in ihre Knie.

Wendy hatte sich noch nie so machtlos gefühlt. Speichel sammelte sich in ihrem Mund, und sie glaubte, sich übergeben zu müssen, so schrecklich war es, noch einmal zu durchleben, wie ihr jüngeres Ich über ihren toten Brüdern weinte. Sie wollte weglaufen, sich zurückziehen, um sich den Rest nicht mitansehen zu müssen, aber da ertönten weitere Geräusche im Unterholz.

Peter flog durch die Bäume und landete nur wenige Schritte von der Stelle entfernt, an der Wendy kauerte. Es war der Peter, den sie in ihren Erinnerungen an Nimmerland gesehen hatte. Ein Junge mit zerzaustem, rostrotem Haar in aus dicken Blättern genähter Kleidung.

Als er Wendy über den Leichen ihrer Brüder weinen sah, erstarrte er. »Wendy?«, fragte er.

Wendy hob ihr tränenüberströmtes Gesicht und sah ihn an. Als sie ihn erkannte, traf es sie mitten ins Herz, doch die Verzweiflung überwältigte sie sofort wieder. »Peter, hilf mir, bitte, hilf mir!«, flehte sie unter Schluchzen.

Peter schob sich langsam neben Wendy, seine hellen Augen weit aufgerissen. Er sah Michael und John an. Sanft schüttelte er den Kopf. »Wendy, es tut mir so leid …«

»Bitte, hilf ihnen, Peter!«, rief sie.

»Das kann ich nicht, Wendy. Ich muss sie mitnehmen.« Sein Gesicht war schmerzverzerrt.

Wendy schluchzte noch heftiger. Ihre Stimme brach. »Nein, das darfst du nicht! Du darfst mir John und Michael nicht wegnehmen!«

Das Knirschen näher kommender Schritte ließen sie und Peter aufblicken.

Wendy geriet in Panik. »Er kommt zurück! Bitte, lass mich nicht allein. Du musst mich mitnehmen! Bitte, Peter!«

Wendy sah den traurigen Ausdruck in Peters Gesicht. Er griff nach ihrer Hand, und im nächsten Moment versank alles in Schwärze.

Der Schmerz war scharf und allumfassend. Wendy lag zusammengerollt auf der Seite. Das Bild ihrer Brüder im Schnee, in dem sich das Rot im Weiß ausbreitete, brannte sich in ihre Seele. Die beiden waren am Fuß des Baumes zusammengebrochen. Das war der Grund, warum ihr Unterbewusstsein ihn ihr immer wieder ins Gedächtnis rief und ihre Hände mit solcher Dringlichkeit dazu brachte, ihn zu zeichnen. Es versuchte sie dazu zu bringen, sich zu erinnern, und Wendy begriff jetzt, warum sie sich so heftig dagegen gewehrt hatte. Sie war davor geflohen, aber sie konnte dem Grauen nicht entkommen, und jetzt fürchtete sie, dass es sie für immer verfolgen würde.

Ihre Brüder waren tot, und sie trug die Schuld daran.

Sie war ihre ältere Schwester. Sie hatte gewusst, dass sie nicht allein in den Wald durften. Wenn sie etwas gesagt hätte, wenn sie sie früher gezwungen hätte umzukehren, wäre das alles nicht passiert. Sie wären noch am Leben. Sie hatte sich um sie kümmern und sie beschützen sollen, aber sie hatte versagt. Und dieses Versagen bedeutete den Verlust ihrer Brüder und schlimmer noch, die Zerstörung ihrer Familie. Wäre sie nicht gewesen, wären die beiden unversehrt.

Und jetzt? Es war keine Frage, ob, sondern nur, wann ihre Eltern herausfinden würden, dass Wendy an allem schuld war.

Jahrelang hatten sie im Ungewissen gelebt, und das alles nur, weil Wendy die Wahrheit nicht ertrug. Hatte sie sich wirklich die ganze Zeit über selbst belogen?

Wendy machte sich noch kleiner. Sie vergrub das Gesicht zwischen den Knien und die Finger in ihrem Haar. Ein animalisches, unkontrollierbares Schluchzen schüttelte sie. Sie musste daran denken, wie Mr. Davies in seiner hellroten Jacke betrunken zu John und Michael hinübergestolpert war.

Mr. Davies. Sie konnte es kaum glauben. Er hatte John und Michael erschossen. Er hatte sie getötet, und in all der Zeit seine Tat nie gestanden. Es verursachte ihr Übelkeit, daran zu denken, wie freundlich er immer zu ihr gewesen war – er hatte sich nach ihr erkundigt, hatte ihr extra mehr Geld gegeben, wenn sie auf seine Söhne aufgepasst hatte, damit sie es fürs College sparen konnte. Hatte er versucht, seine Tat wiedergutzumachen?

Blanke Wut stieg in Wendy auf. Er war der *Freund* ihres Vaters. Mr. Davies hatte sie und ihre Eltern leiden lassen. Ihre Trauer hatte sich über fünf Jahre hingezogen. Er hatte ihnen nicht nur John und Michael geraubt, sondern auch verhindert, dass sie die Wahrheit erfuhren und sie irgendwie verarbeiten konnten. Es hatte ihre Familie zerstört.

Sie war nicht die Einzige, der John und Michael entrissen worden waren. Auch ihre Eltern hatten gelitten und litten noch heute. Wendy hatte nicht nur ihre Brüder verloren. Sie hatte die tröstliche Berührung ihrer Mutter verloren, wenn sie ihr früher in traurigen Momenten liebevoll den Rücken gestreichelt hatte. Sie hatte ihren energischen und doch sanften Vater verloren, der ihr durch ihre Sorgen und Albträume half. Jetzt waren ihre Eltern nur noch Schatten ihrer selbst. Das Haus der Darlings hatte sein Licht und sein Lachen verloren. Wendys Kindheit war an dem Tag zu Ende gegangen, an dem sie und ihre Brüder in den Wald gelaufen waren.

Und jetzt würden vier weitere Familien genauso leiden wie ihre. Vier weitere Familien würden den Verlust ihrer Kinder betrauern ohne Antworten oder Erklärungen. Fünf weitere Kinder wären verloren, fortgeholt und festgehalten vom Schatten, der sich von ihrer Angst nährte und daraus seine Kraft zog.

Zwei von ihnen waren Mr. Davies' eigene Söhne. Wendy hätte sich gern darüber gefreut – sich damit getröstet, dass er dasselbe durchmachen musste, was er ihrer Familie angetan hatte –, aber sie brachte es nicht fertig. Matthew und Joel waren nette Jungs. Sie verdienten es nicht, für den Rest ihres Lebens in einem Albtraum gefangen zu sein für etwas, das ihr Vater getan hatte. So wütend sie war, so viel Zorn und Rachsucht sie Mr. Davies gegenüber empfand, sie konnte sich nicht dazu überwinden, irgendjemandem das Leid zu wünschen, das sie und ihre Eltern durchgemacht hatten, nicht einmal ihrem schlimmsten Feind. Sie kannte *alle* verschwundenen Kinder, und sie kannte deren Familien.

Sie konnte nicht einfach tatenlos mitansehen, wie weitere Familien litten. Und das würde sie auch nicht tun.

Wendy weigerte sich, sie aufzugeben, und sie weigerte sich, Peter aufzugeben.

Sie hievte sich in eine sitzende Position, und ein hartnäckiger Schluckauf erschütterte ihre Brust, als sie sich mit der Hand über die Augen fuhr.

Peter hatte sie belogen, aber er versuchte, die verlorenen Kinder in Nimmerland zu retten. Es war eine noch wichtigere Aufgabe, als Wendy bewusst gewesen war. Wie fühlte es sich wohl an, das Leid der Kinder mitanzusehen? Dort zu sein, um die Seelen von Kindern zu leiten, die eines schrecklichen Todes gestorben waren? Zu versuchen, sie von ihrer Angst zu befreien und sie glücklich zu machen, damit sie zur anderen Seite hinübergehen konnten? Peter versuchte mit allen Mitteln, sich um sie zu kümmern. Nur war ihm Wendy in die Quere gekommen.

Kein Wunder, dass auf der Insel alles auseinanderzufallen drohte. Wendy war das einzige lebende Kind in Nimmerland gewesen.

Und Peter hatte Gefühle für sie entwickelt.

Wendys Magen flatterte, und sie presste sich die Finger auf die Lippen. Die Erinnerung an den Ausdruck auf Peters Gesicht, so erschrocken und besorgt, als er sie ganz dicht zu sich herangezogen hatte, ließ Wärme durch ihren ganzen Körper strömen. Sie dachte an seine leuchtenden Augen und wie er blinzelte, wenn sein breites, unbefangenes Lächeln sein Gesicht eroberte. Wendy dachte daran, wie sanft er Alex gegenüber gewesen war, seine Verspieltheit im Umgang mit Cassidy und an seinen festen, unerschütterlichen Blick, wenn er mit Wendy redete.

Sie musste das alles in Ordnung bringen. Sie musste den Schatten aufhalten und die Kinder retten. Sie musste Peter retten. Ohne ihn würden die verlorenen Kinder in Nimmerland verloren bleiben. Ihre Brüder würden niemals weiterziehen können.

Wendy hatte große Angst, aber sie würde nicht aufgeben. Diesmal würde sie John und Michael nicht im Stich lassen. Mit Mühe kam sie auf die Füße und stolperte ins Badezimmer. Das Nähset befand sich immer noch auf dem Badewannenrand, wo sie es liegen gelassen hatte, als sie vor ein paar Tagen ihre Jeans geflickt hatte. Sie schnappte es sich und stopfte es sich in die Tasche. Mit einem tiefen, beruhigenden Atemzug füllte sie ihre Lungen. Sie umfasste die Eichel um ihren Hals mit festem Griff.

Was es auch kostete, Wendy würde diesem Albtraum ein Ende setzen. Sie würde kämpfen.

Kapitel 21
Verloren im Nimmerwald

Wendy rannte durch den Wald. Über den Zaun zu springen und auf die Bäume zuzustürmen, hatte sich angefühlt, als würde sie sich kopfüber in eine ganz neue Welt stürzen. Eine dunkle Welt aus knorrigen Ästen, wogenden Schatten und den Geräuschen von *irgendetwas*, das sie nicht sehen konnte.

Ihr Herz schlug unregelmäßig, das Blut trommelte ihr in den Adern. Äste ächzten und schwankten. Windböen rissen mit kalten Fingern an ihrem Haar. Nur die Geschwindigkeit, mit der sie durch die Bäume stürzte, bewahrte ihre Füße davor, sich in dem nach ihnen greifenden Gestrüpp zu verfangen, oder im unebenen Boden zu versinken.

Die Magie des Schattens sickerte durch den Wald und verwandelte ihn, verzerrte ihn zu einem Albtraum, der mit jedem Schritt mächtiger wurde. Während das Adrenalin durch ihre Adern pulsierte, erhoben sich schwarze Gestalten am Rand ihres Gesichtsfelds.

Sie kamen kreischend auf sie zugerannt und schnappten nach ihren Fersen, umkreisten sie, während sie sie beschnupperten und wie hungrige Tiere immer näher kamen. Sie bedrängten sie, als versuchten sie, sie vom Kurs abzubringen, aber Wendy rannte weiter und zwang sich, noch schneller zu laufen, wenn sie ihr zu nahe kamen.

Es war, als hätte jemand den Mond und die Sterne ausgepustet. Nichts kam ihr vertraut vor. Sie konnte nicht sagen, wo sie war oder wohin sie lief. Sie hatte keine Ahnung, ob sie sich ihrem Ziel näherte oder ob der schreckliche Wald sich drehte und sie im Kreis rennen ließ. Sie weigerte sich, sich von den Bewegungen, die sie aus den Augenwinkeln wahrnahm, ablenken zu lassen.

Instinkt war das Einzige, was Wendy durch den Wald leitete. Der Wald war nicht wiederzuerkennen, aber ihre Füße trugen sie zwischen Bäumen hindurch, über umgestürzte Stämme und unter tief hängenden Ästen hindurch. Ihr Körper kannte den Weg, auch wenn er ihrem Verstand fremd war.

Jedes Geräusch, das sich zwischen den Bäumen erhob, jagte Wendy einen Schauer über den Rücken. Ein rasselnder Atem streifte ihren Nacken. Der unnatürliche Schrei eines Hirschs ging ihr durch Mark und Bein. Eine Kakofonie von rufenden Eulen strich ihr wie mit kalten Fingernägeln über die Haut. Wendy keuchte schwer. Ihr Haar klebte ihr an den Lippen. Ihr Herz raste. Sie durfte nicht umkehren. Sie durfte nicht stehen bleiben. Sie musste Peter finden. Sie musste die Kinder finden, bevor es zu spät war.

Wendy zwang sich weiterzurennen und stürzte auf eine Lichtung. Dort kam sie schlitternd zum Stehen, und Erde und Blätter wirbelten auf. Der Faden, der an ihrer Brust zerrte und der sie durch den Wald gerissen hatte, verschwand, als wäre er plötzlich durchtrennt worden.

Vor ihr ragte der Baum auf, der in der Dunkelheit noch gewaltiger aussah. Schatten fingen sich in den Furchen, die sich wie tiefe Narben durch seine dicke graue Rinde zogen.

»Wendy!« Ihre Brust hob sich, und sie wurde kurz von Erleichterung durchflutet. »Oh mein Gott, ich habe euch gefunden.«

Benjamin, Ashley, Matthew, Joel und sogar der kleine Alex

drängten sich in einer Art Käfig eng aneinander. Sie sahen zwar mitgenommen aus – zerzaustes Haar, schmutzige Gesichter und verdreckte Kleidung –, aber sie waren alle am Leben und unversehrt.

»Wendy, Hilfe!«, rief Ashley. Ihre Wangen waren gerötet, und Tränen liefen ihr über das blasse Gesicht.

»*Bitte!*«, sagte Benjamin, dessen Stimme mit einem Schluchzen brach, während er an den Gitterstäben rüttelte.

»Sch, sch, ruhig, ist ja schon gut. Ich hole euch da raus«, krächzte Wendy.

Natürlich waren das keine gewöhnlichen Gitterstäbe. Es war auch kein normaler Käfig. Er bestand aus denselben hin- und herwogenden Schattenranken, die schon zweimal versucht hatten, sie einzufangen. Die Ranken, mit denen auch Peter gefesselt worden war.

Wendy packte sie und zerrte mit aller Kraft daran. Sie gaben kaum nach und pulsierten in ihren Händen wie ein groteskes Herzklopfen.

»Du musst uns hier rausholen!«, bettelte Joel. Matthew kauerte weinend neben seinem älteren Bruder, die Finger in Joels T-Shirt gekrallt.

Sie riefen nun alle durcheinander, bettelten und flehten, nur Alex blieb still. Sein ganzer Körper, der in seinem großen blauen Kapuzenpulli versank, bebte heftig. Er streckte einen Arm nach Wendy aus und drückte seine tränenüberströmte Wange an das Gitter, während er versuchte, sich hindurchzuzwängen. Wendy hielt seine winzige Hand fest, die hilflos durch die Luft fuhr. Die Hand war kalt und feucht in ihren Fingern.

»Ist schon gut, alles ist gut«, sagte sie wieder und wieder. Ihre Stimme klang gepresst und verriet ihre eigene Angst, während sie versuchte, die Kinder zu trösten. Schließlich ging sie in die Hocke und blickte Alex in die großen braunen Augen. »Es wird alles gut. Ich werde euch rausholen«, versprach sie und legte eine Hand an

Alex' Wange. Er drückte sich ihrer Hand entgegen, und ein Schluchzen schüttelte seinen kleinen Körper.

»Ich werde euch *alle* rausholen«, betonte sie. »Ich muss nur … ich muss nur …«

»Wir müssen wirklich aufhören, uns auf diese Weise zu treffen. Langsam wird es lästig.«

Der Schatten lag ausgestreckt auf einem dicken Ast und ließ ein Bein herunterbaumeln. Seine Augen verengten sich zu Schlitzen, während er auf Wendy herabstarrte. Alle Spuren seiner früheren vergifteten Fröhlichkeit waren verschwunden.

»Lass sie frei.« Wendy zwang sich, einen Schritt von dem Gefängnis der Kinder wegzutreten. Hinter ihr ertönte Schniefen und Wimmern. »Ich werde nicht zulassen, dass du ihnen wehtust.«

»Dass ich ihnen *wehtue?*« Er zog seine dunklen Augenbrauen zusammen. »Ich brauche sie lebendig und *verängstigt.* Gerade auf ihr geistiges und emotionales Leid bin ich aus.« Sein Blick wanderte hinunter zu den Kindern. Mit einer Drehung seines Handgelenks ging ein Luftzug durch die Bäume. Er bleckte die Zähne. »Doch ich habe dieses Katz-und-Maus-Spiel langsam satt, Wendy.« Er warf ihr einen Blick aus seinen tief in den Höhlen liegenden Augen zu. »Es macht keinen Spaß mehr.«

»*Wendy*«, kiekste Ashley.

»Ich gehe nicht weg, keine Sorge.« Wendy trat einen Schritt näher an den Baum heran und verankerte beide Füße fest im Boden. »Wo ist Peter?« Ihre Beine zitterten, aber zumindest ihre Stimme klang fest.

»Peter?« Der Schatten gähnte, und seine knochigen Gelenke knackten, als er sich auf dem Ast streckte. »Oh, er steckt da gerade in etwas fest.« Ein bösartiges Lächeln verzerrte seine Lippen. Sein langer Finger zeigte auf eine Stelle irgendwo über ihrem Kopf.

Wendy schaute auf.

Dort oben in der Luft schwebte Peter.

Dicke, seilartige Schatten hingen von einem der knorrigen Äste des großen Baums herab. Sie schlangen sich um seine Taille und zwangen seinen Rücken in eine unnatürliche Krümmung. Weitere Schatten schlängelten sich um seine Arme und Beine und um seinen Hals. Sie pulsierten und zuckten und raubten ihm sein Licht.

Peters Haut war jetzt fast farblos. Das kräftige Rostrot seines Haares war verblasst. Es hatte den geisterhaften Silberton von Sternenlicht angenommen. Dünne goldene Rinnsale, flüssige Magie, liefen von Peters Nase und aus den Winkeln seiner geöffneten grauen Lippen. Er bewegte sich nicht, sprach nicht. Seine Augen waren geschlossen, und seine tiefvioletten Lider flatterten kaum merklich. Ein einziger goldener Tropfen kullerte aus seinen Wimpern und rann ihm über die Wange.

Wendy sog scharf die Luft ein und hatte dennoch das Gefühl zu ersticken. »Peter.«

»Es ist nur eine Frage der Zeit, bis Peter Pan nicht mehr existiert«, erklärte der Schatten langsam, als koste er jedes einzelne Wort genüsslich aus.

Zorn loderte in ihr auf. »Warum tust du das?«, knurrte sie.

»Warum?« Die Augen des Schattens verengten sich zu schmalen Schlitzen. *»Warum?«* Er war jetzt nicht mehr entspannt, und sah auch alles andere als belustigt aus. Als er aufstand, erstarrte sein ganzer Körper. Der Boden unter ihren Füßen begann zu beben. »Früher herrschten die Schatten und die Dunkelheit mittels Angst über die Menschen«, erklärte er ihr. »Dann übernahm die Lichtmagie die Macht, durch Geschöpfe wie Peter. Er wurde als mein genaues Gegenteil erschaffen, dazu bestimmt, Glück und Lachen zu bringen«, zischte der Schatten und zog die Lippen über seinen glänzenden Zähnen zurück. »Peter hat sich um die verlorenen Seelen der Kinder gekümmert, die ich einst quälte!«

Seine Donnerstimme vibrierte durch Wendys Brust. Ein kalter

Schauer lief ihr über die nackten Arme. Sie hörte die Angstschreie hinter sich. Sie drückte die Schultern durch und trat energisch zwischen die in ihrem Käfig eingeschlossenen Kinder und den Schatten auf seinem Baum.

»Er hat ihnen Frieden gebracht, und schon bald gab es nicht mehr genug Leid für mich, von dem ich mich ernähren konnte. Ich wurde schwach und war an ihn gefesselt!« Die Äste des Baums erbebten. Der Schatten ließ die Schultern kreisen und seinen Nacken knacken. Er schloss für einen Moment die Augen und holte tief Luft. »Aber damit wird es nun bald vorbei sein«, sagte er ruhig und grinste. »Ich werde deinen heiß geliebten Peter vernichten, und nichts kann mich mehr aufhalten.«

Mit einer Drehung seines Handgelenks zerrissen die schwarzen Ranken, die Peter hielten. Er fiel mit einem dumpfen Aufprall zu Boden. Seine Arme waren zu beiden Seiten ausgebreitet wie gebrochene Flügel.

»Peter!« Wendy lief zu ihm und ließ sich neben ihm auf die Knie fallen. »Peter, mach die Augen auf, du musst aufwachen.« Verzweifelt rüttelte sie an seiner Schulter. Sie drückte ihm die Hand auf die Wange. Ihr Daumen streifte das Gold, das aus seinem Mundwinkel rann. Es fühlte sich warm und klebrig auf seiner eiskalten, bleichen Haut an.

Er war so blass … lebte er überhaupt noch?

Peter stöhnte, ein kehliger Laut, der tief aus seiner Brust kam.

Etwas zwischen einem Schluchzen und einem erleichterten Seufzer entwich ihren Lippen. Seine Brust hob und senkte sich in schnellen, flachen Atemzügen. »Wendy?« Er versuchte, die Augen zu öffnen, um sie anzusehen, aber sie rollten immer wieder blicklos in seinem Kopf zurück. Das kobaltblaue Sternenlicht in ihnen war verschwunden, ersetzt durch riesige schwarze Pupillen. Schwer und ohne rechte Kontrolle hob er die Hand. Seine kalten Finger drückten sich gegen ihre Wange, seine Handfläche berührte den hämmernden Puls in ihrem Hals. »Nein«, stöhnte er mit vor Kummer belegter Stimme, die in ein Schluchzen überging. »Du musst … du musst sie von hier wegbringen.« Peter versuchte, den Blick auf Benjamin, Ashley, Matthew, Joel und Alex in ihrem Käfig zu richten. »Du musst auf sie aufpassen.« Ein weiterer bebender Atemzug. Peters Gesicht verzog sich. »Es tut mir leid, es tut mir so leid«, murmelte er.

Wendy legte ihre Hand auf seine und drückte sie. »Es wird alles gut, du wirst wieder gesund«, sagte sie. Eine heiße Träne tropfte von ihrem Kinn. »Du musst einfach durchhalten, okay?« Sie durfte ihn nicht verlieren. Sie würde ihn nicht verlieren. Aber wie sollte sie allein den Schatten aufhalten?

»Nein, wie poetisch!«, meldete der Schatten sich zu Wort. Er lächelte selbstzufrieden. »Du wirst zusehen können, wie ich das, was noch von Peter übrig ist, aussauge, und sein letzter Gedanke wird sein, dass es ihm nicht gelungen ist, dich zu retten«, gurrte er. Seine schwarzen Augen wanderten zu den Kindern hinüber, die von den Gitterstäben zurückwichen. »Mmmm.« Der Schatten reckte den Hals und atmete tief durch die Nase ein. Sein Mund verzog sich zu einem bösartigen Lächeln, als er sich wieder auf die Kinder konzentrierte. *»Köstlich.«* Peters Augen wurden groß und sein Blick flehend. Er war zu schwach, um noch etwas zu sagen. Suchend streckte er seine Hand aus, als Wendy ihre zurückzog.

Mit einem letzten Blick auf Peter stand Wendy auf und wandte sich dem Schatten zu. »Er muss mich auch nicht retten.« Sie stellte sich schützend vor die Kinder und ballte die Hände zu Fäusten. »Ich werde nicht zulassen, dass du mir auch nur eins von ihnen nimmst«, erklärte Wendy fest und laut.

Panische Stimmen erhoben sich hinter ihr.

»Wendy!«

»Tu es nicht!«

Der Schatten warf den Kopf in den Nacken und ließ ein kreischendes Lachen hören. »Du hast *Angst!*«, heulte er mit grausamer Fröhlichkeit. Sein Lächeln wurde breiter, zog sich von Ohr zu Ohr und ließ scharfe Zähne erkennen. »Ich kann sie an dir riechen, Wendy Darling. Die Angst strömt dir aus den Augen und sickert dir aus jeder Pore.«

Er hatte recht. Ihre Knie zitterten, ihre Augen brannten, und sie war in Schweiß gebadet, aber sie weigerte sich, klein beizugeben. »Ich werde nicht zulassen, dass du ihnen weiter wehtust!«, rief sie dem Schatten zu.

Ein leises Knurren schwoll in der Kehle des Schattens an. »Du wagst es, mir zu trotzen?«, fragte er mit Donnerstimme. Weitere Schatten umkreisten wirbelnd den Fuß des Baums.

»Du hältst dich für so mächtig, aber alles, was du tust, ist, kleine Kinder zu erschrecken!«, schrie Wendy.

»Wendy Darling«, knurrte der Schatten. »Du kannst keins von ihnen retten, genauso wenig, wie du deine Brüder retten konntest!«

Die Worte erschütterten sie bis ins Mark, aber sie wankte nicht. »Deinetwegen sind sie dazu verdammt, in der Zwischenwelt umherzuirren, außerstande, Ruhe und Frieden zu finden!«

Das Weinen ihrer Brüder erfüllte die Luft. Wendy blickte sich suchend nach ihnen um, aber ihre Hilferufe wirbelten mit den sich aufbauenden Schatten um sie herum, umkreisten sie und kamen immer näher.

»Deine eigenen Eltern können es kaum ertragen, dich anzusehen!«, rief der Schatten. »Du bist nichts weiter als eine Erinnerung an das, was sie verloren haben!«

Dunkle Gedanken drangen in Wendys Geist: Die geschlossene Tür zu ihrem alten Zimmer. Das gedämpfte Weinen ihrer Mutter im Bad. Der Alkoholgeruch, der von ihrem Vater ausging, wenn er an seinem Schreibtisch in sich zusammensackte. Der Wind ließ ihr Haar gegen ihre Wangen schlagen.

»Du bist schuld, dass John und Michael tot sind, Wendy Darling.« Die Worte trafen sie wie ein Tritt in die Eingeweide. Wendy taumelte.

Unter den klagenden Stimmen konnte Wendy noch immer Ashley und Benjamin nach ihr rufen hören. Durch den Schwarm von Schatten, die sie umkreisten, waren sie allerdings kaum noch zu erkennen. Der Käfig verblasste, die Gitterstäbe zitterten und wurden dünner, während alle Schatten in den rauchigen Strudel um sie herum eingesogen wurden.

Die Schatten verschmolzen, vergaßen die gefangenen Kinder, um pures Grauen auf Wendy herabregnen zu lassen – schreckliche Erinnerungen und die Schreie von John und Michael. Sie sah, wie die Kinder an den Gitterstäben rüttelten. Matthew hatte sich schon fast hindurchgezwängt, dicht gefolgt von Joel.

Gut – wenn sie die Schatten genügend ablenkte, dann konnten die Kinder vielleicht weglaufen. Der Gedanke verlieh ihr neue Entschlossenheit. Doch Wendy zitterte am ganzen Körper und sie konnte sich kaum noch auf den Beinen halten. Sie spürte, wie die Schatten sich um sie herum zusammenzogen. Spürte, wie sie sich zu ihren Füßen sammelten und sich um ihre Beine schlangen. Wie sie die klaffende Leere in ihrer Brust füllten.

»Gib auf, Wendy.« Die Worte hallten durch ihren Kopf. Die Schatten krallten sich bereits an ihrer Kehle fest.

Wendy versuchte, sich auf glücklichere Erinnerungen zu konzentrieren, während ein Hagelsturm aus schlimmen Gedanken auf sie einprasselte. Sie dachte an den Wasserfall und an die Lagune. An die Grübchen in Peters Wangen, wenn er lächelte, den Wassertropfen, der an seiner Nasenspitze gehangen hatte.

Sie zwang sich, sich an das Frühstück in ihrer Kindheit zu erinnern. Wie sie und ihre Brüder den Finger in die Schüssel mit Pfannkuchenteig getaucht hatten, während ihre Mutter lachend am Herd stand. Wie ihr Vater sie an kühlen Herbsttagen durch den Garten jagte.

Der Boden bebte unter ihren Füßen. Der Wind schlug gegen ihre Wangen und zerrte an ihren Haaren. Wendy stemmte sich dagegen. Grässliche Schreie erfüllten ihre Ohren. Die Schatten vibrierten auf ihrer Haut. Sie waren unerbittlich. Durch das Gewimmel in der Dunkelheit konnte sie sehen, wie die letzten Reste des Käfigs auseinanderfielen, konnte gerade eben erkennen, wie die Kinder freikamen, bevor alles in Dunkelheit versank.

Bilder ihrer getöteten Brüder stürzten auf Wendy ein. Heiße Tränen liefen ihr über die Wangen. Die Stimmen in ihrem Kopf brüllten.

Fort. Tot. Ermordet. Deine Schuld. Deine Schuld. DEINE SCHULD.

Wendy versuchte, sich an die Erinnerung an ihre auf dem Rücken liegenden Brüder zu klammern, – nicht auf dem kalten, schneebedeckten Boden, sondern an einem klaren Sommerabend in ihrem Garten auf piksendem Gras, während sie zu den Sternen emporschauten. Sie dachte an ihre Eltern, die in Liegestühlen Limonade tranken, während sie und ihre Brüder durch die Sprinkleranlage rannten.

Wendy erinnerte sich an Michael, der ihr direkt vor die Füße lief. Sie taumelte einen Schritt zurück. Sie konnte ihn förmlich fühlen, seinen winzigen Körper, der mit ihrem zusammenstieß, und seine kleinen Arme, die sich um ihre Taille legten. Wendy spürte einen weiteren dumpfen Stoß, diesmal in ihrem Rücken – John, der sie von hinten in die Arme schloss.

Ein Schluchzen schüttelte Wendy. Sie konnte sich daran erinnern. Sie fühlte förmlich, wie sie sie festhielten. Johns Gesicht an ihre Schulter gedrückt. Michaels flaumiges Haar unter ihren Fingerspitzen. Es fühlte sich so real an.

Zu real.

Wendy öffnete die Augen. Die Schatten wirbelten weiter herum und kreischten, aber …

Sie schaute nach unten. Wendys Finger glitten durch weiche braune Locken. Ein Ruck durchfuhr sie. *Michael?* Seine Arme waren fest um sie geschlungen, sein Kopf an ihre Seite gedrückt.

Tränen stiegen Wendy in die Augen, und um sie herum verschwamm alles, während ihre Hand weiter auf seinem Kopf lag. Von hinten umschlangen Arme ihre Taille und hielten sie fest.

John? Blind griff Wendy hinter sich und versuchte, ihn zu fassen zu kriegen.

Wie ein Stromschlag durchfuhr es sie, während sie versuchte, sie festzuhalten und enger an sich zu ziehen, obwohl der Griff der Jungen bereits so fest war, dass Wendy kaum noch atmen konnte.

Wendy wollte sie fester an sich ziehen. *Sie lebten.* Sie bekam die Rückseite von Michaels dickem Kapuzenpulli zu greifen …

Sie erstarrte.

Sein … Kapuzenpulli?

Wendy senkte den Blick und blinzelte gegen den stürmischen Wind an.

Ein blauer Kapuzenpulli, in dem er beinahe vollkommen versank.

Ihr wurde klar, dass es mehr als zwei Kinder waren, die sich an sie drückten. Wendy war umringt von bebenden Gestalten, gepackt von verzweifelten Händen und Armen. Benjamin, Ashley und Matthew pressten sich an Wendy, dem heulenden Schatten den Rücken zugewandt.

Es war Joel, nicht John, der sie von hinten umklammerte.

Es war nicht Michael, der sie umarmte, sondern ein verängstigter und zitternder Alex.

Der Käfig war nicht mehr stark genug gewesen, und sie waren ihm entkommen. Und statt wegzulaufen, waren sie zu ihr gekommen. Sie versuchten, sie zu beschützen.

Sie versuchten, sie in Sicherheit zu bringen.

Vor ihr verzerrte sich der Schatten und heulte. Er schwoll an und wuchs in die Höhe.

Wendy hatte Angst, aber sie würde nicht aufgeben. Peter hatte gesagt, um den Schatten aufzuhalten, müsse sie ihn wieder an ihm befestigen.

Der Baum erbebte, als sich das grausige Abbild von Peter in einen Wirbel aus Schatten und Krallen verwandelte.

Es war ihr schon einmal gelungen, und sie konnte es wieder tun.

Der Schatten machte einen Satz nach vorn. In seiner Mitte formte sich ein klaffender Mund, der scharfe weiße Zähne entblößte, die so lang waren wie Finger und schief und krumm daraus hervorragten.

Arme schossen hervor und schlugen nach Wendy, umschlangen sie und griffen nach den Kindern. Aber Wendy wehrte sich mit aller Kraft.

Sie packte die klebrigen Schwaden, riss sie von den Kindern weg und sammelte sie in ihren Fäusten. Wendy knirschte mit den Zähnen und zog mit aller Kraft.

Der Schatten flackerte, und sein verzerrtes Gesicht wirkte beinahe überrascht.

»Ich bringe dich dahin zurück, wo du hingehörst!«, schrie Wendy.

Der klaffende Mund des Schattens öffnete sich noch weiter, und er stieß ein Brüllen aus, das Wendy durch Mark und Bein ging, aber sie wich nicht zurück. Schnell rollte sie die Enden des Schattens in den Händen auf und zog sie zu sich.

Alles verschob sich. Die Schatten, die sich um Wendy geschlungen hatten, versuchten jetzt, sich von ihr loszumachen. Sie rissen Wendy nach vorn, aber sie ließ nicht locker.

Plötzlich waren da noch mehr Hände. Joel, Matthew, Benjamin, Ashley, sogar der kleine Alex – sie alle griffen nach dem Schatten und versuchten, ihn zu sich zu zerren.

Das erbärmliche Geschöpf brach zusammen.

»Nicht loslassen«, rief Wendy. Die Kinder zogen, so fest sie konnten, während der Schatten sich in die Länge dehnte.

Aber er wurde schwächer. Er begann, zu schrumpfen und sich in Wendys Händen in dünne Schlieren zu verwandeln.

Schwaden streckten sich nach dem Fuß des Baumes aus. Krallen kratzten über die Erde und wollten zwischen die knorrigen Wurzeln schlüpfen. Der Schatten versuchte zu fliehen.

Wendy warf sich nach vorn und griff nach dem zurückweichenden Schatten. Er verschmolz zu einer zähen Masse. Sie stieß die Finger hinein, als der Schatten versuchte zu entkommen. Wendy wickelte ihn um ihre Hand und zog ihn zu sich, als er erneut ein Kreischen ausstieß.

Ashley wimmerte, und alle fünf Kinder sprangen zurück, um Wendy Platz zu machen.

Sie zerrte ihn zu Peter hinüber. Nach und nach wurde der Widerstand des Schattens gegen Wendy schwächer, und er begann, sich zu Peters Füßen zu sammeln.

»Peter?« Während sie mit einer Hand den Schatten festhielt, wühlte Wendy mit der anderen in ihrer Tasche und holte ihr Nähzeug heraus. »Peter, halt durch … alles wird gut, ich hab es gleich …« Mit zitternden Händen zog sie eine Nadel heraus, in die sie bereits weißes Garn gefädelt hatte.

Ihr blieb keine Zeit zum Nachdenken, sie musste es einfach tun.

Schnell stach Wendy die Nadel in die schmutzige Fußsohle von Peter, bevor sie sie durch den schlüpfrigen Schatten zog. Sie arbeitete so schnell sie konnte, nähte den immer blasser werdenden Schatten an den einen Fuß, bevor sie sich dem anderen widmete.

So würde es gehen. Es *musste* einfach klappen.

Als Wendy den Faden abbiss, regte sich Peter noch immer nicht. Ihr eigener unregelmäßiger Herzschlag pochte ihr in den Ohren, während sie wartete und zwischen Peters gespenstisch blassem Gesicht und dem schnell bleicher werdenden Schatten hin- und herblickte.

Der Schatten wurde immer schwächer, immer weniger greifbar, bis er wirklich nur noch ein Schatten auf der Erde war.

»*Bitte, bitte, bitte …*«, flehte Wendy.

Der Schatten regte sich und begann, sich unter Peter zurückzuziehen. Dann war er verschwunden und hinterließ nichts außer den krummen Stichen an Peters Fußsohlen.

»Peter?« Sie streckte die Hände nach ihm aus, aber er bewegte sich noch immer nicht.

Tränen hingen in Wendys Wimpern. »Peter … *bitte*«, stieß sie mit erstickter Stimme hervor. Auch er musste diese Nacht überstehen. Das musste er einfach – für Wendy. Nicht nur um ihrer Brüder willen, die in Nimmerland gefangen waren, sondern auch um ihrer selbst willen.

Mit zitternden Händen umfasste sie seine Wangen und suchte sein Gesicht nach einem Lebenszeichen ab.

Peters Haut war so blass, seine Sommersprossen nichts als aschefarbene Pünktchen. Sein silbriges Haar umrahmte sein Gesicht in kaltem Glanz.

Wendy beugte sich über ihn. »Peter!« Sie hatte ihren Teil der Abmachung erfüllt. Sie packte ihn an den Schultern und schüttelte ihn grob. »Peter Pan, du wachst jetzt *sofort* auf!« Sie hatte ihm seinen Schatten wieder angenäht, jetzt war er an der Reihe. »WACH AUF!«

Als Erstes spürte Wendy, wie sich unter ihren Fingerspitzen langsam Wärme ausbreitete. Sie richtete sich ruckartig auf, und ihre Augen suchten fieberhaft nach weiteren Lebenszeichen. Allmählich kehrte Farbe auf Peters Haut zurück. Sie leuchtete jetzt förmlich, sonnengeküsst und strahlend in der Dunkelheit des Waldes. Rosa Flecken breiteten sich auf seinen Wangen aus. Die Platzwunde an seiner Lippe und die dunklen Ringe unter seinen Wimpern verblassten. Sein Haar färbte sich wieder rostrot.

Peter keuchte auf und sog Luft in seine Lungen. Er riss die Augen weit auf, und sein Blick huschte über die Lichtung, bevor er Wendy ansah. In seinen Augen tanzte der Glanz von sternenförmigen Pünktchen in einem Meer aus tiefem, träumerischem Blau. »Wendy?«, hauchte er und streckte eine Hand nach ihr aus. »Wo …« Er blinzelte, als überlegte er, ob sie vielleicht nur ein Traumbild war.

Ihr blieb vor Erleichterung die Luft weg.

Peter zupfte einen Zweig aus ihrem Haar. »Du siehst furchtbar aus«, sagte er, und schon sprudelte das Lachen aus seiner Kehle.

Wendy versetzte ihm einen Stoß. »Du …!«

Peter nahm ihre Hand und stand auf. Er hob sie hoch und wirbelte sie herum. Wendy klammerte sich an seine Schultern, weil sie Angst hatte zu fallen, aber dann küsste Peter sie, und sie konnte nicht anders und versank in diesem Kuss.

Ein zittriges Lachen entrang sich ihrer Kehle, während ihr die Tränen ungehindert die Wangen herabflossen. Sie schlang ihm die Arme um den Hals und genoss seinen festen Griff um ihre Taille, seine Wärme und die Weichheit seiner Lippen.

Peter lehnte seine Stirn gegen ihre. »Hey, diesmal gab es keine Explosion«, sagte er leise. Bei seinem breiten, unbefangenen Lächeln bildeten sich tiefe Grübchen in seinen Wangen.

Wendy grinste. »Ich schwöre dir, Peter Pan«, sagte sie mit einem sanften Kopfschütteln, »wenn du damit noch einmal anfängst, bringe ich dich höchstpersönlich um.«

Er lachte, und es klang wie Musik in ihren Ohren. »Ist vermerkt.«

Sie landeten auf festem Boden. Als Peter sich ein wenig von ihr löste, um ihr ins Gesicht zu sehen, fiel es Wendy schwer, seiner Bewegung nicht zu folgen, um sich wieder in seine warme Umarmung zu schmiegen.

»Du hast es geschafft!« Peter strahlte.

Wendy konnte nur lachend nicken, und sie wischte sich mit dem Handballen über die Augen.

Peter legte den Kopf schief. »Aber *wie*?«

Sie schniefte und zog die Schultern hoch. »Der Schatten hat versucht, dich zu holen …«

»Wendy?« Eine leise, zitternde Stimme ertönte hinter ihr.

Dort stand Alex, dessen Knie unter seinem Kapuzenpulli aneinanderschlugen. Er presste sich die in seinen langen Ärmeln steckenden Fäuste vor den Mund und sah mit besorgten braunen Augen zu Wendy auf.

Hinter ihm drängten sich noch immer Matthew und Joel dicht aneinander, während sie sich ängstlich auf der Lichtung umsahen. Ashley stand stocksteif, mit angespannten Muskeln da. Etwas abseits starrte Benjamin Peter unverhohlen an.

»Er hat versucht, dich zu holen«, sagte Wendy noch einmal, »aber wir haben es nicht zugelassen.«

»Geht es dir gut?«, fragte Matthew, der sie sehr besorgt ansah.

Wendy nickte, und ein erleichtertes Lachen brach aus ihr hervor.

Peter beugte sich zu Alex hinunter. »Es ist alles in Ordnung!«, sagte er fröhlich und legte eine Hand auf die schmale Schulter des Jungen. »Ihr wart *unglaublich* mutig«, sagte er und strahlte die Kinder der Reihe nach an. »Der Schatten hatte keine Chance!«

»Wird er zurückkommen?«, fragte Ashley mit gepresster Stimme.

Peter richtete sich auf, die Fäuste in die Hüften gestemmt. Automatisch wanderte Wendys Blick zu Boden – aber es war ja Nacht, und sie standen mitten im Wald. Es gab nicht genug Licht, um seinen Schatten zu sehen. Wendys Magen krampfte sich unangenehm zusammen, aber Peters Gesicht war voller Zuversicht.

»Nach dem, was ihr mit ihm gemacht habt?« Er wedelte geringschätzig mit einer Hand. »Dieser Schatten ist zu feige, um sich noch einmal mit euch anzulegen.«

Etwas in der Luft veränderte sich, die Anspannung löste sich mit erleichterten Seufzern und herabsinkenden Schultern.

Benjamin jedoch starrte Peter immer noch mit demselben verwunderten Ausdruck auf dem Gesicht an.

»Ben …?«

»Bist du Peter Pan?«, platzte er heraus.

Wendy erstarrte. Sie sah Peter an.

»Wer?« Er schaute sich um und zeigte dann mit dem Finger auf sich selbst. »Ich?« Dann legte er den Kopf in den Nacken und stieß ein helles Lachen aus. »Natürlich nicht!« Langsam hob er vom Boden ab und schwebte vor ihnen in der Luft. Die Hände in die Hüften gestemmt, den Kopf zur Seite gelegt und die Augenbrauen nach oben gezogen. »Jeder weiß, dass Märchen nicht wahr sind.«

Benjamin taumelte rückwärts, die Augen weit aufgerissen.

Geschockte und verblüffte Laute gingen durch die Gruppe der Kinder. Ein Lächeln ließ ihre Gesichter aufleuchten.

Peter zwinkerte Wendy zu, und sie musste grinsen.

»Hallo?« Eine ferne Stimme ertönte, die alle zusammenzucken ließ. Sofort klammerte sich Alex an Wendys Bein.

Ein Stück entfernt huschten Lichtstrahlen durch die dichten Bäume. Stimmen hallten durch den Wald, begleitet von leisen Schritten und knackendem Unterholz.

»Ist da jemand?«, fiel eine weitere Stimme ein.

»Der Suchtrupp«, hauchte Wendy erleichtert.

Peter landete lautlos neben ihr. »Sie dürfen mich nicht sehen«, erklärte er ihr.

»Nein – du musst sofort verschwinden.« Sie schob ihn bereits von sich weg.

Peter zögerte, und widerstreitende Gefühle flackerten über sein Gesicht.

Wendy empfand dasselbe – den Unwillen, von seiner Seite zu weichen –, aber es würde eine sehr lange und komplizierte Nacht werden, und wenn sie Peter entdeckten, würde das alles nur noch schlimmer machen. Wendy versetzte ihm erneut einen sanften Stoß. »Komm später zu mir«, sagte sie fest, und ihre Finger packten die Vorderseite seines T-Shirts.

Peter zögerte kurz, aber dann biss er sich auf die Lippen und nickte knapp. Sein T-Shirt entglitt ihren Fingern, und er flog in die Bäume.

Die Taschenlampen wurden heller, und weitere Schritte und Stimmen erklangen.

»Wir sind hier drüben!«, rief Wendy, fuchtelte mit dem Arm und blinzelte in das grelle Licht.

Kapitel 22

Gefunden

Es schien nur Minuten zu dauern, dann war die gesamte Lichtung voller Menschen. Wegen der dicht stehenden Bäume konnten sie sie mit ihren Fahrzeugen nicht ganz erreichen, daher fuhren sie an der nächstgelegenen Forststraße vor. Sanitäter und Cops umschwärmten Wendy und die Kinder, stellten Fragen und vergewisserten sich, dass niemand ernsthaft verletzt war.

Wendy machte sich Sorgen, dass die Kinder Peter erwähnen könnten. Sie wurde immer wieder von den Fragen des Sanitäters abgelenkt, der sie behandelte, während sie ständig zu den Kindern hinüberschaute, die zur gleichen Zeit von den Polizisten befragt wurden. Aber in den Gesprächsfetzen, die bis zu ihr drangen, wurde Peter mit keiner Silbe erwähnt. Die Kinder warfen sich verstohlene Blicke zu. Alle wirkten nervös, vielleicht sogar ein wenig ängstlich, aber in ihren lächelnden Gesichtern erkannte Wendy zugleich auch Aufregung und Stolz. Letzteres spürte sie jedenfalls durch ihre eigenen Adern pulsieren.

Selbst Alex war außerordentlich tapfer, auch wenn er sich weigerte, Wendys Bein loszulassen. Er wurde unter einer schweren Decke förmlich begraben, aber Wendy konnte die Sehnsucht in seinen großen Augen erkennen. Es war derselbe Blick wie damals, als sie ihn im Krankenhaus mit dem Origami-Hai in der Hand gesehen hatte.

Nacheinander trafen die Eltern ein, und Kinder wurden in Autos verfrachtet und für weitere Untersuchungen ins Krankenhaus gebracht.

Matthew und Joel sprachen aufgeregt mit ihrer Mom über Monster, als sie in den Streifenwagen stiegen. Ashley machte ein tapferes Gesicht, aber sie redete kaum und zitterte am ganzen Körper, als ihre Eltern ankamen. Benjamin hatte ein Grinsen aufgesetzt, das seine Mom nicht unbedingt beruhigte. Sie berührte immer wieder sein Gesicht, überzeugt davon, er hätte Fieber und würde fantasieren.

Alex klammerte sich weiter an Wendy, bis sein Vater durch den Wald gestapft kam. Alex' Vater war ein Riese. Mit seinen kräftigen Armen hob Mr. Forestay seinen weinenden Sohn hoch und schaukelte ihn sanft hin und her. Vor lauter Erschöpfung schlief Alex mit dem Kopf an der breiten Brust seines Vaters ein, während dieser mit einem Polizisten sprach.

Wendy stieß einen tiefen Seufzer aus. Die Kinder waren in Sicherheit, und das war das Wichtigste. Selbst wenn sie der Polizei erzählten, was wirklich passiert war, wusste sie, dass niemand ihnen ihre Geschichte glauben würde.

Die Sanitäter führten Wendy von der Lichtung zu einem der Krankenwagen auf der Forststraße. Detective James verlor keine Zeit und begann sofort, sie mit Fragen zu bombardieren. Das zehrte an ihren ohnehin schon strapazierten Nerven.

»Sie haben also den Müll rausgebracht«, wiederholte Detective James, während er seine auf einen hellgelben Schreibblock gekritzelten Notizen überflog. Er trug eine schlichte schwarze Windjacke mit dem Abzeichen des Sheriff Departments auf dem Rücken. Detective Rowan in einer dazu passenden Jacke stand neben ihm und unterhielt sich mit jemandem von der Spurensicherung. »Sie haben eine Person im Wald hinter Ihrem Haus entdeckt und einfach beschlossen, ihm zu folgen, statt die Polizei zu rufen?« Kritisch zog er eine vernarbte Augenbraue hoch.

»Ja.« Wendy nickte knapp. »Autsch!« Sie entriss dem Sanitäter Dallas ihren Arm, als dieser eine Schürfwunde an ihrem Ellbogen abtupfte.

»Und dann haben Sie die Kinder um Hilfe rufen hören.«

»Wie ich schon sagte, den Typen habe ich aus den Augen verloren, aber ich bin dann einfach ihren Stimmen nachgegangen«, erklärte Wendy. Sie klang selbstbewusst. Zumindest glaubte sie das. Sie wurde wirklich immer besser im Lügen.

»Und Sie sind nicht auf die Idee gekommen, jemanden um Hilfe zu bitten?«

»Mit dem Handy hat man hier draußen keinen Empfang.« Das stimmte sogar.

Detective James brummte etwas Unverständliches und überflog noch einmal seine Notizen. »Sie haben die Kinder dann einfach so auf der Lichtung gefunden?«

»Sie hatten sich offensichtlich verirrt.«

»Und der Entführer ist weggerannt?«

Wendy zuckte mit den Schultern. »Nachts ist es im Wald sehr dunkel. Ich konnte nicht sehen, wo er hinlief.« Benjamin, Ashley, Joel und Matthew hatten eine ähnliche Geschichte erzählt. Alex hatte auf die vielen Fragen hin bloß genickt oder den Kopf geschüttelt. Nein, sie hätten ihren Entführer nicht richtig sehen können. Joel sagte, man hätte sie gezwungen, Augenbinden zu tragen, und die anderen hatten seine Behauptung schnell bestätigt. Es war eine etwas dürftige Erklärung, aber die Polizeibeamten aus Astoria schienen zu erleichtert darüber zu sein, alle Kinder wohlbehalten gefunden zu haben, als dass sie jetzt schon nach Ungereimtheiten nachbohrten.

Das galt für alle, außer für Detective James.

Er ließ seinen Kuli klicken. »Wer hat Sie so zugerichtet?«

»Ich bin durch den Wald gerannt«, sagte Wendy und zuckte zusammen, als Dallas sich einer Wunde an ihrer Schläfe widmete.

»Dabei bin ich ein paarmal hingefallen. Es war dunkel, und ich hatte Angst.«

Detective James betrachtete sie. Wendy saß da, erwiderte seinen Blick und wagte es nicht, vor seinen wachsamen Augen auch nur zu blinzeln.

»Wendy!« Die dröhnende Stimme ihres Vaters in der Ferne hallte durch die Bäume. Sie zuckte so heftig zusammen, dass sie beinahe von der Ladeflächenkante des Krankenwagens gefallen wäre. *»Wo ist meine Tochter?«*

Wendy sprang aus dem Wagen. »Dad?« Sie versuchte, zwischen den Umstehenden hindurchzuspähen. Im grellen Scheinwerferlicht der Autos musste sie blinzeln.

Mr. Darling stürmte auf sie zu und schob alle beiseite, die ihm im Weg standen. »Wendy!« Er fasste sie an den Schultern und hob sie förmlich vom Boden hoch. Dallas trat rasch von ihr weg. »Geht es dir gut?«, fragte er, seine großen Augen besorgt aufgerissen. Er betastete mit beiden Händen ihren Kopf und ihre Arme, um sich davon zu überzeugen, dass sie unversehrt war. »Bist du verletzt? Was ist passiert?« Er stellte sich schützend vor sie, und alle wichen zurück, um ihnen Raum zu geben.

»Dad, alles in Ordnung, es geht mir gut«, beteuerte sie und drückte seinen Arm.

Direkt hinter ihrem Vater entdeckte Wendy Donald Davies, der bleich und erschüttert wirkte. Sein Blick huschte zwischen all den Cops und Polizeibeamten hin und her.

Instinktiv drückte Wendy sich fester an ihren Vater.

Detective Rowan richtete ihre Aufmerksamkeit auf Wendy. Sie sah zwischen ihr und Mr. Davies hin und her, bis ihr Blick schließlich auf Wendy liegen blieb. Fast unmerklich kam Detective Rowan näher. Sie legte lässig eine Hand auf ihren Polizeigürtel.

»Wo sind Matthew und Joel?«, fragte Mr. Davies, dessen Stirn vor Schweiß glänzte.

»Sie sind mit Ihrer Frau auf dem Weg ins Krankenhaus«, erklärte ihm Detective James.

»Ich bin sofort gekommen, als man mich verständigt hat«, sagte Mr. Darling. »Wir haben auf der anderen Seite des Waldes nach den Kindern gesucht … aber du hast sie gefunden?« Seine Worte überschlugen sich. »Ich habe dir doch gesagt, du sollst im Haus bleiben, wenn deine Mutter und ich nicht da sind!«, blaffte er wütend, aber Wendy spürte das Zittern in seinen Händen.

»Ich weiß. Es tut mir leid«, murmelte Wendy.

»Mr. Darling.« Detective James trat vor. »Wir …«

»Ich weiß, wo John und Michael sind, Dad«, sagte Wendy leise. Alle Augen richteten sich auf sie.

Ihr Vater erstarrte, und sie sprach hastig weiter, bevor er sich zu große Hoffnungen machen konnte.

»Sie sind unter dem großen Baum auf der Lichtung begraben.« Wenn sie es ganz leise sagte, würde es vielleicht etwas weniger wehtun.

Mr. Darlings Hände fielen ihm an den Seiten herab. Er stolperte einen Schritt nach hinten, als hätte sie ihn geohrfeigt. Er atmete stoßweise.

Sie schaute Detective James an. »Ich habe mich wieder erinnert, als ich den Baum gesehen habe.«

Detective James warf Detective Rowan einen Blick zu, die sofort zwei Mitarbeiter der Spurensicherung herbeirief und ihnen eine Anweisung zumurmelte. Während sie zur Lichtung liefen, blieb Detective Rowan, wo sie war.

Einen Moment lang hingen Wendys Worte schwer in der Luft. Alle schwiegen.

Mr. Darling wirkte aufgewühlt, aber er schien nicht überrascht. Vielleicht wusste er es bereits und hatte nur fünf Jahre darauf gewartet, dass es ihm jemand bestätigte. Er öffnete die Augen, die er zuvor geschlossen hatte.

Dann drehte er sich zu Detective James um. Sein Gesicht wollte sich gerade wieder zu dem zornigen Ausdruck verziehen, den Wendy inzwischen so gut kannte, aber sein Kinn zitterte, und in seinen Augen glitzerte es. »Was ist mit ihnen geschehen? Wer hat das getan? War es der, der auch die anderen Kinder entführt hat?«, fragte er mit belegter Stimme.

»Es war Mr. Davies.«

All die Blicke, die bis eben noch auf Wendy gelegen hatten, richteten sich nun auf Mr. Davies.

Wendy wappnete sich in der Erwartung, dass dieser sofort alles leugnen würde, dass er alles abstreiten und sich wehren würde. Vielleicht würde er sogar anfangen, lauthals seine Unschuld zu beteuern.

Stattdessen nahmen Mr. Davies' Züge eine ungesunde Blässe an. Er senkte den Blick, beugte sich vor und vergrub das Gesicht in den Händen.

»Was?« Wendys Vater war der Erste, der die Stille durchbrach, und sein Blick flog zwischen Wendy und seinem Freund hin und her. Sein Gesicht verzog sich, und die Verwirrung grub tiefe Falten in seine Stirn.

»Sind Sie sich sicher?«, fragte Detective James vorsichtig und mit steinerner Ruhe. Detective Rowan schob sich hinter Mr. Davies. Wendy nickte und krallte die Finger in den Saum ihres Shirts. »Woher wissen Sie das, Wendy?«

Sie packte die Eichel, die um ihren Hals hing. »Ich erinnere mich wieder.« Die Schüsse, die durch den verschneiten Wald hallten. Ihre zu Boden sackenden Brüder. Rote Flecken im weißen Schnee. Das Glitzern des Gewehrs. Mr. Davies' rotes Karohemd. Das alles hatte sich jetzt in ihr Gedächtnis eingebrannt, und sie würde es so bald nicht vergessen. Wahrscheinlich niemals. Neue Albträume, die sie immer und immer wieder durchleben würde.

Wendy wünschte, Peter wäre jetzt an ihrer Seite.

»Sie sagt die Wahrheit.« Mr. Davies' Worte klangen fast wie ein Stöhnen, und er ließ die Hände von seinem Gesicht sinken. Seine Augenbrauen zogen sich zusammen, und sein Mund verzerrte sich elend. »Ich war es.« Sein Blick huschte nervös zwischen Mr. Darling, Wendy und Detective James hin und her.

Wendy sah, wie Detective James' Hand zu seinem Gürtel wanderte. Ihr Vater bewegte keinen Muskel.

Mr. Davies schluckte hörbar. »Ich habe es getan ... es ... es war ein Unfall«, stammelte er. »Ich war außerhalb der Saison auf der Jagd, hatte getrunken ... ich dachte, es wären Rehe!« Er sprach so schnell, dass Wendy kaum mitkam. Mr. Davies ließ den Kopf wieder in die Hände sinken. »Ich bin in Panik geraten! Ich habe eine Schaufel aus meinem Wagen geholt und ... ich ...« Er stöhnte auf wie ein verwundetes Tier. »Ich wollte gestehen«, wandte er sich flehend an Mr. Darling. Wendys Vater starrte ihn nur weiter an. Dunkelrote Flecken erschienen auf seinen Wangen. »Aber ich hatte meine beiden kleinen Jungs zu Hause und meine Frau ...«

Wendy empfand kein Mitleid mit Mr. Davies. Sie ließ sich von seinen Worten nicht täuschen. Er hatte nur an sich selbst gedacht. Indem er geschwiegen hatte, hatte er ihre Familie jahrelang in tiefes Leid gestürzt. Weil er sein Geheimnis für sich behalten hatte, um seine eigene Haut zu retten, hatten sie und ihre Eltern jahrelang getrauert, ohne je ihren Frieden machen zu können. Er hatte ihnen nicht nur John und Michael genommen, er hatte ihre Familie über ihren Tod hinaus gequält. Er hatte es zugelassen, hatte zugesehen, wie sie unter der Last des Verlustes von John und Michael zerbrochen waren.

In Wendys Mund sammelte sich Speichel, als müsste sie sich übergeben.

Detective James trat vor. »Haben Sie Wendy und die anderen Kinder entführt?« Er sah ihn aus zusammengekniffenen Augen und mit strengem Blick an.

»Nein! Nein, das war ich nicht!«, beteuerte Mr. Davies. Die Panik in seiner Stimme stieg stetig an. »Ich habe den anderen Kindern nichts getan! Als Wendy verschwunden ist, wusste ich nicht, was ich denken sollte! Ich fing an, an mir zu zweifeln. Ich dachte, dass ich vielleicht auch sie getötet hätte, ohne ihre Leiche gefunden zu haben«, versuchte er zu erklären.

Wendy zuckte zusammen. Die Art, wie er das sagte, klang fast unbeteiligt.

»Ich dachte, die Polizei würde sie bestimmt finden und dass es nur eine Frage der Zeit wäre, bevor man dahinterkommt, dass ich es war – aber das ist nicht passiert. Dann sind die Kinder verschwunden, auch Joel und Matthew …« Mr. Davies schüttelte den Kopf. »Ich habe deine Söhne getötet, aber die anderen Kinder habe ich nicht angefasst, das musst du mir glauben«, flehte er Mr. Darling an. Hektisch drehte er sich zu Wendy um und trat einen Schritt vor, die Hände aneinandergelegt. »Es tut mir so leid, Wendy … ich …«

Wendy fuhr zurück.

Endlich riss sich Mr. Darling aus seiner Benommenheit.

»Wag es ja nicht, in die Nähe meiner Tochter zu kommen!« Mr. Darling bleckte die Zähne. *»Du hast meine Söhne getötet!«* Es war ein kehliges Brüllen. Speichel sammelte sich in seinem Schnurrbart. *»Ich schwöre bei Gott, ich werde …«*

Wendys Vater machte einen Satz nach vorn, seine Nasenflügel bebten, und die Sehnen an seinem Hals traten hervor. Mr. Davies wich zurück und hob die Arme, um sich zu schützen. Um sie herum stürzten sich Polizeibeamte auf Mr. Davies und versperrten ihrem Vater den Weg zu ihm.

Wendy lief zu ihrem Dad, packte seinen Arm und versuchte, ihn wegzuziehen. »Dad, nein!«

Mr. Darling erstarrte, wandte aber den Blick nicht von dem sich duckenden Mann vor sich ab. Seine breite Brust hob und senkte sich hektisch. Wendy hielt ihren Vater so fest sie konnte, aber es war so, als würde ein Kind versuchen, einen angreifenden Bullen zurückhalten. »Er sagt die Wahrheit. Mr. Davies hat die Kinder nicht entführt«, sagte Wendy an Detective James gewandt.

»Woher wissen Sie das?« Detective James ließ Wendys Dad und Mr. Davies nicht aus den Augen.

»Der Mann, der mich entführt hat, war derselbe, der die Kinder im Wald als Geiseln gehalten hat.« Sie konnte selbst nicht sagen, warum sie Mr. Davies verteidigte, aber es war die Wahrheit: Er hatte es nicht getan. Wendy war fest entschlossen, mehr Größe zu zeigen als er. Für eine Nacht hatte es genug Schmerz und Verletzungen gegeben. »Als ich dem Mann an diesem Abend gefolgt bin und sein Gesicht gesehen habe, habe ich mich an ihn erinnert«, log sie. »Es war derselbe Mann, der mich aus dem Wald entführt hat.«

»Sie wissen, wie der Kidnapper aussieht?«, hakte Detective James nach.

Wendy nickte.

Er wandte sich Mr. Davies zu. »Donald Davies, drehen Sie sich langsam um und nehmen Sie die Hände nach oben.« Mr. Davies warf Wendy einen letzten traurigen Blick zu, bevor er dem Befehl nachkam. Detective Rowan legte ihm Handschellen an und zerrte ihn zu einem der Streifenwagen.

Wendy wusste, dass sie ihnen die Beschreibung irgendeines Mannes geben musste, eines Mannes, den sie erfinden musste. Weitere Aussagen würden folgen, weitere Fragen. Aber im Moment wollte sie einfach nur aus dem Wald raus.

Mr. Darling bewegte sich nicht. Er starrte weiter auf den sich entfernenden Mr. Davies.

»Dad«, murmelte Wendy sanft und zog ihn am Arm.

Er drehte sich zu ihr um, und Wendy konnte sehen, wie Schmerz, Verlust und Zorn in seinem Gesicht miteinander rangen. In seinen Augen glitzerte es verdächtig.

»Können wir jetzt nach Hause gehen?«, fragte sie leise. »Bitte?«

Mr. Darling wischte sich über die Nase. Mit einem steifen Nicken legte er ihr einen Arm um die Schultern und drückte sie an sich, während sie die Straße entlang zu seinem Auto gingen.

Als Wendy und ihr Vater durch die Haustür traten, saß ihre Mutter auf dem Sofa, das Handy am Ohr. Sie fuhr zusammen, und das Telefon fiel ihr aus der Hand. Mrs. Darlings braunes Haar war ein einziges Durcheinander. Sie trug noch immer ihre Krankenhaussachen, und ihre Augen waren gerötet, die zarte Haut darum war geschwollen. Als sie Wendy sah, stieß sie einen bebenden Seufzer aus und drückte sich die Finger an die Kehle.

Hinter ihr lief der Fernseher. Auf dem Bildschirm sah man die von Menschen wimmelnde Forststraße im Wald, und dann schwenkte die Kamera über Krankenwagen, Streifenwagen und gelbes Absperrband. In der Mitte erschienen groß Johns und Michaels Schulporträts. Es waren dieselben Fotos, die der Fernsehsender verwendet hatte, als sie damals verschwunden waren.

Diesmal lautete die Bildunterschrift: LEICHEN GEFUNDEN.

Mrs. Darlings Stimme zitterte, als sie sprach. »Sie haben angerufen.« Sie blinzelte, und Tränen rannen ihr über die Wangen. »Sie denken, es könnten John und Michael sein.«

Wendy ging an ihrem Vater vorbei zu ihrer Mutter. Ihre Hände öffneten und schlossen sich, die Handflächen schweißnass. Ihre Eltern verdienten eine Erklärung, etwas, das ihren Schmerz linderte, aber sie wusste nicht, was sie sagen sollte.

Ihre Mutter sah zu ihr auf, und Verwirrung und Besorgnis gruben tiefe Furchen in ihre Stirn.

Entschlossen holte Wendy tief Luft. Sie spürte ein Kribbeln in den Augen, ein Brennen in der Kehle. »Ich …« Ein unkontrollierbares Schluchzen machte es ihr unmöglich weiterzusprechen.

»Es tut mir so leid«, brach es endlich aus Wendy heraus. Das Schluchzen schüttelte sie. »Es ist alles meine Sch-Schuld, es tut mir leid … es tut mir so leid!« Immer wieder wiederholte sie ihre Worte, bis sie nicht mehr zu verstehen waren. Sie zitterte am ganzen Körper, und ihre Schreie rüttelten an ihrer Brust, während sie die Arme fest um sich schlang.

Der Schock auf dem Gesicht ihrer Mutter wich einem sanfteren Ausdruck.

Behutsam zog Mrs. Darling Wendy an sich. Ihre Knie versanken im Sofa, während Mrs. Darling sie fest in die Arme nahm. Zuerst erstarrte Wendy. Sie wusste nicht, wann ihre Mutter sie das letzte Mal auf diese Weise berührt hatte, konnte sich nicht einmal mehr daran erinnern, wie es sich anfühlte. Aber Mrs. Darling zog Wendys Kopf unter ihr Kinn und schlang die Arme fest um sie. Langsam streichelte sie ihr über den Rücken und murmelte leise Worte in ihr Ohr, bis sich Wendys Anspannung löste.

Sie ließ sich an die Brust ihrer Mom sinken, klammerte sich an sie, während sie sich an ihrer Schulter ausweinte. Speichel und Tränen durchnässten die grüne Krankenhausuniform.

»Es tut mir so leid«, stieß Wendy mit erstickter Stimme hervor. »Es ist meine Schuld … ich sollte auf sie aufpassen … ich war dort …« Die Trauer zerquetschte sie wie ein Schraubstock. »Ich habe gesehen, wie es passiert ist … ich konnte mich nicht erinnern … ich konnte nicht … meinetwegen sind wir keine Familie mehr …«

»Sch, mein Liebling«, sagte ihre Mutter leise in ihr Ohr. Ihre Stimme war ernst und voller Schmerz, aber dennoch zärtlich. Sie hielt Wendy fest an sich gedrückt und streichelte ihr weiter über den Rücken, während sie ihr mit der anderen Hand übers Haar strich. »Es ist nicht deine Schuld. Nichts von alldem ist deine Schuld.«

Erleichterung und Kummer durchströmten Wendy. Sie schmiegte sich eng an ihre Mom. So viel Energie und Sorgfalt hatte sie darauf verwendet, nicht zu weinen, aus Angst, dass sie dann nie wieder aufhören würde. Aber jetzt schüttelte das qualvolle Schluchzen ihren Körper, und sie ließ es geschehen.

»Es tut mir so leid, Wendy …«

Wendy wollte widersprechen, wollte sagen, dass ihre Mom keinen Grund hatte, sich zu entschuldigen, dass *sie* diejenige war, die die Schuld an Johns und Michaels Tod trug.

»Wir haben versucht, dich zu beschützen, aber wir haben dich im Stich gelassen«, fuhr Mrs. Darling fort. Wendy konnte nur den Kopf schütteln. Sie spürte den Seufzer, der die Brust ihrer Mom anhob. »Über unsere eigene Trauer haben wir vergessen, uns um dich zu kümmern. Du bist *so* tapfer, Wendy Darling.« Ihre Mom drückte sie zärtlich an sich.

Dann lehnte Mrs. Darling sich zurück. Sie umfasste mit kühlen Händen Wendys heiße Wangen. Wendy bekam einen Schluckauf und blinzelte unter Tränen. Sie spürte, wie ihr Dad sich neben sie setzte. Er legte ihr seine schwere Hand auf den Rücken. »*So lange* hat all das dich verfolgt«, sagte ihre Mom und wischte ihr mit den Daumen die Tränen weg. Sie lächelte kaum merklich, aber voller Hoffnung. »Ich will, dass du dein Leben lebst, Wendy, und es nicht nur erträgst.«

Das war mehr, als Wendy verkraften konnte, also ließ sie sich einfach fallen. Sie schmiegte sich an ihre Mom, die ihr weiter den Rücken streichelte. Die ruhige Hand ihres Dads blieb, wo sie war.

»Du hast sie gefunden, Wendy«, murmelte ihre Mom. »Sie sind in Sicherheit.«

Lange verharrten sie so, Wendy zwischen ihrer Mom und ihrem Dad, von ihnen gehalten. Sie hatte das Gefühl, am Rand eines schwarzen Abgrunds zu stehen, der sie zu verschlingen drohte. Aber immer, wenn sie befürchtete, kopfüber hineinzustürzen, schloss sie die Augen und dachte an John und Michael.

Wendy genoss den Trost ihrer Eltern, aber nach einer Weile fühlte sie sich ein wenig erdrückt. Ihr war heiß, und sie hatte Durst. Sie schmeckte Salz auf ihren Lippen. Etwas Abstand, frische Luft und ein wenig Schlaf würden ihr guttun.

Vorsichtig löste sie sich aus den Armen ihrer Eltern und erhob sich vom Sofa. »Ich gehe schlafen«, sagte sie schniefend und wischte sich über die Nase. »In meinem alten Zimmer.«

Ihre Eltern wechselten einen Blick.

»Mir geht es gut«, sagte Wendy, und diesmal war es keine Lüge. Sie holte tief Luft und brachte ein Lächeln zustande. »Wirklich.«

Schließlich nickte ihr Dad, und ihre Mom drückte kurz ihre Hand, bevor Wendy nach oben ging.

Die unverschlossene Tür schwang mühelos auf. Wendy schlich zum Erkerfenster hinüber und schob sich auf die Sitzbank. Der Himmel hatte ein zartes Blau angenommen, die Sonne würde bald aufgehen. Wendy lehnte sich an die Wand und schloss die Augen. Sie wickelte das Lederband an ihrem Hals um ihren Daumen und umschloss die Eichel mit einer Hand.

Eine kühle Brise wehte aus dem Wald und trug den Geruch von Geißblatt heran. Eine warme, zaghafte Hand strich ihr über die Wange. Wendy seufzte, und ein Lächeln umspielte ihre Lippen. Als sie die Augen öffnete, saß Peter neben ihr und ließ die Beine aus dem Fenster baumeln. Der erste Sonnenstrahl berührte seine Haut. Sein Schatten fiel neben dem von Wendy auf den Zimmerfußboden.

»Geht es dir gut?«, fragte er. Sein Leuchten war mit voller Kraft zurückgekehrt, aber die Sorgenfalte zwischen seinen Augenbrauen war immer noch da.

»Ja«, sagte Wendy. Sie hielt inne, dann schüttelte sie den Kopf. »Ich meine, nein, nicht wirklich, aber das wird schon«, korrigierte sie sich. Dann richtete sie sich auf und zog die Knie an die Brust.

Peter strich mit dem Daumen über ihre Lippen, bevor er die Hand sinken ließ. »Und deinen Eltern?«

»Auch, würde ich sagen.« Sie beugte sich zu ihm vor. »Hast du gesehen, was passiert ist?«

Peter nickte. Er sah sie an, seine Augen nachdenklich und voller Sterne.

Wendy versuchte, sich jeden Zentimeter von ihm einzuprägen. Seine Stupsnase, seine spitzen Ohren. Sein zerzaustes, rostrotes Haar. Die Sommersprossen auf seinen Wangen. Sie wusste, dass ihnen nicht mehr viel Zeit blieb, bevor er nach Nimmerland zurückkehren musste. Deshalb wollte sie jeden einzelnen dieser letzten Augenblicke mit ihm auskosten.

Wendy strich mit dem Daumen über die Falte zwischen Peters Brauen. Er blinzelte langsam. »Wann wird bei dir alles wieder normal sein?«, fragte sie und stupste mit dem Knie gegen seinen Arm.

Peter schenkte ihr ein kleines Grinsen. »Bald«, sagte er. »Ich bin mir sicher, dass ich meine normale Form und Größe angenommen habe, wenn ich zurück in Nimmerland bin.«

Wendy rutschte an ihn heran, bis sie sich an ihn lehnen konnte. »Ich wünschte, ich würde mich daran erinnern«, murmelte sie. »Ich meine, an Nimmerland. Mir fehlt immer noch ein großer Teil meiner Erinnerungen. Ich wünschte, ich könnte mich daran erinnern, wie es war, mit meinen Brüdern dort zu sein …«

»Vielleicht kommen die Erinnerungen jetzt nach und nach zurück«, sagte Peter und zuckte kaum merklich die Schultern. »Jetzt, da du sie befreit hast, folgen vielleicht weitere Erinnerungen. Gute Erinnerungen. Glückliche.«

»Vielleicht.«

»Oder …« Peters Grinsen wurde schelmisch. Er beugte sich verschwörerisch zu ihr. »Du könntest einfach mit mir nach Nimmerland kommen.«

Bei dem Glitzern in seinen Augen fiel es ihr schwer zu beurteilen, ob er es ernst meinte. Gegen alle Logik regte sich Hoffnung in ihr. »Ich könnte bei dir bleiben?«

»Du könntest bei mir bleiben.«

»Und ich würde meine Brüder wiedersehen?«

»Ja.«

Wendy biss sich auf die Unterlippe. Aber natürlich war es zu schön, um wahr oder so einfach zu sein. »Aber dann könnten sie nicht weiterziehen, nicht wahr?«

Peter hielt ihrem Blick stand, aber sein Lächeln verblasste. »Nein.«

Wendy nickte. »Und ich selbst auch nicht …« Es war eine wunderbare Vorstellung, mit Peter nach Nimmerland zu gehen. Ihre Brüder wiederzusehen. Keine Verantwortung tragen zu müssen. Keine reale Welt, in der sie sich zurechtfinden musste. Aber es bedeutete auch, so vieles aufgeben zu müssen. Wendy stieß ein schwaches Lachen aus. »Bei meinem Glück würde der ganze Albtraum nur noch einmal von vorn beginnen«, sagte sie.

Peter stieß grinsend mit seiner Schulter gegen ihre. »Ja, und das wäre wohl nicht so gut.«

»Du könntest aber auch einfach hierbleiben und erwachsen werden«, schlug sie mit klopfendem Herzen vor. »Mit mir.«

Peters Lächeln war sanft und süß. Nur für sie.

Sie kannte die Antwort, bevor er sie aussprach.

»Das geht nicht. Ich muss zurück und mich um die verlorenen Kinder kümmern. Ich will zurück«, verbesserte er sich. »Um auf sie aufzupassen.«

Wendy nickte.

»Erwachsen werden klingt sowieso grässlich«, bemerkte Peter ganz beiläufig und mit einer wegwerfenden Handbewegung. Er blickte durch den Garten in Richtung Wald. Seine Augen glänzten, und seine Nasenspitze färbte sich rosa. »Obwohl …« Er neigte den Kopf und sah Wendy aus dem Augenwinkel an. »Vielleicht wäre es nicht ganz so schrecklich, wenn wir zusammen wären.«

Wendy lachte und wischte sich mit dem Handballen die Tränen aus den Augen. »Wirst du es John und Michael sagen, wenn du sie siehst? Dass ich sie lieb habe und ständig an sie denke?«

»Das werde ich.«

Wendy nickte bebend. Dann warf sie sich an seine Brust und schlang die Arme um ihn. Peter drückte sie an sich. Sie legte ein Ohr an seinen Oberkörper. Sein Herz pochte schnell, aber stetig. Wendy versuchte, das beklemmende Gefühl zu ignorieren, das sich über sie legte.

»Du musst jetzt gehen, nicht wahr«, murmelte sie an seiner Schulter. Es war keine Frage. Sie hob den Kopf und suchte seinen Blick.

Peter nickte. Sein Haar kitzelte sie an der Stirn, als er ihr traurig in die Augen schaute.

Sie hätte ihm gern gesagt, dass sie glaubte, den Abschied nicht zu ertragen. Dass der Gedanke, ihn nie wiederzusehen, ihr schreckliche Angst machte. Dass sie ihn brauchte, ihn behalten wollte. Aber der Kloß in ihrer Kehle machte es ihr unmöglich zu sprechen.

Peter lächelte. Er nahm Wendys Gesicht in beide Hände. Sie schloss die Augen. Sein Kuss war sanft, seine Lippen schmeckten süß wie Geißblatt.

»Ich werde dich nie vergessen«, flüsterte er dicht an ihren Lippen.

Als sie die Augen wieder öffnete, war er fort.

Wendy schlang die Arme um sich. Die kühle Brise, die vom Wald hereinwehte, kitzelte sie.

Es schien unmöglich, dass nach einem Tag wie diesem alles wieder zur Normalität zurückkehren sollte. Sie wusste, dass es am Morgen noch mehr Fragen geben würde. Sie musste Jordan erklären, was passiert war, jedenfalls soweit sie das konnte. Wahrscheinlich würden sie noch ein wenig streiten, aber es war Wendy wichtiger, ihr Verhalten zu erklären und ihre beste Freundin nicht zu verlieren, als »recht« zu haben oder als Siegerin daraus hervorzugehen.

Danach würden sie das alles hinter sich lassen. Der Sommer war bald vorbei, und sie würde aufs College gehen. Ein neues Leben und einen neuen Weg beginnen.

Wendy schaute auf zu den Sternen, und die Sterne erwiderten ihren Blick.

Epilog

»*Puh!*« Jordan warf dramatisch die Hände in die Luft und ließ sich ins Gras fallen. »*Warum* habe ich mich bloß von dir überreden lassen, diesen Kurs zu belegen?«, schrie sie in den Himmel hinauf.

»Ich habe dich zu gar nichts überredet«, sagte Wendy kichernd, während sie ihr Lehrbuch für Biochemie in ihrem Rucksack verstaute. Sie und Jordan hatten die Tradition entwickelt, ihre Mittagspause zwischen zwei Vorlesungen bei schönem Wetter auf dem weitläufigen Rasen zu verbringen. »Wir belegen den Kurs, weil es für das vormedizinische Studium so vorgeschrieben ist.« Wendy betrachtete sie mit einem strengen Blick, die Augenbrauen kritisch nach oben gezogen. »Schon vergessen?«

Jordan murrte düster weiter vor sich hin.

Ihr erstes College-Jahr war wie im Flug vergangen. Wendy und Jordan hatten beide ein Zimmer im Wohnheim für Studenten der Gesundheitswissenschaften gefunden, direkt nebeneinander auf dem gleichen Flur. Es hatte nur eine Woche gedauert, bis Wendy zur Zulassungsstelle gegangen war und sich für das Medizinstudium eingeschrieben hatte. Jordan hatte jubelnd und johlend hinter ihr gestanden, während sie am Tresen die Formulare ausgefüllt hatte – peinlich und wunderbar zugleich.

Der helle Wahnsinn, was für einen Unterschied ein Jahr machen konnte.

Die Universität war an ein großes Krankenhaus angegliedert,

und ihre studentische Krankenversicherung deckte auch Psychotherapie ab. Sie hatte während des ganzen Studienjahrs zweimal die Woche Sitzungen bei einer Psychologin gehabt, und sie lernte langsam, mit ihrer Angststörung umzugehen. Nachdem sie ihre Erinnerungen wiedererlangt hatte, war Wendy mit ganz neuen Herausforderungen wie Albträumen, Flashbacks und Schlafstörungen konfrontiert worden. Man hatte ihr ein Medikament verschrieben, das ihre Ängste linderte und ihr half zu schlafen, aber manche Tage waren schlimmer als andere. Es war schwer. Manchmal kam es ihr unmöglich vor, doch sie bekam auch viel Unterstützung. Sie hatte ihre Eltern, sie hatte Jordan und sie hatte ihre Ziele, auf die sie sich konzentrieren konnte und die sie durchhalten ließen. Sie würde ihren Bachelor machen, Medizin studieren und Ärztin werden. Kinderärztin, um genau zu sein.

»Ich muss zu meinem nächsten Kurs«, maulte Jordan und stopfte achtlos ihre Notizen in die Tasche. Dann streckte sie die Hände über den Kopf, und ihre Finger schoben sich Richtung Sonne. »Wollen wir morgen früh trotzdem schwimmen gehen?«

Wendy nickte. »Auf jeden Fall.« Sie hatten es beide in die Schwimmmannschaft geschafft, aber da sie von einer kleinen Highschool in einer ebenso kleinen Stadt kamen, waren sie den Schwimmern am College weit unterlegen. Doch es war schön, einen Grund zu haben, sich wirklich anzustrengen. Ganz zu schweigen davon, dass es ihr nachts leichter fiel zu schlafen, wenn sie vorher ausgiebig trainiert hatte.

»Gut.« Jordans Zahne blitzten auf, als sie Wendy grinsend umarmte. Seit der Nacht, in der Wendy die Kinder im Wald gefunden hatte, tat sie das ziemlich oft. Als Jordan am folgenden Morgen bei ihr zu Hause aufgetaucht war, hatte es nicht einmal einen Streit darüber gegeben, wer wem eine Erklärung schuldete oder wem was leidtat. Jordan hatte Wendy einfach nur ganz fest in den Arm genommen, bevor sie angefangen hatte, sie mit Fragen zu bombardieren.

Wendy war den Fragen über Barry und was aus ihm geworden war ausgewichen. Das schlecht gezeichnete Phantombild von Peter überrumpelte sie immer noch, wenn sie ihre Eltern besuchte und es ihr in einem Schaufenster oder halb zerrissen an einem Laternenpfahl begegnete. Die Polizei suchte weiter nach ihm, da er der Einzige war, der verschwunden und nicht wiederaufgetaucht war, aber die aktive Suche war längst eingestellt worden. Die meisten Leute vermuteten, dass es sich bei ihm um einen Landstreicher handelte, der nur auf der Durchreise gewesen war.

Jordan zupfte an einer Strähne von Wendys Haar und lehnte sich zurück. »Du wirst ganz schön zottelig, meine Liebe«, sagte sie und stand auf.

Wendy strich sich mit den Händen durchs Haar. »Ja, ich überlege, mir die Haare wachsen zu lassen«, sagte sie mit einem Achselzucken. Ihr Haar war jetzt schon fast schulterlang.

Jordan nickte. »Ein neuer Look – ich find's toll!«, flötete sie. Wendy lachte, und Jordan strahlte sie an. »Ich komme nach dem Kurs zu dir!«, rief sie und winkte, als sie sich wieder auf den Rückweg zu den Backsteingebäuden machte. »Ich muss dir zeigen, wie du Ramen-Nudeln in deiner Kaffeemaschine zubereiten kannst!«

»Das ist eklig!«, schimpfte Wendy.

»Es ist köstlich!«

Wendy verdrehte die Augen, konnte sich aber ein leises Lachen nicht verkneifen. Als Jordan verschwunden war, ließ Wendy sich auf den Rücken fallen. Sie streckte die Hände über den Kopf und ließ die Finger durch das Gras gleiten. Hier, wo Rosensträucher den Rasen säumten, war ihr Lieblingsort auf dem gesamten Campus.

Zu Hause hatten sie und ihre Mom zwei Rosenstöcke ausgesucht und in den Garten gepflanzt, als eine Art Gedenkort für John und Michael. Johns Rose war weiß und die von Michael hellgelb. Mrs. Darling verbrachte viel Zeit damit, mit den Rosen zu sprechen, während sie sie zurückschnitt. Bei ihrem letzten Besuch zu

Hause hatte Wendy sogar ihren Dad ein paarmal dabei erwischt, als er sich unbeobachtet gefühlt hatte.

Die Rosen wiegten sich sanft in der Brise, und sie musste an Peter denken. Das tat sie oft. Wenn alles still war, schienen ihre Gedanken unwillkürlich zu ihm zu wandern. Sie hatte auch ein paarmal von ihm geträumt, aber wenn sie aufwachte, erinnerte sie sich immer nur an flüchtige Blicke aus sternhellen Augen und ein breites Lächeln. So oft hatte sie sich ein Foto von ihm gewünscht oder irgendetwas Greifbareres als ihre Zeichnungen, um ihn im Gedächtnis zu behalten, etwas anderes als die Eichel, die sie immer noch jeden Tag um den Hals trug.

Wendy seufzte. Die Eichel schmiegte sich tröstlich an ihre Brust. Die schmerzhafte Sehnsucht kam zurück, wie immer, wenn sie an ihn dachte. Sie schloss die Augen und tat ihr Bestes, ein Bild von seinem Grinsen heraufzubeschwören. Sie dachte an seinen Schneidezahn, von dem eine kleine Ecke fehlte, und wie die Haut um seine Augen sich kräuselte. Wendy lächelte, als eine Brise aufkam und die Grashalme tanzen ließ. Der Wind strich über ihre Wangen und roch süß nach Geißblatt. Wendy hätte schwören können, dass sie unter dem Rascheln der Blätter das leise Zirpen von Grillen hören konnte.

DANKSAGUNG

An Wendy & Peter habe ich sieben Jahre lang gearbeitet – sieben Jahre, in denen ich mich weiterentwickelt, Rückschläge erlebt und mich verändert habe. Während dieser Zeit haben viele Menschen dazu beigetragen, diese Geschichte und auch mich wachsen zu lassen. Sehr vielen davon – vielen von euch – bin ich zu Dank verpflichtet.

Shelby Gagnon und ihre Familie haben mich in einer der dunkelsten Zeiten meines Lebens aufgenommen. Ihr habt mir an einem Wochenende im Frühling Astoria gezeigt, und seitdem bin ich in die Wälder dort verliebt. Ohne euch gäbe es diese Geschichte nicht.

Kathryn Reiss hat mich während meines gesamten Studiums am Mills College begleitet. Den Entschluss, mich dem Schreiben zu widmen, habe ich gefasst, als ich während meiner Highschool-Zeit an ihrem Schreibkurs für Jugendliche teilgenommen habe. Ohne Kathryn wäre ich nicht der Schriftsteller, der ich heute bin.

Marisa Handlers Mentoring hat Wendys Geschichte auf wunderschöne und ergreifende Weise zum Leben erweckt. Marisa war eine erdende Kraft, als alles unerreichbar schien.

Ellen McAmis und Mackenzie Bronaugh haben sich einfach mal eingemischt, als sie sahen, wie ich mich abgemüht habe, und sind mir in unerschütterlicher Liebe und Treue verbunden. Danke für euer herzliches Lachen und eure festen Umarmungen!

Ohne Adwoa Gyimah-Brempong hätte ich das Studium nie überlebt. Du bist unglaublich.

Elizabeth Stelle und Tanya Lisle, meine fantastischen Schreibpartnerinnen, haben mich ständig ermutigt, nicht aufzugeben, und mich bei jeder Drehung und Wendung auf dem Weg zur Veröffentlichung dieses Buches begleitet. Ihr zwei seid die wahren Heldinnen.

Meine Schreibfreunde bei *H. O. W.* – Genny, Maggie, Manasi, Mary – sind die talentiertesten Autorinnen, die ich kenne, und haben eine Gemeinschaft erschaffen, in der ich meine Fähigkeiten als Schriftsteller verbessern, ferne Orte erkunden und Magie erleben konnte.

Alison Morrison ist eine meiner wichtigsten Unterstützerinnen und flippte zusammen mit mir aus, als ich während einer sehr ernsten Besprechung die entscheidende offizielle E-Mail erhielt. Sie hat mich viele Male überredet, nicht alles hinzuwerfen, und ich bin mir sicher, es werden noch viele weitere folgen. Danke, dass du der beste Mom-ager bist, den ich mir wünschen könnte.

Holly West, meine phänomenale Lektorin, hat mir geholfen, mein Buch in Gold zu verwandeln. Ich kann immer noch nicht ganz glauben, dass ich jemanden gefunden habe, der meine Geschichten und Figuren so gut versteht – manchmal sogar besser als ich selbst. Die Zusammenarbeit mit Holly war mit das Beste, was mir und meinem Schreiben je passiert ist.

Emily Settle ist wirklich begeisterungsfähig und geht mit, wenn ich ausflippe, weil ich ihr eine Nachricht mit zufälligen Gedanken und Ideen schicke. Mir ist zu Ohren gekommen, dass sie die Erste war, die auf Wendy & Peter aufmerksam geworden ist und es dem Team bei *Feiwel and Friends* empfohlen hat, und dafür bin ich ihr ewig dankbar.

Es gibt so viele Leute bei *MacKids,* die sich um meine Story gekümmert und sie zum Leuchten gebracht haben. Perry Minella und Melanie Sanders haben mein Manuskript entziffert – sie sind tatsächlich die MVPs dieser Runde gewesen. Raymond Colón hat aus meiner Geschichte ein echtes Buch gemacht, das ich in Händen halten kann. Rich Deas und Mike Burroughs verdanke ich die Gestaltung des schönen Covers und die Verwirklichung eines Lebenstraums.

Ich möchte auch den anderen Mitgliedern des *Swoon Reads*-Teams danken: Kat Brzozowksi, Lauren Scobell und Jean Feiwel. Ihr drei habt mich auf meiner gesamten Reise unterstützt.

An die gesamte Swoon Squad: Ich liebe und schätze euch alle. Ich habe das unglaubliche Glück, zu einer so hilfreichen, talentierten und freundlichen Gruppe von Menschen zu gehören. Ihr alle seid wie meine zweite Familie. Ein besonderer Gruß geht an Prerna Pickett und Olivia Hinebaugh, die mir in einer Zeit der Not zu Hilfe kamen. Ein großes Dankeschön an Caitlin Lochner, die mich in letzter Minute gerettet hat.

Und zu guter Letzt danke ich meiner Familie. Ohne euch wäre ich verloren.